Cello

Mike Albus

Cello

Eine Geschichte
von Musik und Liebe
und einem Kriminalfall
in Marbach

fischer krimis

Vorwort

Wie getitelt: Eigentlich ist dies kein Krimi. Es gibt keine Morde, es handelt sich auch nicht um Nachbarschaftsstreit über Stacheldrahtzäune. Es wird einfach eine Geschichte erzählt, die es nicht gab, aber die sich am konkreten Ort hätte ereignen können, wenn …

Ja, wenn sich folgende Dinge und Menschen wirklich getroffen hätten: Musiker, ein Cello, ein Auto im Weinberg, Konzertkarten, zwei Schüler, Polizisten, eine Kriminalbeamtin und die Leitfigur:

Ich nenne sie Phillipp Mälzer (mit drei P – ein großes P vorn und zwei kleine p hinten – und zwei l). Er hat ein Vorbild, das den Autor autorisiert, viel zu erfinden, um ihn in eine Geschichte einzubinden, die erfunden ist. Phillipp verbindet also reales früheres mit erfundenem aktuellen Geschehen in Marbach und mit einem fiktiven Ereignis. Er ist eigentlich kein eingeborener Schwabe, er kennt Marbach aus seiner Jugend vor fünfzig Jahren, er vergleicht das Jetzt immer mit früher und staunt über alles Neue in Marbach. Er ist jetzt im Ruhestand. Ja, und in der Geschichte wird er in einen Raub verwickelt, den eine Kommissarin aufklärt, in die er sich verliebt. So kommt der Titel zustande.

Real – ist der Ort.

Erfunden – ist die Geschichte, die sich dort angeblich abgespielt haben könnte – oder die sich dort vielleicht hätte wirklich abspielen können?

Erfunden – sind auch die Personen – oder gibt es auch für diese Vorgaben in der Realität? Wer glaubt, welche zu erkennen: Er darf das glauben, er darf fantasieren. Er soll das auch, denn Erinnerungen aus seinem Leben in die erfundene Geschichte einzupassen macht die Geschichte für ihn auch erlebbar, und umgekehrt: Er steckt dann plötzlich mittendrin.

Aber vergessen Sie alles, lieber Leser, und tauchen Sie einfach ein in die Atmosphäre und das Leben in und um Marbach, die Orte der Geschichte und des Lebens – ohne Vorurteile. Ich habe dazu ein Gedicht in meinem Zettelkasten gefunden:

Klare Nächte, kalte Nächte,
Sternenhimmel, Sonnentage,
regentrübes Leidensklima,
alles ist wie überall –
auch in Marbach.
Schwäbisch
– kaum geredet wird hier noch,
Schwäbisch aber
– spielt in diesem Buch keine Nebenrolle,
weil besondere Sprache,
weil besondere Leute,
weil Eigenwilligkeit
trifft auf Weltweitdenken
hier im Städtle.
Schwaben sind jahrhundertlang
in alle Welt hinausgezogen.
Fremde Sprache, fremde Menschen
sind den Schwaben deshalb fremd nicht,
auch wenn auf die ersten Blicke
so es nicht zu sein scheint .

Ich wünsche Vergnügen beim Lesen.

1. Kapitel

Vorgeschichte

Phillipp Mälzer geht an Schillers Geburtshaus vorbei in Richtung Untere Holdergasse, sozusagen auf der Suche nach der Vergangenheit und als Entdecker dessen, was sich in den vergangenen fünfundvierzig Jahren geändert hat. Vor ihm steht eines der stolzeren Fachwerkhäuser im unteren Teil von Marbach: das ehemalige Diakonat. Auf einem mächtigen Steinsockel ruhen zwei Fachwerkgeschosse und ein Dachgeschoss. Es hebt sich deutlich von den kleineren Häusern der Umgebung mit einfacherem Balkenwerk ab. Hier war früher das Polizeirevier, schön beschrieben vom Polizisten Axmann in seinen Buch »Tarnschieber – reale Geschichten aus seinem Dienstleben als Polizist in Marbach«.

Phillipp ist jetzt seit fünf Jahren wieder hier, als Pensionär zurückgekommen, weil er hoffte, hier wieder aufleben zu lassen, was er in seiner beruflichen und familiären Laufbahn vernachlässigt und vermisst hatte oder weit hintanstellen musste: Musik, Kultur und ein wenig Sportliches. Studium und Beruf haben ihn von Marbach weg durch mehrere Bundesländer geführt. Er ist Witwer. Seine Frau hat zwar den Zielort des nachberuflichen Lebens mit ausgesucht, hatte gehofft, dass ihre Erkrankung beherrscht werden kann und dass sie zusammen die Kultur- und Weingegend genießen könnten. Nun hat er es sich alleine einrichten müssen und wohnt im Kirchenweinberg. Von Hochschule und humanbiologischer Forschung hat er allmählich Abstand gewonnen.

Er geht am ehemaligen Beginenhaus vorbei in die Untere Holdergasse, vorbei an einem kleineren Haus mit Hof davor. Das war vorübergehend mal das Volksschulhaus, dann Progymnasium, dann die Jugendherberge. Auf dem weiteren Weg finden sich nur noch kleinere Häuser. Rechts taucht ein Gartengelände vor der Stadtmauer auf. Die Gärten sind gepflegt, die Häuser renoviert. Von der Stadtmauer aus kann man hinuntersehen auf die Bottwartalstraße und die Lederfabrik Oehler, gegenüber sieht man auf das Krankenhaus aus der Jahrhundertwende und die späteren Anbauten. Am Haspelturm vorbei geht er in Richtung Untere Marktstraße. Beim Blick in die Mittlere und Obere Holdergasse erkennt er, wie liebevoll hier ehemalige ärmliche Bauern- und Wingerter-Häuschen renoviert und saniert wurden, und wo jetzt ein Schmuckkästchen wohnlicher Altstadt entstanden ist. Marbacher Künstler haben in der Bahnunterführung den früheren Zustand der Holdergassen um die Zeit vor dem zweiten Weltkrieg dargestellt, als noch Misthaufen die Gasse »zierten«. Er erreicht das Haus auf dem Felsen und erinnert sich, wie er als Kind und Jugendlicher einmal pro Woche dorthin pilgerte, zum Oboen-Unterricht, meist mit mulmigem Gefühl in der Magengegend, weil er kaum geübt hatte und die Etüden und kleinen Miniaturen wieder nicht beherrschte. Eigentlich hatte er keine besondere Neigung zur Musik gehabt, schon gar keinen Hang zum seiner Meinung nach exotischen und zu nichts brauchbaren Instrument Oboe, aus dem er nur quietschende Töne herausbrachte. Aber die Eltern wollten, dass er ein Instrument spielte, möglichst für klassische Musik. Und sie hatten sich erkundigt, was dazu statt der üblichen Instrumente Klavier, Flöte oder Geige so infrage kommen könnte und eventuell in der Marbacher Musikgemeinschaft gefragt sei. Sie kannten Musiker in dem Liebhaberorchester ›Instrumentalkreis‹. Und von dort erfuhren sie, dass momentan Oboe gefragt sei und es auch jemanden gäbe, der das unterrichten könne. So kam er eben dorthin. Die Oboistin war alleinstehend nach zwei gescheiterten Ehen, war mal Mitglied im Rundfunkorchester, und lebte damals mehr schlecht als recht von Privatunterricht. Sie merkte wohl, dass Michael kein begeisterter Oboenschüler war, aber sie liebte ihn wie alle ihre Schüler, hatte sie selbst ja keine Kinder. Also versuchte sie, all den Kindern und auch einigen Erwachsenen etwas über Musik im Allgemeinen und Oboespielen im Besonderen zu vermitteln.

In diese Gedanken versunken biegt er links ab, Richtung Rathaus. Siehe da, den kleinen Spielzeugladen gab es tatsächlich noch, wo er um die Weihnachtszeit für seine Märklin-Eisenbahn Schienen, Stecker, Kabel etc. kaufte (Wagen und Loks wurden auf dem Weihnachtstisch erhofft). Am Rathaus biegt er rechts ab, kommt durch die Rathausgasse zum Tor, das auf die Grabenstraße führt. Vor sich sieht er den Rundbau des neuen Polizeireviers.

Er geht daran vorbei. Eigentlich will er direkt Richtung Schillermuseum. Aber an der Steinerstraße ändert er seine Absicht, weil links der ehemalige Kindergarten Erinnerungen herauf beschwört.

Im Kindergarten hatte vor langer Zeit das Orchester geprobt, in das ihn seine Lehrerin nach Erwerb der Grundtechniken gelotst hatte und wo er versucht hatte, bei seinen vielen rhythmischen und intonativen Problemen nicht allzu sehr aufzufallen. Aber sie stützte ihn, war nahe und half immer. Und er entdeckte dabei in diesem Zusammenspiel, was Musik ist. Er hatte dann tatsächlich nach der ersten Verzweiflung auch bei Konzerten mitgespielt, zuerst unüblicherweise als dritte Oboe mit einem Part, den der Dirigent und seine Lehrerin dafür geschrieben hatten.

Ja, seine frühere Lehrerin. Sie hatte den Buben geliebt und die aufkeimende Begeisterung für Musik gefördert, obwohl manchmal Hopfen und Malz an ihm verloren schienen. Große Künste waren nicht zu erwarten, und die Oboe war mit Beginn des Studiums und später wegen beruflicher Karriere und Familiengründung im Schrank verschwunden. Der Plan, sie als Ruheständler, der die Liebe zur Musik auch aktiv wiederbeleben wollte, wieder zu bespielen, schien bei den ersten Versuchen schon zu Ende. Keine vernünftigen Blätter hatte er, stattdessen Schwierigkeiten im Lippenansatz, Luftprobleme, und nur Quietschen, keine Töne kamen heraus.

Aber er hatte wieder eine Lehrerin gefunden: Jana Postewka. Sie war studierte Orchestermusikerin, hatte dann aber noch Pädagogik studiert und unterrichtete am Gymnasium in Backnang, spielte aber wiederholt in Kammermusik-Ensembles oder als Aushilfe in Projekt-Orchestern. Der Pädagogik war es wohl zu verdanken, dass sie die Geduld im Unterricht mit ihm aufbrachte, ihn nie tadelte, sondern vorwurfslos korrigierte und mitspielte, wenn er verzweifelt aufhören wollte.

Nun biegt er von der Steinerstraße weg nach rechts ab Richtung Schillerhöhe, gegenüber sieht er kurz auf seine ehemalige Schule, die zunächst eine Volksschule, dann sein Progymnasium war, und heute die Uhlandschule für Kinder mit Behinderung ist.

Dabei denkt er zurück, wie seine »Renaissance des Oboenspiels« abgelaufen ist, nämlich das Wiedererlernen dessen, was er mehr als vierzig Jahre lang nicht mehr getan hatte: Mühsam strapaziös und monoton lange Töne durchhalten für die Atemtechnik und Intonation, anhaltend Ton tief, Ton hoch im Wechsel zu blasen, möglichst minutenlang bei anhaltendem Ton die permanente Atmung durchzuhalten, bevor überhaupt erstmal – das auch nicht mit großer Begeisterung – Etüden für die Fingerfertigkeit auf dem Programm standen: Läufe von Tonleitern und Dreiklängen und Griffe über wechselnde Tonarten hinweg, erst langsam, dann immer schneller, wobei man eigentlich nie Sieger wurde im Wettlauf mit dem schneller werdenden Rhythmus.

Als er mit den Etüden von Ferling erstmals Frühlingsluft schnupperte und die ersten kleinen Stücke von Telemann vornahm, war für ihn besiegelt, dass er zwar nie Karriere machen, aber doch nicht aufgeben würde. Jana – Phillipp hatte nach drei Jahren wöchentlichen Treffens sich getraut anzufragen, ob sie sich nicht duzen wollten und ihr seine Sympathie erklärt – legte dann auch mal kleine Konzerte auf: Wieder von Telemann und dann Donizetti und sogar Britten. Und er liebte seine jetzige Lehrerin dafür, dass sie sein permanent falsches Spielen sanft korrigierte, ohne vorwurfsvoll zu sein, und dann einfach in langsamerem Tempo mitspielte, wenn sie die Verzweiflung ihres Schülers spürte. Irgendwann erwähnte sie auch, dass sich in Marbach eine Musikergruppe getroffen hatte, die sich nicht in das Marbacher Orchester Sinfonia eingegliedert hatte, weil die Mehrheit als professionelle Musiker ständig Terminkollisionen hatte. Aber einige seien schon im Ruhestand und würden sich etwas Festes wünschen. Unter den Profis mal zu spielen sei für Phillipp vielleicht ein Anreiz, sich auch an Schwierigerem zu versuchen.

Als Phillipp von seinen früheren Anfängen als dritte Oboe erzählte, sagte Jana spontan: »Ich streiche aus den Noten für die zweite Oboe raus, was du nicht kannst, und du setzt dich neben mich, wenn die Gruppe wieder zusammenkommt. Wir üben das vorher.«

Sie hatten das geübt, er hatte zweimal mitgespielt und fand das toll, hatte zwar Aussetzer, aber auch Passagen, in denen er sich gut einbringen konnte, wie er fand sogar klanglich.

So sinnierend geht er an seiner ehemaligen Schule vorbei Richtung Schillerhöhe zur Stadthalle. Früher, in den ersten der sechziger Jahre, hatte er in Konzerten dort mitgespielt, in einem Laien- und Liebhaber-Orchester, und jetzt stand da wieder eines bevor mit dem Liebhaberkreis von professionellen Musikern, in den ihn Jana eingeführt hatte. Der Dirigent Sebastian Kohlhammer und die Konzertmeisterin Angela Grieshaber – auch Sächsin wie der Dirigent und durch ihren Mann, Geiger im SWR-Orchester, nach Marbach gekommen – waren zuerst nicht glücklich über das Anliegen von Jana, ihrem Schüler – der immerhin schon siebzig Jahre alt war, und dann auch noch ohne richtige Orchestererfahrung – einen Platz einzuräumen, den es eigentlich nicht gibt, nämlich dritte Oboe. Aber Jana überzeugte mit dem Argument, einen Marbacher, der zudem Zeit hat und Verbindungen knüpfen kann, so aufzunehmen, dass klanglich kein Schaden entsteht, wofür sie sich verbürgen würde. Phillipp erinnert sich:

Sebastian Kohlhammer hatte gefragt: »Herr Mälzer, Sie

sind kein geborener, sondern nur ein begeisterter Musiker! Könnten wir etwas außer – hoffentlich richtigen!? – Oboen-Passagen von Ihnen erwarten?«

Phillipp hatte geantwortet: »Musikalisch bringe ich Begeisterung ein und das, was ich aus vielen Konzertbesuchen in Stuttgart und Ludwigsburg mitnehme. Technisch bin ich zwar nicht gut, aber ich habe Jana als Lehrerin. Ich könnte vielleicht aus meiner Hochschulerfahrung heraus, wo ich einen größeren Bereich zu leiten und zu vertreten hatte, die dort erworbene Gremienerfahrung und Kommunikationstechniken einbringen, und ich wäre gerne bereit, mich zu engagieren in Öffentlichkeitsarbeit und Organisation. Wenn mir jemand mit den richtigen Informationen hilft, könnte ich auch Presseinformation und Kontakte zur Verwaltung pflegen. Dort war ich sowieso schon, weil mir das Angebot an klassischer Musik in Marbach zu klein erschien. Im Kulturamt bin ich nicht unbekannt. Noch eine Bitte: Redet mich nicht mit Titel an oder ›Herr …‹, Freunde nennen mich Phil – und das sollen auch die Musikfreunde hier so sagen.«

Ja, so war ein zweites Orchester neben der Sinfonia Marbach entstanden und Phillipp hineingeraten. Und er hatte die Rolle eines Organisators und Öffentlichkeitsmanagers übertragen bekommen. Und vermutlich würde er bald aktiv werden müssen: Es stand wahrscheinlich ein Konzert bevor.

2. Kapitel

Das Orchester

Nachdem Phillipp in den Kreis der Musikerinnen und Musiker aufgenommen worden war, besprach er in seiner nächsten Unterrichtsstunde mit Jana, wie er sich denn außer Oboe zu spielen einbringen könnte. Er habe die Idee, den Kreis als zweites Orchester neben der Sinfonia bekannt zu machen, insbesondere beim Kulturamt und über die Presse. Blindwütige Aktivitäten wolle er vermeiden, die häbe er (schwäbischer Konjunktiv) während seiner Arbeit an der Universität als kontraproduktiv erlebt und in dieser Richtung viel lernen müssen. Jana bestätigte, dass man das so erwarte, vielleicht sogar dem bislang losen Kreis eine Struktur zu geben, Ansprechpartner zu sein für alle Mitglieder und so den Dirigenten zu entlasten von Bürokratie, denn der sei schon ein Organisationsgenie, aber beileibe unbürokratisch. »Besprechе deine Vorhaben mit ihm. Mit Ämtern und Beamten kann er nicht gut. Baue mal vor, dass man sich auch musikalisch einmal präsentieren kann, und eine Presseoffensive wird er sicher begrüßen.«

Also lud er den Dirigenten und seine Frau zu einem Arbeitsessen in sein neu erworbenes altes Haus im Kirchenweinberg ein. Bei einem vorher in Oregano und Marbacher Kerner marinierten Putengeschnetzeltem mit Polenta, mediterranem Gemüse und einem Blanc de Noire vom Marbacher Trollinger tauschten sie ihre Lebensgeschichten aus.

So erfuhr er auch, dass die Schwäbin Elvira nach der Pensionierung des Dirigenten wieder in ihre Heimat wollte, und er deshalb zugestimmt hatte, weil er schwäbische Küche und Wein mochte – Elvira unterbricht: »Man sieht es ihm auch an, aber ich mag es so – und auch das kulturelle Niveau in und um Stuttgart.« Und bei Vanilleeis mit Brombeeren aus dem eigenen Garten trägt Phillipp seine Pläne vor, den Kreis beim Kulturamt noch besser präsent zu machen und auch der Öffentlichkeit durch Interviews oder vorgefertigte Artikel vorzustellen, letztlich auch in der Hinsicht, mal das Kulturleben der Stadt und der Umgebung zu erweitern. In solcher Absicht habe er ja schon einmal beim Kulturamt Ideen vorgetragen.

Bei Kaffee und Grappa äußert sich schließlich Sebastian Kohlhammer: »Phil, mach das. Ich war Posaunist und im zweiten Beruf Dirigent in mehreren Orchestern. Da habe ich vieles arrangieren müssen. Aber wenn es um Behörden, Ämter und Papierkram ging, habe ich immer jemanden vorgeschickt, manchmal auch meine arme Frau Elvira. Ich bin sehr dafür, dass wir mehr machen, als uns nur aus Spaß zum Musizieren zu treffen. Wir wollten ja unser ganzes bisheriges Leben lang Publikum haben, den Leuten Freude machen, warum jetzt nicht als Rentner das wieder tun, nochmal so ganz eigenbestimmt, nicht nur durch Arbeitgeber vorgegeben. Mach, was dir vorschwebt, natürlich auch Zeitung. Als Sachse sagt man da bestätigend ›nä wohr‹ oder, wie Elvira, meine schwäbische Geliebte, die mich hierher gelenkt hat, anzuhängen pflegt: ›gell.‹ Und wer nach Uni-Laufbahn und vierzig Jahren Pause wieder ein Blasinstrument wie diese unhandliche Oboe zum Klingen bringt, dem traue ich das zu. Gell, Elvira, bei Bläsern ist alles schwerer, bei Streichern ist das kein Problem.«

Er erntet von seiner Frau einen schiefen Seitenblick, sie verzichtet aber auf einen Kommentar.

Und Phillipp schließt die Runde mit: »Darauf den letzten Grappa.«

Schon am nächsten Morgen geht Phil einfach auf Verdacht zum Kulturamt. Da war er nicht zum ersten Mal. Er geht also im Haus neben dem Rathaus ins Stockwerk über dem Stadtinfoladen, klopft an die Tür des Kulturamtes, wo im Vorzimmer Frau Süß alles sortiert, was Papier ist, und im hinteren Raum Frau Sauer die Events organisiert.

Er hört das »Herein«, öffnet und fragt, ob er mal mit Frau Sauer über eine neue Musikgruppe und deren Einbindung in das Musikangebot reden könnte.

Sie sagt: »Warten Sie bis ihr Telefonat zu Ende ist, dann nimmt sie sich bestimmt ein paar Minuten Zeit. Sie sind ja nicht ganz unbekannt hier.« Das Gespräch findet dann an dem kleinen Besprechungstisch tatsächlich statt. Nach seiner kurzen Einleitung spricht er über die Musiziergruppe und erfährt, dass die ihr schon bekannt sei, sie hätten ja als Übungsraum den Musiksaal im Friedrich-Schiller-Gymnasium gestellt bekommen. Man hätte auch schon gehört, dass dort auch teilweise anspruchsvolle Musik gemacht wird, aber Ambitionen, vielleicht mal aufzutreten oder mehr zu machen, seien ihr neu.

»Sie wissen ja, wie mein Etat und die personelle Situation aussieht. Und Klassik ist auch nicht sehr gefragt, es gibt schon einige Angebote, die aber nie gut besucht sind. Wir haben ja auch Angebote mit hoher Qualität reichlich in der Umgebung.«

Phillipp Mälzer entgegnet: »Sicher haben Sie recht.

Aber nicht nur ich denke, warum muss ich immer nach Stuttgart oder Ludwigsburg, und manchmal gibt es auch in kleineren Orten gut besuchte Klassik-Konzerte, siehe Affalterbach. Aber ich frage mal ganz prinzipiell: Könnte unsere Gruppe auf Sie beziehungsweise die Stadt setzen, wenn ein reales Angebot bestünde?«

Frau Sauer: »Dann reden wir darüber und suchen nach räumlichen und personellen Ressourcen, finanziell sehe ich aber schon größere Probleme. Für professionelle Gagen habe ich sicher kein Geld.« Sie macht klar, dass solche Initiativen aber unterstützenswert sind und sie solche gut findet, macht aber keine Hoffnungen. Phillipp: »Das ist schon ein Wort, mit dem wir leben können. Ich komme wieder, wenn sich was tut. Vorerst Dank für das offene Ohr.«

Der nächste Gang geht über die Marktstraße hinauf zum Torturm und dann rechts die kleine Gasse an der Stadtmauer entlang zum Gebäude des Remppis-Verlags, in dem sich die Redaktion der Marbacher Zeitung befindet. Er erinnert sich, dass hier früher auch die Marbacher Zeitung/Bottwartalbote gedruckt wurde. Am Schalter fragt er nach, ob er mit jemandem aus der Lokal-Redaktion sprechen könnte.

»Ich habe ein Angebot für einen Bericht über eine professionelle Musikergruppe, die sich hier zusammengefunden hat.« Er überreicht eine Visitenkarte. Man schickt ihm eine Redakteurin, die ihn anhört, sich Notizen macht und sagt, dass sie das in der Redaktionsbesprechung vortragen wird.

»Das ist sicher für unsere Leserschaft nicht uninteressant, wir melden uns.« Sie bekommt von Phillipp eine zweite Visitenkarte mit Namen und Telefonnummer.

Zwei Tage später reißt ein Telefonanruf Phillipp aus dem Kampf mit einer für ihn ganz schwierigen Etüde.

Er sieht auf dem Display eine ihm unbekannte Nummer und meldet sich nicht wie sonst mit »Wer will was wissen von Phillipp Mälzer?«, sondern einfach nur mit seinem Namen und hört: »Guten Tag, Herr Professor. Mein Name ist Arnold Brücker. Ich rufe im Auftrag der Marbacher Zeitung an. Ich bin Journalist im Ruhestand, war zuletzt bei den Stuttgarter Nachrichten und übernehme jetzt noch gelegentliche Aufträge über Berichte oder Reportagen für die Marbacher Zeitung. Die Redaktion hat mich gebeten, eine Reportage oder ein Interview zu machen über die musikalischen Aktivitäten dieser Gruppe von professionellen Musikern im Bereich Klassik. Können wir uns dazu in Kürze verabreden? Ich bin zeitlich relativ flexibel.«

Phillipp: »Danke für den Anruf und das Angebot, über uns zu berichten. Aber zunächst: Sie brauchen mich nicht mit Titel anzusprechen. Auf der Visitenkarte steht er zwar drauf, aber nur, weil er Bestandteil des Namens ist. Schön, dass die Zeitung über uns berichten will. Ich denke, das ist auch interessant für die Leserschaft, was sich kulturell im Hintergrund bewegt in der sonst so ruhigen Stadt. Viele der Musiker, die sich regelmäßig treffen, um auch mal ohne berufliches Muss schöne Musik zu produzieren, sind auch schon wie Sie und ich im Ruhestand. Machen Sie einen Vorschlag, wann und wo wir zusammenkommen können für ein Interview oder einfach zum Erzählen, und Sie machen daraus einen Zeitungsartikel.«

Arnold Brücker nimmt sich seinen Terminkalender vor und schlägt vor: »Übermorgen später Nachmittag ist im Verlagsgebäude der obere Raum frei, und ich hätte auch Zeit.«

Phillipp: »Ich mache eine Umfrage, wer von den Initiatoren und Mitspielern Zeit hat. Ich habe Ihre Nummer auf dem Display und rufe Sie zurück. Ist das okay?«

Antwort: »Ja gerne, geht es heute noch?« Antwort: »Ja, gegen Abend sage ich Ihnen, wer mitkommen kann. Bis dahin erstmal mein üblicher Abschiedsgruß: Adieule.«

Phillipp ist nicht undankbar für die Unterbrechung seines Übens schwieriger Oboenetüden von Ferling und überlegt, wie er eine repräsentative Runde zusammensetzen könnte: Auf jeden Fall Dirigent und Initiator Sebastian Kohlhammer und seine Frau, auf jeden Fall auch die Konzertmeisterin, ein oder zwei an Musikschulen Lehrende vielleicht, Marbacher Laienmusiker und junge Professionelle, Streicher und Bläser sollten dabei sein. So geriet der Nachmittag in eine Dauertelefonat-Hin-und-Her-Termin-Absprachen-Hektik, die er in seiner Gremienarbeit an der Universität so gehasst hatte. Dort hatte er aber wenigstens eine Sekretärin dafür, hier dagegen war das mit mehr Sympathie erfüllt und wurde deshalb nicht so ungern wie damals erledigt. Am Ende hatte er eine Runde beisammen, die ihm repräsentativ erschien.

So meldete er an den Herrn Brücker zurück: »Wir können den vorgeschlagenen Termin wahrnehmen mit fünf oder sechs Personen, die repräsentativ für die Zusammensetzung des Orchesters sind.«

Zu angegebenen Termin treffen sie sich vor dem Eingang des Verlagsgebäudes und werden hochgeleitet bis in den direkt unter dem Dach befindlichen Besprechungsraum. Dort treffen sie auf einen stattlichen graumelierten Mittsechziger, der sich als Arnold Brücker vorstellt, die Gruppe herzlich willkommen heißt und fragt: »Wer von

Ihnen ist Herr Mälzer, mit dem ich telefoniert habe?« Philipp meldet sich und schlägt vor, dass er gerne einleitend erläutert, worum es geht, und danach die Mitgekommenen vorstellen wird. Sie setzen sich um den runden Tisch, und als er erfährt, dass es kein Zeitlimit gibt und er gerne auch etwas weiter ausholen darf, beginnt er:

»Wir sind gekommen, weil wir es mitteilenswert finden, wie sich ein Kreis von Berufsmusikern mit einigen Marbacher Musikern zusammengefunden hat. Dieser Kreis ist in relativ kurzer Zeit so gewachsen, dass sogar eine Besetzung mit Instrumenten und Musikern wie bei einem Symphonieorchester denkbar ist. Wie das entstanden ist, können uns nachher die Musikerinnen und Musiker selber schildern. Ich stelle Ihnen aber zuerst die an diesem Tisch Versammelten vor.

Zuerst die Initiatoren, die durch frühere Beziehungen und Herumfragen im Kreis von Kolleginnen und Kollegen den Einstieg in das Orchester geleistet haben:

Sebastian Kohlhammer und seine Frau, die Cellistin Elvira Kohlhammer-Meier. Er ist unser Dirigent, hat Posaune und Dirigieren studiert, in mehreren Orchestern gespielt und auch kleinere Orchester geleitet, war zuletzt in Jena im Rundfunkorchester und ist jetzt im Vorruhestand. Er ist Sachse, wir hören das manchmal raus, wenn er Ansprachen hält, und er ist verheiratet mit einer Schwäbin, die aus dem Remstal stammt und unbedingt wieder in die Nähe ihrer Heimat wollte. Nun sind sie in Marbach gelandet und wollen hier mal so ganz nach eigenem Gusto Musik machen.

Die Konzertmeisterin Angela Grieshaber kommt auch

aus Sachsen. Sie kennen sich von früher und haben sich hier wieder getroffen. Bei Angela war es ihr Mann Manfred, dem sie nach Schwaben gefolgt ist, ein Geiger beim Rundfunkorchester Stuttgart – komischerweise also zwei sächsisch-schwäbische Musiker-Ehepaare, die der Liebe wegen hier gelandet sind. Angela und Manfred wohnen jetzt in Ludwigsburg. Sie ist halbamtlich an der Musikschule Remseck, gibt Privatunterricht und spielt noch in einem Kammerorchester in Stuttgart. Die Stimmführerin der zweiten Geige, Sabrina Gauger, konnte nicht kommen. Sie unterrichtet an der Musikschule Ludwigsburg und spielt unter anderem in einer Band ihres Mannes sowie in einigen Kammermusik-Ensembles. Die Stimmführer Bratsche und Cello sind auch verhindert. Die Bratschistin Anita Prima hat zwar Viola studiert, aber nicht lange als Hauptberuf ausgeübt. Sie spielt jetzt in mehreren Projektorchestern aus reiner Liebe zur Musik. Und der Cellist Martino Pollocino aus Kirchberg ist eigentlich Arzt, aber ein begnadeter Cellist. Man sagt, er habe sein Studium als Orchester- und Kaffeehausmusiker in Wien verdient. Er wird hier und heute vertreten durch seine junge Pultnachbarin: die flotte junge Frau Ihnen gegenüber, Paula Berlin, eine Marbacherin, die gerade eben ihr Masterexamen an der Musikhochschule mit Auszeichnung absolviert und sofort eine Stelle in Heilbronn bekommen hat. Mitgekommen ist noch ein in Marbach durch die Sinfonia, früher Instrumentalkreis, gut bekannter Geiger seit früher Kindheit, ein Ruheständler nach hochrangiger Tätigkeit als Physiker im Wissenschaftsministerium in mehreren Bereichen. Man sagt, das habe er nur nebenberuflich gemacht, hauptberuflich sei er Musiker, Ihnen vielleicht auch bekannt: Professor Karl-Ernst Karger (er

wird von uns immer kurz KEK genannt). Er, als Liebhaber-
musiker und Konzertmeister, konnte nicht nein sagen, als
er angefragt wurde, mitzuspielen. Die Solo-Oboistin Jana
Postewka neben ihm ist meine Lehrerin, die mich ehemaligen Hochschullehrer und Wissenschaftler zum Mitspielen
angeregt und getrimmt hat. Sie hat nach dem Masterexamen Oboe Solo noch ein Pädagogikstudium angefangen,
ist Lehrerin in Backnang und chauffiert auf dem Weg von
Backnang zu den Proben den Cello-Arzt von Kirchberg her
und zurück. Ja, noch eine Person habe ich als Überraschung
für den Schluss aufgehoben. Sie haben sie vielleicht schon
als Stadträtin in Marbach identifiziert: die Hornistin am
Staatstheater, Karla Reichmann.

Ja, jetzt könnte glaube ich der Dirigent und Initiator was
zur Entstehungsgeschichte sagen.«

Arnold Brücker hat sich viele Notizen gemacht und bedankt sich für die, wie er sagt »sehr individuelle Vorstellung« und bittet Sebastian Kohlhammer: »Jetzt bin ich
sehr gespannt, wie eine solch illustre Gruppe denn zustande kommen konnte.«

Also setzt der Posaunist und Dirigent Kohlhammer an:
»Wenn dr Phil scho määnt er däd mai sächsche Sprooch
ällweil hörn, no red ich jetzt besser so gut Schriftdeutsch,
wie es ein sächsischer Posaunist eben kann. Als meine Frau
und Cellistin und ich in Marbach angekommen waren, sind
wir in verschiedene Konzerte gegangen, was wir während
der eigenen Berufstätigkeit ja so gut wie gar nicht konnten.
Das Angebot war mit Schlossfestspielen und den Stuttgarter Orchestern ja fantastisch. Und immer wieder haben
wir bekannte Gesichter gesehen. Wir waren ja selbst viel

herumgekommen. Und immer wieder haben wir Musiker angesprochen, wir seien jetzt in der Stuttgarter Gegend im Ruhestand. Den Anfang mit Verabredungen hatten wir mit den Grieshabers. Angela kenne ich noch als ganz junge Musikerin. Und bald hat sich ein Freundeskreis gebildet mit Bläsern durch mich und Streichern durch Elvira und Angela und dann mit einigen Musikern des Marbacher Laienorchesters. Bei denen bestand gegenseitiges Interesse, denn gelegentlich brauchen die gute Ergänzungen in Instrumentengruppen, wo sie Mangel haben. So kam also eine Gruppe zusammen, die zunächst zwanglos so was wie Hausmusik gemacht hat. Man hatte sich zum Ausgleich vom beruflichen Musizieren in dieser Gruppe nach eigenem Gusto lose getroffen. Durch Weitererzählen sind wir auch in den Kreis der Lehrenden an den Musikschulen gekommen, die wieder Musiklehrer an den Schulen kennen. Der Kontakt zum Friedrich-Schiller-Gymnasium hat uns dann noch den Zugang zum Musiksaal des Gymnasiums verschafft, unter der Zusage, auch mal das Schulorchester bei Gelegenheit zu unterstützen.

Vielfalt des Zufälligen hat also Musiker hier in Marbach zusammengeführt: Pensionierte und noch in Orchestern aktive Berufsmusiker, studierte Instrumentallehrer an Musikschulen, ergänzt durch Marbacher Laien, die ein regelmäßiges Treffen zum Musizieren vereinbart haben. Wir konnten nicht immer alle Stimmen besetzen, weil die Mehrzahl ja beruflich immer wieder verpflichtet war, aber Dienstagabend, zweimal im Monat, hat fast immer geklappt, und wir haben uns meist vorher verabredet, aus dem üblichen Repertoire von Berufsmusikern was rauszusuchen. Ich habe über die Jahre einen großen Fundus an Noten aufgebaut, und als wir mehrmals miteinander gespielt haben, uns kennengelernt haben, Musiker und Dirigent, haben wir schon gute Musik zustande gebracht. Ja sogar in einer Weise, dass Kommentare kamen, ›damit könnten wir schon mal auftreten‹. Für eine zahlenmäßig große sinfonische Besetzung würde es nie reichen, aber mit Ausnahme von exotischen Arrangements könnten wir alle Instrumentengruppen besetzen oder würden durch die vielen Kontakte immer jemanden finden, der Lücken schließt oder neue Möglichkeiten eröffnet. Es spielen bei uns ja Musikerinnen und Musiker aus fast allen der größeren Orchester der Umgebung mit, mehr oder weniger regelmäßig. Aber durch solche Kontakte lässt sich auch das eine oder andere Exotische immer mal finden, vielleicht eine Marimba oder Harfe oder Perkussions-Sets. Ja, vielleicht machen wir mal was. Und der Phil Mälzer will sich dann reinhängen, was Organisation und so was angeht.«

Es ergeben sich noch lockere Gespräch der Beteiligten mit dem Herrn Brücker, der von dem ein oder anderen noch Details wissen will und dann das Treffen schließt mit: »Ich habe viel Material um einen schönen Artikel zu schreiben, darauf können Sie sich verlassen. Nur kann ich nicht sagen, wann er erscheinen wird. Das hängt vom Tagesgeschäft und von der Chefredakteurin ab. Und einiges wird für das Archiv aufgehoben für spätere Berichte. Ich ahne, dass ich solche noch gerne schreiben muss.«

Der Artikel kommt dann, im Lokalteil Marbach zentral platziert, schon am Mittwoch danach: »Professionelle Liebhaber klassischer Musik in Marbach. Neues Orchester? (Arnold Brücker)«.

3. Kapitel

Ein Konzert?

Ein schöner lauer Frühlingsdienstag mit Blütenduft rund um das Friedrich-Schiller-Gymnasium war zu Ende gegangen. Die Musiker waren in Hochstimmung, hatten sie doch Mozart aufgelegt bekommen, Werke, die sie alle schon mal gespielt hatten, und nach dem Probieren einiger schwieriger Passagen dann flüssig und enthusiastisch klanglich fein hingekriegt hatten. So ohne Druck und aus der Freude heraus zu spielen, machte abseits vom beruflichen Alltag allen wirklich Spaß. Sie waren zwar nicht ganz vollzählig anwesend, weil wie immer einige anderswo Verpflichtungen hatten. Aber Sebastian Kohlhammer war Künstler darin, die Lücken fehlender Instrumentalbesetzungen dadurch zu füllen, dass einige aus anderen Instrumentengruppen eben an entsprechenden Stellen deren Part spielten. Heute waren die Posaunen nicht vollzählig, also spielte er vom Dirigentenpult aus an wichtigen Stellen selbst. Und kassierte natürlich dafür Beifall.

Alle waren schon am Einpacken und beim Wiederherstellen der Tisch- und Stuhlordnung, als er dazu aufrief, nicht wegzulaufen. (Musiker haben es am Ende der Proben meist eilig. Nur kurze Verabschiedungen und dann dem Hunger oder dem Ruf der Familien schnell folgen!). Seine Frau habe noch eine wichtige Mitteilung, vor allem Phil (so nannten sie inzwischen Phillipp Mälzer) solle sich auf Arbeit gefasst machen, am besten den Bleistift nicht wegpacken und ein Blatt Papier oder seinen Notizblock nehmen.

Also versammelten sie sich noch einmal, jetzt um seine Frau Elvira herum, die mit einem freudig-wichtigen Gesichtsausdruck anfing zu sprechen in ihrem hochschwäbischen Dialekt mit manchmal leichter sächsicher Färbung:

»I red net lang rum, es ischt spannend, aber ein bissle muss i doch aushole. I war ja als Aushilfe bei arcata Stuttgart, weil denen ihr erste Cellischtin verhindert war. Do hat a junger Solischt des Cellokonzert vom Dvorschak gschpielt. Des war sensationell, net bloß wegem Patrick Strub, sondern wegen dem junge Kerle. Der hat scho mit mehrere große Orcheschter und Dirigenta gschpielt und Preise eigfahre, dass grad so gugscht. Unlängscht hat er sei Masterexamen an dr Musikhochschul Schtuagart von der Klasse Prof. Conradin Brotbeck geschpielt und au dadrfür an Preis kriegt. Und jetzt kriegt au noch von einer Stiftung ein ganz berühmtes Cello. So, jetzt hab i denkt, mit dem schwätz i mal a bissle. I hab von unserm Musizierkreis verzählt, und dass wir zwar wege der Freud und weil mir uns von früher her kennet oft zusamme schpielet, und dass mir uns überlegt hend, dass wir vielleicht doch auch amal a Konzert in Marbach mache könntet. Mir habet ein im Kreis, der kanns mit der Stadt guat und der kriegt das beschtimmt no, dass wir dort auftrete könnet. Ob er vielleicht da mitmache tät? No han i bissle auf der Putz gehaue, was für Musiker da mitspiele, lauter Profis von verschiedene Orcheschter oder Lehrer an dena berühmte Musikschule rund um Schtuagart. No hat er mich angeguckt, ob i auch ehrlich wär, des bin i jo sowieso immer. Und no hat er doch gesagt: Weil ich aus Bietigheim stamme, spiele ich auch gerne mal in der näheren Gegend. Und hat sogar direkt g'sagt: Ich studiere gerade das Cellokonzert von d'Albert und würde das auch gerne in, sagen wir mal, einem halben Jahr öffentlich spielen. Jetzetle schimpft mich net, i hab glei g'sagt dass mir des machet. Und dann hat der sich wirklich g'freut. So – jetzetle müssen wir schnell überlegen, ob wir des machet. Mei Mann, d'r Sebaschtian, hat sich schon die Partitur g'holt und g'meint, des könnte mir. So, und jetzt schtimmet wir doch schnell ab, ob wir das machen würden.«

Die Musiker schauen sich gegenseitig an, Gemurmel füllt den Raum.

»Ist der wirklich so gut?«

»Ja, ich hab schon mal von dem gehört«, »Kriegen wir das wirklich zusammen?«

»Welche Besetzung braucht man dafür?«

»Muss es d'Albert sein? Der ist doch nicht so richtig bekannt!«

»Für ein erstes Konzert Cello? Das ist doch nicht so der Renner für ein Konzertpublikum in Marbach, da braucht es was Spektakuläreres!«

Da ergreift KEK das Wort: »Wir, die Sinfonia, haben vor Jahren auch einen jungen Cellisten gehabt, der aus Affalterbach stammt. Das war ein großer Erfolg. Und der hat nochmal in Affalterbach kammermusikalisch gespielt in einer ausverkauften Kelter. Das sicherlich nicht sehr große Konzertpublikum in Marbach kennt also den Charme eins Cellokonzertes. Ich kenne zwar d'Albert nicht, aber Neues ist immer gut, vor allem Romantisches. Und der Solist kommt auch aus der Gegend, das zieht wie damals bei Jonas Palm. Man muss das nur logistisch und organisatorisch hinbekommen, dann wäre ich einverstanden, und ein gutes klassisches Konzert würde der Sinfonia auch helfen, die Liebhaber dieser Musik nicht nur nach Stuttgart und Ludwigsburg zu lenken, sondern auch mal im eigenen Ort hinzugehen.«

Sebastian ergreift das Wort: »Ich höre sehr deutlich heraus, dass ihr das machen würdet: Also, Phil! Schreib dir auf: Morgen zu Frau Sauer, wenn dort Klärung hergestellt wird, Presse – wir sind ja schon mal dort in der Zeitung in Erscheinung getreten. Und ich besorge mir schon mal die Noten. Geld dafür strecke ich vor, bei Erfolg hole ich es mir zurück.« Im Hintergrund Elvira leise: »Ja, immer unser Geld!«

»Dann kommt gut heim.« Als sich die Musiker zum Aufbruch fertig machen, hebt er plötzlich die Hand und ruft: »Halt, ai verbibsch noamol. Ich hab doch noch was vergessen. Wir brauchen doch dann noch einen Namen.«

Es kommt zu einer lebhafte Diskussion. Die meisten Vorschläge sind zuerst wenig ernsthaft und eher selbstironisch, von ›Wilder Haufen Musiker‹ über ›Freizeitprofi-Orchester‹ bis ›Kohlhammer-Band‹, bis man endlich doch darauf zurückkommt, eher konservativ zu sein und sich Philharmoniker zu nennen oder Klassik-Orchester. Einige meinen, Philharmonie sei doch zu hoch belegt und andere wollen, dass man sich mit Klassik auch inhaltlich festlege, wiederum sich einfach ›Musiker‹ zu nennen sei auch nicht aussagekräftig genug. ›Konzertant‹ sei doch auch nicht schlecht. Bis Sebastian schließlich zur Ordnung ruft und per E-Mail einige der ernsthafteren Vorschläge zur Abstimmung stellen möchte. Phillipp wendet ein, dass man das aber bald machen müsse, weil er zeitig bei Amt und Presse vorstellig werden wolle.

Schon am nächsten Tag kursieren die E-Mails und nach drei Tagen verschickt Sebastian das von ihm so genannte »amtliche Ergebnis«: Philharmoniker für Marbach.

4. Kapitel

Vorbereitungen

Phil ist begeistert von der gestern vorgetragenen Idee zu einem Konzert, war er doch schon mehrfach aktiv in Sachen »mehr klassische Musik in Marbach anbieten« und damit mehr als einmal bei Frau Sauer im Kulturamt vorstellig. Am Morgen wollte er einen Termin mit ihr vereinbaren, entschloss sich aber dann, einfach spontan vorzusprechen. Wenn sie keine Zeit hatte, konnte man immer noch einen Termin vereinbaren.

Er bummelt also zum Rathaus, geht im Nebengebäude in die erste Etage, klopft und macht die Tür einen Spalt auf zum Vorzimmer des Dezernats Kultur. Ein »Ja, herein!« ertönt, und er öffnet die Türe ganz. »Guten Morgen, Frau Süß, alles gut? (Jedesmal denkt er über diese Konstellation nach, dass hier Frau Süß und Frau Sauer zusammenarbeiten, irgendwie merkwürdig doch und auch ein wenig komisch, wenn er jetzt fragt:) Frau Süß, kann ich vielleicht wieder mal ein paar Minuten mit Frau Sauer sprechen, wenn es geht unter Umständen auch länger. Sie ahnen bestimmt, dass ich wieder mit dem Gleichen komme wie immer.« Da tönt es schon aus dem Nebenraum: »Kommen Sie rein, Herr Mälzer, setzen Sie sich an den Tisch, ich schließe gerade noch den einen Vorgang ab, den Entwurf fürs Kulturprogramm ab Herbst.«

»Schicken Sie es noch nicht weg, es kann sein, Sie bekommen noch was dazu!«

Nachdem sie einige Blätter zusammengelegt und einiges abgeheftet hat, setzt sie sich ihm gegenüber. »Also, was haben Sie Spannendes?«

»Sie wissen ja, dass der Zufall oder wie auch immer, hier in der Umgebung einige professionelle Musiker zusammengeführt hat, die sich regelmäßig im FSG treffen. Auch einige Laienmusiker aus Marbach spielen mit. Ich war deswegen ja schon mal da und sicher haben Sie auch den Bericht in der Zeitung gelesen. Und ein noch größerer Zufall kommt dazu: Ein schon hochdekorierter junger Cellist würde gerne, oder umgekehrt wir mit ihm würden gerne, hier in Marbach ein Konzert geben, schon in diesem Herbst. Und jetzt kommt das Größte: Der spielt ein berühmtes Stradivari-Cello. Was sagen Sie dazu? Man hat mich geschickt, mit Ihnen zu klären, ob das umsetzbar ist.«

»Ja halt, langsam, denken Sie daran, wie klein unser Etat ist, und er ist für dieses Jahr schon ausgebucht!«

»Ums Geld geht es vorerst nicht, sondern ums Überhaupt und wenn ja, ums Wann und Wie.«

»Hoppla, das klingt ja schon ganz konkret.«

»Ja, natürlich. Unser Cellist will im Herbst schon sein Debüt im Raum Marbach geben und das Ganze vielleicht noch in Bietigheim wiederholen, wo er herkommt.«

»Also, mal ganz theoretisch: Ich bin sehr dafür, im Kulturleben von Marbach auch die Sparte ›Klassische Musik‹ zu stärken. Wir haben schon mal darüber gesprochen. Viel haben wir davon nicht im Kalender, aber wir haben dafür auch nicht das Publikum. Die Konzerte mit Klassik sind immer schlecht besucht und Zuschussbetrieb. Vielleicht hat die Sinfonia mehr Zuhörer, das ist aber was anderes. Trotzdem, ich schaue mal, wann die Stadthalle frei ist und wie ein solches Konzert in den bisherigen Plan hineinpassen könnte.«

Frau Sauer fängt an, in verschiedenen Ordnern und in

ihrem PC zu sondieren, mit dem Ergebnis, dass tatsächlich in der Zeit zwischen Herbstferien und Advent der Kulturplan nicht dicht bestückt ist und die Stadthalle auch mehrfach zur Verfügung stünde. Im einschlägigen Ressort hatte sie nur ein Konzert der Sinfonia am Totensonntag festgemacht. Und dazu bemerkt sie: »Sprechen Sie aber mit denen wegen Überschneidung und so. Das darf sich nicht beißen!«

»Ja, ist klar. Der KEK, also der Professor Karger, spielt ja selbst mit und hat auch erwähnt, dass das Cellokonzert damals mit Jonas Palm die Stadthalle gut gefüllt hat. Wir machen ein Agreement mit der Sinfonia. Wenn bei denen Musiker fehlen, vor allem Blechbläser, sind unsere gerne bereit, dort einzuspringen, für den Fall, dass seine Gastspieler nicht könnten. Aber noch weiter gedacht: Wir könnten sogar eine Art ›Marbach-Klassik‹ draus machen, wenn wir noch ein drittes oder viertes Event veranstalten. Ich weiß von bestimmten Ensembles, dass die gerne kommen würden. Auch Musikstudenten könnten was zusammenstellen.«

Frau Sauer sieht ihn prüfend an, wiegt mit dem Kopf hin und her, und obwohl sie sitzend antwortet, ist sie innerlich aufgestanden: »Schon eine Idee. Aber das ist jetzt doch von null auf tausend. Lassen Sie uns doch erstmal überdenken, ob wir überhaupt das eine Konzert eurer Philharmonie stemmen können.«

»Sie haben recht, nicht alles auf einmal. Aber an Übermorgen denken darf man schon. Das Drum und Dran bringt Ihnen schon genug Arbeit und kostet Geld. Aber die Infrastruktur an sich ist ja da.«

»Schon richtig, aber überstrapazieren darf man sie auch

nicht. Viel müsstet ihr schon selbst machen. Geld kann ich nicht herzaubern, finanziell müsste sich das selbst tragen. Lassen Sie uns das mal durchgehen, und wenn es aufgeht, bespreche ich das mit den anderen Verwaltungsbereichen und mit dem Bürgermeister. Einverstanden?«

»Aber sicher, so weit zu kommen habe ich gar nicht erwartet. Haben Sie denn noch Zeit, das jetzt schon zu überschlagen?«

»Ja. Wir kommen zwar in die Mittagspause hinein, aber ich wollte heute sowieso nur eine Kleinigkeit essen. Die hole ich mir nachher vom Bäcker.«

»Oder wir gehen zusammen zum MARKT 13, ich lade Sie ein.«

»Das wäre Vorteilnahme! Achtung, damit hat schon der Kabarettist Sonntag mit seiner Stiftung sein Problem!«

Beide lachen, und Phil erwidert: »Aber nein, Sie dürfen trotzdem das Projekt ablehnen, wenn es nicht stimmig wird.«

Sie beginnen zu überschlagen. Die Musiker würden keine feste Gage verlangen, sie haben alle feste Bezüge, dem Solisten muss man aber ein Honorar geben. Wie hoch wird denn der Preis für Eintrittskarten sein, kann man Sponsoren gewinnen, und mit wie vielen Zuschauern müsste gerechnet werden? Gibt es sonstige Nebenkosten für Plakate, Programme und sonstige Werbung? Als Resultat der Überlegungen kommt heraus, dass vielleicht sogar ein Überschuss resultieren würde, der die Höhe der sonst zu verlangenden Stadthallenmiete überschreitet, wenn alle Nebenkosten einberechnet sind. Das Orchester an sich kostet so gut wie nichts, bis vielleicht auf eine Gage für dem Dirigenten und die Konzertmeisterin. Bei einem

Überschuss könnten vielleicht auch die Musikerinnen und Musiker bedacht werden. Eine wichtige Frage ist zu klären: Ist das Kulturamt beziehungsweise die Stadt der Veranstalter oder die Philharmonie? Zu dieser Frage wirft Phil ein, dass die Philharmonie kein Verein oder juristische Person ist, deshalb müsste eine Privatperson aus dem Kreis als Veranstalter fungieren, also wäre die Stadt doch besser. Und der Stadtkämmerer könnte für den Fall eines Überschusses profitieren, eventuell sogar den Musikern eine kleine Gage auszahlen.

Im MARKT 13, in der Marktstraße, halten die beiden bei Kaffee und Sandwiches fest, dass dies machbar sei, und sie kommen überein, dass das Projekt erstmal intern besprochen und dann dem Bürgermeister vorgetragen wird. Wenn eine Entscheidung gefallen ist und Klarheit über dic organisatorischen und finanziellen Details herrscht, kommt ein Anruf. Phil betont noch einmal, dass die Musikerinnen und Musiker sich unbedingt einbringen werden und nicht alles am Kulturamt hängen lassen. Schließlich seien ja viele an Musikschulen tätig und hätten von dort Verbindungen nach allen Richtungen und auch organisatorische Möglichkeiten, vor allem was Öffentlichkeitsarbeit angeht.

Am nachfolgenden Nachmittag schellt bei Phil das Telefon. »Sebastian Kohlhammer hier. Ich will dich fragen, ob du schon was unternommen hast?«

»Grüß Gott, Sebastian. Ja, ich war auf dem Kulturamt. Frau Sauer war sehr aufgeschlossen. Aber du weißt, wie hartnäckig ich sein kann, deshalb hat sie sich darauf eingelassen, die Machbarkeit, so sagt man heutzutage ja so, mit mir durchzuhecheln. Das Ergebnis war gar nicht so schlecht, ich will sogar sagen: ermutigend. Sie trägt das an entsprechender Stelle vor, und dann will sie mich anrufen.«

»Also ein vorsichtig positives Ergebnis?«

»Durchaus. Ich sage sofort Bescheid, wenn die Genehmigung oder auch Ablehnung vorliegt.«

Der erwartete Anruf von Frau Sauer ließ gar nicht lange auf sich warten. Schon drei Tage später schellt bei Phil wieder das Telefon. Frau Sauer berichtet: »Die Stadt unterstützt das Projekt »Konzert der Philharmoniker für Marbach« und wird selbst Veranstalter mit Infrastruktur und Organisation, inklusive Plakatierung und Kartenvorverkauf und Abendkasse. Der Bürgermeister hat gesagt, ein solches Ereignis mit der Besonderheit eines jungen und schon preisgekrönten Solisten aus dem Kreis, und noch dazu mit einem weltberühmten Cello, bekommt bestimmt überregionale Aufmerksamkeit und tut dem Renomee der Stadt als Kulturstadt gut. Er hält das sogar für ausbaubar. Das Denken an übermorgen kam bei ihm auch auf: Die zwei Orchester mit je zwei Konzerten im Jahr verknüpfen mit den sonstigen literarischen und künstlerischen Angeboten, das ergibt doch Aussicht auf eine neue Marke wie etwa ›Marbacher Kulturwochen‹. Was sagen Sie jetzt?«

»Frau Sauer, Zukunftsträumereien sind doch eigentlich mein Ding. Habe ich sie wohl angesteckt? Aber danke für diese tolle Nachricht. Das haben Sie gut gemacht.«

»Bitte gern. Alles klar. Sie halten mich auf dem Laufenden über das Weitere. Viel Vergnügen bei der Probenarbeit und gute Zeit.«

»Nochmal danke und Adieule.«

Unverzüglich wählt er Sebastians Nummer aus dem Verzeichnis. Der meldet sich wie immer mit seinem Standardspruch: »Sie haben die Nummer von Kohlhammer gewählt. Was wollen Sie mir sagen?« Phil kontert: »Das Telefon von Phillipp Mälzer wurde veranlasst, diese Nummer zu wählen, weil Herr Mälzer eine Nachricht überbringen will. Hallo Sebastian, Grüß Gott. Gute Nachricht.«

»Schieß los!«

»Also: Die Frau Sauer hat es doch wirklich geschafft, dass die Stadt uns für das Konzert die Stadthalle und die Infrastruktur zur Verfügung stellt und als Veranstalter nicht ganz, aber fast alles Organisatorische übernimmt, auch den Kartenverkauf. Das ist ein Haken an der Geschichte. Damit hat sie den finanziellen Daumen drauf, denn kosten darf es sie nichts, ihr Etat ist erschöpft. Das Honorar für den Solisten übernimmt sie, wenn es nicht exorbitant hoch ist, geht aber davon aus, dass das Orchester zunächst nichts kostet. Nur bei Überschuss wird ein Anteil weitergegeben. Können wir damit leben?«

»Die gute Nachricht überwiegt. Wir können musizieren und werden unterstützt mit Sachleistung. Und wenn uns das Finanzielle nicht berührt, ist das umso besser. Wenn wir Veranstalter mit Einnahmen und Ausgaben sind, haben wir plötzlich das Finanzamt, die GEMA und sonst noch was am Hals. Und ich glaube keiner von uns ist auf eine Gage angewiesen. Wenn wir vorgestrecktes Geld zurückkriegen für Noten: Uns reicht das, und wenn es ein paar Zehner dazu sind, umso besser, das kann ich gegenüber allen vertreten. Wir sprechen darüber beim nächsten Treffen.«

»Du kannst ja schon die Nachricht rumschicken. Und Gruß an Elvira. Das Geld für die Noten war ihr eine Sorge. Das kannst du ziemlich sicher zurückbekommen. Bis dann und Adieule.«

In den folgenden Tagen gibt es einen heftigen Verkehr von Telefonaten und E-Mails zwischen den Musikerinnen und Musikern. Ablehnende oder schwäbisch-bruddlerische Kommentare halten sich in Grenzen. Und beim nächsten Treffen verteilt Sebastian auf die Pulte die Noten von ›Eugene d'Albert: Konzert für Violon-Cello und Orchester C-Dur, Opus 20(1899)‹ und erläutert nach der allgemeinen Begrüßung: »Die neuen Noten auf euren Pulten sind ein Zeichen! Die Stadt gibt uns Gelegenheit und Unterstützung für ein Konzert mit Nema Raduloff und seinem Duport-Cello. Wir spielen das jetzt mal an. Ich habe mir schon einige Einspielungen angehört und eine recht gute Vorstellung gewonnen. Ich habe auch dem Solisten schon Nachricht gegeben. Er will das machen, wenn wir alles unter einen Hut kriegen. Wir lesen erstmals die Noten in langsamen Tempo, und ihr schaut euch das zu Hause dann genauer an. Phil! Danke für das Einfädeln!« – Klopfen an den Pulten von den Musikerinnen und Musikern. – »Aber deine Arbeit fängt jetzt an. Das wird schwieriger als früher an deiner Uni: Proben- und Terminplan!« Phil erwidert: »Das war an der Uni gewiss nicht meine Lieblingsarbeit. Geplant habe ich gerne, aber wegen der Terminpläne der Kolleginnen und Kollegen ständig umzuplanen, war schon sehr strapaziös. Aber ich koordiniere, habe ich ja früher auch machen müssen und wollte das nie wieder. Weil ihr mich aufgenommen habt ...« Wieder Klopfen an den Pulten.

Die Probe an sich ist ein Desaster für Phil. Die zweite Oboe ist nicht da, an der er sich sonst orientieren konnte. Und sie würde vielleicht für absehbare Zeit ausfallen. Das

Spielen vom Blatt war sowieso nicht sein Ding. Er schaut Jana verzweifelt an. Sie: »Lass mal. Wir gehen das zusammen durch. Kümmere dich um die Organisation, und ich bringe dir das Musikalische und Spieltechnische schon bei, muss es nur selber erst verstehen lernen.«

Also übte Phil noch bis zur nächsten Unterrichtsstunde an dem aufgegebenen Bach-Oboenkonzert, von dem er glaubte, es nie richtig und vor allem im angemessenem Tempo spielen zu können. Er nahm aber die neuen Noten mit zum Unterricht, und Jana sagte: »Leg den Bach beiseite. Wir spielen erstmal den d'Albert Ton für Ton durch.« Und er ging mit einem von Jana zum Spieltechnischen vollgeschrieben Notenblatt nach Hause, mit Zweifeln an seinen musikalischen Fähigkeiten, aber voller Elan, das Konzert planen zu können.

5. Kapitel

Erste gemeinsame Probe

Es ist ein schöner Sommertag kurz vor dem Beginn der Schulferien. Phil hatte es geschafft, Termine zu koordinieren. Der Konzerttermin steht fest: Letzter Samstag im Oktober. Die Werbekampagne wird gemeinsam mit der Stadt organisiert, wobei er die Presseinformationen übernimmt.

Das Orchester hat sich begeistert auf Romantik eingespielt und an technischen Details des Cellokonzerts gearbeitet. Heute soll die Abstimmung mit den musikalischen Vorstellungen des Solisten stattfinden. Das übrige Programm wollte man mit Stücken gestalten, die für jeden Orchestermusiker Repertoire sind. Heute aber sollte der Solist zu einer Kennenlernprobe vorbeikommen. Die Musiker hatten in Einzelgruppen in verschiedenen Klassenzimmern des Gymnasiums, unter Anleitung ihrer Stimmführerinnen und Stimmführer, Detailarbeit betrieben und sich dann im Musiksaal zusammengefunden. Die Tische waren schon beiseite geräumt, und die Stühle und Pulte standen in der Orchesterordnung. Man wartet jetzt auf Elvira und den Solisten. Elvira sollte ihn vom Bahnhof abholen, weil sie ihn als Cellistin schon vom Auftritt mit dem Kammerorchester arcata kannte.

Phil, KEK und Sebastian stehen nun als Empfangskommitee an der Türe hinter den Stühlen und Instrumenten der tiefen Streicher. Vorn am ersten Pult ›Cello‹ wird noch an Strichen und Dynamik einer bestimmten Stelle gearbeitet, wo man sich in der Registerprobe noch nicht ganz einig geworden war. Der Stimmführer und Cellist-Arzt

Martino Pollocino und seine Pultnachbarin Paula Berlin, spielen diese Stelle immer wieder unterschiedlich durch. Die beiden arbeiteten bisher immer so eng zusammen, dass das erste Pult Cello spaßeshalber mit ›PolloPaula‹ angesprochen wird, was öfter notwendig wird, weil sie sich stets was zu erzählen haben. Sie sind jetzt so vertieft, dass sie gar nicht registrieren, wie die Türe aufgeht und der Solist und das Empfangskommitee an ihnen vorbeigehen.

Jetzt wird vom Dirigenten das Geschehen unterbrochen. »Bitte jetztet mal Aufmerksamkeit. Wie saachen wir Saxen do immer: Obacht. Darf ich vorstellen: Unser Solist Nema Raduloff. Herzlich Willkommen. Wir wollen schöne Musik mit ihm machen und ihn als schon preisgekrönten Künstler auch in seiner näheren Heimat bekannt machen. Er stammt ja aus Bietigheim. Dass wir dort das Programm noch einmal im Kronensaal spielen, daran arbeitet Phil noch. Wir freuen uns jedenfalls wie dolle darauf, mit Ihnen zu musizieren.« Beifall brandet auf, und Sebastian fährt fort: »Lieber Herr Raduloff, ich stelle Ihnen jetzt nicht das ganze Orchester vor, sondern erstmal die Stimmführer. Fangen wir mit Ihrem Instrument an: Im Cello, das ist Martino Pollocino, im Nebenberuf Arzt, dann weiter …«

– Paula blickt endlich auf: Ach. Erstaunen! Was ist denn das für ein Typ? Der – der hat ja eine ganz ähnliche Frisur wie ich! Uns sie schaut ihn sich näher an: Ein langer Schlacks, schwarz gekleidet, unter der lockeren dunklen Kleidung ahnt man eine muskulöse Figur, dunkle blitzende Augen, markantes Profil, und eben die Frisur: die kaum zu bändigenden langen schwarzen Kraushaare auf der linken Seite zwar gebündelt an Kinnhöhe, aber doch weit abstehend. Auf der rechten Seite bis zum Scheitel auf einen Zentimeter geschoren, aber Koteletten bis zum Kieferwinkel stehen gelassen. Ein wilder Anblick, aber die schwarzen Augen blicken eher sanft. Er trägt einen langen schwarzen Mantel mit Frackschößen und eine schwarze Hose. Sein schwarzes T-Shirt mit V-Ausschnitt gibt den Blick auf eine Goldkette frei. Sie denkt: Wahnsinn, dieser Mensch – und dann spielt er anscheinend noch Cello wie ein Außerirdischer, wie man so gehört hat!

Die Vorstellung der Stimmführer des Orchesters geht derweil weiter, ohne dass Paula zuhört.

»... Konzertmeisterin Angela Grieshaber, wie ich Sächsin, Musikschule Remseck, Bässe Frieder Hildebrand, Stuttgarter Philharmoniker, Bratsche Anita West, kennen Sie schon von ARCATA, und die Bratschen halten die Phon-Rekorde beim Lachen, auch die Stimmführerin zweite Geige Sabrina Gauger kennen Sie von ARCATA, Flöte kennen Sie vielleicht noch von der Musikschule Bietigheim, Dr. Annegret Moor, Klarinette Peer Lindemann, Schlossfestspielorchester Ludwigsburg, Oboe Jana Postewka, Lehrerin am Gymnasium Backnang und Privatunterricht –«

So geht er das Orchester durch. Am Ende erwidert Nema Raduloff: »Natürlich kann ich mir nicht alle Namen auf einmal merken. Einige Gesichter sind mir tatsächlich bekannt. Jedenfalls vielen Dank für die Begrüßung. Aber gleich die Bitte: Sagt Nema zu mir, und ich fände es gut, wenn wir uns alle duzen. Das Tolle an diesem Orchester ist nach meinem Empfinden, dass alle hier nicht spielen, weil es ihr Job ist, sondern weil sie mal für sich selbst Musik machen wollen.«

Er zieht sich dann zurück in den oberen Musiksaal, um sich einzuspielen, und das Orchester geht Anfänge und Durchführungen sowie einige Solobegleitungen der Sätze an. Nach einer Viertelstunde kommt Nema zurück, nimmt Platz und fragt: »Erstmal von Anfang gleich einen Durchgang erster Satz, in Ordnung so?«, gibt sein Wunschtempo an, und sie kommen fast unfallfrei durch. Am Ende lauter Beifall für Nema, und alle äußern sich hingerissen von seinem Spiel und dem Klang des Cellos. Dann geht es an Details des ersten Satzes, und sie finden sich schon bemerkenswert gut zusammen.

Nur Paula nicht so richtig. Sie kann die ganze Probe lang kein Auge von Nema wenden, verspielt sich laufend und muss mehrfach ermahnt werden. Martino schaut sie von der Seite fragend an. Sebastian fragt: »Paula, was ist los?« Nema sieht sie dann aufmunternd an und lächelt dazu. Sie wird ganz verlegen, sagt nichts, innerlich denkt sie: Danke und versucht, sich besser zu konzentrieren, was ihr auch einigermaßen gelingt. In der Pause wird sie vom Bratschenpult gehänselt. Die haben schon bemerkt, dass sie mehr auf den Solisten als in ihre Noten schaut. Auch Nema spricht sie an: »Was ist los, die Stellen, in denen Solo und Celli des Orchesters Zwiesprache halten, sind doch nicht so ungewöhnlich. Du musst nur auf mich hören und dann übernehmen.«

»Sie machen mich verlegen, nein du, du machst mich … ich weiß auch nicht … Ich kann nur zuhören und zuschauen und mich deswegen nicht richtig konzentrieren. Es ist halt so schön.«

»Tut mir leid, aber ich kann doch nichts dafür, das ist d'Albert und seine Musik.«

Sie stottert: »Ja schon … aber – ich weiß halt nicht, ja, die Musik ist richtig schön.«

Während sie so stammelt, mustert Nema seinerseits die kleine Cellistin, die so flippig wirkt, aber nicht unangenehm auffällig ist, mit den hellblonden Haaren, auf der einen Seite lang bis zu Schulter mit roten Strähnen eingefärbt, auf der anderen Seite kurz, fast glatzig, dafür auffallender Ohrschmuck, eigentlich eher Hip-Hop als Klassik, mit der Kleidung angelehnt an die Hippie-Zeit in der Jugend ihrer Eltern. Und er denkt dabei: Haare wie ich, kein gewöhnlicher Typ, hübsches Gesicht und spielt Cello.

Nach der Pause geht es in den zweiten und dritten Satz des Konzerts. Sie merken, dass Orchester und Solist gut zusammenpassen, dass Sebastian und Nema eine ähnliche Auffassung von diesem Konzert haben. Paula hat sich wieder im Griff, und Nema schaut in seinen Pausen unauffällig zu ihr hin. Dabei stellt er fest: Die kann wirklich gut Cello spielen, macht manche Sachen wie ich, muss sie nachher mal danach fragen.

Als sie ihre Instrumente einpacken, fragt er sie: »Wo hast du studiert und was machst du gerade?«

Paula: »Gerade habe ich meinen Master in Stuttgart bei Professor Brotbek gemacht und sofort eine Stelle in Heilbronn bekommen.«

»Dann haben wir denselben Lehrer, ich war auch bei Brotbek. Mir ist das schon an manchen Stellen aufgefallen, dass du manche Sachen genauso spielst, wie ich das mache.«

»Ja mir auch, das hat mich manchmal rausgebracht, als ich das bemerkt habe.«

»Es gibt wenige, aber schöne Werke für zwei Celli. Wollen wir mal sowas probieren? Wo wohnst du?«

»Immer noch in Marbach bei meinen Eltern. Die sind vor dreißig Jahren aus beruflichen Gründen hierhergezogen. Ich bin auch hier geboren. Die Stelle in Heilbronn ist ein Zeitvertrag, also nicht sehr sicher. Deshalb bleibe ich erstmal in Marbach, obwohl hier wirklich gar nichts los ist.«

»Lass uns doch mal miteinander telefonieren. Ich wohne auch noch in Bietigheim bei meinen Eltern. Wir sind also nicht sehr weit auseinander.« Sie tauschen die Mobilfunknummern aus und verabschieden sich mit fragenden Blicken, die beiden das Gefühl vermitteln, dass sie einer Antwort bedürfen. Nema verpackt sein Cello im Auto von Elvira und Sebastian, die ihn nach Bietigheim nach Hause bringen, da so spät am Abend die S-Bahn nur noch im Stundentakt verkehrt und es keinen innerörtlichen Anschlussbus mehr gibt. Paula zirkelt ihr Cello in ihren Smart, um in den Kirchenweinberg zu fahren, und Jana verstaut das Cello von Martino auch mit einigem Geschick in ihrem kleinen Audi TT, um ihn und sein Cello auf ihrer Fahrt nach Backnang unterwegs in Kirchberg wieder auszuladen, immer mit dem Gedanken: Wie habe ich es doch schön, meine Oboe ist kleiner, und ich kann sie auch noch zerlegen.

Paula ist auf der Fahrt schon wieder unkonzentriert und denkt an Nema.

Ihr wichtigster Gedanke dreht sich um die Frage: Habe ich mich da wie ein verwirrter Teenager benommen? An der katholischen Kirche muss sie von der Ziegelstraße aus geradeaus die Schillerstraße überqueren, um in den Kirchenweinberg zu kommen. Als der Querverkehr durch ist, kommt ihr der Gedanke: Ich rufe ihn morgen einfach an und frage ihn, und vergisst dabei loszufahren. Erst das kurze Hupsignal des Hintermanns reißt sie aus ihren Gedanken.

6. Kapitel

Presseinformation

Phil überlegt, ob er nicht schon anlässlich der ersten Probe mit dem Solisten die Presse hätte einladen sollen für Interviews und Fotos und beschließt dann, eben der Redaktion, oder doch lieber dem Journalisten, der den Bericht über das Orchester geschrieben hat, die notwendigen Informationen zusammenzustellen. Er fand dessen Art damals so angenehm, und ruft bei der Zeitung an, um seine E-Mail-Adresse zu bekommen, die er erst nach umständlicher entsprechender Erklärung, worum es geht, endlich bekommt. Dann schreibt er zum Solisten, zum Cello, zum Konzert und zur nächsten Probe alles zusammen und schickt ihm diesen Text als Anhang zu. Er bekommt sofort die Antwort: »Lieber Herr Mälzer, danke für das Vertrauen. Ich übernehme es gerne, einen Bericht zu schreiben und lese mir Ihr Exposee durch. Wenn Fragen auftauchen, melde ich mich. Herzliche Grüße, A. B.«

Am letzten Schultag vor den Sommerferien erscheint in der Marbacher Zeitung der folgende Artikel:

PREISGEKRÖNTER CELLIST KOMMT MIT BERÜHMTEN DUPORT-CELLO NACH MARBACH
(VON ARNOLD BRÜCKER)

Die neugegründete Formation von Berufsmusikern und einigen Liebhaberinstrumentalisten aus der Region (wir haben darüber berichtet) unter Leitung des Dirigenten Sebastian Kohlhammer und der Konzertmeisterin An-

gela Grieshaber hat sich in dieser Woche zu einer ersten gemeinsamen Probe getroffen, mit dem mehrfach ausgezeichneten jungen Cellisten Nema Abraham Raduloff. Dabei wurde ein gemeinsames Konzert vereinbart. Das Besondere ist nicht nur, dass der Solist trotz jungen Alters schon mit Preisen dekoriert ist, sondern dass er noch aufgrund seiner hohen Spielkunst von einer Stiftung, die nicht genannt sein will, ein besonderes Instrument zur Verfügung gestellt bekommen hat: Das von Stradivari gebaute sogenannte Duport-Cello. Dieses Instrument wurde 1711 in Cremona hergestellt. Der erste Besitzer war der Leibarzt des Sonnenkönigs Ludwigs XIV. Mitte des 18. Jahrhunderts gelangte es in die Hände von Jean-Louis Duport und seinem Bruder, den damals wohl berühmtesten Cellisten Frankreichs. Nach einem Konzert in den Tuillerien in Anwesenheit von Napoleon, wollte der Monarch wissen, wie Duport denn das Cello ohne Stift halte, und als er es nachmachen wollte, zerkratzte er mit den Sporen seiner Stiefeln das Instrument. Dieser Kratzer ist heute noch zu sehen. 1911, nach dem Tod von Duports Sohn, wechselte das Instrument mehrfach den Besitzer, stets vermittelt von den leitenden Instrumentenbauern Frankreichs. Der vorletzte Cellist, Gerald M. Warburg, hinterließ in seinem Testament, dass kein anderer als Rostropovich das Instrument spielen sollte. So kam es 1974 in seinen Besitz, und er spielte es bis zu seinem Tod 2007.

Der junge Cellist Nema Abraham Raduloff ist ein Schüler von Prof. Brotbeck an der Musikhochschule Stuttgart. Anders als anzunehmen, stammt er nicht aus einer Musikerfamilie, sondern einer Einwandererfami-

lie aus dem ehemaligen Jugoslawien und ist in Bietig-
heim aufgewachsen. Als Achtjähriger wurde er einst zu
einem Konzert in das Kronenzentrum mitgenommen.
Bis dahin habe er nie klassische Musik gehört. Er erin-
nert sich genau an das Cellokonzert von Haydn. Das
habe ihn elektrisiert, so erzählt er, und er habe seine
Eltern gequält, er wolle Cello spielen. Die Musikschu-
le in Bietigheim hat dann ein Cello geliehen, und man
hat sehr schnell erkannt, dass da anscheinend ein außer-
gewöhnliches Talent vorliegt, und ist früh zu Einzelun-
terricht übergegangen. Als vierzehnjährigen Gymnasias-
ten hat man ihn an eine Vorklasse der Musikhochschule
vermittelt. Die ersten Auszeichnungen hat er bei ›Ju-
gend musiziert‹ bekommen, dann schon Einladungen
als Solist nach öffentlichen Vorspielen der Celloklassen
im Rahmen des Studiums. Für die Präsentation bei sei-
nem Masterexamen erhielt er den ersten Preis des För-
dervereins. Dieser Verein hat auch Verbindungen zu der
Stiftung, die in Stuttgart durch einen Rechtsanwalt ver-
waltet wird, weswegen eine zweite Jury dabei war, die
dann auch die Leihgabe des Duport-Cello in die Wege
leitete. Die Verbindung zu Nema Raduloff hat die Cel-
listin und Ehefrau des Dirigenten, Elvira Kohlhammer-
Meier, hergestellt. Sie hat ihn getroffen, als sie bei ei-
nem Konzert des Kammerorchesters ARCATA *Stuttgart*
ausgeholfen hat, bei dem Raduloff als Solist aufgetreten
war.

Unser Informant aus dem Orchester, das sich inzwi-
schen den Namen »Philharmoniker für Marbach« gege-
ben hat, berichtet uns über die erste Aussage des Solisten
zum Orchester: »Die spielen nicht zusammen, weil es

ihr Job ist, sondern sie spielen das, worauf sie Lust ha-
ben. Deshalb rechne ihnen an, dass sie meinem Wunsch
mit dem Konzert von d'Albert gefolgt sind, und sie wa-
ren heute schon richtig gut vorbereitet. Wir passen zu-
sammen. Der Dirigent geht gut auf mich ein, und die
Musiker folgen ihm auch. Da ist Begeisterung drin.«
Es wird also im Oktober das angesprochene hochroman-
tische Konzert für Violon-Cello und Orchester C-Dur,
Opus 20(1899) von Eugene d'Albert zu hören sein. Das
nächste Zusammentreffen von Raduloff plus Duport-
Cello und den Philharmonikern findet am zweiten
Dienstag nach den Sommerferien im Musiksaal des
FSG statt.

7. Kapitel

Der Raub

Es war schon herbstlich geworden, und die Musiker hatten über den Sommer mehrfach zusammen geprobt. Die Bäume im Schulhof vor dem Musiksaal waren bunt geworden, und während der heutigen Probe war schon die Dunkelheit hereingebrochen. Es war die zweite Probe mit Nema Raduloff. Den Artikel von der ersten Probe in der Marbacher Zeitung hatte auch die überregionale Presse aufgegriffen mit dem Titel: »Stradivari-Cello in Marbach bei den Philharmonikern für Marbach« und angekündigt, dass er am zweiten Dienstag nach den Sommerferien wieder da sein würde. Dieser Auftritt sei vielleicht der Auftakt für eine neue Konzertreihe »Marbach-Klassik«, in der noch die Sinfonia Marbach und vielleicht das Kammerorchester ARCATA Stuttgart spielen würden.

Diese Pressemitteilung hatte einige Neugierige angelockt, die von draußen zusahen und versuchten einige Töne zu erhaschen. Da der Abend lau war, konnten sie durch die offenen Fenster sogar zuhören. Fotografen und der Redakteur OvS der MZ waren dagewesen, hatten Bilder gemacht und Informationen zum Programm mitgenommen. Die Tische und Stühle waren wieder in die Unterrichtsordnung gebracht, und die Musiker gingen nach Hause, bis auf Dirigent, Solist und die Stimmführer der Streicher, die noch was besprechen wollten. Den nach Hause strebenden Musikern begegneten Schüler aus dem gegenüberliegenden Gebäude mit dem Physiksaal. Dort war an diesem Abend die Physik-AG für einige Experimente zusammengekommen. In diesem Getümmel fiel gar nicht auf, dass ein dunkler Kombi ohne Licht auf den Hof fuhr. Der Hof sollte eigentlich aus Gründen des Feuerschutzes von Autos frei bleiben, allenfalls konnten zum Be- und Entladen die Musiker mit den großen Instrumenten wie Bass und Tuba hier ganz am Rand stehen bleiben, so, dass sie nicht die Rettungswege blockierten.

Jetzt stehen also im Raum nahe der Tür Nema, Sebastian, Angela, Sabrina und Martino zusammen, dazu noch Phillipp, der immer bei den Besprechungen dabei ist, und Jana, die ja Martino mitnehmen muss. Die Noten waren nochmal ausgepackt worden und liegen jetzt auf dem Flügel neben den Geigen. Das Cello lehnt an der Wand dahinter. Sebastian waren uneinheitliche Striche im zweiten Satz aufgefallen, die zu anderen Intonationen führten. Sebastian bespricht das mit Angela und Nema, und gemeinsam klären sie Feinheiten der Intonation und Phrasierungen ab, über die in der Probe keine Klarheiten herbeigeführt werden konnten.

Sebastian sagt: »In der nächsten Probe machen wir eine Stunde getrennt nach Stimmen, also Registerproben. Da könnt ihr eure Instrumentengruppen auf einheitliche Linie bringen.«

Über die Noten gebeugt fällt ihnen nicht auf, dass draußen drei Gestalten aufgetaucht sind. Viele Neugierige waren ja den ganzen Abend wegen des Interesses der Öffentlichkeit schon dagewesen. Während Nema auf die Noten zeigt, wie er sich den Übergang vom Tutti auf sein Solo in der Mitte Satzes vorstellt, wird plötzlich die Türe aufgerissen. Zwei vermummte Gestalten rammen brutal die

Musiker beiseite. Sebastian, der direkt am Eingang steht, bekommt einen Hieb mit einem Schlagstock von einem der beiden Vermummten auf den Kopf und geht zu Boden. Nema wird mit einem Bodycheck umgerammt und fällt gegen das Klavier, das einen weiteren Sturz verhindert. Der dritte Vermummte greift sich das Cello, sie rennen hinaus und schieben das Cello in den geöffneten Kofferraum des nahe der Eingangstür geparkten Kombi.

Phil berappelt sich als Erster und sieht, wie der Kombi ohne Licht losrast, direkt auf die zwei Schüler zu, die gerade aus dem Physikraum kommen und an der Sporthalle vorbei Richtung Steg über die Poppenweiler Straße gehen wollen. Einen erfasst der Wagen an der Seite und schleudert ihn gegen einen Papierkorb, der andere kann sich mit einem Sprung zur Seite retten. Ohne sich um die Schüler zu kümmern, prescht das Auto um die Kurve.

Phil reagiert sofort und wählt die 110. Am Telefon meldet sich das Lagezentrum Ludwigsburg: »Hier Notrufzentrale der Polizei Ludwigsburg. Sie sprechen mit Polizeihauptmeister Keller. Sagen Sie bitte Ihren Namen und den Grund Ihres Anrufs!«

»Ja. Hier Phillipp Mälzer. Ich rufe aus dem Friedrich Schiller-Gymnasium Marbach an. Es gab einen Überfall im Musiksaal. Wir sind Musiker, und einer davon hat ein sehr wertvolles Cello. Das haben zwei Vermummte geklaut. Und es gibt zwei – nein, drei Verletzte. Die Täter sind mit einem Kombi geflohen und haben noch eine Person auf dem Schulhof angefahren.«

»Langsam, also nochmal: Ein Cello, also ein Musikinstrument wurde entwendet, und es gibt Verletzte. Wie schwer sind die Verletzungen?«

»Ein Bewusstloser, ein Leichtverletzter drinnen und draußen ein Schüler, der auf dem Rasen liegt, sich aber bewegt.«

»Zeitpunkt des Überfalls?«

»Gerade eben, oder vielleicht vor einer halben Minute!«

»Also zweiundzwanzig Uhr zwölf etwa. Versuchen Sie, Ruhe zu bewahren. Ich schicke zwei Krankenwagen mit Sondersignal und informiere das Revier Marbach. Die schicken Ihnen Streifenwagen und leiten die ersten Ermittlungen ein.«

»Ja! Mir schwirrt schon der Kopf. Wir stehen hier alle total verdattert herum.«

»Ich verstehe das. Bleiben Sie ruhig. Rettungswagen haben die Kollegen neben mir schon losgeschickt, während wir uns unterhalten haben. Ich habe das Gespräch laut gestellt, und die haben mir zugenickt. Und eine Leitung zum Revier Marbach steht auch gerade. Die hören auch schon mit. Ich erkläre Ihnen, was eingeleitet wird: Hier werde ich den Kriminaldauerdienst informieren. Die schicken dann auch noch Beamte. Es handelt sich also um Raub?«

»Ja! Schrecklich! Das Cello!«

»Können Sie schon was zum Wert des geraubten Instrumentes sagen?«

»Ja! Nein! Es ist sehr alt und sehr berühmt! Vielleicht eine Million oder mehr!«

»Holla! Das ist obere Etage! Vielleicht schließt sich der Kriminaldauerdienst gleich mit dem Raubdezernat zusammen, wenn dort noch Beamte erreichbar sind«

»Ja! Okay! Aber wir müssen das Cello retten. Bei uns ist ein Arzt, der sich um die Verletzten kümmert. Sie müssen das Fluchtfahrzeug schnappen! Den Kombi, dunkel ist er.«

»Ich bekomme aus der Leitung nach Marbach gerade die Nachricht, dass schon Streifenwagen unterwegs sind.«

»Ja! Aber ein Kombi, der mit dem Cello flieht!«

»Okay, der Kriminaldauerdienst leitet von hier aus Maßnahmen ein. Es werden also in Kürze weitere Kriminalpolizisten bei Ihnen eintreffen. Bleiben Sie alle vor Ort.«

»Okay! Danke, ich leite das weiter.«

»Halt! Können Sie noch Informationen zum Fluchtfahrzeug geben?«

»Ja! Nein! Ich hab es gesehen, aber nicht genau. Es war dunkel, und es hatte kein Licht an. Jedenfalls ein Kombi, so wie heute alle Kombis aussehen. Aber ein großer, vielleicht Audi 5er-Klasse oder Mercedes E-Klasse, oder auch Japaner; ich weiß nicht recht.«

»Vorerst reicht uns das. Wir beenden jetzt und geben das an den Kriminaldauerdienst und das Revier Marbach ab. Guten Abend.«

»Danke! Wir zählen auf sie!«

22:15 Uhr: Aufregung in Ludwigsburg und in Marbach.

Im Präsidium Ludwigsburg war der Abend so schön ruhig verlaufen, dass man sich zu einer Runde Kartenspiel verabredet hatte. Und jetzt ein Millionenraub in Marbach! Die Kripo musste aktiv werden, also war der Kriminaldauerdienst gefordert. In einem Kombi war ein Kulturstück von unschätzbarem Wert unterwegs, so viel hatte man wirklich verstanden und deutlich die Verzweiflung des Anrufenden verspürt. Die Notwendigkeit, schnell zu handeln, war offensichtlich. Ein Zusammensetzen war ja sowieso geplant, aber eben in einer ruhigen Runde zum Kartenspielen. Und jetzt: Ein Millionenwert war um Marbach herum unterwegs. So beschloss der KDK (Kriminaldauerdienst) unverzüglich eine größere Ringfahndung mit den Revieren Heilbronn und Backnang zusammen einzuleiten, statt nur um Marbach herum einen Ring zu schließen. Jeder dunkle, aus Richtung Marbach kommende Kombi sollte kontrolliert werden. Die Ausfallstraßen aus Marbach heraus in die Richtungen Poppenweiler, Affalterbach, Kirchberg, Murr und Neckarweihingen zu blockieren, war nicht das Problem. Das konnte das Revier Marbach fast alleine übernehmen, zusammen mit Streifen der Dienstgruppen Freiberg und Steinheim. Aber es konnte schon zu spät sein. Von Ludwigsburg aus war auch nicht das Problem, an die näher um Marbach herumführenden Kreisstraßen eine Streife zu postieren und jeden dunklen Kombi zu kontrollieren. Aber für einen größeren Ring musste die Staatsanwaltschaft Heilbronn als leitende Ermittlungsbehörde eingeschaltet werden, ebenso für die schnelle Installation einer Ringfahndung mit Schluss der Ausfahrten nach Norden und Osten und vor allem Richtung Autobahn. Und man beschloss, sofort einen Ermittlungsdienst einzusetzen , diesen morgen zu erweitern und in den Rang einer Sonderkommission zu setzen unter der Leitung des Fachdezernates Raub in Koordination mit Lagezentrum Polizeirevier Marbach. Die Marbacher sollten sofort die Spurensuche einleiten, bis ein Trupp der Kriminaltechnik eintraf. Der diensthabende KDK-Leiter Quirin Thalmüller, ein waschechter Bayer und eigentlich nicht aus der Ruhe zu bringen und auch immer bedacht, alles gut zu delegieren, sagte lakonisch: »Dös soll der Raub glei von Ofang o mache. Schaut's, dass ihr die Marion erwischt. Vielleicht kann's glei selber den Job macha.«

Gemeint war Kriminalhauptkommisarin Marion Elf-rich, die neue junge Leiterin des Dezernats Raub.

»Wenn ihr se erwischt, sie soll gleich mit de Spurensi-cherer nach Marbach fahre, no woaß se au glei B'scheid. Und en Hubschrauber lasse mir mal bloß in Wartepositi-on. Alles klar? Also los!«

Also: Die Rollen waren verteilt, der KDK telefonierte mit der Staatsanwaltschaft und den Revieren Marbach, Backnang und Heilbronn und organisierte eine Ringfahn-dung. Der Anruf an die Leiterin der Dezernats Raub er-reichte Marion Elfrich zuhause, als sie gerade beschloss, ein Flasche Don Carlos der Weingärtner Marbach zu öff-nen und eine CD aufzulegen.

»Was ist denn jetzt noch so wichtig?«

Die Antwort war: »In Marbach sind Musiker überfallen worden, und jetzt ist ein millionenteures Cello unterwegs. Der Thalhammer will, dass Sie gleich von Anfang dabei sind und mit der KTU zusammen schon in der Nacht an-fangen, Spuren zu sichern. Ringfahndung und Staatsan-waltschaft machen wir.«

»So spät jetzt noch? Reicht's nicht bis morgen?«

»Der Thalhammer macht's eilig, weil es sich um ein be-rühmtes und sehr teures Musikinstrument handelt, das man aufspüren muss, bevor es im Untergrund verschwin-det.«

»Na, ja. Ich mach's, fahre aber selbst und versuche, den Wilfried (gemeint ist ihr Assistent Wilfried Müller) auf-zugabeln und mitzunehmen. Der wohnt auf dem Weg in Neckarweihingen.«

Die Aufregung in Marbach sah so aus:

Im Musiksaal des FSG hat Arzt-Cellist Martino den

niedergeschlagenen Dirigenten Sebastian auf die Seite gelagert. Der atmete, war aber nicht ansprechbar. Martino versorgte, die Kopfwunde mit Verbandsmaterial aus dem Sanitätskasten der Schule, als feststand, dass Kreislauf und Atmung stabil waren. Nema rief: »Mir ist nichts passiert! Das Cello, schnell hinterher!« Phil war schon während des Telefonats nach draußen gelaufen und kümmerte sich jetzt um den angefahrenen Schüler. Martinshörner waren aus der Schulstraße zu hören, ein erster Streifenwagen traf ein, und dahinter schon der erste Krankenwagen. Phil winkte sie durch Richtung Musiksaal und fragte den Schüler, der auf dem Boden lag: »Wie geht es dir? Tut was weh?« Der Schüler: »Domme Frog. Die Sau isch mir über die Zehe g'fahre und hat me g'streift, so dass es mi an den Papierkorb no'ghaue hat. Ein Fuß kann i gar net bewege, der ander tut saumäßig weh, und es Kreuz, au!«

»Dann bleib liegen, nicht bewegen! Ein zweiter Krankenwagen kommt gleich.«

Der andere Schüler stand daneben und fragt: »Wird er wieder? Jetzt haben wir so viel für eine Physikshow vorbereitet. Kann er mitmachen? Wir brauchen ihn unbedingt!«

»Richtiges kann man nach erst nach den Untersuchun gen sagen. Erstmal muss er ins Krankenhaus. Hast du eine Telefonnummer der Eltern? Bitte benachrichtige sie. Und frage die Sanitäter vom Krankenwagen, wohin er gebracht wird. Ich höre das Martinshorn schon. Winke dem Krankenwagen, wenn er um die Ecke kommt, ich gehe wieder in den Musiksaal.«

Das Sirenengeräusch kommt näher. Es ist aber nicht der Krankenwagen, sondern der zweite Streifenwagen.

Phil winkt ihn durch und sagt: »Ich komme gleich hinterher, wenn der Sanka eintrifft. Eure Kollegen sind schon da.« Aus der Ferne ist aber schon ein Martinshorn zu hören. Er sagt deshalb zu den beiden Schülern: »Das ist sicher der Krankenwagen. Ihr wisst Bescheid. Ich gehe rüber in den Musiksaal.«

Dort hatten sich die Beamten aus dem ersten Streifenwagen vorgestellt: »Polizeiobermeister Paul Ehrlich und Peter Marquardt. Wer kann uns darüber in Kenntnis setzen, was hier passiert ist?«

Sabrina Gauger, Stimmführerin der zweiten Geige, hat sich inzwischen einigermaßen vom Schock erholt und meldet sich zu Wort. In knappen Worten erklärt sie, dass sich hier ein Projektorchester zur Probe für ein bevorstehendes Konzert getroffen hat. Der am Boden liegende Bewusstlose, um den sich gerade die Sanitäter kümmern, sei Sebastian Kohlhammer, der Dirigent, und der andere Verletzte sei Nema Raduloff. Das Ziel des Angriffes sei dessen Cello gewesen, ein altes und wertvolles Instrument.

»Kannst mal sehen, Peter«, sagt Paul Ehrlich in leicht westfälischem Akzent zu seinem Kollegen und Oldtimerliebhaber Marquardt, ein Urschwabe wie Elvira Kohlhammer-Meier, »nit bloß din alte Autos sind wertvoll und teuer.«

»Hör uff mit deine ewige Spitza, wir müsset jetzt schaffe, en Lagebericht mache ond dia Personalia uffnemma.«

»Ich habe nur die Hälfte von deinem Schwäbisch verstanden! Aber fangen wir an!«

Die Sanitäter lagern den inzwischen wieder ansprechbaren Sebastian auf der Trage und nehmen seine Personalien und die Elviras auf.

Zu den Polizisten und Elvira gewandt erläutern sie

knapp: »Schädel-Hirn-Trauma. Wir bringen ihn nach Ludwigsburg in die Neurochirurgie«, was bei Elvira einen Weinausbruch auslöst. »Darf ich mitfahren?«

»Nein, lieber nicht, er wird dort erst untersucht, das kann dauern. Man ruft Sie dann an, und es ist besser, sie besuchen ihn erst morgen.

Die Polizei braucht von Ihnen Personalien und Aussagen. Martino, der im Cello als Stimmführer vor Elvira sitzt, nimmt sie in den Arm, tröstet sie und sagt: »Ich weiß, wie das jetzt abläuft. Ich glaube nicht an akute Lebensgefahr, aber genaue Untersuchungen sind nötig und die Sanitäter haben recht. Bleib hier, und jemand von uns begleitet dich nach Hause.«

Der zweite Streifenwagen trifft ein. Die Besatzung steigt aus und sieht die Kollegen: »Ach, Peter und Paul sind schon da! Wie teilen wir die Arbeit auf? Wir schlagen vor, ihr übernehmt Lagebericht und Personalien, und wir sichern den Tatort. Soweit wir wissen, sind Spurensicherung und Raubdezernat schon unterwegs.«

Wieder blinkt draußen Blaulicht durch die Nacht, dahinter ein Zivilfahrzeug. Aus den Polizeifahrzeugen mit Blaulicht steigen Beamte mit Schutzanzügen aus, ›die Spusis‹, und holen diverse Koffer aus dem Kofferraum. Sie werden von den Beamte des zweiten Streifenwagens, die den Tatort gesichert haben, in den Musiksaal geführt. Ihnen folgen aus dem zivilen Auto eine kleine zierliche Frau und ein leicht verknitterter Mann. Die junge Frau hält einen Ausweis hoch und stellt sich vor: »Kriminalhauptkommissarin Marion Elfrich. Ich komme aus dem Dezernat Raub und werde künftig die Ermittlungen leiten, und neben mir, das ist Herr Wilfried Müller, mein Assistent.«

Sie checkt die Lage, blickt in die Runde und sieht Phil. »Ach, wir kennen uns doch! Ja, wir saßen mal im Konzert nebeneinander.« Und was sie nicht sagte, sondern nur dachte: Eigentlich wollten wir uns mal verabreden. Jetzt treffen wir uns an einem Tatort. Komische Inszenierung. Eigentlich nicht nach meinem Geschmack. Dann informiert sie sich bei den Schutzpolizisten, lässt sich aber alles noch einmal von den Betroffenen erzählen. Wilfried tippt eifrig Notizen in sein Tablet und sagt dann: »Zum Auto und den Tätern kann man offensichtlich nicht viel sagen wegen Dunkelheit und Vermummung. Aber vielleicht kann mir jemand für die Fahndung etwas zum Cello sagen und dem Dings, wo des drin ischt.«

Martino: »Der Cellokasten!«

»Ja, so sagt ihr dazu.«

»Ich habe denselben, ein Pacato aus Carbon. Nur seiner ist nicht weiß wie meiner, sondern rot, und es sind einige Aufkleber drauf, und er hat noch eine Art Rucksacktasche dran, in die man Noten und anderes Inventar verstauen kann.«

Wilfried fotografiert das Cello-Etui und meint dann: »In der Fotobearbeitungssoftware kann ich die Farbe ändern. Aber ich glaube, wir haben die wichtigsten Informationen, und die Streifen haben die Personalien aufgeschrieben. Die Spurensicherung sucht noch eine Weile, aber (zu Marion umgedreht) die Musiker können jetzt, glaube ich, gehen.«

Marion: »Noch nicht ganz. Aus dem Kreis der Musikerinnen und Musiker bräuchte ich einen permanten Ansprechpartner, der mir bei der Ermittlung mit Kenntnis aus der Musikszene hilft.« Die Musiker schauen sich gegenseitig fragend an, bis sich Angela zu Wort meldet: »Wir sind eigentlich alle irgendwie gebunden, aber Phil, wie steht es mit dir? Du kennst dich bei den Behörden aus und weißt genug über uns und die hiesige Musikszene. Bitte nimm uns das ab.« Jana: »Ich kenne dich als meinen Schüler schon wirklich gut. Dir traue ich das zu!« Phil: »Okay«, und zu Marion gewandt nach einem erneut wie elektrisierenden Blick aus ihren blauen Augen: »Ich stehe zur Verfügung, zwar habe ich als Pensionär nicht wirklich Langeweile, bin aber flexibel. Was soll ich tun?«

»Kommen Sie morgen zu mir ins Präsidium, wenn unsere Frühbesprechung vorbei ist. Das wird so gegen elf Uhr sein.« Und zu Peter und Paul: »Sagt eurem Revier Bescheid, dass wir hier jetzt vorerst fertig sind, aber mit euch zusammen eine Ermittlergruppe bilden müssen. Ich nehme morgen mit eurem Bartel Kontakt auf.« (Gemeint ist der Leiter des Reviers Marbach, erster Hauptpolizeikommissar Friedrich Fritz Bartholom.)

Kaum hat sie ausgesprochen, schnarrt das Funkgerät draußen im Einsatzwagen von Peter und Paul: »Bitte melden! Wichtig!« Peter läuft hin und meldet sich: »Hier PHM Marquardt, was gibt's?«

»Seid ihr droben in der Schule fertig, könnt ihr einen neuen Auftrag übernehmen? Alle unsere Streifen sind bei der Ringfahndung, deshalb rufe ich euch.«

»Ja, wir können!«

»Im Panoramaweg hinterm Krankenhaus, weiter in den Weinbergen, brennt es heftig, anscheinend hat es eine Explosion gegeben, wie uns die Feuerwehr berichtet hat. Die sind schon dort. Beide Streifen zur Fallaufnahme schnell hin. Wie ist es mit den Spusis?«

»Die packen auch gerade ein. Die zweite Streife nimmt die ins Schlepptau. Wir fahren gleich. Ende.«

»Los, Paul, neu's G'schäfft.«

Und wieder zuckt Blaulicht und heult ein Martinshorn durch Marbach. Die Musiker verabschieden sich mit bedrückter Miene voneinander und gehen zu ihren Autos, vorbei an Neugierigen, die dem Sirenengheul und Blaulicht gefolgt waren und sich in gehörigem Abstand hinter den Trassierbändern versammelt hatten. Auch der Fotograf der Marbacher Zeitung stand dabei mit seiner Kamera und fragte nach, ob ein Bild erlaubt sei, und für morgen schon ein Bericht in der Zeitung. Sie bekamen von den vorbeieilenden Polizisten eine knappe Antwort: »Vom Tatort ja, aber ohne Personen, zum Vorfall unser Pressereferent in Ludwigsburg.«

8. Kapitel

Die Ermittlungen beginnen

Am nächsten Morgen: Phil blättert beim Frühstück wie üblich die Zeitung durch und überfliegt die ihm am wichtigsten erscheinenden Artikel. Im Lokalteil springt ihm das Bild entgegen, das ein Polizeiaufgebot im dunkeln, nur von Blaulicht erhellten Schulhof des FSG zeigt, mit der Unterschrift »Gestern Abend wurden kurz nach 22 Uhr ein größeres Polizeiaufgebot und zwei Krankenwagen zum Friedrich-Schiller-Gymnasium beordert. Offenbar hat es einen Raubüberfall gegeben mit Verletzten. Die Polizei wollte noch keine näheren Angaben machen. Ein ausführlicherer Bericht wird folgen.«

Phil nimmt dann die Bahn um zehn Uhr fünfundzwanzig nach Ludwigsburg. Dann kann er bequem zu Fuß ins Präsidium schlendern. Er ist überzeugter Fußgänger und legt alle Wege per pedes zurück, die er so in dreißig Minuten erreichen kann. Aus dem Bahnhof kommend biegt er rechts ab und geht dann in die Karlstraße, weil er so an seiner früheren Schule vorbeikommt. Seine Schulzeit ist ihm in guter Erinnerung, und diesen Weg wählt er deshalb. Hinter dem Mörike-Gymnasium biegt er links ab, am Goethe-Gymnasium vorbei und dann wieder rechts in die Alleenstraße bis zum Forum. Und auch diesen Weg ging er immer gern mit Erinnerungen an Konzerte dort. Als er die B27 überquert hat, bleibt er eine Augenblick vor dem Forum stehen. Gestern Abend diese Kommissarin!

61

Die habe ich doch hier bei einem Schlosskonzert getroffen. Die zwölf Cellisten der Berliner Philharmoniker haben gespielt. Wir haben nebeneinander gesessen und sind ins Gespräch gekommen. Er erinnert sich: Zuerst habe ich sie mir nicht richtig angeschaut, und auf dem Weg hinaus in die Pause habe ich gefragt, ob ich ihr auch was zum Trinken mitbringen könne, mir sei nach einem spritzigen Weißen zumute. Sie hatte mich erstaunt mit einem Augenaufschlag angeschaut. Und dieser Blick aus blauen Augen, zuerst prüfend, dann freundlich, war ihm gestern Abend wieder aufgefallen. Und ein Cello ist es auch wieder, das uns zusammenführt. Welch seltsame Fügung!

Auf dem weiteren Weg die Friedrich-Ebert-Anlage entlang, an den alten Kasernen vorbei Richtung Präsidium, bleibt er noch einmal stehen. Warum haben wir uns dann doch nicht zu einem Kaffee oder einem anderen Konzert verabredet? Aber dann konzentriert er sich auf das Kommende. Was sollte er beitragen, um den Raub des Cellos aufzuklären? Ein schrecklicher Gedanke folgt dem nächsten, und er weiß, dass alle im Orchester auch solche Gedanken hegen: Wenn wir das Cello nicht finden, hat unser Konzert weniger Anreiz. Für Marbacher und überregionales Konzertpublikum war das ja bestimmt der Knüller. Auch wenn der Besuch wegen des von KEK erwähnten früheren Konzertes mit Cello-Solo schon gut sein würde. Viel schlimmer noch wäre es aber für Nema Raduloff, den Solisten, sowieso aber auch für die Musikwelt, wenn dieses außergewöhnliche und von vielen großen Cellisten in der Vergangenheit gespielte Cello verschwunden bliebe. Vielleicht sogar für immer? Auch ein Oboist der einfachen Kategorie wie er musste sich da unbedingt engagieren. In solchen Gedanken versunken erreicht er das Präsidium und meldet sich an der Pforte. »Ich habe einen Termin im Raubdezernat bei Frau KHK Elfrich.«

»Bitte nehmen Sie Platz im nächsten Raum, rechts hinter dieser Gittertüre. Ich melde Sie an, und Sie werden dann abgeholt.«

Es dauert zehn Minuten, bedrückende Minuten, in diesem käfigartigen Warteraum mit nach drinnen und nach draußen verriegelten Türen. Ein Gefühl des Gefangenseins beschleicht ihn. Dann kommt Wilfried Müller, der Assistent. Heute Morgen wirkt er noch mehr zerknittert als gestern Abend, so als habe er nicht viel geschlafen. In der Tat hat er noch lange am Computer gesessen und diverse Suchmethoden mit verschiedenen Stichworten laufen lassen.

»Grüß Gott, Herr Mälzer. Ich bin Kriminaloberkommissar Wilfried Müller. Wir sind uns gestern Abend ja schon begegnet. Meine Chefin wartet auf Sie mit neuen Nachrichten.«

Er führt Phil zum Besprechungsraum des Dezernats Raub und erläutert unterwegs, dass der Präsident die Sache hoch aufgehängt hat und er eine Ermittlergruppe, also so eine Art Sonderdezernat, zusammenstellen will. Und die Marion Elfrich, er sagt den Namen seiner Chefin immer mit einer besonderen Betonung, habe vorgeschlagen, dass ausnahmsweise auch ein »ziviler Laie« dabei sein sollte.

»Sie hat aber noch mehr Neuigkeiten auf Lager. Sie werden sehen und hören.«

Sie gehen mehrere Treppen hoch und durchqueren mehrere Flure, bis sie den Besprechungsraum erreichen, einen etwas tristen nüchternen Raum mit mehreren Tischreihen und diversen Medien. In einer Ecke gibt es ein separates Tischviereck, an dem KHK Marion Elfrich sitzt, vor sich auf dem Tisch verteilt Papiere, die sie gerade in einen Ordner einsortiert.

Dazu der Kommentar von Wilfried: »Sie ist da mit den Akten noch ein bisschen konservativ. Ich habe ihr aber schon alles digital aufbereitet« und zeigt dabei auf sein Tablet, in das er am Abend vorher schon reichlich Daten eingetippt hat.

Die KHK steht auf, als die beiden eintreten. Sie ist keineswegs zerknittert wie ihr Assistent, salopp sportlich gekleidet und wirkt eher dynamisch als zierlich-zerbrechlich. Phil registriert im Hinterkopf einen spontan erfundenen Begriff: zierlich-athletisch. »Guten Morgen, Frau Kommissarin, oder wie soll ich Sie ansprechen?«

»Guten Morgen. Nur mit dem Namen ohne Dienstgrad bitte. Setzen Sie sich neben mich, dann können Sie mit in die Akten schauen, die ich gerade zusammenstelle. Ich verweise aber darauf, dass dies absolut ungewöhnlich ist, Ihnen so tiefen Einblick in unsere Arbeit zu geben, und dass Sie diese Kenntnis nicht anderweitig verbreiten. Das Wort ›geheim‹ passt nicht ganz, ›intern‹ passt besser, aber die Verbreitung von internen Erkenntnissen kann die weitere Aufklärung gefährden.«

»Ich verstehe das und werde mich schon im Interesse der Philharmonie und unseres Cello-Solisten daran halten.«

»Schön. Dann kann ich Ihnen den Stand der Ermittlung ja schildern. Sie brauchen dieses Wissen einerseits, um unsere Arbeit zu verstehen, und andererseits, um uns bestimmte Informationen zu liefern, die wir Nichtmusiker nicht so erfragen könnten wie ein intern Involvierter. Verstehen Sie, was ich meine?«

»Ich glaube schon. Und mir schweben auch Ansätze im Kopf, über die wir reden können.«

»Gut. Dann sage ich Ihnen, was sich bisher ereignet hat. Am Morgen wurde in der Besprechung mit dem Präsidenten eine Sonderkommission zusammengestellt, die im Revier Marbach arbeiten wird unter Leitung des Dezernates Raub zusammen mit dem Revierleiter Marbach, Erster Polizeihauptkommissar Friedrich Batholom, mit Experten der KTU, mit den Streifenbeamten der ersten Stunde und dem Kontaktmann Phillipp Mälzer.

Warum mit einem Laien? Man denkt alle Möglichkeiten durch und braucht dazu jemanden, der mit Vertrauen in der Gruppe Informationen aus der internen Szenerie liefert.

Deshalb finde ich es gut, dass die gestern Abend anwesenden Orchestermitglieder dich, Entschuldigung, Sie vorgeschlagen haben. Man muss auch das in Erwägung ziehen, dass Musiker involviert ist. Nicht weil jemand der Musiker der Komplizenschaft verdächtigt wird, sondern weil vielleicht der Staatsanwalt oder ein findiger ausgebuffter Verteidiger fragt: Haben Sie auch dies und das geprüft und ausgeschlossen, dass …? Wir dürfen keinen Ermittlungsfehler begehen. Verstehst du das?«

Wieder war das Du aufgetaucht, und sie fragt sich, warum? Ein älterer Herr bringt mich durcheinander? Und sie musterte ihn genauer. Man sieht ihm das Pensionärsalter nicht an, auch wenn er grauhaarig ist. Vielleicht machten ihn der gut gepflegte Vollbart und der schüttere Haarkranz etwas älter, aber Haltung und Bewegung sind lebhaft, er blickt beim Gespräch ins Gesicht und reagiert auf das Gesagte mit einer Mimik, die ahnen lässt, dass er mitfühlt und mitdenkt. Phil bemerkt, dass er beobachtet wird. Der lebhafte Blick aus den blauen Augen ist ihm gestern schon aufgefallen, wie er schnell die Gegend sondiert und sich dann auf Details konzentriert. Die etwas wuschelige blonde Kurzhaarfrisur passt zu der übrigen Erscheinung – wie war ihm doch der Ausdruck eingefallen, sie mit zierlich-athletisch zu beschreiben?

Sie merkt, dass er wie sie auch gerade gedanklich nicht beim Thema ist und versucht, wieder ins Geschehen zurückzukommen mit der Anmerkung: »In Ermittlergruppen sagen wir üblicherweise Du zueinander und reden uns mit Vornamen an. Wollen wir das nicht auch tun? Ich heiße Marion.«

Phil ist kurz durch das Du-Angebot verdutzt, fasst sich aber schnell, lächelt sie an mit den Worten: »Gerne, natürlich. Ich heiße Phillipp mit zwei L und drei P, aber alle sagen nur Phil zu mir. Machen Sie, - äh - du, das gerne auch so!«

Da steht auch der Assistent auf, streckt die Hand aus: »Ich heiße Wilfried, sag einfach wie alle anderen auch Wil zu mir.«

Marion ruft dann zur Tagesordnung zurück. Der aktuelle Stand der Ermittlungen:

Der Fahndungsring wurde ohne Erfolg, in Anbetracht des ausgebrannten dunklen Kombis, gegen Morgen aufgehoben. Es wurden zahlreiche Autos kontrolliert, alle größeren Fahrzeuge die mühelos ein Cello aufnehmen konnten. Es sei wenig Verkehr überhaupt gewesen, so dass quasi jedes Auto im größeren Umkreis kontrolliert wurde, das den Raum Marbach verließ. Die Kriminaltechnik hat bislang keine verdächtigen oder verwertbaren Spuren gefunden, aber alles gut dokumentiert. Wil, er ist ein absoluter Digitalisierungsexperte und IT-Fachmann, hat das alles eingespeichert und wird auch die Internetfahndung mit seinen zwei Mitarbeitern aufnehmen. Aber das wichtigste Neue: Gestern Abend wurden ja die Streifen vom Tatort mit Blaulicht und Signal wegbeordert zu einem Brand in den Weinbergen. Sie fanden dort die Feuerwehr in einem fast machtlosen Kampf vor, ein Auto zu löschen. Sie konnten nur erreichen, dass das Auto, ein Kombi, kontrolliert abbrannte, und verhindern, dass das danebenstehende Weinberghäuschen nicht auch noch abbrannte. Als nach mehreren Stunden das Wrack für die KTU zugänglich wurde, fanden sie im Auto die verkohlten Reste eines Cellokastens. Nach Meinung der KTU und der Feuerwehr war das Auto mit einem explosiven Brandbeschleuniger angezündet worden. Wil hatte die KTU mit seinem Foto des Cellokastens gestern Abend konfrontiert und auch schon auf der Homepage von Paganino recherchiert – kein Wunder, dass er heute Morgen noch mehr zerknittert als sonst aussah – und festgehalten: Carbonfaser, Epoxydharz, Cellulargewebe und Tragesystem, das könnte der gesuchte Kasten sein. Im Inneren fanden sich aber keine Hinweise auf ein verkohltes Instrument, also geschmolzene Saiten oder verkohlte Bögen. Es ergab sich also ohne Zweifel: Die Räuber haben hier das Auto gewechselt und das Cello umgepackt. Ziel der Aktion war offensichtlich, den auffallenden Cellokasten loszuwerden und Spuren zu verwischen.

Und noch am Vormittag soll die Sonderkommission sich treffen und beraten.

Gemeinsam fahren sie also nach Marbach. Vor dem Eingang des charakteristischen Rundbaus an der Grabenstraße, im Angesicht der Stadtmauer, warten schon die Polizeiobermeister Peter und Paul. Die beiden geleiten sie direkt hinein und so müssen sie nicht durch den Wartekäfig. Peter und Paul führen sie eine Treppe hinauf und eine halbe Rundung herum zum Besprechungsraum.

Paul sagt: »Setzt euch schon mal, ich hole den Chef und ordere Kaffee, Wasser und Brezeln, schließlich ist es Mittagszeit, und keiner hatte bisher Gelegenheit zum Essen.« Der Revierleiter, Erster PHK Friedrich Fritz Batholom, ein athletischer großgewachsener Mittfünfziger, kommt und begrüßt die Gruppe. Marion stellt sich und Phil vor und erläutert, warum ein Nichtpolizist dabeisitzt. Der PHK bittet auch darum, bei der Sitte des Duzens und Nennung mit Vornamen in engeren Arbeitszirkeln zu bleiben – »Ich heiße in solchen Kreisen immer nur Fritz« – und fragt nach einem Vertreter der KTU.

Marion erläutert: »Die machen gerade Hausaufgaben, ich bin aber nah dran und stelle zeitnah die Verbindung zu neuesten Ergebnissen her. Aber euer Rundbau ist interessant.«

Fritz freut sich darüber, weil er dann einen seiner Lieblingssprüche loswerden kann: »Der Architekt wusste, dass es bei der Polizei immer rundgeht. Und wenn es mal nicht glatt durchläuft, wird man daran erinnert, dass man dann wenigstens dorthin kommt, wo man gestartet ist – kleiner Scherz muss bei allem Ernst mal sein – ,ich hoffe aber, wir drehen uns nicht im Kreis.«

Er übernimmt sodann als Hausherr die Leitung der Sonderkommission und teilt die Ermittlergruppen ein:

Er und Peter und Paul übernehmen die Arbeit vor Ort mit Zeugenbefragungen, Suche und Sicherung von Spuren in Zusammenarbeit mit der KTU, man nenne sie mal »Gruppe Marbach«. Marion und Wil(fried), ihr Assistent, machen die raubspezifische Fahndungsarbeit zusammen mit den weiteren Kommissaren des Innendienstes im Präsidium. Wil kümmert sich um die Internetfahndung, da er alle Tricks, fast wie ein Hacker, kennt. Mit Unterstützung von Phil im Hinblick auf die Kontakte zur Musikerszenerie, man nenne sie mal Gruppe »Cello.«

Als erste trug die Gruppe Marbach vor: Nachdem der ausgebrannte Kombi abgekühlt war, konnte man mit Hilfe eines KfZ-Mechanikers (Peter als Oldtimerfan hatte einen Kumpel aus dem Schlaf gerissen und hergeholt) die Fahrgestellnummer und die Motornummer feststellen und damit den Halter ermitteln. Das Auto war am Nachmittag schon als gestohlen gemeldet, der Halter war schon befragt worden und zum Tatzeitpunkt in einer Gaigel-Runde im Turnerheim gewesen.

Lob von Marion: »Gut, Gruppe Marbach, schnell gehandelt. Habt ihr überhaupt geschlafen?«

Fritz: »Man hat mich aus dem Schlaf geholt, und ich habe nach einem nächtlichen Frühstück von meiner Frau ein bisschen organisiert. Peter und Paul haben allerdings nach Schichtende bis jetzt noch weitergearbeitet.«

Peter und Paul sahen auch recht müde aus, brachten trotzdem noch eine wichtige Einschätzung in die Runde: »Es können nur Ortskundige gewesen sein. Der Weg auf den Schulhof geht nur über Kerner- und Schulstraße und vor dem Poller zweimal um die Ecke. Das findet nachts nur jemand, der sich auskennt oder eingewiesen wird. Und so ist es auch mit dem Platz im Weinberg oberhalb der Klär- anlage, da muss man wissen, wie man hinkommt bei Nacht, das geht nicht mit Karte oder Navi.«

Dazu wurde noch angemerkt, das genaue Wissen von Ort und Zeit konnte auch entweder über die Presse bezo- gen sein oder aber auch auf einen Täterkreis im näheren Bereich oder gar Umfeld der Musiker hinweisen.

Dazu Marion: »Wir müssen mit allen Musikern reden. Wir müssen sie alle zur Vernehmung einbestellen, entwe- der hierher oder ins Präsidium. Unsere Innendienstler des Dezernates werden das übernehmen. Dazu brauche ich von dir, Phil (wieder dieser Augenaufschlag, der ihn so elektri- sierte), eine Aufstellung: Namen, Adressen und so weiter.«

Phil wehrt sich: »Unmöglich, jemand aus dem Orches- ter soll mit Kriminellen sowas ausgeheckt haben? Nein! Das sind Musikliebhaber. Die lassen kein Instrument ver- schwinden und gefährden auch nicht ein schon so weit vo- rangebrachtes Konzertprojekt. Alles was recht ist, du bist auch Musikliebhaberin, wir sind uns ja beim Celloabend der zwölf Cellisten der Berliner Philharmoniker begegnet, saßen nebeneinander, und ich habe sehr wohl gespürt, wie dich das mitgerissen hat.«

Jetzt ändert sich der elektrisierende Augenaufschlag und bekommt eine fragende und erstaunte Komponente: Hat der mich so genau angeschaut und hat der gespürt was ich fühle?

Phil weiter: »Also bitte, wie soll ich das dem Orchester erklären?«

Es herrscht kurz Stille, dann kommt, mit einem wie- der eingefangenen Gesichtsausdruck, von Marion die

Antwort: »Nichts ist unmöglich, wir müssen in alle Richtungen ermitteln. Ein blöder Satz in allen Fernsehkrimis. Das heißt nicht, dass der Hauptverdacht auf Mitgliedern eures Orchesters liegt. Aber wie früher an anderer Stelle schon erwähnt: Ausgelassene Ermittlungen gefährden die Beweislast anderer Möglichkeiten des Tatablaufes und der Motive. Da sind wir an einem weiteren Punkt: Motive! Darüber reden wir gleich, aber jetzt zu deiner Emotion: Es ist trotzdem gut, wenn du den Job des Vermittlers zwischen betroffener Szene und Ermittlern machst! Erkläre den Mitspielerinnen und Mitspielern, dass wir alle möglichen Informationen brauchen, um den Fall aufzuklären und das Cello wiederzufinden, dass das also keine ›Vernehmungen‹ sind, sondern ›Hilfen‹ bei der Aufklärung. Aber auch ein Rest von Verdacht der Mittäterschaft könnte in Überprüfungen der finanziellen Situation liegen, Geldnöte sind oft ein Motiv. Wir machen das sehr diskret, aber wir machen das: Kontoüberprüfungen. Bitte nicht weitergeben, die Staatsanwaltschaft, in unserem Fall ist die aus Heilbronn, wird danach fragen: Habt ihr die finanzielle Situation von Insidern überprüft?«

Phil steht auf mit den Worten: »Arbeitet die Polizei mit solchen Unterstellungen? Da mache ich nicht mit!«

Der elektrisierende Blick aus blauen Augen wird plötzlich sanft und bittend: »Bitte versuche uns zu verstehen. In der Ermittlung ist Ausschluss genauso wichtig wie Einschluss in die Möglichkeit einer Täterschaft.«

Ein solches Argument hatte Phil noch nie gehört, aber er versteht sofort: »Das ist logisch, aber Misstrauen steht doch wider gegenseitiges Vertrauen. Und ein Miteinanderleben ohne Vertrauen zueinander geht doch nicht.«

Marion: »Wir sind die Guten, aber Böses davon zu unterscheiden gelingt nur, wenn wir dem möglichen Bösen nachgehen.«

Jetzt ändert sich bei Phil das Mienenspiel seiner ausdrucksvollen Gesichtszüge von ›erregt‹ in ›überrascht‹. Nach einer Pause, die von allen Zuhörenden als notwendig erachtet und als deeskalierend empfunden wurde – Streitgespräche in Sonderkommissionen waren gefürchtet –, schaltete sich Fritz ein: »Hier besteht die Notwendigkeit für einen internen Meinungsaustausch. Bitte setzt euch später nochmal zusammen. Die Vorgehensweise der KHK Marion ist aber unumgänglich. Marion, du hast Motive in die Überlegungen eingebracht. Fahren wir doch in diesem Punkt fort.«

»Also für mich steht, wie ich es gerade schon eingebracht habe und wie es fast ausschließlich bei Raub der Fall ist, Geld im Vordergrund. Und jetzt könnte es sein, dass das Instrument auf dem Schwarzmarkt angeboten oder gegen eine Auslösung der Versicherung angeboten wird. Das erfordert Insiderwissen. Also, Phil, bitte, ist Fahndung in Musikerkreisen erforderlich. Das sollten wir zum Ersten über Befragungen machen und zum Zweiten über die sozialen Medien. Wil, das ist dein Job. Mit Phil setze ich mich extra noch zusammen, um zu planen, wo und wie recherchiert wird. Dabei kann Phil auch sowas wie ein Befragungsraster zusammenstellen.«

Fritz wirft ein: »Wo und wie wird befragt und wer von uns macht das? Ich könnte, falls einverstanden, meine Beamten zur Verfügung stellen, die nach dem Fragenkatalog von Phil vorgehen.«

Marion: »Das ist gut, aus meinem Innendienst können auch ein oder zwei Beamte abgestellt werden.«

Wil will wissen, wie es mit der Öffentlichkeitsarbeit ist, ob er offensiv im Internet fragt oder nur nach Stichworten suchen soll.

Fritz: »Richtig, das war jetzt eine wichtige Frage. Kommt der Pressesprecher des Präsidiums noch dazu oder klärt ihr das bei euch in Ludwigsburg? Heute war ja schon eine Notiz in der Zeitung.«

Marion: »Ich trage das dem Präsidium und dem Staatsanwalt vor. Gegen Abend ist bei uns eine interne Konferenz vorgesehen. Meine Tendenz geht dahin, vorerst nichts von dem Cello zu erwähnen. Wie er das umschifft, ist sein Problem. Wenn das Cello über Internet oder Musikinstrumentenhandel zu Geld gemacht werden soll, dann würden wir die Täter vorwarnen und uns die Fahndung in diese Richtung erschweren. Erst wenn dieses Gleis zu Ende gefahren ist, sollten wir den vollen Tatbestand publizieren, und damit die Öffentlichkeit zur Mithilfe heranziehen. Warten wir ab, ob der Präsident und die Staatsanwaltschaft diesem Vorgehen folgen. Aber ich greife weitere Anregungen von euch gerne auf.«

Es kommen zu diesem Themenkomplex keine weiteren Fragen, aber es wird spekuliert, wo ganz aktuell nach dem Cello gesucht werden kann, ob die Spurensicherung schon Hinweise geben kann. Nachdem aber die Ringfahndung kein verdächtiges Fahrzeug gemeldet hat, selbst nach der früh eingetretenen Erkenntnis, nicht nur nach einem dunklen Kombi zu suchen, ging man davon aus, dass das Cello noch im näheren Umkreis sein musste und wahrscheinlich dort versteckt bleibt, bis nicht mehr jeder Cellokasten argwöhnisch beobachtet wird. Der auffällige von Nema war ja vernichtet worden. Damit schloss der Erste Polizeihauptkommissar die erste Sitzung der Sonderkommission, nachdem der nächste Termin für morgen Nachmittag festgelegt worden war und noch einmal die Aufgaben verteilt waren. Phil: Aufstellung der Liste mit den Musikerinnen und Musikern und des Fragenkataloges sowie Kontakt zur Versicherung; das Revier Marbach: die Organisation der Befragung der Musiker; Wil: Internetrecherche; die Streifenbeamten: vermehrte Beobachtung des Publikumsverkehrs hinsichtlich Instrumentenkästen. Phil entschuldigte sich nochmal für seine Aufregung, als zur Sprache kam, im engeren Kreis der Musiker Auskünfte einzuholen, und er verabredete sich mit Marion für morgen Mittag vor der Sitzung. Wo und wann wollten sie morgens telefonisch festlegen.

Phil hat sich notiert, was seine Aufgaben sein werden, und lässt sich nach der Verabschiedung von Marion nach Ludwigsburg zum Klinikum mitnehmen, um sich zu erkundigen, was mit Sebastian los ist. Der Pförtner schickt ihn auf die Neurochirurgische Station mit dem Hinweis, von der Notaufnahme und nach kurzer Zeit auf der Intensiv habe man ihn dorthin verlegt. Die Zimmernummer solle er oben erfragen. Oben auf der Station wird die Zimmernummer genannt mit dem Hinweis, dem Patienten doch möglichst Ruhe zu gönnen, es sei schon viel zu viel los.

Phil überlegt: Viel los, bedeutet das Schlechtes? Oje. Also klopft er nur vorsichtig an der Tür und ist sofort richtig froh, als ein posaunenklang-impulsiertes »Herein!« erklingt.

Als er die Tür öffnet, sieht er vor lauter Menschen gar nicht das Bett. So also war die Bemerkung der Schwester zu verstehen, es sei schon zu viel los. Fast alle aus dem Orchester, die nicht Probentermine oder Unterrichtszeiten hatten, waren hier versammelt.

Aus vielen Kehlen erklingt: »Ach, der Phil auch noch! Hallo Phil. Guck dir den Sebastian an: Posaunisten umzuhauen ist schon ein Kunststück, aber die stehen schnell wieder auf. Und Dirigenten geben auch nicht so schnell den Taktstock aus der Hand.«

Phil findet das etwas zu sarkastisch, aber geht erleichtert an das Bett von Sebastian. »Wie geht es dir, was haben sie gemacht, was ist dabei herausgekommen?«

Sebastian kann gar nicht schnell genug antworten, weil Elvira gleich die Antworten vorwegnimmt: »Der Pollo (gemeint ist der Arzt-Cellist Martino Pollocino) hat recht gehabt: Die machen erst viele Untersuchungen, und dann haben sie ihn auf die Intensiv gelegt. Als ich gekommen bin, haben sie ihn gerade hierher verlegt. Im MRT haben sie schon eine Auswirkung gesehen – klar bei einem solchen Schlag –, aber sie haben das noch nicht für sehr bedenklich gehalten und er sei auch gut drauf. Aber er muss noch einen Tag dableiben, zur Beobachtung, und wenn morgen das MRT gut ist, darf er wieder heim. Und dann kriegt er Linsen mit Spätzle und Speck. Des doa im Krankahaus isch doch koi richtigs Essa fir moin Moa.«

Phil geht ans Bett, klopft Sebastian leicht auf die Schulter und sagt: »Bin ich froh zu sehen, dass nicht mehr passiert ist. Du warst ja gestern Abend völlig weg vom Fenster. Gut, dass mit Martino schon ein Arzt da war. Ohne dich wären alle Pläne futsch gewesen. Ohne das tolle Cello sind sie das vielleicht auch. Aber die Kripo hat eine Sonderkommission aufgestellt, in der ich mitmachen kann.

Ich helfe mit allen Verbindungen zur Szene derer, die an solchen Instrumenten interessiert sein könnten. Mit eurer Hilfe. Ich war schon bei einer ersten Sitzung der Sonderkommission dabei, und die wollen euch alle vernehmen. Ich habe schon mit der Kommissarin deshalb gestritten. Aber die Befragung vom ganzen Orchester ist notwendig, und es hat nichts mit Verdächtigungen zu tun. Und du sagst dir jetzt: Ich hab eine kleine Macke abgekriegt, aber die macht mich noch stärker.«

Elvira sofort: »Siehste, Seb, hab ich dir doch gleich g'sagt.« Und von den anderen: »Ist ja noch gut gegangen, und der Phil wird die Kommissarin schon zur Höchstleistung antreiben.«

9. Kapitel

Zweiter Tag
der Fahndung

Die interne Sitzung im Präsidium am Morgen fand mit telefonischer Zuschaltung des Staatsanwaltes in Heilbronn statt. Marion erstattete Bericht über das gestrige erste Treffen der Ermittlergruppe in Marbach und über die Pläne des weiteren Vorgehens, das auch von den Ergebnissen der Kriminaltechnik abhängen würde, weil die Überlegung bestand, das Raubobjekt befände sich noch in unmittelbarer Nähe. Dazu konnte der leitende Hauptkommissar der Kriminaltechnik allerdings wenig beitragen. Auf intensive Spurensuche am Tatort habe man verzichtet, weil die einhellige Meinung bestand, die Täter hatten mit Handschuhen und Schutzanzügen gut vorgesorgt, um keine auswertbaren Spuren zu hinterlassen, und man im ausgebrannten Autowrack gesehen habe, dass dort die Schutzanzüge mit abgefackelt wurden. Ansonsten habe man einen guten Überblick über den Tatablauf herstellen können und digital justiziabel dokumentiert. Auch beim Autowrack habe man keine verwertbaren Spuren eines zweiten Autos gefunden und auch keine brauchbaren Fußspuren. Alles spreche dafür, dass Profis am Werk waren. Auf den Hinweis von vorhandener Ortskenntnis kam der Einwand, natürlich hätten sich die Täter auch der Mithilfe von Einheimischen bedienen können und man werde diese Szenerie dahigehend intensiver beobachten als sonst, vor allem die Gruppierung 672. Das ist die Gruppe, die in vergangener Zeit den Marbacher Bahnhof vorübergehend unsicher gemacht hat und die verwickelt war in die Tätlichkeit gegenüber der Streifenpolizistin und ihrem Kollegen, der schwer verletzt worden war. Sie seien immer wieder nachts im Schulcampus und im Eichgraben beobachtet worden, aber so professionelles Vorgehen traue man ihnen doch nicht zu. Der Staatsanwalt kündigte an, am Nachmittag beim Treffen der Ermittlergruppe in Marbach dabei zu sein, er lege jetzt aber schon Wert darauf, intensiv nach Zeugen zu suchen und die vorgesehenen Befragungen im Umfeld als vorerst wichtigstes Instrument einzusetzen. Deshalb sei er mit dem ungewöhnlichen Umstand einverstanden, einen ›Zivilisten‹ in die Ermittlungen einzubinden. Marion sprach darüber hinaus nochmal die Überlegung an, noch nicht zu viele Details preiszugeben, um zu sehen, ob das Cello im Internet oder bei Instrumentenhändlern angeboten wird. Sie erfuhr, beim Dezernat Öffentlichkeitsarbeit sei schon von Presse und Rundfunk angefragt worden. Der Präsident entschied, dem Vorschlag von Marion zu folgen und nicht zu erwähnen, dass es sich um Musiker bei den Überfallenen handelte und vor allem nichts von einem Cello verlautbaren zu lassen. Dass Ort und Zeit heute bereits in der Zeitung stehen, sei eigentlich schon zu viel, weil man sich damit einiges zusammenreimen konnte. Zu gegebenem Zeitpunkt brauche man allerdings doch die Öffentlichkeit. Er fasste kurz zusammen: Zügig die Befragungen starten, die Versicherung einschalten, im Internet und bei Instrumentenhändlern recherchieren, ob ein auffälliges Cello angeboten wurde, und die Szenerie in Marbach aufmerksam verfolgen, mehr Streifen als sonst fahren und Zivilbeamte der Kripo in Marbach patrouillieren lassen. Damit beende-

te er die Sitzung und wünschte dem Treffen der Ermittlergruppe am Nachmittag in Marbach viel Erfolg.

Marion rief Phil an, und sie verabredeten sich zum Mittagessen vor der Zusammenkunft der Ermittlergruppe
im Turnerheim, wo man bei dem heutigen schönen Sonnenschein im Freien sitzen konnte und wohin er seinen
Gewohnheiten entsprechend zu Fuß hingehen konnte.
Er setzte sich an einen etwas abgelegenen Tisch, an dem
man sich sicher gut und ungestört unterhalten konnte.
Als er ihr Auto kommen sah, stand er auf und winkte sie
in einen günstigen Parkplatz. Sie gingen zu dem Tisch im
Halbschatten der Bäume. Marion hatte einen legeren Som-
merblouson an und merkte an, dass er ihr doch zu warm
sei über dem langärmligen T-Shirt. Dabei machte sie An-
stalten, ihn auszuziehen. Phil griff sofort zu und nahm ihr
den Blouson ab. Dabei berührten sich ihre Hände, und er
bekam dabei ein merkwürdiges Kribbeln in der Magengegend und sie zuckte leicht zusammen. Die Berührung war
noch elektrisierender als ihr Augenaufschlag. Es entstand
eine regungs- und sprachlose Pause, die beide brauchten,
um sich wieder zu fassen und sich zu setzen.
Beim Lesen der Speisekarte denkt Marion: Warum ist er
eigentlich so anziehend, ohne vordergründig attraktiv zu
sein? Nie hätte sie gedacht, eine solche Sympathie für jemanden zu empfinden, der so viel älter ist als sie. Wiederholt hatte sie schon bemerkt, wie ähnlich sie dachten und
empfanden. Gütige Augen, liebevoller Blick, sprechender
Gesichtsausdruck, Empathiebezeigungen, indem er den
Kopf zuneigt oder Zweifel ausdrückt mit einem verhalte-
nem Naserümpfen oder mit Stirnrunzeln. Ich habe doch

keinen Opa-Komplex? Aber es ist jemand, an den man sich anlehnen kann.

Nicht unähnlich wirrt es in Phils Kopf, als er kurz über die Speisekarte schaut und ihren Blick einfängt: Klein, zierlich, energisch, kurze Haare, blond, blaue blitzende Augen, die lebhaft in der Gegend umherblicken, aber auch dann wieder auf Details konzentrierte Aufmerksamkeit erwecken. Sie kann schnell von aktiv auf passiv umschalten und dann konzentriert zuhören, Aufmerksamkeit mit allen Sinnen und Zuwendung, mit feinen Antennen für das Subjekt trotz aller Objektivität, die sie für ihre Ermittlungen benötigt.

Viele Gedanken in schnellem Durchlauf und kurze Verwirrung bei beiden, bis die Wirtin kommt, um die Bestellung aufzunehmen. Marion bestellt eine Cola und sagt, sie will nur eine Suppe, dann eine kleinen Salat.

Phil blickt auf, weil sie offenbar dieselben Überlegungen hatten, und bei den Worten »Für mich genau dasselbe« schauen sie sich an und fangen an zu lachen, mit einem Lachen, das sich wie befreiend auf ihre fragenden Gedanken auswirkt.

Nach dem Essen lässt Marion ihr Auto bei der Stadthalle stehen und sie schlendern die Haffnerstraße hinunter. Phil zeigt ihr seine ehemalige Schule, in der er als Volksschüler und dann als Progymnasiast gewesen war, und den ehemaligen Kindergarten in der Steinerstraße, wo er vor fast vierzig Jahren (er lässt ein paar Jahre weg, damit sie nicht sein wahres Alter errechnen kann) als Jugendlicher mit dem Instrumentalkreis geprobt hat. Seine damalige Oboenlehrerin habe ihn da hingebracht. Und das sei wie heute mit Jana, seiner jetzigen Lehrerin, nur dass die

Proben im FSG stattfinden, das es damals noch nicht gab, sondern nur ein Progymnasium.

Marion muss ihn aus seinen Erinnerungen in die Gegenwart zurückholen, obwohl sie ihm gerne weiter zugehört hätte. Bevor sie das Polizeirevier erreichen, bereitet sie ihn darauf vor, dass der Staatsanwalt aus Heilbronn dabei sein werde. Das sei ein gemütlicher Schwabe, der hauptsächlich Trollinger trinkt, bei besseren Anlässen dann Lemberger trocken, hauptsächlich Lauffener wie Heuss und auch Heuchelberg-Stromberger Weine, und der gerne philosophiert, aber im Detail »päb« sein kann (das heißt pappig klebrig und nahe dran).

Als sie am Rundbau ankommen, stehen wieder Peter und Paul davor und geleiten sie zum Besprechungsraum.

Der Erste PHK Fritz erkundigt sich wegen seiner gestrigen Aufforderung, sie sollten sich einmal zusammensetzen.

Sie versichern ihm, sie hätten sich gerade getroffen, es sei alles okay und legen nach: »Beide glauben wir, wir passen gut zusammen.«

Als Reaktion gibt es ein leichtes Stirnrunzeln bei Fritz, er mustert sie etwas genauer, und dann stellt er sie dem Staatsanwalt vor: »KHK Marion Elfrich kennen Sie ja schon. Und das ist Herr Professor (nach seiner Meinung sind manchmal Titel als Einführung nicht ganz unwichtig) Phillip Mälzer. Er ist der Zivilist in unserer Gruppe. Er spielt Oboe und ist auch im Orchester einer der wenigen, die keine Berufsmusiker, also keine Profis sind. Aber KHK Elfrich war der Meinung, ein Kontaktmann ist für Ihre Ermittlungen hilfreich.«

Der Staatsanwalt mustert die beiden, und zu Phil äußert er, in der Telefonkonferenz habe er sich schon positiv über diese Kontaktmöglichkeiten geäußert, und wünscht sich gute Zusammenarbeit.

Phil dankt für das Vertrauen und ergänzt: »Ich setze alles dran, um Ihnen zu helfen, den Fall aufzuklären. Es sind zwei Menschen zu Schaden gekommen, für unser Musikerensemble ist ein Konzert gefährdet, und für die Musikwelt würde ein unwiderbringbarer Schaden entstehen, wenn das wunderbare Instrument, das schon viele Größen bespielt haben, für immer verschwinden würde. Ich verstehe gar nicht, wie man so etwas machen kann. Danke Ihnen nochmal, dass ich helfen kann, und ich werde alles tun, was in meiner Macht steht.«

Die Sitzung startet alsbald. Erster PHK Batholom Fritz lässt sich berichten, was am Vormittag besprochen worden ist. Er fasst danach zusammen: »Also, unsere weitere Arbeit muss mehrere Thesen in den Vordergrund stellen und ich mache gleich dazu Vorschläge für die Verteilung der Aufgaben:

Erstens: Es waren professionelle Kriminelle am Werk, die sich aber im Hinblick auf Ortskenntnis auch einer lokalen Szene bedient haben. Und das Cello hat den Raum Marbach mit großer Wahrscheinlichkeit noch nicht verlassen. Das bedeutet für die Gruppe Marbach intensivierte Beobachtung der Szenerie, vor allem um die Gruppe 672 herum, aber auch in den Bereichen Drogenkriminalität unter dem Gesichtspunkt Geldbeschaffung. Mein Vorschag: Diese verstärkte Observation organisiere ich mit den Mitteln des Reviers.

Zweitens: Die KTU liefert keine Spuren, die Hinweise geben, aus denen sich Ansätze für weitere Ermittlungen ergeben. Sehe ich das richtig, dass man deswegen die Schwerpunkte auf Abtasten des Umfeldes und Überlegungen zum Hintergrund des Raubes legt?«

Er macht eine Pause, schaut sich um und registriert bejahendes Nicken und sieht bestätigende Mienen.

Also fährt er fort: »Folglich muss sehr schnell die Befragungsaktion organisiert werden. Das sollte das Innendienstteam des Dezernats Raub mit Unterstützung von uns in Marbach machen. Ich würde Peter und Paul hierfür vom Streifendienst freistellen.«

Marion: »Einverstanden.« Sie nickt, hebt den Daumen der rechten Hand hoch und wirft mit Blick auf Phil ein – ein Blick, den Fritz wieder aufmerksam und mit Stirnrunzeln beobachtet, im Hintergedanken festhaltend: ›mit den beiden ist doch was‹ –

»Wir haben schon eine Liste der Musikerinnen und Musiker und ein Befragungsraster von unserem Prof.« (Schließlich hatte der PHK Phil ja mit seinem Titel vorgestellt) – worauf sie einen bösen Blick von Phil erntet, den sie mit einem diskreten und nur von ihm erkennbaren Grinsen beantwortet.

Fritz übernimmt wieder das Wort: »Ja und drittens: Wenn man davon ausgeht, dass finanzielle Motive hinter dem Raub stehen, ist zu erwarten, dass das Cello irgendwann und irgendwo zum Kauf angeboten wird oder bei der Versicherung bald ein Angebot eingehen wird, es auszulösen. Man hat sich heute Morgen geeinigt, wenn ich richtig zugehört habe, wegen dieser These die Öffentlichkeitsarbeit noch restriktiv zu halten, und zunächst Internetrecherchen anzustellen. Das ist das Gebiet von Wil. Er soll uns erstmal darüber berichten, und dann soll der Herr Staatsanwalt entscheiden, wann man diesbezüglich an die Öffentlichkeit geht. Vielleicht hören wir uns erst an, was Wil bisher herausgefunden hat und plant. Nach diesem TOP organisieren wir die Befragung. Seid ihr damit einverstanden?«

Es herrscht Einverständnis mit diesem Vorgehen, und Wil berichtet: Mit einer ganzen Reihe von Suchbegriffen und Hashtags alleine und in Kombination, wie ›Cello‹, ›Raub‹, ›Marbach‹, ›Kauf‹, ›Instrumente‹, ›Börse‹, ›Musikinstrumente‹, ›Angebote‹, ›Duport‹, ›Cello‹ und so weiter, seien er und die Mitarbeiter durch Facebook, Instagram, Twitter und Google gegangen. Sie seien inzwischen quasi schon Experten im Instrumentenhandel und Cellokenner, aber zum Fall passende Hinweise seien nicht dabei gewesen. Mit vielen Fundstellen seien sie schon seiner Chefin auf die Nerven gegangen, die aber immer durchgehend dazu angemerkt habe: »Für uns nicht relevant.«

Ergo: Nach dem bisherigen Ergebnis sei das Cello im Internet noch nicht angeboten worden, und nach seiner Meinung, liege es noch ganz nah in einem Versteck. Aber da der Cellokasten ja vernichtet worden sei, solle man noch fahnden, ob in letzter Zeit solche in der Umgebung gekauft worden seien.

Nach diesem Fazit schlägt der Staatsanwalt vor, jetzt schlage die Stunde der Einbindung der Öffentlichkeit in die Fahndung. Die Presseabteilung, also der Polizeisprecher, solle noch heute eine Pressemitteilung herausgeben beziehungsweise den Lokalredaktionen Interviews mit der leitenden Ermittlerin KHK Elfrich anbieten.

Marion schaltet sich sofort ein mit dem Einwand: »Bitte

keine Interviews mit mir, dann bin ich nur beschäftigt mit Marbacher Zeitung, Stuttgarter Nachrichten und Zeitung Bietigheimer, Ludwigsburger, dpa und wer weiß was sonst noch. Besser, ich liefere dem Pressereferenten die laufenden Erkenntnisse und die Bitte, Beobachtungen zu melden, die besonders wichtig sein könnten für die Kriminalpolizei. Und bitte keine Namen der Ermittlergruppe nennen!«

Der Staatsanwalt: »Ha, jo. So gesehen haben Sie recht. Wenn ich mir vorstelle, dass ich dauernd Interviews geben müsste, dann gäbe es ja nie eine Pause in meinem Zehn-Stunden-Alltag (der nach internen Erkenntnissen meist schon um fünfzehn Uhr zu Ende war). Macht es nach bewährtem Muster.«

Der Polizeipräsident merkt an: »Ich koordiniere das. Ich sage dem diensthabenden Pressereferenten gleich Bescheid, dass er noch auf uns wartet, bis wir zurück in Ludwigsburg sind, so dass er noch heute vor Redaktionsschluss der Zeitungen was rausgeben kann. Vielleicht können Marion und Wil unterwegs schon Informationen für ihn skizzieren. So, jetzt aber zu der Ermittlung im Umfeld. Marion, wie habt ihr euch das gedacht?«

Phil schaut Marion an und fragt, ob er zuerst was sagen soll. Sie nickt und sagt, bislang gäbe es noch keinen Ablaufplan, aber eine Liste der zu befragenden Personen und ein Fragenraster.

Also legt Phil los: »Zuerst noch eine Bitte: Sprecht mich nicht mit Professor an. Das ist zwar ein lebenslang gültiger Titel und Bestandteil meines Namens geworden, aber nicht so wichtig, hier schon gar nicht. Die meisten sagen schon Phil und Du und so soll das in diesem Kreis auch für alle gelten. Ja, zur Befragung: Ich habe schon im Kreis des Orchesters angekündigt, dass alle zur Aufklärung beitragen müssen, weil in der Ermittlung jede Information wichtig ist und deshalb wohl alle befragt werden müssen. Das seien keine Verhöre und habe nichts mit Verdacht der Mittäterschaft zu tun. Mein erster Vorschlag war der: Beim nächsten Treffen der Musikerinnen und Musiker am Dienstag machen wir nur eine kurze Probe, und dann können vier Ermittler in verschiedenen Klassenzimmern des FSG die Liste abarbeiten. Diejenigen, die nicht da sind, müsste man dann extra einbestellen oder aufsuchen. Da die Zeit drängt angesichts der Überlegung, das Cello sei noch in unmittelbarer Nähe, muss jemand telefonisch mit jedem Einzelnen auf meiner Liste einen schnellen Termin vereinbaren, und die Ermittler suchen sie mit ihrem Fragebogen zu Hause auf oder, wenn sie nicht ins Präsidium oder ins Marbacher Revier kommen können, in der jeweiligen Musikschule. Das sollte Marions Innendienst leisten, denke ich. Und paralell dazu muss man bei Instrumentenbauern und im Internethandel recherchieren, wo und wie ein Cello zum Kauf angeboten wird und ob ein Cellokasten in den Raum mit der Postleitzahl 71 geliefert wurde oder direkt gekauft von jemandem, der offenbar kein Cellist ist beziehungsweise sich unsicher verhält. Da kann ich einige Zentralstellen anlaufen, um den Internethandel könnte sich Wils Gruppe kümmern. Wie das Ganze organisatorisch ablaufen soll, müssen jetzt der Revierleiter Marbach und die Leitung des Raubdezernats aushandeln. Mein Vorschlag wäre, dass die vom Streifendienst zugunsten der Mitarbeit hier befreiten Polizeimeister einen großen Teil der Befragung übernehmen und das dann unverzüglich in Observationen umsetzen, wenn sich aus der Befragung Hinweise ergeben.«

Fritz dankt Phil für seine Vorschläge mit der Bemerkung: »Du hast dich schon gut in die Polizeiarbeit eingearbeitet und kannst offenbar organisieren«, worauf Phil erwidert, leider habe die Gremienarbeit und die Leitung eines Institutes an der Uni das auch von ihm verlangt und viel Zeit für Lehre und Forschung weggenommen, hier sei das was anderes, weil es seinem Hobby diene und kein leidiger Dienst sei.

Nach diesem kleinen Zwiegespräch wendet sich Fritz wieder der Leitung der Sitzung zu und vereinbart ein Organisationsgespräch am Ende der Sitzung mit Marion, so dass morgen früh schon die Telefone heiß laufen können, um unverzüglich mit den Befragungen zu beginnen. Seinerseits sollen sich Peter und Paul schon ab Mittag für die ersten Befragungen freihalten. Dann fragt er den Staatsanwalt, ob er noch etwas zu klären habe oder Ergänzungen wünsche.

Der blickt kurz auf die Uhr und sagt: »Ich habe jetzt eine guten Überblick über den Fall und die Vorgehensweise der Ermittlergruppe. Meinerseits habe ich noch die Bitte, Marion soll bei der Inspektion Einbruch vorsprechen hinsichtlich Analogie bei Tatabläufen und Diebesobjekten, also ob wiederholt Musikinstrumente in letzter Zeit Ziel von Einbrüchen waren. Ansonsten habe ich nichts zu ergänzen, und in meinem Büro wartet noch Arbeit auf mich. Wir könnten also schließen.«

Fritz dankt dem Staatsanwalt und schließt die Sitzung mit der Anmerkung, dass man sich noch in Kleingruppen abstimmen sollte, vor allem Wil mit Peter und Paul, und Marion mit Phil wegen der Ermittlungsansätze im Bereich Musikinstrumentenhandel und Versicherung.

Marion und Phil treffen nur kurz die Vereinbarung, Phil solle sich um die Versicherung kümmern und sich morgen früh melden, um einige Geigen- und Cellobauer aufzusuchen, die die Szene am besten überblicken. Sie müsse sich jetzt noch um den Innendienst in Ludwigsburg kümmern und dem Pressesprecher was liefern. Ein andermal könne man sich aber ausführlicher besprechen, übrigens das Treffen zum Mittagessen sei schön gewesen. Worauf Phil etwas verlegen wurde und sich verabschiedete mit den Worten: »Ja, gerne mal länger, und dann bis morgen. Ach halt! Du brauchst noch den Stick mit der Liste der Musikerinnen und Musiker und das Raster für die geführten Interviews. Aber lass uns nochmal den Datenschutz prüfen! Dann aber jetzt Adieule, ich muss noch wenigstens eine Stunde üben.«

Wil hatte es auch eilig, da er ja auch noch für seine Chefin zusammentragen sollte, was für die Pressearbeit nach dem jetzigen Stand mitzuteilen sei und welche Hinweise aus der Öffentlichkeit wichtig seien. Peter wollte sich aber unbedingt noch mit ihm treffen, weil er gerne dessen Kompetenz der Internetrecherche für etwas Privates, für sein Hobby Oldtimer nutzen wollte, und überhaupt sei es doch nicht schlecht, mal ein Bier zusammen zu trinken.

Auf der Fahrt nach Ludwigsburg besprachen Marion und Wil, was die Presse veröffentlichen sollte und was nicht. Wil tippte fleißig in seinen Laptop, und im Präsidium angekommen suchten sie sofort das Pressereferat auf, wo man sie schon erwartete. Wil bot seine Notizen an und schickte sie an den PC des Dienstuenden, der sich noch mündliche Informationen geben ließ und notierte.

Schließlich erklärte er: »Nach dieser kompakten Vorarbeit geht das jetzt schnell raus und wird die Zeitungen und dpa noch vor deren Redaktionssitzungen erreichen und morgen sicher in den Zeitungen stehen. Soll ich mich auch um die sozialen Medien kümmern?«

Wil: »Das wäre sehr nett. Such dir das Foto irgendeines Cellos im Internet raus, vielleicht gibt es ja sogar eines des Duport-Cellos.«

10. Kapitel

Oldtimer I

Der Streifenpolizist Polizeiobermeister Peter Marquardt ist in der dritten Generation Polizist und hat von Großvater und Vater neben den Polizei-Genen auch die Faszination für Autos geerbt. Das hat damit angefangen, dass der Großvater in den frühen Fünfziger Jahren seinen ersten Streifenwagen bekommen hat. Einen VW-Käfer mit geteilter Heckscheibe, vierundzwanzig PS und unsynchronisiertem Getriebe. Als das Fahrzeug ausgemustert wurde, sollte es verschrottet werden. Die Ankündigung dessen tat ihm sehr weh. Er fand das pietätlos und fragte, ob er es nicht abkaufen könne.

Der Leiter des Fuhrparks erkundigte sich, und man gestattete höheren Orts den Handel mit dem Vermerk: »Wir sparen dabei sogar die Kosten für die Verschrottung. Aber alles Polizei-Spezifische muss ausgebaut werden, also Martinshorn, Blaulicht, und die Schriftzüge ›Polizei‹ müssen überklebt werden, wenn das Fahrzeug bewegt wird.«

Und dieses Auto wurde gepflegt, gewartet und gelegentlich ausgefahren bis heute. Der Großvater hatte in eine Familie von Landwirten eingeheiratet. Der Hof in der Wildermuthstraße hatte in den Nebengebäuden Platz für das Auto, und es steht heute noch dort, allerdings schon lange nicht mehr alleine. Der Großvater hatte noch Motorräder, auch aus dem Polizeidienst, einen Ackerschlepper und damals aufgekommene Mopeds dazugestellt, auch eine NSU Quickly, die Peter als Jugendlicher noch gefahren ist und mit der er heute noch gelegentlich durch Marbach knattert. Damit erzeugt er durchaus Aufmerksamkeit, sowohl bei Älteren, die Quickly noch aktiv erlebt haben, wie auch bei Jüngeren, die staunen, was denn das für ein lautes und blauen Qualm ausstoßendes Ding ist. Peters Vater hat das Hobby weitergeführt und die Sammlung ausgebaut, wobei er auch ausnutzte, dass er immer auf dem Laufenden war, wo Unfallwagen abgestoßen wurden, die man aber wieder herrichten konnte. Schließlich hatte er vor dem Eintritt in den Polizeidienst Kfz-Mechaniker gelernt. Und Peters Freizeitbeschäftigung bestand mit dem Fortführen des Hobbys seines Vaters. Mit dessen Hilfe hat er eine Isetta wiederhergestellt, die er in einer Scheune entdeckte bei einer Razzia, in der es um Cannabisplantagen ging. Als er die sah, war Marihuana für ihn zweitrangig, und als der Besitzer verurteilt war, konnte er ihm dieses Fahrzeug aus der aufstrebenden Zeit der jungen Bundesrepublik abkaufen. Der Vater half beim Restaurieren, und Peter besorgte über Internet und Oldtimermessen die Ersatzteile. Er konnte die Isetta sogar für den Straßenverkehr zulassen, und sie kommt auf den Hänger des Wohnmobils, wenn er in den Urlaub fährt, um vor Ort das Wohnmobil stehen lassen zu können, und die Umgebung zu erkunden. Seine Urlaubsfahrten erzeugen heute noch hin und wieder Ministaus auf der Autobahn, weil auch sein Wohnmobil ein älteres Modell ist, ein Youngtimer, Fiat Ducato Jahrgang 1970, der, wenn er mit Anhänger unterwegs ist, an manchen Steigungen schlapp macht und von LKWs überholt wird. Und auch, weil ab und zu überholende PKWs beim Anblick einer Isetta auf dem Anhänger eines Oldtimerwohnmobils abbremsen, um sich dieses seltene Gespann doch genauer anzusehen und ihm dann zu winken. Und zu jeder Oldtimer-Veranstaltung muss er unbedingt hin.

Aktuell hatte er ein Goggomobil gekauft und musste Ersatzteile (natürlich Originale) zusammensuchen, denn es sollte tatsächlich wieder fahrbereit werden. Er wurde im Internet nicht richtig fündig.

Als er nun in der Sonderkommission Cello erfuhr, dass Wil ein ausgesprochener Spezialist für hochprofessionelle Recherche ist, sprach er ihn unvermittelt an: »Kann ich dich auch mal mit was Privatem ansprechen? Mein Hobby sind Oldtimer, die ich auch zum Teil mit Hilfe meines Vaters wieder herstelle und zum Laufen bringe. Auf der Suche nach Ersatzteilen und Zubehör im Internet bin ich nicht richtig gut, viel finde ich aber auf Oldtimermessen und Rallyes. Wenn ich dein Wissen und Können hätte, käme ich sicher weiter mit meinem Goggomobil. Könnten wir uns mal bei einem Bier zusammen setzen?«

Wil zeigte sich erstaunt: »Oldtimer, ein Goggomobil, das war doch in den Fünfziger Jahren so eine Schuhschachtel mit Motorradmotor, und man brauchte keinen PKW-Führerschein. Ja, ein bisschen interessiere ich mich auch für Oldtimer, aber Experte bin ich nicht. Klar können wir uns zusammensetzen. Warum nicht gleich heute Abend. Damit die Frauen nicht motzen, mache ich gleich einen Vorschlag: Gemeinsames Abendessen mit den Frauen. Gleich bei mir in Neckarweihingen um die Ecke in der Turnvereinsgaststätte gibt es gute schwäbische und Balkanküche.«

»Richtig prima, mal wieder ausgehen und mit einem Kriminaler und seiner Familie zusammensitzen. Und wenn meine Frau mitkommt, brauche ich nicht zu fahren.« Sie telefonierten, holten die Zustimmung der Frauen ein und verabschiedeten sich mit den Worten: »Also nach dem Dienst noch ein Bier ist nicht schlecht und dann bei einem gemeinsamen Interesse und noch mit Familienkonakt ist noch besser. Also bis später!«

Wie am Nachmittag vereinbart, sitzen sie jetzt zusammen mit ihren Frauen in der Vereinsgaststätte Turnverein bei deutschen und kroatischen Spezialitäten. Die Frauen sind gern dem Vorschlag ihrer Männer gefolgt. So brauchten sie sich nicht groß in die Küche zu stellen, die Kinder bekamen ein Vesper nach ihrem Geschmack und die Erlaubnis fernzusehen, und selbst fanden sie es durchaus spannend, mal einen Kollegen und seine Frau aus anderen Bereichen der Polizei als bisher kennen zu lernen. Sie unterhielten sich angeregt. Und Wil erfährt was über die Geschichte des Fahrzeugbaus in der Nachkriegszeit, vor allem über die früheren Polizeifahrzeuge.

»Was, so wenig Ausstattung und nur vierundzwanzig PS?«

»Die würden heute keine Zulassung mehr bekommen.«

»*Quickly, loud and stinkig.*«

Wil findet das ein spannendes Hobby. Vor allem weckt die Suche nach alten Autoteilen seinen Kriminalistengespür. Als Peter erwähnt, es sei in Stuttgart gerade eine Oldtimermesse, auf der er sich mal umschauen will, beschließen sie spontan, morgen nach der Befragung der Musikerinnen und Musiker zur Messe zu fahren und sich dort umzuschauen oder durchzufragen. Und Wil will eine Liste, wonach er suchen soll.

11. Kapitel

Die Medien berichten

Am nächsten Morgen steht in der Marbacher Zeitung der Artikel:

RAUBÜBERFALL AUF MUSIKER.
WERTVOLLES CELLO ERBEUTET!
(REDAKTION)

Am Ende der Probe der neuen Orchesterformation ›Phil-harmoniker für Marbach‹ mit dem jungen Cellisten Ra-duloff und seinem berühmten Cello, aus der Hand eines der jemals besten Instrumentenbauer, Stradivarius von Cremona, kam es zu einem Raubüberfall (wir haben be-reits kurz berichtet). Die Pressestelle des Polizeipräsidi-ums Ludwigsburg unterrichtet uns nun wie folgt:

Drei vermummte Personen sind in den Musiksaal des Friedrich-Schiller-Gymnasiums eingedrungen, haben eine Person niedergeschlagen, eine weitere leicht verletzt und das Cello des jungen Musikers erbeutet. Sie sind mit einem dunklen Kombi unbekannter Marke geflohen und haben dabei zwei Schüler verletzt. Zwei der Verletz-ten, ein Musiker und ein Schüler, mussten in stationäre Behandlung gebracht werden. Das Fluchtfahrzeug war gestohlen und wurde später brennend im Weinberg hin-ter dem Panoramaweg gefunden. Es wurde eine Sonder-ermittlungsgruppe im Revier Marbach eingerichtet mit Polizeipräsidium Ludwigsburg, Dezernat Raub unter Kriminalhauptkommissarin Elfrich sowie dem Präsiden-

ten selbst und dem Leiter des Reviers Marbach, Erster Hauptkommissar Batholom. Zuständig ist die Staatsanwaltschaft Heilbronn. Der Wert des Cellos wird auf mehrere Millionen Euro geschätzt. Noch am Tatort und am ausgebrannten Auto hat die Kriminaltechnik versucht, Spuren zu sichern, und es wurden breitflächig Befragungen eingeleitet. Man nimmt an, dass eine übergeordnete Organisation sich lokaler Mithilfe bedient hat.

Die Polizei bittet um Meldungen über Auffälligkeiten um das FSG herum am Dienstagabend: Hat jemand den Kombi wegfahren sehen und die Personen darin erkannt? Sind Personen im Weinberg im Bereich des Aussichtspunktes Panorama am späten Dienstagabend aufgefallen? Meldungen werden über das Revier Marbach entgegengenommen: Tel. 07144 9000.

Kurzberichte und die Aufforderung, besondere Beobachtungen zu melden, werden auch über Facebook, Twitter und Instagram verbreitet.

12. Kapitel

Dritter Tag der Fahndung

Im Revier fand die Frühbesprechung statt. Marion war schon gleich in der Frühe bei den Kollegen vom Einbruch gewesen und hatte lange mit denen beraten, ob und wie Zusammenhänge zwischen unlängst stattgefundenen Einbrüchen und dem Celloraub bestehen könnten und ob man den Bekannten der Szenerie so einen Raub zutrauen würde oder ob die es plötzlich auf Musikinstrumente abgesehen hätten. Die meisten des Dezernats Einbruch vertraten die Ansicht, ein Musikinstrument der geschilderten Provinienz zu Geld zu machen, sei für die Kreise, die sie momentan beobachten, viel zu schwierig. Marion bat trotzdem nachzuforschen, ob den Kunden des Dezernats vielleicht etwas Einschlägiges zu Ohren gekommen sei, und auch bei den bekannten Hehlern mal auf den Busch zu klopfen.

Sie erfuhr danach von Wil, dass er aktuell im Internet nicht auf Angebote eines ungewöhnlichen Cellos gestoßen sei, wenngleich es offenbar doch einen großen Markt für diverse Musikinstrumente gibt. Das, was er eingrenzen konnte, war manchmal auch richtig teuer, aber nicht in der für ihren Fall geltenden Preisklasse oder mit besonderen Hinweisen auf alt, historisch, exzellente Klangqualität oder sonst wie exorbitanten Merkmalen versehen. Seiner Einschätzung nach wird das Cello nicht, oder momentan nicht, auf dem Internetmarkt angeboten.

Die Sekretärin des Dezernats, von allen als die gute Fee angesehen, hatte in der Zwischenzeit die Telefonaktion zur Befragung der Orchestermitglieder organisiert, und es gab schon ein Organigramm zum Wo und Wie und Wer eingeladen oder besucht wird. Von der als »Phil-Liste« bezeichneten Tabelle der Musikerinnen und Musiker waren schon fast alle Einladungen und Terminierungen abgearbeitet.

Phil hatte zuerst am Morgen Tonübungen auf der Oboe geblasen und dann Nema angerufen, um zu erfahren, wo das Cello versichert sei und ob die Versicherung schon informiert wäre. Er erfuhr, dass der Versicherungsdetektiv sich schon angekündigt hatte, um von ihm Näheres zu erfahren, und dann wissen wollte, an wen genau er sich wegen der Ermittlungen wenden könne. Phil erläuterte auch grob den Stand der Fahndung nach dem Cello und den Tätern und sagte: »Zuständig ist KHK Elfrich im Dezernat Raub im Polizeipräsidium Ludwigsburg. Du hast sie am Abend des Raubes kennengelernt. Ich halte die Verbindung zur Ermittlergruppe. Gib ihm meine Telefonnummer, ich koordiniere dann ein Treffen.«

Als nächstes rief er die Stimmführerin der zweiten Geige, Sabrina Gauger, an, weil er sie von den Streichern am besten kannte. Als Fan und Mitglied im Förderverein Kammerorchester ARCATA hatte er sie und ihre Familie kennengelernt, und es war eine Freundschaft, ja eine respektvolle Vertrautheit entstanden. So etwas brauchte er jetzt, jemanden, der mitüberlegt, wo und bei wem man am besten Hinweise für die Fahndung nach dem Cello bekommen kann und ob im Bereich Streichinstrumentenbau und Handel ein Einstieg in die Ermittlungen erfolgen sollte. Er hatte Glück, sie noch zu Hause zu erreichen, da sie heute keinen Unterricht an der Musikschule hatte und am Nachmittag erst spät Privatunterricht (»bei meinem ältesten Schüler, der ist genauso alt wie du, und er hat auch eine lange Pause im Geigenspielen eingelegt wie du beim Oboeblasen«).

Als er seine Frage – etwas umständlich, weil er sich so freute, ihre vertraute Stimme zu hören – vorgetragen hatte, kam die Antwort: »Ich weiß, dass du dich gerne engagierst, aber jetzt die Frage an mich?«

»Weil du genauso bist wie ich und überlegst, wie komplizierte Dinge am besten angegangen werden. Und du bist gut vernetzt in der Szenerie, auch über deinen Mann.«

»Also ich weiß nicht, ob ich wirklich helfen kann, aber vielleicht probieren wir es einfach mal bei meinem Geigenbauer. Antoine Mueller in Stuttgart ist ein guter Kenner der Szene und gut vernetzt. Er kennt das halbe Rundfunkorchester und die halbe Musikhochschule. Den könnte man fragen, und so wie ich ihn kenne, wird er nicht oberflächlich über ein solches Anliegen hinweggehen, sondern sofort mithelfen. Schon wegen seiner Liebe zu den Instrumenten und der Gefahr, dass gerade ein solches von der Bildfläche zu verschwinden droht. Ich habe mich heute Nachmittag sowieso mit ihm verabredet, meine Barockgeige muss überprüft werden. Willst du mit?«

»Danke, das ist ein guter Vorschlag. Ich habe Antoine Mueller bei einem Vortrag über Geigenbau in Frankreich gehört. Und nach dem Eindruck, den er bei mir hinterlassen hat, glaube ich, dass er sich auch einsetzen wird, uns zu helfen. Meinst du, dass wir Marion – äh, also die leitende Ermittlerin Hauptkommissarin Elfrich – gleich mitnehmen können? Für wann seid ihr verabredet?«

»Phil, das – äh? Marion ... ? Hat das was zu bedeuten? Ich kenne dich schon gut genug. Aber zur eigentlichen

Frage: Ja, wir können alle zusammen hinfahren. Ich denke, Herr Mueller wird das verstehen. Nur die Zeit für meine Geige darf dabei nicht zu kurz kommen. Ich habe mich für fünfzehn Uhr angemeldet, gleich wenn er aufmacht.«

»Okay. Ich rufe sowieso gleich Marion – äh – Frau Hauptkommissarin an und melde mich dann wieder. Bis dahin erstmal Adieule.«

Sofort ließ er sein Telefon die Nummer von Marion wählen. Es kam aber nur die Ansage: »Der Teilnehmer ist derzeit nicht erreichbar.«

Also schickte er eine SMS los: ›Heute Nachmittag, fünfzehn Uhr, ein Termin bei einem Streichinstrumentenbauer zusammen mit einer Geigerin aus dem Orchester. Wäre gut, dich dabei zu haben. Ruf mich an.‹

Kaum war er damit fertig, kam ein Anruf: »Spreche ich mit Prof. Dr. Mälzer? Mein Name ist Bablonski. Ich bin von der VIM, Versicherung (Phil will den Hörer wieder auflegen mit dem Gedanken: Schon wieder einer, der mir was andrehen will –, als der Anrufer weiterredet, ohne Phil zu Wort kommen zu lassen) für Instrumentenbau Bereich Klassik, es geht um das Duport-Cello. Herr Raduloff hat gerade bei mir angerufen. Ich soll mich zur Abstimmung mit der Ermittlergruppe mit Ihnen in Verbindung setzen. Hat mich ein wenig gewundert, ein Professor bei der Kripo.«

Erst als er endlich Pause machen musste, um Luft zu holen, hatte Phil die Gelegenheit, auch was zu sagen: »Ich wollte gerade wieder auflegen, weil ich dachte, es handle sich wie so oft wieder um einen unerlaubten Werbeanruf. Ja, mein Name ist Mälzer, aber ich bin nicht bei der Kripo, sondern als Kontaktmann zwischen Orchester und Kripo in der Ermittlergruppe beziehungsweise Sonderkommission. Können wir einen Termin zur Koordination zwischen etwaigen Aktionen der Versicherung und der kriminalpolizeilichen Fahndung vereinbaren?«

»Ja, Herr Professor, das ist auch mein Anliegen. Ich habe ganz vergessen, mich genauer vorzustellen. Ich bin Versicherungsdetektiv. Ich war schon in der Zentrale der Versicherung und habe mir freie Hand für Verhandlungen geholt. Man macht dort Druck und will sofort mit der Kripo zusammenarbeiten und nicht auf Angebote zur Auslösung warten. Deshalb ist es uns wichtig zu wissen, welche Aktionen eingeleitet sind und wie die Strategie der Polizei aussieht. Und man hat mir gesagt, es sei keine Zeit zu verlieren. Man befürchtet, dass das Cello schnell ins Ausland gebracht wird. Dann ist es außerhalb unseres Wirkungsbereichs, und es wird für uns schwieriger, die Kontrolle über die Abläufe zu behalten. Wie ist denn der momentane Stand der Ermittlungen?«

»Dazu darf ich nichts sagen. Aber können wir uns auf eine Zusammenkunft mit der Dezernatsleiterin am späten Nachmittag einigen? Wir sind um fühnfzehn Uhr bei einem Geigenbauer in Stuttgart, von dem wir uns gute Anregungen erhoffen, danach wäre eine Telefonkonferenz oder ein persönlicher Gedankenaustausch im Präsidium in Ludwigsburg oder im Revier Marbach denkbar. Ich kann versuchen, das zu arrangieren.«

»Später Nachmittag wäre gut, ich würde das persönliche Treffen der Telefonkonferenz vorziehen, muss aber aus Köln anreisen.«

»Ja, gut, ich erwarte in Kürze einen Rückruf von der KHK, werde das dann vorschlagen und Sie so zeitig zurückrufen, dass Sie die Anfahrt in unser schönes Schwabenländle planen können. Okay, dann bis in Kürze, wie wir hier sagen: Adieule.«

Eigentlich wollte er sich jetzt mit einer Bach-Sonate auseinandersetzen, die Phillip Tondre unlängst mit AR-CATA gespielt hatte, wohlwissend, dass das für ihn viel zu schwer ist. Er wollte aber trotzdem ausprobieren, wie man das spielen müsste, wenn man es könnte. Gegen dieses Motto hatte auch Jana nichts einzuwenden, auch wenn sie ihn immer einbremsen musste, weniger auf Tempo und Virtuosität als auf Tonqualität zu achten. Im Spaß hat er bei der Auswahl neuer Stücke mit größerer Herausforderung zu Jana gesagt: »Du weißt um meinen Größenwahn in dieser Hinsicht. Traurig bin ich trotzdem nicht, wenn die Erkenntnis kommt, dass die Nummer zu groß ist. Aber ich lerne trotzdem daraus viel Spieltechnisches, eben, wie gesagt, wie man es spielen müsste, wenn man es könnte.«

Aber das Üben entfällt: Aus diesem Vormittag wird ein Telefoniertag.

Das Handy schnurrt. Marion ist dran. »Wir sind gerade in einer Präsidiumsrunde zusammengesessen und haben den aktuellen Stand der Erkenntnisse reflektiert und das weitere Vorgehen besprochen. Wenn ich die SMS richtig verstehe, gibt es Neuigkeiten.«

Phil erwidert, Neuigkeiten seien es zwar nicht, aber es häben sich (schwäbisch!) Perspektiven eröffnet. Also berichtet er vom Vorhaben, den Geigenbauer Mueller gemeinsam mit Sabrina aufzusuchen in der Absicht, von ihm Hinweise für die Ermittlungen zu bekommen, und von der Kontaktaufnahme mit dem Versicherungsdetektiv Bablonski.

»Wenn du könntest, hätten wir konkret einen Besuch beim Geigenbauer um fünfzehn Uhr in Stuttgart und holen Sabrina eine halbe Stunde vorher mit ihrer Barockgeige in Remseck ab. Und das andere: Der Versicherungsdetektiv muss aus Köln anreisen und schlägt deshalb den späten Nachmittag vor.«

»Wenn man mich so im Voraus verplant, bin ich eigentlich nicht sehr glücklich. Ich plane lieber selbst. Aber weil du es bist und weil es in die bei uns gerade besprochene Linie passt: Gebe Bescheid, dass ich zum Geigenbauer mitkomme. Sei kurz vor halb drei hier, dann fahren wir nach Remseck und mit der Geigerin weiter. Ich denke, wir sind dann rechtzeitig zu der Lagebesprechung in Marbach um siebzehn Uhr zurück und können uns mit dem Versicherungsmann im Polizeirevier treffen. Eventuell ist dann die ganze Runde noch beieinander. Ich kommuniziere das so mit dem Barthel-Fritz. Kannst du es so deinen Ansprechpartnern weitergeben?«

»Mach ich und bestätige per SMS, wenn alles klappt. Also dann bis später. Adieule.«

Also folgen die Rückrufe und Bestätigungen an Sabrina, und den Versicherungsdetektiv Bablonski, dem er den Weg zum Revier Marbach beschreibt mit dem Hinweis, fünf Minuten vor Ankunft die Nummer des Revierleiters anzuwählen. Bablonski schreibt zurück, dass er gerne in Marbach übernachten will, und Phil simst: »Ich reserviere Ihnen ein Zimmer im Gasthof Bären. Das ist ganz in der Nähe des Reviers, Sie brauchen nur durch das Tor der Stadtmauer zu gehen, und Sie sind schon da. Das Auto kann kostenlos im Parkhaus gegenüber dem Revier abgestellt werden, möglichst auf dem Dachgeschoss, weil man von dort aus einen phänomenalen Ausblick auf Marbach und den Neckar hat.«

Bablonski bedankt sich und bestätigt, und Phil schreibt eine bestätigende SMS an Marion.

Da der Vormittag nun für Phil dahin war, blieb keine Zeit mehr zum Kochen, und er begnügt sich mit einem Mittagessen bestehend aus Banane und Joghurt, bevor er sich in die S4 setzt und dann erinnerungsträchtig in Ludwigsburg vom Bahnhof zum Präsidium spaziert.

An der Anmeldung bekam er auf seine Frage »Mein Name ist Mälzer. Zu Frau KHK Elfrich ..?«, sofort die Auskunft: »Die wartet schon im Auto hinten auf den Parkplätzen. Schauen Sie auf das Schild ›Dezernat Raub‹, dann werden Sie sie finden. Ein Audi.«

Auf der Fahrt nach Remseck fragt Marion, warum er sich mit dem Recherchebereich Instrumentenhandel gerade an die Geigerin Sabrina Gauger gewendet häbe (wieder schwäbischer Konjunktiv).

Phil verkneift sich die Erklärung: »Ich habe mal für sie geschwärmt«, sondern sagt: »Ich kenne sie halt gut durch den Förderverein arcata, mit dem ich zwei schöne Konzertbegleitreisen erlebt habe, und wir haben uns bei anderen Konzerten getroffen, auch mit ihrer Familie, ihrer Mutter und Töchtern, auch ihrem Mann. So ist eine Freundschaft entstanden.«

Marions Seitenblick daraufhin war schon wieder elektrisch geladen und wurde von Phil registriert, aber nicht kommentiert.

Sie nehmen jedenfalls Sabrina auf, die schon vor dem Haus gewartet hat, und fahren den Neckar entlang und durch Cannstatt, vorbei am Gebäude des Südwestdeutschen Rundfunks in die Urbanstraße und bekommen einen Parkplatz nahe der Musikhochschule oberhalb der Staatsgalerie.

Das Geigenbauatelier befindet sich in einem Stadthaus aus der Jahrhundertwende. Sabrina klingelt, der Türöffner schnurrt, und sie gehen die Halbetage hinunter zum Atelier, wo die Eingangstür beim Öffnen einen Dreiklang-Gong aktiviert, durchqueren den Vorraum und kommen in den Verkaufsraum mit Regalen und einem Tresen.

Sabrina begrüßt Herrn Mueller mit Handschlag und stellt ihre Begleitung vor mit den Worten: »Grüß Gott, Herr Mueller. Das sind Frau Elfrich und Herr Mälzer, die einen Ratschlag brauchen in einer brisanten Angelegenheit. Aber zuerst geht es mal um meine Geige.« Sie packt das Instrument aus, Herr Mueller inspiziert es, und sie besprechen, was alles gemacht werden soll.

Als das erledigt ist, blickt Mueller zu Marion und fragt: »Also jetzt zu der brisanten Angelegenheit, zu der Sie einen Rat oder eine Meinung von einem Streichinstrumentenbauer brauchen. Wollen Sie was kaufen, restaurieren lassen oder haben Sie ein Instrument zum Kauf anzubieten?«

Marion antwortet: »Mit Kauf-Verkauf hat es schon was zu tun, aber unter kriminellen Umständen!«

Herr Mueller reagiert mit erschrockener Miene, geht einen Schritt zurück und ruft: »Aber doch nicht bei mir oder mit mir bitte!«

Marion sieht das und sagt: »Entschuldigung, das habe ich falsch angefangen. Ich bin Kriminalkommissarin im Raubdezernat in Ludwigsburg, und Herr Mälzer ist Musiker aus Marbach, den wir in die Ermittlergruppe als

Kontaktmann aufgenommen haben. Es geht um das Duport-Cello, das zur Zeit von Nema Raduloff in Leihgabe
bespielt wird. Am Ende einer Probe für ein Konzert sind
die Musiker in Marbach überfallen worden. Sie haben sicher davon gehört oder in der Presse gelesen. Es gab dabei
zwar auch Verletzte, wenn auch ohne gravierende Folgen,
aber das Cello ist bis heute nicht aufzufinden. Wir haben
auch keine brauchbaren Spuren gefunden. Wir brauchen
jetzt Anhalte, wo wir suchen sollen. Mein Assistent sucht
im Internet, es gibt eine große Befragungsaktion bei den
Musikern des Projektorchesters ›Philharmoniker für Marbach‹, und die Idee von Herrn Mälzer war, nicht nur im Internethandel zu suchen, sondern bei Instrumentenbauern
und Händlern nach Hinweisen zu fragen. Deshalb kommen wir zu Ihnen, unter anderem auch deshalb, weil Herr
Mälzer Sie mal bei einem Vortrag kennen gelernt hat.«

Herrn Mueller sieht man an, dass er etwas erleichtert
darüber ist, nicht eines Schwarzhandelsangebotes verdächtigt zu werden, aber man sieht ihm auch die Besorgnis ob
dieses Geschehens an. »Ich habe davon gehört, auch der
Rundfunk hat darüber berichtet. Da müssen wir uns aber
setzen, um die Möglichkeiten eines Fahndungsansatzes in
meinem Metier zu besprechen.«

Sie gehen in die Sitzecke des Vorraums und erörtern
die Möglichkeiten, wo und wie das Cello zu Geld gemacht
werden kann.

Herr Mueller äußert sich besonders besorgt über die
hohe Wahrscheinlichkeit, dass ähnlich wie bei Kunstraub
ein Sammler oder Liebhaber interessiert sein könnte. »Haben Sie an an einen Auftragsdiebstahl gedacht? Und überlegt, warum es gerade in Marbach geschehen ist?«

»Gut, dass Sie uns auch auf diese Spur bringen, bisher war unser Ansatz eher im Bereich Beschaffungskriminalität.«

Sie kamen überein, dass Herr Mueller sich bei seinen Kollegen, Instrumentenbauern und bei Musikern in seinem Kundenkreis umhört und nachfragt, und vor allem und insbesondere seine Kollegen sensibilisiert, bei Kaufangeboten von Celli der Sonderklasse sehr hellhörig zu sein. Sie sprechen zusätzlich noch an, dass wahrscheinlich auch ein Cellokasten gekauft werden musste, da der auffällige Kasten von Nema Raduloff von den Tätern vernichtet wurde, um Spuren zu verwischen.

»Ich werde auch das in meinen Umfragen erwähnen und hoffe, Ihnen und der Musikwelt helfen zu können. Dazu fühle ich mich mit voller Überzeugung verpflichtet.«

Marion bedankt sich für das Mithilfeangebot des Geigenbauers und kündigt an: »Wir werden in den nächsten Tage bei Ihnen nachfragen, ob Sie Hinweise bekommen haben. Es wird alles vertraulich behandelt, auch wenn es sich um pure Vermutungen handeln sollte. Und es war sehr interessant, mal in einem Atelier für Streichinstrumentenbau zu sein, ich habe, während Sie mit Frau Gauger beschäftigt waren, einen Blick in die Werkstatt riskiert.«

Antoine Mueller hebt die Hand. »Mir fällt da noch was ein: Russland ist momentan ein heißer Markt für historische Instrumente, und es wird dort viel dafür bezahlt. Ach ja, in dem Zusammenhang Russland und Cello: Das Rastrelli-Quartett spielt am Sonntag in Lienzingen!«

Phil erwidert: »Ja, ich weiß und habe vor, hinzugehen. Du, Sabrina, gehst bestimmt auch hin, und Marion, hast du Lust mitzukommen?«

Sie schaut ihn erstaunt an. »Warum eigentlich nicht? Wenn es zeitlich passt, schon.« (Zu Herrn Mueller gewandt) »Ich habe übrigens Herrn Mälzer bei einem Konzert der zwölf Cellisten der Berliner Philharmoniker kennengelernt, wir saßen nebeneinander. Aber jetzt wird es für uns Zeit. Vielen Dank, Herr Mueller. Der Tipp Markt für historische Instrumente in Russland kann vielleicht wichtig sein.«

Sie verabschieden sich und gehen zum Auto zurück, vor dem schon eine uniformierte Dame steht und etwas in ein Tablet eintippt.

Marion entfährt es: »Oje, ich habe vergessen, einen Ausweis hineinzulegen, dass es sich um eine Fahrzeug der Kripo im Einsatz handelt!« Sie kramt ihren Dienstausweis heraus und geht auf die Dame zu mit den Worten: »Bitte um Entschuldigung, ich habe vergessen, das Täfelchen herauszulegen mit der Sondergenehmigung. Ich bin Kriminalpolizistin und habe dass Auto hier abgestellt im Rahmen einer Ermittlung.«

Nach Blick auf den Ausweis kommt die Antwort: »Okay, ging nochmal gut, aber bitte in Zukunft daran denken. Aber neugierig bin ich schon: Worum geht es denn mit der Ludwigsburger Nummer in Stuttgart?«

»Die Kripoautos haben keine BW-Nummer, aus gutem Grund, und wir haben hier einen Geigenbauer um Mithilfe bei der Fahndung nach einem Cello gebeten.«

»Ach, da habe ich was gelesen, in Marbach. Ich bin selber Anhängerin klassischer Musik und spiele ein wenig Geige. Da waren sie bestimmt bei Mueller.«

»Ja, so ist es. Können wir jetzt ohne Bürokratie los?«

»Ja natürlich, alles Gute.«

Die Rückfahrt ist zäh, weil sie in die Hauptverkehrszeit geraten sind, aber hinter Cannstatt geht es wieder voran. Diese Ausfallstrecke ist wegen der guten U-Bahn-Anbindung nicht so sehr mit Pendlern belastet.

In Remseck steigt Sabrina aus mit der Bemerkung: »Vielleicht kann uns der Mueller helfen, das Cello zu finden, und damit das Besondere an unserem Konzert erhalten. Und deine Anfrage an mich, die Verbindung herzustellen, mein lieber Phil, war mir direkt wie eine Ehre.«

Als nach den Worten »mein lieber Phil« der Kopf von Marion sich ruckartig zu Phil wendet, mit dem elektrisierenden Blick, kam von Sabrina ein fragendes Hin-und-Herblicken von Phil zu Marion mit dem schnellen Gedanken: Das ist doch was, ich hab's geahnt, nur die wissen noch nichts davon. Aber ich kenne ihn.

Die Fahrt geht schließlich weiter nach Marbach zum täglichen Abschlusstreffen der Ermittlergruppe. Der Erste Hauptkommissar bittet um Berichte der einzelnen Bereiche.

Marion, als Sprecherin der Gruppe Cello, kommt zu dem Resumee, es sei bisher vieles angelaufen, mit dem Nachsatz: »Aber es gibt bisher keine verwertbaren Erkenntnisse.«

Wil bestätigt das: »Genau so ist es mit dem Abfragen und Suchen im Internet.« Die Auswertung der bisherigen Befragungen lägen ihm noch nicht vor, ergänzte Fritz, aber er sagte noch was zu dem Vorstoß beim Instrumentenbauhandel.

Da schaltete sich Phil ein, dass sie gerade zurückkämen von einem Treffen mit einem im weiteren Umkreis gut vernetzten und bekannten Geigenbauer, der sich gerne einbringt in der Form einer Umfrage bei Musikern, die ihre Instrumente bei ihm warten lassen, und im Kollegenkreis der Instrumentenbauer und Instrumentenhändler. Und der häbe (wieder schwäbisch) die Frage aufgeworfen, ob nicht ein Auftragsdelikt vorliege, wie bei Kunstdelikten, also dass es doch Menschen gäbe, die einfach eine bestimmte Sache haben wollen. »Und er sagte uns, in Russland sei derzeit ein großes Interesse an historischen Instrumenten entstanden. Und ich meine, manche erwerben aufgrund ihrer wirtschaftlichen Situation manches ohne langes Überlegen, auch für überzogene Preise wie bei einigen Versteigerungen zu beobachten ist.«

Da schaltet sich der Staatsanwalt ein: »Das ist ein guter Hinweis, dem geht mal genauer nach. Aber es war ja in den Überlegungen enthalten, dass regionale Kenntnisse mit professionellem Überregionalem verknüpft sein müssen. Was macht die Beobachtung der verstärkten Streifendienste?« Das war die Frage an Peter und Paul.

Sie berichten, dass man die Gruppe 672 ständig im Visier habe. Dort hat sich vielleicht etwas getan, was man noch nicht richtig einschätzen kann. Und bekannte rumänische Einbrecherbanden würden enger beobachtet.

Als der Staatsanwalt erfährt, dass das Treffen mit dem Versicherungsdetektiv heute noch ansteht, schaut er auf die Uhr und merkt an: »Meinerseits bin ich mit der Ermittlungsarbeit zufrieden, macht keine Fehler, die uns nachher im Prozess die Verteidiger um die Ohren hauen. Die Auftragsidee ist besonders einer Verfolgung wert, also schaut mit dieser Frage in der Szenerie der Musikliebhaber und des Handels genauer nach. Ich muss jetzt nach Heilbronn, meinen Schreibtisch abarbeiten. Und: Morgen ist zwar

Samstag, wir dürfen jetzt aber nicht nachlassen. Die Fahndung und Ermittlungen müssen weitergehen. Also, wochendfrei muss ich streichen beziehungsweise die Dienstvorgesetzten bitten, das zu tun: Wir sehen uns morgen wie gehabt wieder.«

Als er sich verabschiedet, kommt ein Beamter herein mit den Worten: »Erster Hauptkommissar, ein Herr Bablonski ist da, er sagt, über Herrn Mälzer sei er hier angemeldet.«

»Ist richtig, holen Sie ihn rauf.«

Fünf Minuten später bringt der Beamte einen mittelgroßen, mittelalten, modisch mit einem leicht zerknitterten Anzug bekleideten mittelblonden Mann herein, der offensichtlich seit Monaten nicht mehr beim Friseur war.

Er stellt sich vor: »Mein Name ist Bernd Bablonski, freier Versicherungsdetektiv. Ich arbeite für die VIM und bin beauftragt, mich an der Wiederbeschaffung des Duport-Cello zu beteiligen. Ich wollte gerade herausfinden, welche Behörde mit dem Fall befasst ist, als der Anruf kam und ich das Angebot bekam, hierherzukommen.«

Fritz reicht ihm die Hand. »Ich bin Erster Hauptkommissar Batholom, hier Revierleiter und mitbeauftragter Leiter der Sonderkommission. Dazu gehört Frau Kriminalhauptkommissarin Elfrich (er zeigt auf die vorgestellten), die Polizeiobermeister Paul Ehrlich und Peter Marquardt und der Zivilist und Musiker Mälzer als Kontaktmann zum Orchester und zur Musikerszene. Ich hoffe auf gute Zusammenarbeit und bitte um die notwendige Verschwiegenheit, damit nicht Tatumstände bekannt werden, die die weitere Ermittlungsarbeit gefährden könnten.«

»Ja, danke für die Möglichkeit, mich so schnell und unkompliziert einklinken zu können. Sie können auf meine Loyalität vertrauen, ich bin schon lange genug im Geschäft. Gleich vorab: Die VIM setzt eine Belohnung aus für Hinweise, die zur Wiederbeschaffung dienen. Die kann sogar fünfstellig sein. Und ich bin natürlich auch höchst motiviert, weil man mir eine gute Prämie in Aussicht gestellt hat.«

Während er spricht, schaut Phil ihn genauer an und denkt so für sich: Das ist schon ein bisschen eine windige Gestalt. Und er sieht so aus, wie man es sich bei diesem Namen Bablonski vorstellen könnte. Ein typischer Privat-Detektiv? Klischees kommen ja so ganz von ungefähr nicht, aber bestimmt tue ich ihm unrecht, er ist ja quasi Hals-über-Kopf von Köln hergekommen. Er schaut zu Marion hinüber, um zu sehen, wie sie auf diesen Mann reagiert, und sieht ein dezentes Lächeln über ihr Gesicht huschen. Die hat gerade ganz die gleichen Gedanken wie ich. Ihre Blicke treffen sich.

Sie schauen sich tief in die Augen, so dass für einen Moment die Umwelt für sie beide verschwindet, und es elektrisiert diesmal in der Magengrube, und im Gehirn huschen Gedanken durch: Doch ein schönes Gesicht. Doch ein interessanter Mann.

Sie werden abrupt aus ihren Gedanken gerissen von der Stimme von Fritz, der das aufmerksam verfolgt hat und wieder leicht die Stirn runzelt: »Phil und Marion, seid ihr noch da? Ihr seid dran, dem Herrn Bablonski den aktuellen Stand darzulegen!«

Sie schauen sich wieder an und deuten aufeinander, bis Phil sagt: »Bitte du, ich bin Laie.«

Nach wieder einem dezenten Lächeln erläutert sie, was bisher unternommen wurde, endet mit dem Resümee:

»Spuren nicht ergiebig, Ansätze gibt es über Internetsuche, über soziale Medien und Presse. Suche nach Hinweisen, Befragungen im Umfeld und verstärkte Beobachtung bekannter lokaler Krimineller. Es steht stark zu vermuten, dass das Cello noch in der Nähe ist.«

Bablonski sieht sich gut einbindbar im Bereich Schwarzmarkt, den er recht gut überschauen könne wegen seiner ganzen bisherigen Tätigkeit und im Hinblick auf gewisse Täterprofile, die ihm in seiner bisherigen Laufbahn begegnet seien. Er bleibe jetzt einige Tage in Marbach und habe sich dank des Tipps von Herrn Mälzer auch schon ganz in der Nähe einquartiert.

Wenn er dürfe, würde er doch gerne bei den regelmäßigen Treffen der Ermittlergruppe dabei sein. Fritz sagt ihm das zu unter dem Vorbehalt, dass der Staatsanwalt einverstanden ist. Er solle sich die Zeit einrichten am Nachmittag, wenn der allgemeine Schichtwechsel ansteht, also siebzehn Uhr. Dann spricht er noch für die Allgemeinheit an: »Übrigens müssen wir doch das Wochenende durcharbeiten. Ich nenne das nicht gerne Wochenendsperre, aber Absprachen und bestimmte Aktivitäten müssen weitergehen. Also bis dann.«

Damit geht die Gruppe auseinander. Peter und Paul in den Feierabend, den Peter mit einem Musiker bei einer Oldtimermesse verbringen will, den er im Rahmen der Musikerberfragung kennengelernt hat.

Phil fragt Marion, ob sie auch so wenig zum Mittagessen gekommen sei wie er. Sie gesteht, dass sie jetzt auch mächtig Hunger habe, aber nichts zu Hause, weil sie auch schon seit zwei Tagen nicht zum Einkaufen gekommen sei. Ob sie wieder zusammen Essen gehen wollen?

Phil: »Ich habe einen anderen Vorschlag. Ich lade dich zum Essen bei mir ein und koche was für uns. Ich habe immer genügend Vorräte da für ein spontanes Menü, vielleicht heute kein komplettes, damit es bei dem leeren Magen nicht allzu lange dauert. Wenn ich schnell nachdenke: Spaghetti sind immer da, Tomaten, Oliven, ein bisschen geräucherter Kräuterlachs. Ich glaube, da kann ich schnell was kreieren, und der Wein dazu liegt im Keller.«

Marions hellblaue Augen wurden bei diesen Ausführungen immer größer. »Mir läuft das Wasser im Mund zusammen, und mein Magen knurrt. Und auf Restaurant habe ich gerade keine Lust. Danke für das Angebot, ich komme mit.«

Sie ziehen zusammen los, verfolgt von den Blicken des schon wieder stirnrunzelnden Ersten Hauptkommissars.

13. Kapitel

Vierter Tag der Fahndung

Phil wacht relativ früh auf, obwohl Marion und er abends nach Spaghetti mit Kräuterlachs noch lange und intensiv geplaudert hatten, sich ihre Lebensgeschichten erzählt und dabei seine bis dahin gut aufbewahrte Flasche Marbacher Tell Premium, Lemberger trocken, gezogen im Barrique-Fass, geleert hatten.

Er dreht sich um und küsst sanft Marions Ohr, Wangen und Mund, bis sie verwundert die Augen aufschlägt, jetzt mal nicht elektrisierend, sondern sanft und zart ihn anblickend, bis sie die ersten Worte über die Lippen bringt: »Phil, was ist mit uns passiert? Wir sind in den Himmel der Verliebten geschwebt. Ist es dir auch so ergangen?«

Und er haucht zurück: »Ich habe gar nicht gedacht, dass ich so eine Nacht noch einmal erlebe. Ich mache Frühstück, und du kannst zuerst unter die Dusche, obwohl ich dich mit zerzaustem Kopf und halbwachem Zustand noch lange anschauen möchte.«

Er macht Rühreier, dazu Schinken, Wurst, Marmelade, zuerst Kamillentee und danach Kaffee, und sie stellen fest, dass sie auch mit den Frühstücksgewohnheiten harmonieren. Marion verabschiedet sich nach Ludwigsburg, und Phil holt sich die Zeitung und dann die Oboe aus dem Kasten.

Morgenbesprechung im Präsidium in Ludwigsburg:

Der Staatsanwalt ist wieder aus Heilbronn per Video zugeschaltet. Als der Fall Cello dran ist, ergreift er erstmals das Wort. »Die Kultusministerin persönlich hat mich angerufen. Sie hat aus der überregionalen Presse erfahren, dass ausgerechnet in Württemberg eines der berühmtesten Celli geraubt worden ist. Auch die Landesschau hat darüber berichtet.

Ihre Worte: ›Das ist eine Nachricht, die uns als Kulturland nicht gut steht, wenn nicht schnellstens das Instrument wieder hergeschafft wird. Macht Druck und schaltet sogar Interpol ein!‹ Also was ist der Stand und wie geht es weiter? Die Ministerin erwartet einen Rückruf von mir.«

Der Präsident erläutert ihm, dass derzeit die Umfeldrecherchen laufen und heute abgeschlossen sein werden, eine umfangreiche Datei aus Suchabläufen in den digitalen Medien werde gerade ausgewertet, der regionale Instrumentenhandel und Streichinstrumentenbauer seien eingeschaltet, auch der Versicherungsdetektiv.

»Die Gruppen werden gleich noch berichten. Vielleicht fangen wir mit den digitalen Medien an. Bitte, Wil, was hast du herausgefunden?«

Wil sieht wieder übernächtigt aus. »Ich habe die Rechner so eingestellt, dass sie über Nacht laufen können, aber viel Schlaf habe ich trotzdem nicht abbekommen, weil ich immer wieder neue Programme starten musste. Der erste Ansatz verfolgte die Frage ›Wie kommt es für den Täterkreis zu der Kenntnis, wo und wann sich das Cello in Marbach befindet?‹ Also muss der Rechner alle veröffentlichten Berichte in Presse, Homepages und Facebook etc. durchlaufen und prüfen, wie oft und eventuell von wem sie angeklickt worden sind. Ich werde noch die Ergebnisse der Befragungsaktion einspeisen. Es entsteht dann eine riesige Datei, und darüber lasse ich ein Häufungs- und

Selektionsystem laufen. So weit bin ich noch nicht, aber heute Abend werden alle Treffer selektiert, und wir wissen dann, wie oft und mit welchen Querverbindungen welche Seiten angeklickt worden sind. Und mit einem Geheimprogramm zur Aufdeckung der IP-Nummern wird es Hinweise darauf geben, von wem und von wo Interesse am Cello bestand oder besteht.«

»Gut! Und vielversprechend diese Digitalanwendungen in der Kriminalistik«, meint dazu der Staatsanwalt. »Wir hören vielleicht schon heute Abend ein Ergebnis?«

Wil nickt. »Sicher, wenn ich nicht im Laufe des Tages abgerufen werde, außer für die zwei Befragungen, zu denen ich eingeteilt bin, eine hier in Ludwigsburg und eine außerhalb, weil der Musiker Probleme mit dem Auto hat und in einem kleinen Weiler wohnt, irgendwo im Bottwartal.«

Antwort des Staatsanwaltes: »Ich bin gespannt. Gut, und weiter zum nächsten Akt: Haben die verstärkten Streifen Hinweise erbracht, Herr Präsident?«

Der nickt. »Ja, Streifen sind vermehrt unterwegs und beobachten besonders Bahnhofsvorplatz, Schulcampus und Eichgraben. Man hat mir eine Auffälligkeit berichtet: Ein uns Bekannter 672er protzt mit neuen Klamotten und hat plötzlich ein aufgemotztes Auto. Was sollen wir mit dem tun? Ihn zum Verhör herzuholen oder eine Sonderbewachung würde ich allerdings noch nicht vorschlagen, dann wird die Gruppe vielleicht defensiv, und wir kriegen nichts mehr aus denen raus. Die sprechen sich ja immer gut ab, meist über Handy. Herr Staatsanwalt, können Sie eine Handyüberwachung akzeptieren? Wenn die Kerle drinstecken, erfahren wir vielleicht auf dem Wege, wann und wohin das Cello verfrachtet wird?«

Staatsanwalt: »Machen Sie das, ich besorge die richterliche Genehmigung sofort. Der Kerl ist meiner Erinnerung nach noch aktenkundig von dem Angriff nachts in der Wildermuth-Straße in Marbach, wo eine Polizistin nur mit Waffeneinsatz Schlimmeres verhindern konnte, und da müssten die Daten des Handyproviders etc. drin sein. Fangt schon an damit! Heute Abend komme ich dann zur Lagebesprechung nach Marbach, jetzt klinke ich mich aus. Macht weiter so, ich bin sehr zufrieden!«

Der Polizeipräsident verabschiedet sich vom Staatsanwalt und wendet sich an Marion: »Sie sind so ruhig und zurückgezogen heute, sonst mischen Sie sich doch mehr ein. Wie steht es mit der Befragung im Orchester?«

»Ooch, ich bin ganz glücklich – äh –, wie das so läuft, da braucht man nicht immer meinen Kommentar. Wir machen ja sowas wie ein fragebogengeführtes Interview. Gestern hat das zum Teil schon angefangen. Mein – äh – Phil Mälzer hat ja sowas ausgearbeitet, und wir haben dazu noch kriminaltechnisch wichtige Punkte eingefügt. Unsere gute Fee hat daraus Bögen für die Befrager gemacht, in die sie gleich die erhaltenen Auskünfte eintragen können, so dass wir ein Protokoll haben. Alle Antworten sollen in Stichworten in computerlesbaren Lettern festgehalten werden. Die Protokolle werden dann über ein Lesegerät, das wir unlängst angeschafft haben, digitalisiert, und sie können dann mit dem Computer ausgewertet werden. Gestern haben die ersten Befragungen schon stattgefunden, heute werden sie fortgesetzt, und morgen haben wir einen Überblick, ob jemand aus dem Orchester Hinweise geben kann oder gar als verdächtig angesehen werden muss.«

Der Präsident schließt die Besprechung, Wil setzt sich an seine Computer (es laufen bei ihm immer mindestens zwei PCs, die gekoppelt sind, mit einem an der Universität Paderborn entwickelten Verfahren des Paralell-Computings), Marion sichtet die vorliegenden Protokolle.

Lange hält sie es dabei nicht aus, sagt zu den Mitarbeitern: »Ich muss mal an die Luft, eine kleine Pause einlegen.«

Wil: »Du willst doch nur ungestört Phil anrufen. Stimmt's?«

Sie zieht die Nase hoch und fragt: »Wie kommst du da drauf?«

Antwort: »Ich mein doch nur, vielleicht hat der Neuigkeiten.«

Sie geht auf den Parkplatz und überlegt: Merkt der was, wir kennen uns gut genug, und er verhehlt ja nicht seine Neigung zu mir. Sie holt das Handy raus, tippt in der Kontaktliste auf ›Phil‹, stellt fest, dass sie dabei Herzklopfen bekommt und ärgert sich darüber prompt mit dem Gedanken: Ich bin doch kein Teenager mehr.

Aus dem Handy tönt der Rufton, dann die Stimme: »Wer will was von Philipp Mälzer?«

»Dein Nachtereignis will wissen, wie es dir geht.«

Mit um eine Quint erhöhter Tonlage und sanft-leggiero-angeblasenen Worten kommt die Antwort: »Marion!« – Pause – »Du bist kein Nachtereignis, du bist meine Weltsensation. Du hast mich in Hochstimmung versetzt, und es geht mir so gut wie lange nicht mehr.«

»Ach Phil, übertreib nicht. Wir müssen ein wenig zurückhaltend sein, man ahnt hier anscheinend was. Wil machte heute Andeutungen, gestern der Barthel-Fritz, reagiert mit Stirnrunzeln, wenn er uns ansieht«

»Mach dir nichts draus, ich stehe dazu. Und, warte, mein Gehirn arbeitet gerade sehr spontan mit Worten, die ich nicht vergessen will und die dir gelten. Es fängt an mit ›Ich warte auf dich gerne auch bis morgen, also, ich lass dir Zeit.‹ Die Worte fangen an mit ›Wenn wir uns beim Begrüßen küssen‹, ich hole mir einen Stift, dann kann ich die Fortsetzung skizzieren, ›wird das Müssen von der Arbeit so versüßt, dass wissend um die Liebe unter Menschen, das Leben leichter luftig macht, zu bestehen viele Proben, die die Arbeit mit sich bringt.‹ Oh – jetzt ist der poetische Gaul mit mit durchgegangen, warte bitte, bleib dran, ich muss mit das nochmal rekapitulieren und auf das Diktaphon meines Handys sprechen. Vielleicht ist das was für meinen nächsten Gedichtband.«

»Phil – du bist ein Spinner, aber ein sehr liebenswerter. Sehen wir uns bei der Abendübergabe in Marbach?«

»Selbstredend, ich habe zwar nichts zu berichten, möchte dich aber sehen. Gibt es denn was Aktuelles, das ich wissen müsste?«

»Eigentlich nein. Ich wollte dich nur mal so hören«

»Sehr brav von dir, also dann bis heute Abend. Adieule.«

Die Aktivtäten des Versicherungsdetektivs

Der Versicherungsdetektiv loggt sich derweil nach dem Frühstücksbuffet in das WLAN-Netz des Gasthofs ein. Als erstes schreibt er eine E-Mail an die Gesellschaft Alte Instrumente Amati (AIH) mit dem Auftrag, eine Expertise zum aktuellen Wert des Instruments nach allgemeiner Kenntnis zu erstellen. Dann sucht er in den sozialen

Netzen und bei Google mit mehreren Stichwortkombinationen, ob es noch mehr Hinweise zum Geschehen gibt als das, was an die Presse gegangen ist, und das, was die Redaktion der Marbacher Zeitung aus eigenen Befragungen berichtet. Dann geht er in die Homepages von Nema Raduloff und verschiedenen Orchestermitgliedern, die er aus der heimlich ergatterten Phil-Liste auswählt. Er findet nichts, das ihn weiterbringen könnte, und beschließt deshalb, sich im Umfeld des Cellisten und bei ihm selbst umzuhören und fährt nach Bietigheim. Er fährt über Großingersheim und findet schnell die Moltke Straße, die direkt von der Großingersheimer Straße abzweigt. Dort wohnt ganz in der Nähe der Tierarztpraxis die Familie Raduloff in einem kleinen Häuschen. Er findet einen günstigen Parkplatz und umrundet zunächst zu Fuß das Viertel.

Verschiedene Personen, die er dabei trifft, spricht er an mit den Worten: »Mein Name ist Bablonski. Ich bin Versicherungsdetektiv und habe die Aufgabe, das Cello zu finden, das man dem Cellisten Raduloff geraubt hat, der ganz hier in der Nähe wohnt. Sie haben sicher von dem Überfall in Marbach gehört und gelesen. Die Versicherung setzt auch Prämien aus für Hinweise, die zum Auffinden des Instruments beitragen. Können Sie mir was über die Familie sagen, so im Allgemeinen, und ob sich in der letzten Zeit dort irgendwas auffällig geändert hat?«

Er erfährt dabei relativ viel, was über die Homepage Raduloff hinausgeht. Dass die Eltern als Gastarbeiter irgendwo aus dem Balkan hergekommen seien. Der Mann sei Handwerker und habe bei den Linoleumwerken einen guten Job gefunden, und die Frau habe in einem Friseursalon gearbeitet, bis das Kind gekommen sei. Irgendwie konnten sie schon ganz gut deutsch, als sie ankamen. Und mit Fleiß und Nebenjobs konnten sie sogar das Häuschen kaufen, in dem sie zuerst zur Miete gewohnt haben, als der Vermieter im Altenheim gestorben sei. Ja und der Nema sei ein guter Bub gewesen, konnte aufs Gymnasium und dann Cello studieren. Alle hier in der Gegend hätten sich gefreut über die Preise, die er bekommen habe. Ja, ein bisschen auffällig sei ja die Erscheinung von Nema schon, »aber naja, er ist halt Künstler.«

Bablonski war erstaunt über die Redseligkeit und Auskunftsfreude der Bietigheimer, aber all das brachte ihn nicht richtig weiter. Also beschloss er, sich in der Bäckerei beim nahegelegenen Obi-Markt zu verpflegen und das Haus eine Weile zu beobachten, später dann zu klingeln, und selbst mal mit dem Künstler zu reden.

So gegen Ende des Vormittags hält vor dem Haus ein kleiner Smart, nicht viel größer als das Cello, das eine junge Frau herausbugsiert. Hellwach fährt Bablonski noch tiefer in seine Kauerstellung hinunter, die er immer bei Observationen einnimmt mit dem Gedanken: »Teufel, was ist das denn!? Haben wir es schon? Aber keinen Fehler begehen, die alleine kann es ja nicht gewesen sein. Wenn doch, dann brauchen wir die Hinterleute. Dranbleiben, aber warten, nicht gleich die SK einschalten.«

Er sieht sie sich genau an und prägt sich ein: Anfang bis Mitte Zwanzig, klein, zierlich, hellblonde Haare, auf der einen Seite lang bis zur Schulter mit roten Strähnen eingefärbt, auf der anderen Seite kurz, dafür auffallender Ohrschmuck, notiert sich die Autonummer und macht schnell drei Fotos davon, wie sie klingelt, wie Nema sie begrüßt und wie der sie gleich hineinzieht.

Und er überlegt weiter: Die Spur ist heiß, eigentlich wollte ich hineingehen und mit dem jungen Mann selber reden. Jetzt riskiere ich eher mal nichts. Bis heute Abend zur Abendbesprechung der SK wird nichts passieren, und da werde ich anregen, der Spur eines Komplottes im Orchester nachzugehen. Und wie hat es die Migrantenfamilie geschafft, ein Häuschen zu kaufen? Man müsste eventuell die Bankunterlagen prüfen. Er ruft die Versicherung an und teilt mit: »Ich habe eine Spur, will aber noch abwarten und der Sonderkommission nicht vorgreifen. Außerdem habe ich AIH eingeschaltet. Ihr werdet in Kürze eine Expertise zum Wert des Instrumentes bekommen. Dann könnt ihr mir sagen, in welcher Höhe die Prämie für Hinweise zum Auffinden sein könnte, die man in der Presse veröffentlicht. Ansonsten habe ich hier gute Kontakte knüpfen können, bleibe noch zwei oder drei Tage und probiere mal den Württemberger im Vergleich zum Rhein-Wein.«

Die Befragungsaktion

Die gute Fee hatte also einen Plan ausgearbeitet, welche Beamte wann und wo welche Musiker befragen. Und die Befragung konnte glatt und zügig durchgeführt werden. Die beiden Streifenbeamten aus Marbach und drei Kriminalbeamtinnen aus dem Dezernat Raub hatten vereinbart, sich nach der letzten Befragung in Marbach am Abend vor Schichtwechsel und vor dem Abendkolloquium der gesamten Ermittlergruppe zu treffen, um eine Resümee zu erstellen, das später vorgetragen werden sollte. Sie sitzen jetzt also im großen Besprechungsraum zusammen und stellen einmündig fest: Alle Orchestermitglieder legten große Solidarität an den Tag und zeigten sich geprägt von Angst, das Cello könnte irgendwo verschwinden und vielleicht sogar das Konzert ausfallen oder an Interesse verlieren. Und sie dachten auch daran, wie Nema sich fühlen würde. Sie hatten ihn spielen gehört und seine sympathische Ausstrahlung erlebt. Auch das war mitbestimmend für die große Bereitschaft, zur Aufklärung beizutragen.

Um schnell zum Resümee zu kommen, schlägt die Dienstälteste Vera Altmann aus Ludwigsburg vor, zunächst alle Bögen auszusortieren, die keinerlei Anhalt für weitere Ermittlungen ergeben. Alle fünf blättern ihre Bögen durch, und schnell ergibt sich ein großer Stapel von Papier in der Mitte des Tisches. Sie schauen sich gegenseitig nickend an, und Vera bemerkt dazu: »Die Musikerinnen und Musiker sind also durchweg ›außen vor‹, für mich nicht unerwartet. Sie lieben ja Musik und damit auch die Instrumente, mit denen sie Musik machen. Das führt dann auch zum Respekt vor den Instrumenten der Anderen. Aber jetzt gehen wir doch reihum durch, wer irgendwo Verdächtiges oder auch kleine Ansätze gefunden hat.«

So kommt zur Sprache: Karl-Ernst Karger, mit Orchestername KEK, sei der Meinung, aus dieser Orchestergruppe kenne er niemanden, der so infam sei. Nicht auszuschließen sei seiner Meinung nach ein Sabotage-Akt, vielleicht aus konkurrierenden Orchestern, natürlich nicht Sinfonia Marbach.« Bei Sinfonia sei nach anfänglichen Ablehnung der Philharmoniker ja eher die Überzeugung entstanden, dass das neue Orchester mit einem Konzert das Interesse an klassischer Musik belebt und damit auch an den Konzerten der Sinfonia. Die Stadträtin Karla Reichmann habe das unterstrichen, es gäbe ja wirklich etliche Laien- und Projektorchester in der Umgebung, die alle Bedenken haben, ausreichende Zuhörerzahlen zu erreichen.

Der Dirigent Sebastian Kohlhammer äußerte sich hinsichtlich des möglichen Motivs »finanzielle Probleme.« Die im Kreise Mitwirkenden hätten doch alle ein gesichertes Einkommen, seien zwar nicht reich, aber gut situiert.

»Unsere Bankkonten und finanzielle Situation braucht ihr nicht zu überprüfen.«

Die Konzertmeisterin Angelika Grieshaber häbe sich (Berichterstatter ist Schwabe!) in ähnlicher Weise geäußert: »Ich kenne alle ziemlich gut und kann auch deren Situation einschätzen.« Sie glaube nicht, dass sich jemand finanziell verhoben hat, sie könnte eigentlich für alle bürgen.«

Die Geigerin Sabrina Gauger habe vorgeschlagen, bei einschlägigen Auktionshäusern nachzufragen. Beschaffungskriminalität sei zwar schon ein Motiv, aber nicht unter unseren Musikerinnen und Musikern. Sie habe zudem angemerkt, sie sei mit Phil Mälzer und der Hauptkommissarin auch schon bei einem Geigenbauer gewesen, um Kontakte mit dem regionalen Instrumentenhandel zu knüpfen.

Die Abendbesprechung

Der Erste Hauptkommissar begrüßt pünktlich, nachdem er vorher die allgemeine Übergabebesprechung des Reviers abgeschlossen hat, die Mitglieder der Sonderkommission in seinem Haus und übergibt die Leitung an den gerade eben noch rechtzeitig angekommenen Staatsanwalt. Der zögert nicht lange und meint einleitend: »Ich habe heute Morgen schon bei meiner Videozuschaltung zum Präsidium wichtige Dinge erfahren. Es tut mir leid, euch das Wochenende zu verderben, aber ministeriell gab es Druck, und Zeit haben wir nicht viel. Das Cello kann jeden Moment, so wie ich das sehe, ist es ja noch in der Nähe, unseren Kreis verlassen. Wir gehen die einzelnen Gruppen gleich mal durch, am meisten interessiert mich die Internetgruppe. Herr Müller, sind die Computer heißgelaufen?«

»Nein, Herr Staatsanwalt, aber die Rechner hatten schon mächtig zu tun gehabt, als alle Dateien voll waren, um ein Netz von Querverbindungen herzustellen, in welcher Häufigkeit Quellen in den sozialen Medien und in der Presselandschaft und anderen Homepages mit den uns interessierenden Hashtags angeklickt wurden. Ich spare mir jetzt eine ausführliche Statistik und sogenannte Soziogramme und komme gleich zu dem entscheidenden Ergebnis: Die Homepage von Raduloff, die Presseartikel der Zeitungen, Googletreffer zu Duport-Cello und die Online-Artikel der Marbacher Zeitung zum geplanten Konzert sowie die Konzertprogramme hinsichtlich Cellokonzerten sind von einem bestimmten Server aus auffallend kongruent häufig besucht worden. Hinter diesem Server befindet, sich also jemand oder eine Organisation, die an dem Cello interessiert ist und versucht hat, herauszufinden, wer das Cello derzeit spielt und wo der demnächst auftritt. Dabei muss er oder sie auf die Online-Ausgabe der Marbacher Zeitung gestoßen sein, in der Ort und Zeit der Probe genannt war, bei der dann der Überfall stattgefunden hat. Und ich habe herausgefunden: Dieser Server, von dem die besagten Aktivitäten ausgegangen sind, der steht in Russland!«

Als das gesagt ist, gehen die Köpfe aller Anwesenden in die Höhe, die Körperspannung steigt, und die Mimik aller ist vielsagend geprägt von Überraschung bis Erschrecken. Leise tönt aus der Reihe das simultane unverbalisierte Erstaunen mit »Uff«, Uih«, »Wow«, »Oje«, »Nee« und mit Worten wie »Das glaubst du doch nicht wirklich«, »Das darf doch nicht wahr sein«, »Gibt's doch nicht«, dann Stille, bis Marion nach einem tiefen Luftholen das Wort ergreift.

»Da sind höhere Mächte am Werk, und wir verstehen jetzt, warum wir mit unseren Umfeldrecherchen bislang so enttäuschend ins Leere gelaufen sind.«

Phil schaltet sich ein: »Nein, Marion, erinnerst du dich nicht, dass gestern schon der Geigenbauer Mueller – den ich für wirklich integer halte – angemerkt hat, in Russland sei derzeit ein Markt für alte Instrumente entstanden?«

Und der Staatsanwalt: »Und ich habe gestern schon gesagt: Schaltet bei diesem Wert des geraubten Gegenstandes Europol ein, das ist für regionale Kleinkriminelle eine Nummer zu groß. Das geht nicht direkt, aber Wiesbaden muss das tun. Also das BKA muss aktiv werden. Mich dorthin zu wenden ist mein Job. Kann ich ein erweitertes Exposée des Falles bis morgen früh schon bekommen, das ich meiner Anfrage an Wiesbaden anhängen kann? Da muss aber schlüssig drin stehen, was regional veranstaltet worden ist. Sonst schicken die uns zwei überkandidelte Superkommissare her, die uns auch nicht weiterbringen. Wir hier müssen das Cello finden, und Wiesbaden muss uns bundesweit helfen.«

Der Erste Hauptkommissar Fritz Batholom greift ein: »BKA und Interpol ist richtig. Aber für uns hier bestehen nach wie vor zwei Gesichtspunkte, bei denen ich es gut fände, wenn uns keiner reinredet: Erstens gehen wir davon aus, dass das Cello noch in der Nähe ist und zweitens ist nicht zu übersehen, dass lokale Kenntnisse eingeflossen sind. Auch wenn es in unserem Rundbau rundgeht – das sind wir gewohnt –, nur, wenn wir uns im Kreis rumdrehen, weil uns einer wieder auf Anfang stellt, werde ich allergisch. Unsere gerade Linie, die wir eingeschlagen haben, ist für die Gesamtschau genauso wichtig, und das sollten wir weiter so machen, Herr Staatsanwalt.«

»Da haben Sie völlig recht. Ohne Ausschlussbeweise wird jeder Winkeladvokat unsere Anklage zunichte machen, wenn wir nicht vorlegen können, auch in dieser Richtung ermittelt zu haben – das klingt so nach Serienkrimi im Fernsehen, aber es ist so. Also machen wir weiter mit den bisher absolvierten Ermittlungen. Vorher aber will ich wissen, wer für die Anfrage beim BKA die kurze Zusammenfassung macht? Wenn ich das recht sehe, ist das Raubdezernat zuständig, Frau Kriminalhauptkommissarin?«

Marion ist darauf gefasst, nickt und erwidert: »Liegt morgen früh in Ihrem E-Mail-Postfach.«

Der Staatsanwalt: »Danke, ich weiß schon, was ich Ihnen da jetzt noch zumute, es kommen für Sie auch wieder bessere Zeiten (Marion denkt bei sich: Wer das glaubt, kommt in den Himmel, und lächelt ihn an), aber machen wir weiter. Wer fasst uns die Ergebnisse der Befragungsaktion zusammen?«

Vera Altmann, die heute extra deswegen mitgekommen war, meldet sich: »Ich bin Kriminaloberkommissarin im Dezernat Raub. Die Befragungsgruppe hat sich vorhin getroffen, und wir haben uns über alle Protokolle ausgetauscht. Ich habe das zusammengetragen und kann auf einen kurzen Nenner bringen: Wie vorhin schon meine Chefin angedeutet hat mit ihren Worten, wir seien bislang ins Leere gelaufen. Wir haben von allen Befragten klare Mithilfeangebote bei den Ermittlungen bekommen, aber keinem der Befragten ist irgendein Verdachtsmoment vorgekommen, jemand aus dem Umfeld sei in den Raub oder die Vorbereitung zum Raub involviert. Die Musikerinnen und Musiker sagen auch alle, in ihrer Umgebung sei ihnen in der letzten Zeit nichts Verdächtiges aufgefallen. Es gab einige Hinweise, wo sich Ermittlungsansätze ergeben könnten, zum Beispiel bei umliegenden Orchestern oder Auktionshäusern. Die Überprüfung von Kontobewegungen solle man sich sparen.«

»Danke, Frau Altmann und Gruppe Befragung. Auch wenn das nicht ergiebig war, brauchen wir den Nachweis mit diesbezüglichen Protokollen. Sie wissen schon, wir dürfen Anwälten keine verwundbaren Stellen bieten. Gut. Noch ein Punkt: Der Versicherungsdetektiv war bestimmt auch aktiv. Haben Sie, Herr …, was beizusteuern?«

»Bablonski mein Name. Ja. Eine Expertise zum genauen Wert des Cello ist in Auftrag gegeben. Meine Internetrecherchen waren nicht so ergiebig wie die des Kriminalexperten. Ich habe mich mehr im Umfeld des Solisten umgesehen. Dazu gab es im Internet nichts Ergiebiges, außer dass er ja schon mit vielen Preisen ausgezeichnet wurde und anscheinend ein solches Cello nicht umsonst zu Verfügung gestellt bekommt. Im Wohnumfeld bekommt man zur Familie eigentlich nur positive Auskünfte, wenngleich es für die Migranten sicher nicht einfach war, ein Wohneigentum zu erwerben. Die Prämie der Versicherung wird sich nach der Expertise richten. Ich gehe mal von ca. 10.000+ Euro aus. Beim Observieren des Hauses ist mir ein Auto mit einer LB-Nummer aufgefallen. Dazu hätte ich gerne eine Halterauskunft, wenn möglich. Ich suche die Nummer gleich nachher raus. Im Umfeld dieses Halters will ich auch noch observieren, wenn ich mit Raduloff selbst morgen gesprochen habe.« Er verschweigt, dass ein Cello von einer jungen Frau in das Haus transportiert wurde und sie schnell hereingezogen wurde, als ob Raduloff wollte, dass möglichst niemand das Cello sieht. Das empfindet er als seine spezielle Spur, die ihm ein größere Prämie sichern könnte.

Fritz Batholom schaltet sich ein: »Wie wäre es mit einer Pressemitteilung am Montag, in der die Prämie der Versicherung erwähnt wird? Sie sollte allerdings meiner Meinung nach viel höher sein. Vielleicht macht das die Räuber nervös.« Der Staatsanwalt: »Ganz richtig, der Meinung bin ich auch. Frau Elfrich, kümmern Sie sich darum. Zum Schluss meinerseits noch die Frage: Wie sieht es mit der Handy-Überwachung aus?«

Vera Altmann meldet sich dazu: »Wir haben die Bewegungen und die Gespräche heute verfolgt. Demnach hat der Handybesitzer kaum Aktivitäten an den Tag gelegt. Die Rückblende muss noch aufgearbeitet werden.«

»Macht das bitte heute Abend noch. Ich weiß, es ist Wochenende und jetzt schon ist die Dienstzeit überzogen. Aber ich ahne, es tut sich bald was, und wenn das BKA eingeschaltet ist, wird auch danach sicher gefragt werden. So, dann schließen wir jetzt. Aber wir sollten morgen noch eine Videokonferenz abhalten, wenn ich den Bericht von Frau Elfrich gelesen und mit dem BKA gesprochen habe.

Sagen wir vierzehn Uhr, eher vierzehn Uhr dreißig von Ludwigsburg aus. Geht das?«

Rundum Schulterzucken und zaghaftes Nicken lässt erkennen, wie klein die Begeisterung ist, aber die im Laufe der Besprechung zusammengetragenen Erkenntnisse haben die Spannung bei allen erhöht und einen gewissen Ehrgeiz ausgelöst, so dass keiner unwillig reagiert oder gar meckert.

»Also dann bis morgen. Und gebt dem Ba..., wie war doch der Name? Also gebt dem Versicherungsdetektiven noch gleich den Halter des Autos, das er beobachtet hat. Ich muss ja noch nach Heilbronn.« Dann verschwindet er als erster. Die anderen stehen noch zusammen.

Da kommt der Kommentar des Streifenbeamten Paul: »Der tut ja so, als ob Heilbronn so weit weg wäre wie mein Zuhause an der Ruhr«, worauf Peter anmerkt: »Mein Partner hat wohl Heimweh nach Westfalen. Warte, in Kürze spielt der VfB gegen Bochum und bald wieder gegen Dortmund. Da triffst du wieder Landsleute und hörst Ruhrpott statt Schwäbisch.«

»Ja so ist es. Aber wie sieht es mit einem Feierabendbier aus, auch wenn es kein Alt ist?«

Marion: »Ihr habt ja mitgekriegt, was ich noch zu tun habe. Ich bin nicht dabei.« Sie schaut Phil dabei an.

Peter fällt ein: »Ich auch nicht. Wil und ich haben uns einen Besuch der Oldtimermesse in Stuttgart vorgenommen, und da geht noch einer der Musiker mit. Das muss ich euch noch erzählen.«

Marion winkt: »Ich geh schnell, erzählt mir's morgen.« Phil rennt schnell hinterher und erreicht sie gerade noch kurz vor dem Ausgang. »Halt, noch was, habe ich fast vergessen: Morgen Rastrelli-Quartett elf Uhr in Lienzingen. Soll ich schnell noch Karten reservieren?«

»Ja, ruf mich auf dem Handy an, wann und wo morgen«, und weg ist sie, nach kurzem Blickwechsel mit Phil, der zurückwinkt.

Er geht wieder zur der Gruppe, und da Marion weg ist, fragt er Peter und Wil zum Messeausflug: »Kann ich auch mit? Bin jetzt alleine?«, und ärgert sich sofort über den verräterischen Nachsatz, aber dann merkt er, dass die anderen dieses »jetzt alleine« nicht mit dem Weggehen von Marion verbinden.

Peter ergreift wieder das Wort: »Also das mit dem Musiker war so: Nach der Befragung von dem, der beim Rundfunk Fagott spielt, Thomas Imma heißt der, mit dem habe ich noch in bisschen geplaudert, als wir mit dem Fragebogen durch waren. Ich habe ihm erzählt, dass ich mehrere Oldtimer habe und derzeit auf der Suche nach bestimmten Teilen für ein Goggomobil bin. Da sagt der: ›Mensch was für ein Zufall, ich bin auch Oldtimerfan und fahre einen 2CV, der noch ganz original ist. Aber der hat so ein paar Mucken. Und da bin ich auf der Suche nach einer Anlaufstelle, wo man diese alten Schätzchen noch repariert. Wissen Sie eigentlich, dass gerade Oldtimermesse in Stuttgart ist?‹ Ich sag prompt: ›Sollen wir zusammen gehen? Ich will auch dahin. Dann können wir noch mehr darüber reden. Ich weiß auch eine Werkstatt in Marbach, die bestimmt einen 2CV wieder flott bekommt. Ich fahre natürlich mit meinem Käferstreifenwagen von 1952 dahin.‹ Und so haben wir uns verabredet, dass ich ihn gleich abhole. Er wohnt in Poppenweiler. Dann packt euch. Essen können wir auf der Messe. Wir schnorren uns was zusammen an den Ständen der Aussteller. Wir müssen allerdings zu Fuß in die Wildermuthstraße, wo der Käfer in der ehemaligen Scheune steht.«

Es dämmert schon, als sie den Rundbau verlassen, die Grabenstraße überqueren und durch das Tor in der Stadtmauer gehen, wo auch das Türmchen mit der Pechnase ist und in der im Mittelalter mal das Gefängnis war, die Strohgasse überqueren und in die Bärengasse einbiegen. Dort verabschiedet sich der Versicherungsdetektiv Bablonsky, dessen Namen dem Staatsanwalt so viel Probleme bereitet, weil er ihn nicht mit dem des Ersten Hauptkommissars und Revierleiters verwechseln möchte, und geht in sein Nachtquartier im Hotel zum Bären. Er freut sich auf ein gutes Nachtessen, denn dem Haus ist auch eine Metzgerei angegliedert.

Sie gehen am Rathaus vorbei, dem einzigen Barockgebäude der Altstadt.

Am Brunnen sagt Phil: »Geht schon mal langsam voraus, ich will hier schnell noch beim Beran über Reservix Karten besorgen, gut, dass er noch offen hat. Ich weiß, wo der Hof ist, auf dem der Käfer steht.«

Die anderen gehen die Marktstraße hoch Richtung oberes Stadttor mit dem Marbacher Wahrzeichen Torturm. Dort verabschiedet sich Paul und geht zu seinem Häuschen die Torgasse hinunter, vorbei am Tobias-Maier-Geburtshaus. Peter und Wil erreichen nach zweihundert Metern den ehemaligen Bauernhof, in den Peters Großvater eingeheiratet hat und in dem er jetzt auch wohnt. Er macht das Tor der Scheune auf, fährt den Käfer heraus, stellt ihn ab und bittet einzusteigen, er käme gleich, wolle nur noch seiner Frau Bescheid sagen. Derweil kommt Phil hinterher-

gehetzt, er hatte Glück, der Vorverkauf war noch nicht geschlossen. Wil und Phil klemmen sich an der umgeklapp-
ten Rückenlehen der Vordersitze vorbei auf die Rückbank
und warten. Peter kommt wieder aus dem Haus, seine
Frau winkt den schon im Auto Sitzenden zu, Wil hat sie ja
schon kennengelernt und über Phil hat sie vieles erzählt bekommen. Wieder springt der Käfer mit gezogenem Choke
und einigen Tritten auf das Gaspedal nach mehreren Um-
drehungen des Anlassers stotternd an, und los geht es mit
dem typischen blubbernden Motorengeräusch alter Käfer
nach Poppenweiler. Peter hupt dort vor dem Haus mit der
Bemerkung, leider musste Blaulicht und Martinshorn ausgebaut werden, sonst wäre jetzt ein bisschen Radau fällig
geworden. Thomas Imma steigt vorn ein, für seine min-
denstens einsachtzig unumgänglich, und Peter macht ihn
mit Wil bekannt, Phil kennt er ja von den Philharmonikern
für Marbach.

14. Kapitel

Oldtimer II

Unterwegs erzählt der Fagottist von seinem 2CV: »Bei mir ist es wie bei dem Polizisten Marquardt. Es steht dahinter die Familiengeschichte: Vater und Großvater waren auch Musiker, und das erste Auto meines Großvaters war der 2CV, den ich jetzt fahre. Mein Vater hatte ihn stillgelegt und ist auf VW umgestiegen. Als ich anfing zu studieren ,brauchte ich ein Auto, hatte aber kein Geld. Wir haben dann probiert, ob der 2CV noch läuft, und er tat es, und ich fand das Auto auch toll. Ich gehe auch auf Oldtimer-Rallyes und bin in einem Club. Jetzt ist es aber so, dass ich die Autobahn meide, weil mich zu viele Laster überholen. Sprit brauche ich nicht viel, aber Öl. Also muss ich mich umschauen, woran es liegt, dass er so schwächelt.«

Peter sagt ihm zu, am Montag mit ihm in die Werkstatt S. u. M. in Marbach hinter der LABAG zu gehen, die auch Motorrad-Spezialisten sind – schließlich ist im 2CV ja eigentlich ein Motorradmotor drin – und vor deren Tür ein gut gepflegter alter Buick steht.

Sie fahren zunächst am Neckar entlang, und Peter erklärt: »Wundert euch nicht, ich nehme nicht die B27 und den Weg durch die Innenstadt. Ich fahre lieber ein bisschen spazieren, am Hafen über den Neckar Richtung Fernsehturm, Waldau und Plieningen zur Messe. Zurück können wir dann die B27 nehmen.«

Vor dem Messegelände folgen sie dem Schild ›Stellplatz Schaufahrzeuge‹ und bekommen dort von einem Ordner einen würdigen Platz zwischen Fahrzeugen aus den Fünfziger Jahren zugewiesen. Sie schlendern durch die Reihen, bestaunen und kommentieren das eine oder andere Fahrzeug und erreichen schließlich die Halle mit den Händlern und Ausstellern. Sie suchen gezielt nach Anbietern von Ersatzteilen für Peters Goggo und Thomas' 2CV. Wil und Phil staunen einfach nur, was es alles in diesem Markt so gibt, und vor allem darüber, was fahrbereite alte Autos kosten. Selbst Originalteile kosten mindestens so viel wie Ersatzteile für neue Autos.

Wil vergleicht das mit dem, was er über historische Instrumente bei seinen Recherchen gefunden hat. Die beiden Teilesucher geben es auf, bei geschäftlichen Händlern zu suchen. Sie hätten schon das eine oder andere gebrauchen können, aber die Preise haben abgeschreckt und keiner der Händler ließ mit sich handeln. Aber sie haben bei ihnen ausgiebig die angebotenen Häppchen gekostet. Sie beschließen, den Tauschmarkt zu besuchen und bei Liebhabertrödlern ihr Glück zu versuchen.

In dieser Halle ist noch mehr Betrieb und Gedränge, aber es macht mehr Spaß, mit den Hobbyhändlern und Liebhabern zu plaudern. Allerdings sind die Angebote doch ziemlich rar. Verschiedentlich fragen sie nach, warum es von bestimmten Fabrikaten denn fast gar nichts mehr gibt.

Die meisten der Befragten, die alte Schätzchen ausschlachten, die wirklich nicht mehr fahrbar gemacht werden können, geben zur Antwort: Ausländer reißen uns quasi von »gehobenen Fahrzeugklassen« die Teile aus der Hand, und es sind überwiegend Ausländer, aus dem Osten oder Scheiche.

Wil wird hellhörig: »Russen?«, und erfährt, gerade von

denen würden viele auftauchen. Sie würden die Teile in bar bezahlen, meist aus dicken Geldscheinbündeln, und eine Visitenkarte ausgeben von Leuten, die anrufen, um einen Termin auszumachen, an dem sie mit ihrem Transporter die Teile abholen und mit Gebrauchtwagen zusammen nach Polen, Weißrussland oder Russland kutschieren. Einer äußert dazu: »So ganz geheuer kommt mir mancher von denen nicht vor!«

Peter findet dann schließlich doch noch was für sein Goggomobil: zwei Türklinken und zwei Sitze. Auf die Frage, wie man die denn im vollbesetzten Käfer unterbringen soll, grinst er süffisant »Die Hinterbänkler nehmen die auf den Schoß. Kriminaler und Oboenspieler können das.«

Sie gehen nochmal zur Halle der professionellen Händler und Werkstätten. Kurz vor dem Ausgang kommen sie an einem Stand vorbei, an dem ein goldgelber Rolls-Royce Phantom steht und auf einem Gestell ein V8-Motor. Sie bleiben stehen und lesen das Schild über dem Stand.

Thomas fährt es raus: »Mensch, Dieter Braun, der kommt ja aus Benningen.«

Und Peter: »Mit dem müssat mir mol schwätza, wo er den Rolls herhot. Der isch aus de Fuffziger.«

Der Aussteller hat die Gruppe beobachtet und stellt sich vor: »Dieter Braun, der Rolls gehört dem König von Thailand, ehrlich. Dem hab ich ihn wieder hergerichtet, hatte Motorschaden vom langen Herumstehen. Ich bin Spezialist für sowas, was noch reine Mechanik ist. Die Zeitung hat doch mal eine Reportage von meiner Werkstatt gemacht mit der Überschrift ›Der Schrauber des Königs.‹ Nächste Woche kommt der König selbst vorbei und holt ihn wieder ab.«

Peter stellt die Gruppe vor: »Das ist Thomas Imma, Musiker vom Rundfunk. Er hat einen originalen 2CV von Anfang fünfzig, das ist Wilfried Müller, ein Kriminaler aus Neckarweihingen; das ist Phillipp Mälzer, pensonierter Professor und auch Musiker aus Hobby und wie ich aus Marbach. Ich bin Polizist, und wir sind mit dem Einsatzfahrzeug meines Großvaters aus Anfang fünfzig da, ein Käfer-Streifenwagen. Ich restauriere gerade ein Goggomobil.«

Sie unterhalten sich über Autos und noch mehr, und darüber, dass der Ersatzteilemarkt so leergefegt sei.

Braun bestätigt: »Das stimmt. Wir müssen in meiner Werkstatt viel selbst nachbauen. Ich habe da vorgesorgt mit allen Maschinen, die man dazu braucht. Originale verschwinden oft, leider Gottes, über Autoschieber gen Russland. Das macht uns das Geschäft so schwierig.« Seiner Meinung nach sitzen die irgendwo in der Gegend von Paderborn, jedenfalls beobachte er bei ähnlichen Anlässen wie diese Messe und Rallyes, dass viele PB-Nummern dort an Oberklasse-Autos und an weniger hochklassigen Transportern oder Fahrzeugen mit Autotransporthängern auftauchen. »Aber ihr seid schon eine seltsam gemischte Gruppe. Wie kommt die den zustande? Zwei Polizisten und zwei Musiker. Habt ihr in Marbach seit Neuestem einen Oldtimer-Club?« Wil erklärt ihm: »Nein. Wir haben uns bei den Ermittlungen nach einem Raubüberfall in Marbach kennengelernt.«

»Raub in Marbach und vor mir zwei Musiker und Kriminaler – da stand doch was in der Zeitung – warte mal« – Pause – »Ja! – mit einem Cello. Geht es darum? Habt ihr eine Spur zum Handel mit Oldtimern?«

Peter: »Nein, wir sind nur wegen Ersatzteilen für unsere Autos hier und überhaupt zum Spaß nach der Arbeit. Mit Ermittlung hat das nichts zu tun. Oldtimer-Liebhaber sind eine andere Kategorie von Menschen als Cello-Räuber.«

Sie gehen zurück zum altehrwürdigen Streifenwagen und bringen tatsächlich mit viel Geschick und Gelenkigkeit vier Personen und zwei Goggomobilsitze unter.

Anfangs ist die Stimmung im Auto etwas bedrückt, was weniger mit der Enge im Käfer zu tun hat als mit den Gedanken, die allen Vieren durch den Kopf gehen nach den letzten Bemerkungen des ›Schraubers des Königs‹ und aus anderen Anmerkungen von Ausstellern: Alte Autoteile wandern nach Russland, dort gibt es einen Markt dafür und Leute, die viel dafür bezahlen. Und der Geigenbauer hat angedeutet, dass es in Russland auch einen Markt für alte Musikinstrumente gibt. Und Wil hat im Internetverkehr viel Aktivität aus Russland in Bezug auf das Duport-Cello festgestellt. Sie achten gar nicht auf die schöne Aussicht auf das Lichtermeer von Stuttgart, wenn man die Weinsteige hinunterfährt.

Als sie unten im Kessel ankommen, bricht Wil das Schweigen: »Unterschwellig haben wir ja alle immer unseren Fall im Kopf mit einem alten Cello, und wir haben jetzt einiges gehört von alten Autos. Da kommen Querverbindungen zustande. Mein Computerprogramm hat doch auf einen Server in Russland hingewiesen. In meinem Kopf sehe ich ein Stradivari-Cello neben Schrottteilen von alten Autos auf dem Weg nach Russland – ich bin doch nicht betrunken und habe auch keine Halluzinationen. Was für ein schrecklicher Gedanke.«

Phil und Peter nicken und bestätigen, dass das zwar weit

hergeholt sei, aber der Grundsatz gilt immer: Man muss in alle Richtungen ermitteln, und im nüchternen Zustand generierte Schnapsideen sind es allemal wert, notiert zu werden und morgen zur Sprache gebracht zu werden.

Peter fährt wie angekündigt über die B27 und biegt in Ludwigsburg ab Richtung Remseck und Poppenweiler, wo sie Thomas Imma ausladen.

Der verabschiedet sich mit den Worten: »Ein böser Raub und gemeinsame Hobbies haben uns zusammengeführt, und wenn jetzt die Hobbies Hinweise hergebracht hätten, die zur Lösung des Falls beitragen – das wäre doch der Hammer. Das muss ich gleich meiner Frau erzählen.«

Wil: »Aber bitte nichts nach draußen verlauten lassen. Sonst werden die Täter ihre Taktik ändern und tauschen Pläne, die wir gerade verfolgen, gegen Alternativen aus. Das heißt dann immer in der Zeitung: ›Aus ermittlungstaktischen Gründen.‹ Also bitte nichts internes nach außen tragen.«

»Geht klar. Tschüss, schönen Sonntag, und Phil, wir sehen uns am Dienstag.«

Wieder runter zum Neckar fährt Peter am Fluss entlang nach Neckarweihingen, wo Wil aussteigt mit der lakonischen Bemerkung: »Toller Abend, Neues gelernt und viel Anlass zum Denken gehabt. Bis morgen.«

Phil steigt jetzt um nach vorn und sagt: »Fahr gleich zu dir. Ich brauch jetzt noch einen Spaziergang in den Kirchenweinberg, muss noch nachdenken.«

So also biegt der Käfer an der Kronenkreuzung (die heißt im Alltagsgebrauch immer noch so, obwohl aus dem Hotel Krone an der Kreuzung heute ein Chinarestaurant und eine Asylantenunterkunft geworden sind) nach rechts ab und auf Höhe der Schulstraße nach links in das Gehöft, in das Peters Großvater eingeheiratet hat. Sie laden die Goggomobilsitze und die Türgriffe aus.

Peters Frau hat das Blubbern des Käfermotors erkannt, kommt heraus und fragt: »Habt ihr euch von eurem Kriminalfall ein bisschen ablenken können, und Peter, hast du gefunden, was du gesucht hast?«

Phil nimmt die Antwort vorweg: »Ja und nein, zuerst haben uns die Messe und das, was es zu sehen gab, viel Spaß bereitet, und Peter hat auch ein bisschen was gekauft – nicht übers Budget hinaus, obwohl ich finde, die Sachen sind sehr teuer. Und dann haben wir in Gesprächen mit Ausstellern Dinge erfahren, die uns nachdenklich gemacht haben. Aber jetzt trinkt ihr noch a Viertele Trollinger, und ich brauch a bissele Bewegung, und daheim mach ich noch an Spätburgunder auf. Adieule.«

Unterwegs überlegt er, ob er noch Marion anrufen kann. Es ist fast Mitternacht. Zuhause angekommen, geht er erst in den Keller, um die zweitletzte Flasche des Spätburgunders heraufzuholen. Er macht sie auf, zieht die Schuhe aus, trinkt einen Schluck und kann dann nicht anders: Er muss Marions Stimme hören und fragen, wie es ihr geht, und muss ihr erzählen was war, und überhaupt – wenn sie schon im Bett liegt, wird das Handy ja neben dem Bett liegen. Also holt er das Festnetztelefon aus der Ladestation und ruft an.

Bereits nach drei Klingeltönen: »Hier Elfrich – Phil bist du es?«

»Ja, ich bin gerade nach Hause gekommen und musste dich noch hören«, und er gerät in einen Redeschwall, was eigentlich sonst nicht seine Art ist. »Darf ich zu dir Spätzle sagen, und wie geht es dir und hast du noch lange an dem

Programm für morgen gearbeitet? Du hast so viel zu tun, da habe ich gedacht, du bist noch wach, und überhaupt hab ich ein bisschen Sehnsucht jetzt, so alleine mit meinem Burgunder.«

»Phil, halt! Bist du betrunken, ist was passiert? Ihr wart ja auf der Oldtimer-Messe, war da was?«

»Ja – nein. Ich bin nicht betrunken vom Wein, den habe ich gerade erst aufgemacht, ich glaube ich bin trunken von Liebe. Spätzle ist blöd, ich brauche einen schöneren Kosenamen für die Sensationsfrau meines Lebens.«

»Phil, du benimmst dich gerade wie ein verliebter Trottel. Sag, was los ist.«

»Ich glaub, du hast es auf den Punkte gebracht: Ich bin ein verliebter Trottel. Und wer dich kennengelernt hat, wird mich vollständig verstehen.«

Es gibt eine längere Pause.

Phil: »Bist du noch dran?« – Am anderen Ende der Leitung wandelt sich der Ton von *rissoluto in dolce:* »Du Zottelbär, ich war so beschäftigt mit den Aufgaben des Staatsanwaltes bis vor kurzem, dass mir der Kopf rauchte. Dann fiel mir ein, wie kurz angebunden wir uns verabschiedet haben heute Nachmittag, und ich habe gehofft, und sogar sehnlich erwartet, dass du mich noch anrufst. Und das ist jetzt eingetroffen und hat mich fast aus den Schuhen gehauen. Deshalb war ich gerade so abrupt, um deinen Redefluss zu stoppen. Ich denke so oft an dich, dass ich schon geglaubt habe, ich sei verzaubert und wollte alles von mir weisen, aber ich muss wirklich zugeben, ich habe mir insgeheim sehnlichst gewünscht, dass du noch anrufst und dass es sich bei uns nicht nur um eine One-Night-Stand-Affäre handelt.«

»Was bin ich froh, dass du mir den Anruf um Mitternacht nicht übel nimmst. Ich hätte ja auch morgen früh anrufen können. Und was du noch gesagt hast, lässt mich sicher jetzt selig schlafen, und dich sicher auch, wenn ich dir sage, dass Amor mich richtig getroffen hat. Aber ich habe noch was: Konzertkarten für morgen elf Uhr in Lienzingen. Ich war, bevor wir losgefahren sind, schnell noch bei Reservix. Der hatte noch auf, und der Vorverkauf war noch nicht geschlossen. Was wir auf der Messe erlebt haben, erzähle ich dir morgen auf der Fahrt, jetzt nicht mehr, ich will ja, dass du gut schläfst.«

»Jetzt werde ich mit Vorfreude einschlafen und bestimmt was Schöneres träumen als das, was mich noch bis vor einer haben Stunde beschäftigt hat mit dem Bericht für den Staatsanwalt. Wann müssten wir losfahren, ich war noch nie in Lienzingen, weiß gar nicht, wo das ist.«

»Ist ein Teilort von Mühlacker. Kurz nach zehn Uhr reicht. Kannst du mich am Bahnhof abholen? Die Bahn kommt sechs nach zehn an.«

»Gut, dann bis morgen«

»Gut's Nächtle.«

15. Kapitel

Fünfter Tag
der Fahndung

Konzertbesuch 1

Marion wachte schon auf, bevor der Wecker klingelte, fühlte sich gut ausgeschlafen, obwohl es ein Uhr geworden war, bis sie ihre Zusammenfassung der bisherigen Fahndungsaktionen und Erkenntnisse auf den Rechner des Staatsanwaltes abgeschickt hatte. Sie war mit einem Lächeln über Phils konfusen Anruf eingeschlafen und wachte mit einem Lächeln auf, weil sie sich amüsierte, wie er gefragt hatte, ob er Spätzle zu ihr sagen dürfe, und sie als Sensationsfrau seines Lebens bezeichnet hatte. Nachdem sie die Kaffeemaschine angestellt hatte, wählte sie mit Bedacht aus der Reihe ihrer zehn verschiedenen Duschgele eines aus der Weledareihe aus, das besonders gut roch und sich auf der Haut so wunderbar anfühlte. Da fiel ihr ein: Phil hat ja auch diese Naturkosmetik in seinem Bad stehen. Und der Duft von Granatapfel mit Citrus vermischte sich mit dem von frisch gebrühtem Kaffee und sorgte für eine Hochstimmungsathmosphäre in ihrer kleinen, aber gemütlichen Wohnung im Osten von Ludwigsburg hinter dem Kasernenareal und dem Präsidium. Sie hatte viele Früchte eingekauft und beschloss, heute kein englisches Frühstück zu machen. sondern einen Fruchtsalat mit Joghurt, weil sie mehr Zeit hatte als unter der Woche.

Phil wachte etwas zerknittert auf, als der Wecker schrillte. Er hatte mehr als nur das sonst übliche eine Viertel getrunken und war noch länger aufgeblieben, weil ihm von den abendlichen Ereignissen so viel durch den Kopf ging, und er sich vor allem ärgerte, dass er nach seinem Empfinden so tollpatschiges Zeug geredet habe, als er Marion anrief. Was muss die bloß von mir denken: Ist er noch klar oder total vernebelt? Als er mittels eines kleinen Gymnastikprogramms dann physisch und mental sprichwörtlich auf dem Damm war, beschloss er, erst nach einem deftigen Frühstück zu duschen, war ja gestern doch kein richtiges Abendessen!

Also: Zwei Eier im Glas mit Maggi, Leberwurst mit Senf, dann ein deftiger Käse – für einen gut gefüllten Kühlschrank war bei ihm ja immer gesorgt. Er brauchte nicht zu überlegen, welchen Duschgel er nehmen sollte, es gab nur zwei: eines mit Lavendel zum Entspannen und eines mit Arnika zum Anregen und um die Durchblutung zu fördern, auch im Gehirn. Mehr Gedanken machte er sich, welches Parfüm aus seiner Duftpalette er benutzen sollte, und ob er salopp oder besser angezogen zum Konzert gehen sollte. Er entschied sich für Verbena und lockere Bekleidung. Dann doch gut gestimmt ging er zur Bahn, die ihn pünktlich nach Ludwigsburg brachte. Vor dem Aussteigen beschlich ihn der Gedanke: Finde ich Marion gleich, wenn sie nicht am Bahnsteig oder in der Schalterhalle wartet? Ich weiß ja gar nicht, was sie für ein Privatauto hat, bisher war sie ja immer mit dem Dienstfahrzeug unterwegs.

Am herbstlichen Sonntagmorgen war der Bahnhof nicht sehr belebt. So konnte er beim Aussteigen den Bahnsteig und nachher die Schalterhalle gut überblicken. Es war kein blonder Wuschelkopf mit blauen Augen, die so elekt-

risieren konnten, zu sehen. Als er dann auf den Bahnhofsvorplatz hinaustritt hupt es von gegenüber, wo die Taxis
stehen, und aus einem Mini winkte jemand heraus. Da ist
sie ja, wie schön, und er spurtet los. Sie ruft ihm entgegen:
»Steig schnell ein. Die Taxifahrer meckern schon, ich dürfe
hier nicht stehen, und dann schon gar nicht in der zweiten
Reihe.« Er steigt schnell ein, und es bleibt bei einem kurzen Begrüßungsküsschen, weil die Taxifahrer schon wieder böse Blicke senden.

Er sagt: »Steuere die B10 Richtung Vaihingen an, ich
lotse dich dann weiter. Heute bin ich dein Navi«, und verkneift sich den Nachsatz: »Und möchte das immer sein.«

Als sie Ludwigsburg verlassen und die A81 unterquert
haben, fängt Phil an von gestern zu erzählen:

»Also, wir waren ja auf der Oldtimer-Messe, zu viert
im alten Polizeikäfer von 1952. Wil war natürlich dabei, er
hängt ja viel mit Peter zusammen, und Peter hatte noch einen Musiker mit, von dem er bei der Befragung erfahren
hat, dass er einen alten 2CV hat und auch zur Messe wollte.
Ich hätte gar nicht gedacht, dass da so viel los war. Bei den
Kommerziellen kostet alles unglaublich viel Geld, deshalb
sind wir zur Halle mit den Flohmarktanbietern. Wir haben viel mit denen geschwätzt und von mehreren erfahren,
dass ihr Angebot nicht mehr so umfangreich sei wie früher, weil Ausländer viel aufkaufen, viel bezahlen und den
Markt fast leerfegen. Und jetzt pass auf: Es seien viel Russen darunter, die vor allem scharf sind auf Ersatzteile für
Oberklassenwagen. Und dann noch was anderes: Beim Hinausgehen sind wir noch an einem Stand stehengeblieben,
an dem ein alter V8-Motor aufgebockt war neben einem
Rolls-Royce aus den Fünfzigern, wie er im James-Bond-

Film GOLDFINGER gefahren wurde. Das war ein Mechaniker aus Benningen, der die Oldtimerflotte des Königs von Thailand instand hält. Aber das nur nebenbei. Aktuell viel wichtiger als die Tatsache, dass der König von Thailand diese Woche den Rolls abholt, war, beziehungsweise ist es, dass er uns erzählt hat, dass es in Russland einen regelrechten Oldtimer-Schwarzmarkt gäbe, und der würde seiner Meinung nach von Autoschiebern bedient. Und die nähmen auch schon mal Kunstgegenstände mit, wie man so munkelt. Er und verschiedene andere Flohmarktbeschicker haben berichtet, dass bei Messen und Rallyes viele Paderborner Autonummern auftauchen. Du erinnerst dich, was der Geigenbauer Mueller von Markt für alte Musikinstrumente in Russland sagte, und Wil hat ja herausgefunden, dass ihm Internetaktivitäten in unserem Fall aus Russland aufgefallen sind. Uns allen Vieren gingen auf der Heimfahrt Querverbindungen durch den Kopf zwischen Russland und alten Autos und alten Musikinstrumente und Autoschiebern. Wil wird heute Nachmittag das bestimmt auch nochmal zum Thema machen.«

Marion war schon bei der Erzählung immer mehr vom Gas gegangen und wiegte immer mit dem Kopf hin und her, jetzt steuerte sie einen Parkplatz zwischen Vaihingen und Illingen an. Still war es im Mini geworden.

Nach einer kurze Pause sagte sie: »Mein lieber Phil, da habt ihr aber sehr gewagte Querverbindungen hergestellt. Wenn ihr damit recht hättet, wäre das der Hammer!«

»Genau dieser Ausdruck ist auch gestern Abend gefallen, und ein anderer Spruch war: ›Im nüchternen Zustand aufgekommene Schnapsideen soll man nicht leichtsinnig verwerfen.‹«

»Ja gut. Wir verwerfen das jetzt auch nicht. Reden wir heute Nachmittag darüber, jetzt gehen wir erstmal ins Konzert, ausgerechnet ein Cello-Quartett und ausgerechnet gespielt von Russen! Na, sag mir, wie ich weiterfahren muss, und was wir hören werden.«

»Gut, vertreiben wir trübe Gedanken. Wir kommen gleich ans Illinger Eck. Da gabelt sich die Bundesstraße. Wir fahren geradeaus weiter und sind nach wenigen Kilometern an der Ausfahrt Lienzingen. Wir kommen dort direkt auf die Kirche zu. Meistens sind um die Kirche herum keine Parkplätze mehr frei. Es kommen Leute von weit her, von Stuttgart und Pforzheim bis Bretten und Karlsruhe. Biege deshalb nach links ab, und hinter der Unterführung kann man meist noch gut am Straßenrand parken. Und zum Konzert: Die Rastrellis stammen aus St. Petersburg und haben ihr Quartett nach dem Baumeister benannt, der viel in St. Peterburg geschaffen hat. Der Leiter ist ein Professor am Konservatorium Petersburg, zwei Mitglieder sind ehemalige Schüler von ihm, und der vierte ist ein genialer Arrangeur, der Musik von Barock bis Pop für vier Celli umschreibt. Er nutzt dabei die volle Kapazität des Instruments aus, mit dem riesigen Tonumfang und der großen Tonmodulationsmöglichkeit durch Bogen und linke Hand. Ähnlich wie die Oboe, oder vielleicht noch mehr, können gute Cellisten Klänge spielen, von Flöten und Gitarren sowieso, wie Fanfaren, wie Saxophone, und natürlich ist es auch ein Rhythmus-instrument durch Klopfen und Zupfen und Schlagen auf Saiten und Holz.«

»Aus dir spricht Begeisterung. Woher kommt die?«

»Ich habe die schon mal gehört, Sabrina hat mich darauf

aufmerksam gemacht (er erntet schon wieder einen fragenden Seitenblick). Das Programm von heute hab ich nicht im Kopf, aber ich bin sicher, es wird ernst und heiter durch die Musikgeschichte gehen.«

Sie finden eine Parkmöglichkeit am Straßenrand hinter der Unterführung, zwar nicht ganz legal nach Phils Meinung, die aber im Ausnahmezustand von großem Andrang zu den Konzerten geduldet wird. Und außerdem ist man für die Rückfahrt auf der richtigen Seite zur Auffahrt auf die Bundesstraße. Sie müssen nicht weit zur Kirche laufen und holen sich am Eingang zwei Programme. Phil grüßt den daneben stehenden Herrn, der ihn auch erkennt und viel Vergnügen wünscht, und sie finden auch einen guten Platz im vorderen Bereich der Kirche, aber trotzdem nicht zu nah am Altarbereich.

Phil erklärt: »Das war der Organisator der Konzertreihe Mühlacker-Concerto, der auch die Süddeutsche Kammer-Symphonie Bietigheim-Bissingen leitet.«

Sie genießen die entspannende Atmosphäre der alten schlichten romanisch-gotischen Basilika mit Naturholzdecke und Natursteinboden, die verantwortlich sind für die außergewöhnliche Akkustik, lesen das Programm und Marion lehnt sich sanft an Phils Schulter, bis die Musiker den Altarraum betreten.

Der Leiter des Quartetts, Kira Kraftsoff, begrüßt das Publikum mit den in gutem Deutsch, aber slawischer Artikulation gesprochenen Worten: »Viermal waren wir schon hier, und trotzdem wir wieder eingeladen. Zum Dank dafür spielen wir klassische Stücke von Barock bis zeitgenössisch neu arrangiert. Keines der Stücke ist für vier Celli geschrieben, aber unser Freund Drabkin hat das gemacht.

Wir das spielen können, ohne Sie glauben, wir falsch. Nach der Pause andere Überraschung.«

Und es kamen nach dem Stück von Biber, in dem Schüsse aus den Saiten knallen, ein Satz aus einem Haydn-Quartett, ein Satz aus Tschaikowskys STREICHQUARTETTEN, aus Brahms UNGARISCHEN TÄNZEN, Poppers TARANTELLA, eine Auswahl von Edward Grieg und eine Anlehnung an Schostakowitschts FÜNFTE SYMPHONIE. Jedesmal tosender Beifall, Marion drückt zwischendurch öfter mal Phils Hand und gibt ihm als Beifallkundgebung jedesmal einen Kuss. Nur nach Schostakowitsch blieb eine lange Pause, bis der Beifall zögerlich einsetzte. Marions Kuss hielt kurz inne »Phil, du weinst ja.«

»Ja, Schostakowitsch teilt ja auch Furchtbares mit, bis er Versöhnliches findet. Mich haut das jedes Mal um. Jetzt bin ich wieder da.« Sie stehen auf, und Phil schlägt vor, ein Gespräch mit den Musikern zu suchen. Sie warten ab, bis die vier aus der Sakristei kommen, um ein wenig Herbstluft zu atmen.

Phil spricht sie an: »Vielen Dank für die Präsentation schöner bekannter Stücke in einer faszinierenden ungewohnten Art und Weise. Meine Tochter (er zeigt auf Marion und riskiert dafür einen heftigen Ellenbogenstoß) – Aua! – war wirklich hingerissen. Können wir uns nach dem Konzert noch mit Ihnen ein wenig mehr unterhalten? Jetzt brauchen Sie sicher vorerst Entspannung und dann neue Konzentration.«

Er bekommt zur Antwort: »Es gibt am Ausgang CD-Stand. Wir signieren dort. Gerne auch plaudern, Sie sind auch Musiker?«

»Ja, aber kein Streicher. Bläser, Oboe.«

»Ist egal. Oboe auch gut. Kommen Sie.«

Sie gehen zum Ausgang. Bei herbstlichem Wetter und warmen Farbtönen des spätsommerlichen Blätterwerks der Bäume ist der Aufenthalt auf dem Friedhof um die Kirche herum in der Pause immer ein schöner Nachklang der Musik bei den Konzerten in Lienzingen.

Marion hakt sich unter, während sie hinausgehen, und draußen schaut sie ihn mit ihrem elektrisierenden Augenaufschlag an, und mit bissigem Unterton kommen die Worte in *risoluto:* »Tochter!? Du Feigling! Begleiterin wäre noch einigermaßen gegangen – aber Freundin oder Geliebte hätte mir besser gefallen – oder?«

Phil, beeindruckt von der Energie und überraschend klaren Analyse ihrer jungen Beziehung, ist tatsächlich verdattert und gesteht: »Ich wusste gerade nicht, wie ich das enge Zusammensein von älterem Mann und schöner jungen Frau erklären sollte. Bitte sei nicht böse. ›Meine Geliebte‹ hätte ja auch einen komischen Beigeschmack gehabt. Geliebte sind ja eher ein vorübergehendes Anhängsel, mit dem sich ältere Herren manchmal brüsten. Nein, so dich darzustellen wäre mir peinlicher gewesen, als zu sagen ›meine Tochter‹, die kann man ja auch lieben und noch mehr: Sogar stolz darauf zu sein, eine solch schöne Tochter zu haben.«

Er erntet auf seine umständliche Antwort wieder einen Augenaufschlag aus den blauen Augen, die diesmal nicht blitzen, sondern eher schmeicheln, und er bekommt die Antwort, diesmal in *dolce:* »Du bist manchmal so kompliziert. Hab mich einfach lieb, die Frau, die manchmal auch kompliziert ist oder kompliziert von Berufs wegen sein muss,« und sie schmiegt sich an ihn, und er genießt den Kontakt zu ihrem jetzt weichen und entspannten Körper.

Der Versicherungsdetektiv

Bablonski hatte gestern Abend noch alles, was am Tag bemerkenswert gewesen war, in seinem Laptop protokolliert. Heute hat er den Tag ruhig angehen lassen und das Frühstücksbuffet ausgiebig durchprobiert. Jetzt holt er seinen Laptop und den Notizzettel, den er gestern noch nach der Halteranfrage zugesteckt bekommen hat. ›Paula Berlin‹ steht auf der Notiz. Er findet über Google maps die angegebene Adresse im Kirchenweinberg und überlegt, ob er den Namen nicht schon einmal irgendwo gelesen hat. Er lässt seinen Laptop den Namen suchen.

Siehe da, er steht in der Phil-Liste unter Cello. Cello, denkt er, das passt irgendwie schon, oder doch nicht? Als sie gestern Nema Raduloff besuchte, war das ihr eigenes Cello oder das Duport? Und die Wohngegend Kirchenweinberg ist nicht weit weg vom Fundort des abgefackelten Raubautos, allerdings liegt der Friedhof dazwischen. Ich muss dem nachgehen. Bei dem Sonnenschein und den lauen Temperaturen mache ich einen schönen Spaziergang dahin und werde mir das Haus anschauen, in gewohnter Art Leute befragen und mir einen Platz suchen, von dem aus ich das Haus gut observieren kann.

Er holt seine Utensilientasche aus dem Zimmer, überquert die Marktstraße, geht am Brunnen vorbei und nimmt den Weg über die Niklastorstraße, die ihn im Zick-Zack hinunterführt. Er bewundert dabei die gut restaurierten stolzen Fachwerkhäuser und beim Blick in die

Holdergassen die liebevoll herausgeputzten kleinen ehemaligen Weingärtner- und Kleinbauernhäuschen mit Fas-
sadenbepflanzungen und idyllischen kleinen Gärtchen. Er
bleibt schließlich vor dem Brunnen mit dem wilden Mann
stehen und entdeckt Schillers Geburtshaus. Aha, hier also
ist er geboren, den wir im Deutschunterricht so ausgiebig
besprochen haben, denkt er. Wenn ich gefragt werde, ob
ich denn auch das Schillerhaus besucht habe, kann ich sagen: Natürlich! Aber hinein geht er nicht. Dann sieht er
drei Häuser weiter unten am Gasthaus Zum Löwen noch
ein Schild. ›Geburtshaus von Schillers Mutter‹ steht darauf. Und wenige Schritte weiter taucht vor ihm auf der
gegenüberliegenden Seite des kleinen Taleinschnittes die
spätgotische Alexanderkirche auf, mit einem imponieren-
den Ausmaß für die sicher im Mittelalter nicht sehr große Oberamtsstadt. Man erkennt auch noch in Ansätzen,
dass es eine Wehrkirche war. An dem kleinen Platz rech-
ter Hand liest er an einem ebenfalls imposanten Baum, es
handle sich um ein Naturdenkmal, eine über hundert Jahre
alte Silberlinde.

Seine Empfindung dazu: Das ganze Marbach ist wohl
ein Denkmal. An der katholischen Kirche läuten die Glo-
cken, und er biegt links ab, unterquert die Bahnlinie und
muss direktenwegs wieder bergauf. »Auf der Karte sieht
man nicht, wie steil das hier alles ist,« schnauft er, als er die
Straße Sommerhalde erreicht. Dann muss er noch einmal
einen kleinen Anstieg hinauf und erreicht ein Neubauge-
biet mit Reihenhäusern und schmucken Villen und einem
schönen Blick auf die Altstadt.

Hier lässt es sich gut leben, ist aber bestimmt nicht billig. Wir sind ja im Speckgürtel von Stuttgart, der Autore-

gion, wie man an den etlichen Porsche und Benz sieht, die hier herumstehen, denkt er.

Er empfindet das Haus der Berlins nicht als protzige Villa wie manch andere der umliegenden Gebäude, aber anschauenswert schön und gepflegt, geht vorbei und dreht noch einmal um. Da kommen ihm Menschen entgegen, Einzelpersonen und Familien.

Aha, das Glockengeläut, das sind Rückkehrer vom Gottesdienst. Die spreche ich jetzt an wie gewohnt und immer, sagt er sich und geht auf die ersten zu, ein Paar mittleren Alters, also vermutlich nicht ganz neu in der Gegend.

»Schönen Sonntag. Sorry, wenn ich Sie anspreche. Bablonski mein Name. Ich bin Versicherungsdetektiv und ermittle im Fall des geraubten Cellos, Sie haben sicher davon gehört oder in der Zeitung gelesen. Man braucht zur Aufklärung viele Informationen aus dem Umfeld der Musik. Und hier wohnt auch eine Cellistin aus dem Orchester. Verstehen Sie mich nicht falsch, sie wird nicht verdächtigt, aber wir brauchen schon Informationen über das ganze Umfeld, also auch über die Familie Berlin. Können Sie was über sie erzählen, wie lange die schon hier leben, welchen Beruf sie haben oder einfach so halt?«

Der Mann antwortet: »Na sowas, ein Schnüffler! Über Nachbarn klatschen wir nicht, nachher wird das falsch ausgelegt.«

Die Frau schaltet sich ein: »Es ist doch wichtig, dass das Cello gefunden wird und dass nicht Falsche verdächtigt werden, schon gar nicht die nette Paula, bloß, weil sie auch Cello spielt. Also die haben vor zehn Jahren hier gebaut, da war Paula als kleines Mädchen schon aus der Streicherklasse des Schiller-Gymnasiums herausgewachsen und hatte Privatunterricht. Nachher schon vor dem Abi bei einer Professorin an der Musikhochschule. Nach dem ersten Examen ist sie zu einem anderen Professor und hat nach dem zweiten Examen gleich eine Anstellung gekriegt. Das schaffen nicht alle so schnell. Aber die Eltern konnten sich halt den speziellen Unterricht leisten bei Professoren und so, wo der doch Ingenieur beim Bosch ist und sie auch als Musiklehrerin am FSG von der Sache was versteht.«

Eine nachfolgende Familie mit einer erwachsenen Tochter und einem halbwüchsigen Jungen hielt an mit der Frage: »Gibt's da was Besonderes?«

Der zuerst Befragte: »Da fragt einer die Leute aus über unsere Nachbarn, die Berlins, und sagt, er sei Versicherungsdetektiv und ermittele im Fall des Celloraubs am Dienstag.«

Die Frau der neu dazugekommen Familie: »Weil die Paula Cello spielt?«

Bablonski: »Nein, wir brauchen einfach Anhalte, ob jemand aus dem Umfeld mit Informationen beitragen kann, wo weitere Ermittelungen hingehen sollen. Ich bin auch Mitglied der Sonderkommission. Man überlegt dort in alle Richtungen. Beschaffungskriminalität oder Beziehungsgefüge dorthin spielen auch eine Rolle. Können Sie eventuell dazu was sagen?«

Der Mann dazu, hörbar Schwabe: »Ha, also so viel verdiensch't beim Bosch au net grad, und an d'r Schul teilzeitmässig au net, dass m'r doa oba so ohne Weiteres a Grundstück kaufa ond bauo koa. Und dann no des Kind scho' vor am Abi zu de Proffessora an der Hochschul' schicka ko. Aber groß Sprüng' hend se ja sonscht net g'macht und jetzt hat die au glei no en Job n Heilbronn kriegt. Und gleich noch a neues Auto g'kauft. Aber nix für u'gut.«

Seine Frau: »Also wir kennen die Berlins und ihre Paula seit sie eingezogen sind. Das waren immer nette Nachbarn. Mein Mann ist halt Skeptiker wie alle Schwaben.«

Bablonski entschuldigt sich, sie einfach so angesprochen zu haben und verabschiedet sich mit den Worten: »Es sind eben alle Informationen wichtig.«

Er geht weiter, biegt ab und befragt noch mehrere Nachkommende, ältere Menschen und auch Familien mit Kleinkindern. Erkenntnisse kann er daraus nicht schöpfen, und er beschließt, das Haus noch eine Weile vom Gebüsch eines nahegelegenen Spielplatzes aus zu beobachten. Dabei bedauert er, dass er sich nicht vom Frühstücksbuffet noch ein Sandwich und Obst mitgenommen hat.

Nach einiger Zeit, es mag eine halbe Stunde vergangen sein, und er war gerade dabei einzunicken, kommt eine junge Frau mit blonder Halbseitenfrisur und darin roten Strähnen aus dem Haus, verstaut geschickt einen Cellokasten und eine große Tasche in ihrem Kleinwagen und fährt weg.

Mist! Mein Auto steht im Parkhaus beim Polizeirevier, und ich kann nicht hinterher. Dann muss ich umdisponieren und hole das Auto, fahre nach Bietigheim und verhöre den Raduloff.

Den Rückweg nahm er nicht über die Niklastorstraße, sondern er wähnte, schon vor dem Cottaplatz mit der Silberlinde die Treppen zum Postweg hinaufzugehen sei kürzer. Auf halbem Weg kam er außer Atem und dachte wieder daran, dass man dummerweise auf der Karte nicht sehen kann, wie steil manche Wege in Marbach sind.

Das Haus der Raduloffs in Bietigheim kannte er ja schon und parkte direkt davor, klingelte und sagte zu der schwarzgelockten Frau mit tiefbraunen Augen, die die Türe öffnete. »Bitte entschuldigen Sie. Sind Sie Frau Raduloff, die Mutter des Cellisten Nema Raduloff? Ich bin Versicherungsdetektiv und möchte ihn gerne sprechen.« Er wird hereingebeten, und es wird ihm ein Platz angeboten. Er wird gefragt, was er gerne zu trinken haben möchte, und er kam sich gar nicht wie ein Eindringling vor, sondern wie ein gerne gesehener Gast.

Mit einem deutlich slawischem Akzent sagt Frau Raduloff: »Wir haben schon von den Nachbarn gehört, dass Sie sich Erkundigungen eingezogen haben. Ich hole ihn. Einen Moment bitte.«

Der junge Mann mit genauso schwarzlockigen, kaum zu bändigenden Haaren wie seine Mutter, die aber auf einer Seite geschoren sind, und mit genauso tiefbraunen lebendig blitzenden Augen setzt sich gegenüber und fragte unverblümt und direkt: »Ich werde doch nicht verdächtigt, mein eigenes Cello geklaut zu haben? Sie können sich nicht vorstellen, wie mich die letzten Tage bedrückt haben.«

Bablonski setzt seine finsterste strenge Miene auf und erwidert: »Sie können sich gar nicht vorstellen, was manche Menschen für viel Geld tun«, dann lächelt er verschmitzt. »Nein, das war jetzt ein Scherz!«

»Mir war und ist aber gar nicht zum Scherzen. Mir ging es wirklich schlecht. Zum Glück hat mich eine kleine Cellistin aus dem Orchester etwas aufheitern können. Sie kommt ab und zu vorbei, und wir musizieren zusammen.« Er steht auf, geht ins Treppenhaus und ruft hinauf: »Paula, komm doch bitte mal herunter.«

Sie kommt herein, Nema sagt: »Das ist meine moralische Stütze«, und legt seinen Arm um ihre Schultern.

Bablonski stutzt, als er sie erkennt, hatte er doch vorhin
einen Fluch unterdrückt, dass er ihr nicht hinterherfahren
konnte, und denkt nach, ob das jetzt vorgeschoben ist, um
ein Komplott zu vertuschen oder ob er doch auf einer fal-
schen Fährte ist. »Gut, dass Sie außer den Eltern noch eine
moralische Stütze haben. Aber denken Sie mal nach, ob Ihnen wirklich nichts Verdächtiges in der letzten Zeit aufgefallen ist. Haben Sie sich beobachtet gefühlt, sind um Sie herum
mehr unbekannte Menschen aufgetaucht, hat man Sie in irgendeiner Weise bedrängt? Oder (er dreht sich um zur Mutter) haben Sie, Frau Raduloff, etwas Auffälliges bemerkt?«

Er nimmt einen Schluck von der Apfelschorle, die sie
ihm gebracht hat, um die Pause zu überbrücken, sagt dann
den üblichen Spruch, der in jedem Krimi vorkommt: »Jede
Kleinigkeit kann wichtig sein.«

Als erste bricht Frau Raduloff das Schweigen: »Mir ist
in der Gegend und ums Haus herum nichts aufgefallen.
Alles war wie sonst, auch beruflich bei mir und meinem
Mann. Die letzten Raten fürs Haus stehen an, und seit
Nema mit seinen Konzerten gute Honorare heimbringt,
sind wir bald schuldenfrei. Nema, erzähl du weiter, ich
muss in die Küche, das Mittagessen steht bald an.«

Und Nema erzählt, wie er schon bei »Jugend musiziert«
die ersten Preise bekommen hat und dass beim Vorspielen für die Masterexamen an der Musikhochschule immer
wieder Mitglieder der Stiftung anwesend waren, ohne dass
die Studierenden davon wussten. Examensvorspiele sind ja
öffentlich und werden auch als solche angekündigt. Nach
seinem Examen seien zwei Herren und eine Dame auf ihn

zugekommen, die er nicht kannte, aber beim Vorspiel von Kommilitonen schon mal gesehen hatte. Sie hatten ihm gratuliert und dann gebeten, morgen doch für ein Gespräch vorbeikommen zu dürfen. Sie würden ihm eventuell ein besonderes Instrument zu Verfügung stellen. Als er es sah und dort anspielen durfte, war er total von dem Instrument überrascht und fühlte sich sofort wohl damit.

»Das Instrument und ich haben ... wir haben uns sofort verstanden, und die Jury ... ich habe gar nicht gewusst, dass das Juroren waren. Die haben das anscheinend auch gemerkt und gesagt: ›Das Cello und Sie sind eine Liebe auf den ersten Ton.‹ Ja, nun spiele ich es seit einem Jahr und habe schon mehrere Konzerte damit gehabt.«

Bablonski ist von dieser Geschichte so berührt, dass er gar nicht weiter insistiert, sondern sagt: »Die Versicherung setzt eine hohe Prämie aus für Hinweise, die dazu führen, dass das Duport wieder in Ihre Hände kommt, und die Sonderkommission und die Musiker des Orchesters setzen sich wirklich intensiv Tag und Nacht dafür ein, auch jetzt am Sonntag (Paula nickt dazu heftig). Gleich ist eine Besprechung, da muss ich auch hin. Deshalb verabschiede ich mich und wünsche alles Gute.«

Er fährt mit gemischten Gefühlen nach Marbach zurück und weiß nicht, ob er dem scheinbaren oder anscheinenden Idyll trauen soll. Ich werde das jedenfalls so darlegen, sagt er sich.

Konzertbesuch nach der Pause

Den zweiten Teil des Konzerts eröffnet Kira Kraftzoff mit der Ansage: »Nach dem klassischen Teil und dem ernsten

Schluss vor der Pause, mit Ausschnitt aus Schostkowitsch-Symphonie, gehen wir nun in die neuere Musik und spielen mehr Swing und Pop von Jazz bis Beatles, wieder arrangiert von Sergio Drabkin.«

Und man konnte wirklich glauben, es spiele eine Klarinette die RHAPSODY IN BLUE oder es klirrten die Gitarren der Beatles. Immer wieder brandete spontaner Beifall auf nach virtuosen Soli. Die Gesichter der Zuhörer strahlten beim Hinausgehen. Marion und Phil mussten lange warten, bis sich die Traube um den Stand aufgelöst hatte und sie die Musiker ansprechen konnten. Phil erwarb die neue CD des Quartetts, und sie fachsimpelten über die Musik, die Spieltechniken und ihre Instrumente, bis Marion sich einschaltete.

»Ja, ein bestimmtes Cello bewegt uns im Moment besonders. In Marbach ist ein Stradivari-Cello geraubt worden bei einer Probe für ein Konzert mit einem sehr begabten jungen Musiker, der das Instrument von eine Stiftung zur Verfügung gestellt bekommen hat. Haben Sie davon gehört?«

Kraftzoff erwidert ohne Zögern: »Das ist Thema in unseren Kreisen. Niemand versteht, wie so etwas geschehen kann. Aber es gibt Liebhaber für solche Instrumente, die so etwas unbedingt haben müssen, so wie manche Kunstsammler eben auch ein ganz bestimmtes Bild haben müssen, das sie nur in einem Versteck anschauen können, das tun sie dann auch jeden Tag. Und wenn jemand nicht nur Cellofan ist, sondern auch noch Napoleon-Bewunderer, dann? Ja dann kann man für nichts mehr garantieren, der wird das Duport haben wollen. Das ist jetzt nicht hergeholt. Das muss ich euch erzählen, weil ihr so nett seid – ja, wir schauen schon ins Publikum und haben euch beobachtet, Küsschen und so. Wir hatten mal in Moskau ein Engagement bei einem, der im Öl- und Gasgeschäft groß ist. Wir geben ein Konzert für ihn anlässlich irgendeiner Feier. Ich sage keinen Namen, ihr kennt den Mann auch bestimmt nicht. Der erzählt uns, er hat zwei Hobbies, nämlich Cellospielen, zwar nicht gut, aber gern, und französische Geschichte, besonders Napoleon. Und erzählt uns auch, wie Napoleon nach Konzert von Duport das Cello auch mal gespielt und dabei verletzt. Sieht man heute noch. Wirklich, solche Idee kann sein real. Fahndung nach Russland? Nicht schön für uns, wir sind Russen und Patrioten. Aber deutsche Polizei gut, wird Cello finden.«

Da kann Marion nicht anders: »Ich bin Kriminalpolizistin, und mein Freund und ich (sie schaut Phil an) – er ist nicht mein Vater ...«

Sie wird unterbrochen vom lächelnden Kraftzoff. »Das haben wir schon bemerkt!«

»Also, wir gehören zu der Sonderkommission. Wenn es so wäre, der Ölmagnat, dann laden wir ihn ein zum Konzert, aber das Cello muss bei dem jungen Künstler bleiben, und mein Freund will bei diesem Konzert auch mitspielen – d'Albert.«

Kraftzoff streichelt ihr über die Wange und tröstet sie mit den Worten: »Ihr werdet das finden, schöne Polizistin. Aber nichts sagen von Rastrelli.«

Marion ist tatsächlich rot geworden und bedankt sich für das Kompliment.

Phil bittet noch um Unterschriften auf die gekaufte CD. »Die kriegt die schöne Polizistin nämlich von mir geschenkt.«

Sie verabschieden sich, und Marion bedankt sich nochmal für die Signatur und das tolle Konzert.

Als sie beim Auto ankommen, steht dies mutterseelenallein da, wo vorher dichtes Autogetümmel war, und sie fahren direkt zur geplanten Videokonferenz nach Ludwigsburg. Auf der Rückfahrt ist es sehr still. Marion muss sich beeilen, die Zeit wird knapp, und beide sind in Gedanken vertieft.

Sonntagnachmittagkonferenz

Der Präsident hat sich entschuldigen lassen und den Revierleiter aus Marbach, Erster Hauptkommissar Batholom, gebeten, die Konferenz heute zu leiten. Fritz hat sich von Wil die Technik erklären lassen, und der Staatsanwalt in Heilbronn ist zugeschaltet.

Also fängt er schon mal an: »Marion wird sicher bald da sein. So viel ich weiß, sind sie (süffisantes Lächeln) zu einem Matineekonzert in einem Nebenort von Mühlacker. Auf die Tagesordnung müssen wir auf jeden Fall die Observierung und Handyabhörung der Bande 672 nehmen beziehungsweise des dort auffälligen Kandidaten mit dem neuen Protzauto mit mindestens dreihundert PS und dann die eventuellen Erkenntnisse von Ihnen, Herr Bablonski, dann kann Marion fortfahren.«

Genau in diesem Moment kommen Marion und Phil herein und setzen sich. »Herr Erster Hauptkommissar, leiten Sie die Konferenz weiter. Ich habe am Schluss noch etwas Überraschendes, das vielleicht wichtige neue Schritte erfordert.«

Also fasst Fritz betreffend 672 zusammen, was beobachtet und herausgefunden wurde: Die Gruppe war insgesamt relativ ruhig. Nur bei dem mit dem neu aufgemotzten Angeberschlitten war recht viel Aktivität. Er heißt Oleg Checkow. Seine Großeltern sind als Russlanddeutsche nach Ende des Kalten Krieges eingereist und haben sich in Paderborn niedergelassen. Im Zuge der Familienzusammenführung ist die mit einem Russen verheiratete Tochter nachgekommen. Sie ist Ingenieurin und wegen eines Jobangebotes nach Marbach umgesiedelt, ihr Mann nach wie vor arbeitslos oder Gelegenheitsarbeiter, der aber irgendwie immer wieder mal viel Geld hat, dann wieder gar keines. Oleg hat das FSG besucht, soll gar kein schlechter Schüler gewesen sein, hat dann aber die Schule verlassen und eine Lehre abgebrochen. Er hängt viel in Ludwigsburg herum, in einem Cafe nahe des Bahnhofs, wo viele Russen und Deutschrussen verkehren. Auffällig ist er erst geworden mit den Aktivitäten um die Gruppe 672 und war mal in eine Schlägerei verwickelt, mit Messerstecherei und Schüssen in einer Nacht am Bahnhof Marbach, wo man wenig herausbekommen hat, aber vermutet, dass es um eine Auseinandersetzung zwischen Drogenbanden ging. Das BKA sei damals schon involviert worden, aber Bezüge zu Bekannten der sogenannten Russenmafia konnten nicht nachgewiesen werden. Und dann war er verurteilt worden wegen des Angriffs auf Polizisten in der Wildermuthstraße, inzwischen aber wieder auf freiem Fuß. Man hat beobachtet, dass er relativ große Einkäufe getätigt hat und sich dem Bewegungsprofil seines Handys zufolge oft im Weinberg hinter dem Krankenhaus bewegt hat, wo auch der ausgebrannte Kombi gefunden wurde. Es gab auch mehrere Anrufe und SMS von einem Handy mit Prepaid-Karte, also nicht zuortbar, aber rückverfolgbar über Relaisstationen aus dem osteuropäischen Raum.

Der Kommentar des Staatsanwaltes dazu: »Ich kann mich an den Prozess wegen des Überfalls auf die Polizeistreife erinnern. Der hat dunkle Beziehungen und ist in eine seltsame Gruppe geraten, meines Erachtens sehr leicht beeinflussbar und geltungssüchtig. Behaltet den im Auge. Der kann uns weiterführen. Gab es denn da oben im Weinberg, wo er sich jetzt so auffällig oft herumtreibt, nicht mehr Spuren? Habt ihr die weitere Umgebung genauer ins Auge gefasst?«

Fritz und Marion müssen gestehen, dass man das relativ schnell abgehakt habe, als die Spurensicherung das Nullergebnis präsentiert habe. »Meinen Sie, das sei jetzt dringlich?«

»Natürlich. Wir alle sind doch der Meinung, das Cello sei noch nicht verfrachtet. Also suchen wir doch am besten erstmal dort, wo die Spur endet: im Weinberg. Meinetwegen am besten heute noch, und sehr subversiv, nicht mit der ganzen Prozession.«

Fritz: »Wir reden gleich drüber, wie man das machen kann. Ich habe eine ganz gemein schlechte Idee, aber die später. Fragen wir doch erst noch den Privatermittler, ob er andere Ansatzpunkte sieht.«

Bablonski berichtet: »Ich habe ja gestern um eine Halteranfrage gebeten, als ich gesehen habe, wie jemand in das Haus der Raduloffs ein Cello gebracht hat. Ich habe festgestellt, es handelt sich um eine Cellistin aus dem Orchester. Die Eltern haben im Kirchenweinberg gebaut, in einer Gegend, in der Grundstücke bestimmt nicht gerade billig sind, und dort habe ich die Nachbarschaft befragt. Die meisten haben sich sehr positiv zur Familie und der jungen Frau geäußert, aber einer hat doch an der Finanzierbarkeit gezweifelt, zumal offenbar die Ausbildung der jungen Musikerin Kosten verursacht haben muss. Leider ist sie mir wieder mit einem Cello entwischt. Aber ich habe sie wieder gefunden, nämlich bei Raduloff, den ich noch persönlich befragen wollte. Die Erklärungen, die man mir dort gegeben hat, klangen zwar schon plausibel, nämlich dass die junge Frau ihn trösten will, indem sie mit ihm musiziert – vielleicht sogar mit dem Duport-Cello? So ganz vorbehaltlos will ich den Gedanken, die seien in ein Komplott verwickelt, nicht verwerfen.«

Phil wirft ein: »Aber halt! Wir haben schon bei der ersten gemeinsamen Probe gemerkt, dass zwischen denen was läuft (er hebt dazu den rechten Arm und macht mit der geöffneten Hand eine kreisende Bewegung wie das Licht eines Leuchtturms), und sie wollten, schon weil sie denselben Lehrer an der Musikhochschule Stuttgart hatten, Duos einstudieren. Diese Unterstellung ist Unsinn.«

Fritz fällt ein: »Phil, keine Panik. Solche Überlegungen muss man anstellen, bis die Unschuldsvermutung belegt ist. Und mir kommt es so vor, dass nicht nur da (er macht mit süffisantem Lächeln dieselbe Handbewegung) was läuft. Aber danke, Herr Bablonski. Marion, jetzt bist du dran. Gibt es aus dem Dezernat noch Hinweise, Erkenntnisse ,Vorschläge?«

Marions kritischer Blick auf Fritz entspannt sich wieder. »Wir sind ja heute Vormittag aus gutem Grund zu einem Cellokonzert gegangen und haben tatsächlich versteckte Hinweise bekommen, wohin sich die Ermittlungsarbeit richten sollte und dass sie jetzt sehr problematisch werden kann. Die Quelle der Ahnung muss verdeckt bleiben. Die Ahnung selbst ist aber schon mehrfach aufgetaucht. Russland wurde schon so oft genannt und vorhin sogar nebulös personifiziert mit dem Deutschrussen in dubioser Gesellschaft. Also was wir erfahren haben: In Moskau gibt es jemanden, der mit Gas und Öl so reich geworden ist, dass er sich Privatkonzerte mit international erfolgreichen Musikern leisten kann. Und der ist Cellofan, er spielt selber und ist als Napoleon-Fan vielleicht schon länger scharf auf das Cello, das Napoleon anspielen wollte und dabei beschädigt hat. Es gab schon so viele Hinweise, dass irgendein Bezug zu Russland bestehen kann, dass mir diese Geschichte gar nicht so unwahrscheinlich vorkommt. Und wenn einer, der schon immer nach dem Duport-Cello forscht, herausfindet, wo es vielleicht mal greifbar wird, eben in einer deutschen Kleinstadt, wird er mit seinem Geld und Einfluss Verbindungen spielen lassen, bis in die deutsche Kleinstadt. Und auch Wege finden, wie man ein geklautes Cello nach Russland verfrachten kann, ohne selbst in Erscheinung zu treten. Und jetzt wird das für uns zu groß. Das sind ja fast mafiöse internationale Netze, die da auftauchen. Und irgendwo steht das Corpus delicti internationalen Interesses wahrscheinlich noch in unserer unmittelbaren Nähe. Das macht mich schon verzweifelt. Phil hat meine Sprachlosigkeit darüber auf der Rückfahrt vom Konzert sicher bemerkt. Wie soll mein Fünf-Personen-Betrieb und das Revier Marbach das denn schaffen?«

Phil nimmt ihre Hand, ohne etwas zu sagen, und es bleibt lange still im Raum in Ludwigsburg und im zugeschalteten Raum in Heilbronn. Man wartet in Ludwigsburg auf eine Äußerung des Staatsanwaltes, und alle blicken auf den entsprechenden Monitor.

Endlich rührt sich der Staatsanwalt, und man hört seine Stimme: »Frau Hauptkommissarin Elfrich, ich verstehe Sie voll und ganz. Aber Sie und Ihr Dezernat sind nicht alleine. Wir haben ja gestern schon BKA und Interpol angefragt. Ihr Fallexposée ist dorthin geleitet worden. Danke übrigens dafür. Die Rückmeldungen waren eine klare Ansage, dass man uns unterstützen wird mit Überwachungsmethoden wie Abhören von Handy-Verbindungen, GPS-Ortungen und mit einem Team, das morgen nach Marbach geschickt wird. Diese Leute werden aber nicht regional tätig. Der Fall bleibt also in unserer Hand. Man wird uns also nicht hineinreden, aber man steht bereit, wenn wir Hilfe brauchen. Man hat mir aus Wiesbaden vor einigen Minuten das alles zugesagt mit dem Hinweis, die Tragweite sei ihnen klar, auch angesichts der genannten Summen, aber sie wollen den Aufwand kleinstmöglich halten, also den Fall nicht mit einer großen Sonderkommission übernehmen. Sie behalten also die Fäden in der Hand, sind aber nicht alleine gelassen. Ist das für Sie so okay?«

»Danke, Herr Staatsanwalt, Sie machen mir Hoffnung, aber sorgenfrei bin ich noch nicht!«

»Ich sage jetzt etwas vielleicht Übertriebenes: Ihre Sorgen sind meine Hoffnung, dass Bestmögliches getan wird. So, jetzt große Worte weggelegt. Wie geht es denn weiter, Herr Batholom?«

»Ja, ich habe ja gerade eben eine gemeine Idee angekündigt, um herauszufinden, ob die auffälligen Fahrten des Oleg Checkow in die Weinberggegend hinter dem Panorama-Aussichtspunkt etwas zu bedeuten haben. Und um dem Vorwurf Rechnung zu tragen, dort seien die Nachforschungen zu früh eingestellt worden: Wir schicken jetzt noch eine getarnte Observationseinheit dorthin. Spaziergänger an einem schönen Herbstabend sind doch gang und gäbe. Und als Paar treten sie normalerweise häufiger auf als alleine. Ein solches Paar sollte die weitere Umgebung in der Verlängerung des Weges, wo der Tat-Kombi angezündet wurde und das Cello weitertransportiert wurde, ohne Fahrzeugspuren zu hinterlassen, observieren. Also, wir sollten heute noch, bevor es dunkel wird, zwei Leute hinschicken, um mal vorläufig zu sondieren. Er macht die schon zweimal vorgeführte Handbewegung wie die des Lichtkegels eines Leuchtturms an der Küste.

»Marion und Phil, ihr müsst als Undercover die Region hinter dem Weinberghäuschen analysieren. Ihr überlegt wahrscheinlich gerade sowieso, was ihr jetzt zusammen tun sollt. Und ein Liebespärchen ist doch immer unauffällig, die meisten Leute schmunzeln und sehen weg, wenn sie zwei Liebende sehen.«

Alle grinsen, Marion wird schon wieder rot, und Phil bleibt cool.

»Wie kommst du drauf, dass wir eine Liebespärchen spielen könnten? (Er macht auch die rotierende Handbewegung der Simulationen eines Leuchtturms.) Aber so wie du beobachtest, müsstest du eher zu den Kriminalern als zu den Schutzpolizisten gehören.«

»Das lass meine Sorge sein. Schutzpolizei braucht auch bestimmte Fähigkeiten, und jetzt nimm Marion an die Hand und geh mit ihr in die Weinberge, das ist für euch beide gut, und für die Fahndung auch. Und dann ruft ihr mich auf dem Handy an. Jetzt machen wir Schluss. Ihr müsst ja gleich los, es wird bald dunkel.«

Wil klopft Phil auf die Schulter, feixt und wünscht viel Erfolg bei der Ortsbegehung. Man verabschiedet sich, und die Versammlung löst sich schnell auf. Marion fährt kurz noch nach Hause, zieht sich Jeans und einen Pullover und vor allem anderes Schuhwerk an. Weiter geht es dann nach Marbach zu Phils Haus, der auch anderes Schuhwerk, Jeans und Pullover anzieht. Marion parkt dann vor dem Friedhof oberhalb der Alexanderkirche. Sie marschieren hinter dem Krankenhauses vorbei zur Panoramaaussicht, wo sie kurz den Blick auf die Neckarschleife und die Murrmündung genießen. Marion lehnt sich an Phils Schulter an und seufzt:»Schön ist das hier, man könnte das richtig genießen, wenn es gerade nicht ein so ernster Anlass wäre, der uns hierhergeführt hat.«

Sie folgen dem Weg und kommen an der Hütte vorbei, wo das Überfallauto abgebrannt ist, und inspizieren sowohl die Wegränder wie auch die hangabwärts gelegenen Stückle mit Hütten und gepflegten Beeten. Nirgendwo ist nach ihrer Einschätzung etwas Ungewöhnliches zu sehen, auch den steilen Weg hinunter zu der Senke nichts, wo rechts in den Streuobstwiesen die Äpfel schon nahe der Reife sind, und links in den Grundstückchen die Beerensträucher schon abgeerntet. Der gegenüberliegende Hang geht in das Murrer Wäldchen über. Und als sie schon fast unten sind, sehen sie auf einem Richtung Wald führenden Weg ein Auto herunterkommen. Das Auto nimmt unten nicht die Richtung auf die beiden zu, sondern biegt rechts ab, um wahrscheinlich auf die Straße Richtung Kläranlage Häldenmühle zu kommen.

»Mensch, Phil«, entfährt es Marion, »das war die Karre von dem Halbrussen, da, wo der herkommt, da müssen wir hin.«

Unten angelangt, müssen sie ein Stück rechts die Straße Richtung Galgenanhöhe hinauf, dann zweigt der Weg ab, der Richtung Murrer Wald hinaufführt. Rechts und links begutachten sie genau gut gepflegte umzäunte Grundstücke unter dem Gesichtspunkt »Könnte als Versteck dienen«.

Der zunächst noch asphaltierte Weg macht mehrere Kehren und geht in einen Schotterweg über. Vor jeder Kehre bleiben sie erst stehen und schauen vorsichtig voraus. Hier muss das Auto irgendwo hergekommen sein, das sie von Weitem herunterfahren gesehen haben. Von der dritten Kehre aus ist erkennbar, dass der Weg auf der Höhe vor einem Grundstück endet. Nach links hinab gibt es noch eine Wiese, dann ist man im Wald oberhalb des Steinbruchtunnels. Sie bleiben stehen und erspähen ein Grundstück, das umgeben ist von einem hohen Zaun. Hinter einem großen Tor steht ein Wohnwagen mit Solarzellen auf dem Dach.

Marion hält Phil am Arm fest. »Halt«, flüstert sie, »nicht weiter. Ich glaube, in dem Wohnwagen ist Licht, da wohnt jemand in dieser abgelegenen Gegend. Alle, die auf ihrem Stückle den Sonntag verbracht haben, sind schon weg, wie wir auf dem Weg hierher gesehen haben, nur die hier nicht. Nimm mich in den Arm, wir tun so, als knutschen wir. Dabei beobachten wir das Grundstück und tasten uns näher heran.«

Schritt für Schritt gehen sie schnäbelnd um die Biegung und sehen tatsächlich bläuliches Flackerlicht und vermutlich zwei Personen, die anscheinend fernsehen.

Phil flüstert Marion ins Ohr: »Das ist mir nicht geheuer, lass uns zurückgehen, bevor sie uns entdecken.«

Und sie gehen Wange an Wange hinter die Kehre zurück.

»Lass uns hinuntergehen«, sagt Marion. »In ausreichendem Abstand rufen wir Fritz an, und überhaupt müssen wir uns beeilen, es ist ja schon fast dunkel.«

Als sie das Tälchen durchquert haben und wieder oben die Weinberge erreicht sind, holt sie das Handy heraus. Fritz hat anscheinend schon gewartet, ist beim zweiten Klingelton bereits dran und fragt nach einem Blick auf das Display: »Marion, alles gut, habt ihr was entdeckt?«

»Vielleicht ja – ich bin ein bisschen außer Atem – es ging gerade ziemlich steil aufwärts – und wir sind in Eile, weil es schon ziemlich dunkel ist – also wenn ich Pause brauch zum Luftholen, habe Geduld. – Also gleich meine Frage vorweg: Vielleicht könnte man sofort aktiv werden? – Wir waren schon fast am Murrer Wäldchen, da haben wir das Auto von dem Halbrussen Checkow gesehen. – Wir sind dorthin, wo der offensichtlich herkam – und auf einem Grundstück oberhalb des Steinbruchtunnels von Murr – steht gut gesichert ein Wohnwagen mit vermutlich zwei Personen. Das sind keine Wochenend-Stückles-Besucher. – Mir kommt das eher vor wie ein Versteck mit vermutlich zwei Personen. – Und der Checkow hat die wahrscheinlich mit Proviant versorgt. Wir haben ja am Platz, wo das Tatfahrzeug angezündet worden ist, keine weiteren Reifenspuren gefunden. – Jetzt mal angenommen, man hat ein Stück weiter auf einem der Parkplätze der Stücklesbesitzer ein zweites Auto geparkt – so allmählich bin ich wieder bei Atem, und wir nähern uns schon dem Panoramaaussichtspunkt –, dann hätte man dort zu Fuß hingehen können, um dann zu dem Wohnwagen fahren und dort in Ruhe abwarten, bis alle Sperren und Ringfahndungen aufgehoben sind. Eine gewagte These, ich weiß. Aber nicht ganz abwegig: In dem Wohnwagen ist das Cello und wird bewacht von den Profis, die den Überfall geplant haben und mit Hilfe von diesem Checkow durchgeführt haben. Also sofort Zugriff?«

»Nein, warte mal. Stand dort bei dem Wohnwagen noch ein Auto?«

»Nein, wir haben jedenfalls keines gesehen.«

»Dann meine These: Die Hintermänner haben den Checkow als Chauffeur benutzt, der ist ja eine kleine Leuchte und wird von denen benutzt, die wirklich was inszenieren können. Also kommen die ohne den mit dem Cello nicht weg.«

»Ja gut, dann brauchen wir aber hautnahe Observation von dem Checkow!«

»Richtig. Aber da müssen wir beide, du, Marion, und ich, ohne den Staatsanwalt, etwas auf unsere Kappe nehmen, bis wir morgen das BKA informieren und mit denen koordinieren, falls sie damit einverstanden sind, und dann noch die Genehmigung vom Staatsanwalt nachträglich einholen. Wir machen das so: Wir in Marbach spüren heute Abend noch das Auto von dem Checkow auf, und dein Dezernat besorgt uns über den Kriminaldauerdienst oder wie auch immer ein Gerät zur GPS-Ortung. Die bringen uns das vorbei, und wir kleben das geschickt an die Karre. Und ich rufe jetzt den Dauerdienst bei euch in deinem Namen an und dann im BKA und kläre die GPS-Ortung. Und ich erinnere noch an die Handy-Überwachung, sie sollen gut zuhören, mit wem und was der Checkow so telefoniert, der Staatsanwalt hat das ja schon genehmigt und eingeleitet. Ruf mich in einer Stunde wieder an. Bis dahin kläre ich das alles mit dem BKA. Den Staatsanwalt lassen wir für heute erstmal in Ruhe mit alledem, was ihm sonst seine Sonntagsruhe gekostet hätte. Wird ihm ja recht sein. Er kann ja morgen alles abfragen. (Kurze Pause.) Marion, hast du mir folgen können? Ich habe dich jetzt auf die Schnelle ziemlich zugequatscht.«

»Ja, natürlich. Wir haben einen sportlichen Fußmarsch gemacht, der auch die Durchblutung meines Gehirns angeregt hat. Aber ehrlich, jetzt bin ich müde, aber auf dem Handy noch erreichbar.«

»Du bleibst also in Marbach?«

»Du brauchst keine Gerüchte streuen. Von wegen Liebespaar. Phil ist eine große Hilfe! Wir sehen uns dann bei der Frühbesprechung. Sind wir eigentlich bei euch in Marbach oder im Präsidium?«

»Am eingespielten Ablauf hat sich nichts geändert, nach der präsidialen Besprechung der Ermittlergruppe.«

»Okay, dann bis später.«

Während des Telefonates haben sie das Auto erreicht, gerade noch rechtzeitig, denn es war schon ziemlich dunkel geworden. Phil schlägt vor: »Wir plündern jetzt meinen Kühlschrank, wir sind ja überhaupt nicht zum Essen gekommen heute, und auf Gastwirtschaft habe ich keine Lust, du wahrscheinlich auch nicht. Dann bleibst du die Nacht bei mir. Wenn du nicht mehr fahren musst, können wir in meinem Weinregal ein schönes Fläschchen aussuchen. Einverstanden?«

»Einverstanden. Wenn du nichts dagegen hast, lege ich aber zuerst mal auf deiner Couch die Füße hoch.«

Phils Wohnung hat einen offenen großen Raum, in dem die Küchen-Eckzeile, Esstisch und Wohnraum mit Couch, Barschrank und Fernsehecke so ineinander übergehen, dass Marion auf der Couch liegend Phil zuschauen kann, wie er in den Kühlschrank schaut, und sie hört ihn sagen: »Da sind tatsächlich noch zwei Schnitzel drin, Tomaten, Blauschimmelkäse, ein bisschen Schinken ist in der Box, und im Tiefkühlfach habe ich bestimmt Aufbackfritten oder Kroketten. Wie wäre es mit einer Art *Escalope Milanaise*, wenn auch nicht ganz identisch, mit Kroketten, dazu einen Riesling von Adelmann?«

»Phil, zaubere wie du willst, ich bin überzeugt, es schmeckt.«

Er schaltet also gleich den Backofen an, würzt das Fleisch mit Pfeffer, Rosmarin und Thymian und reibt es dann mit Sesamöl ein, schneidet die Tomaten und den Käse in Scheiben, auf die Tomaten kommen Salz, Oregano und Basilikum, und er legt dünne Scheiben Schwarzwälder Schinken bereit. Inzwischen ist der Backofen heiß, und die Kroketten kommen hinein.

Die brauchen fünfzehn Minuten, deshalb gibt es eine kleine Pause, und Phil fragt, weil es so still ist: »Marion, bist du eingeschlafen?«

»Nein, ich schaue dir einfach nur zu und sinniere ein bisschen.«

Er setzt sich zu ihr, und sie sprechen über den Tag, das Konzert und die neu eingeleiteten Schritte. Marion sagt dazu, es sei ihr schon ein bisschen mulmig zumute, wenn das Cello doch nicht in dem Wohnwagen sei oder wenn es jetzt über Nacht verschwindet.

»Dann ruf gleich den Fritz an, ob das mit der Überwa-

chung klappt und ob er nicht doch an den Abfahrtmöglich-
keiten von dem Wohnwagenversteck Wachposten platzieren soll. Ich brate dann derweil die Schnitzel.«

Marion ruft also an und erfährt, dass alles wie geplant
eingeleitet ist.

Auf ihren Vorschlag, sicherheitshalber noch eine Überwachung an den Ausfahrten aus dem Gelände zu postieren,
sagt Fritz: »Ja, wenn es ruhig bleibt und die Streifenbereit-
schaften nichts anderes zu tun haben, können sich welche
gut getarnt in Stellung bringen: einer Richtung Galgen
beim Bauernhof, einer oben, wo die Weingärten anfangen,
und einer unten an der Biegung zur Kläranlage.«

»Dann bin ich sehr zufrieden. Das Essen ist gleich fertig. Dann bis morgen.«

Sie reden beim Essen nicht viel. Nach dem Abräumen
des Geschirrs legt Phil eine CD auf mit Liedern von einem Ensemble, aus dem er zwei der Musiker kennt und
das außerhalb von Klassik und Pop mit Gesang, Gitarre
und Schlagzeug eine Musik gestaltet, die gut zu ihrer momentanen Stimmung passt: GREEN TURNS BLUE. Musik
und Wein lassen sie völlig entspannen, und Marion schläft
schließlich an Phil gekuschelt ein.

Er lässt sie eine Weile schlafen, bevor er sie sanft weckt
und ins Ohr flüstert: »Komm, ich bring dich ins Bett, da
kannst du besser schlafen.«

Er versorgt sie mit einem Schlafanzug, und sie legt sich
hin. Als Phil schnell aufgeräumt hat und wiederkommt
schläft sie schon wieder, wie er findet, sanft wie ein Engel.
Er schlüpft auch in seinen Schlafanzug, schmiegt sich an
sie und schläft ebenfalls sofort ein.

16. Kapitel

Sechster Tag
der Fahndung

Marion wacht zuerst auf, geht zur Toilette und stellt fest, sie haben keinen Wecker gestellt und es wird Zeit, aus den Federn zu kommen. Aber Phil liegt noch tief in Morpheus' Armen. Sie denkt zurück, wie schön das war, als er sie wachgeküsst hat, also macht sie das jetzt bei ihm.

Als er die Augen vorsichtig öffnet, flüstert sie leise in sein Ohr: »Guten Morgen, Sensationsmann. Tut mir leid, dass ich gestern Abend einfach so eingeschlafen bin. Aber es war so wohlig, mich nach einem guten Essen an dich anzulehnen und dabei Wein und Musik zu genießen. Und jetzt müssen wir wieder ins richtige Leben, komm raus, du Schnecke!«

Phil ist ein wenig verdattert, versucht sich zu orientieren, schickt Marion unter die Dusche und stellt Teewasser auf und Kaffeemaschine an. Während Marion sich anzieht und unter seinen Duftwässerchen eines aussucht, das ihr gefällt, braust sich Phil in einem Schnellverfahren ab und springt in die schnell herausgesuchte Jogginghose und in das zuoberst liegende T-Shirt. Er hat ja keinen Dienst und kann erstmal zu Hause bleiben. Er holt die Zeitung, und als er wieder hereinkommt, will er wissen, wieso sie ihn Schnecke genannt hat.

Sie lacht: »Es war so lustig, wie du mich angeschaut hast, als ich gesagt habe, wir müssen wieder ins richtige Leben. Dein Kopf, halb unter der Decke noch, hat ausgeschaut wie die Schnecke, die erst ihre Fühler aus ihrem Haus herausstreckt, um zu prüfen, was da draußen los ist, und dann gründlich überlegt: Soll ich raus oder nicht raus, bleib ich lieber drin und schaue später nochmal raus? Deshalb Schnecke, das war richtig süß.« – Kuss.

Kuss von Phil erwidert. »Jetzt aber Frühstück und schnell einen Blick in die Zeitung. Ich zuerst Sport, du das andere.«

Marion blättert schnell durch, liest Überschrift und Kopfteil von Politik, Wirtschaft und Regionalem, wo sie sowohl bei ›Landesnachrichten‹ wie ›Marbach und Bottwartal‹ unter der Überschrift »BKA und Interpol ermitteln jetzt in Marbach« folgende Mitteilung findet:

Zu den Ermittlungen im Raub des berühmten Duport-Cello in Marbach teilt uns das Pressereferat des Polizeipräsidiums mit, dass auf Grund der bisherigen Erkenntnisse das Bundeskriminalamt (BKA) und Interpol eingeschaltet werden. Soweit wir in Erfahrung bringen konnten, wird heute mit großer Technik ausgestattet eine Abordnung des BKA in Marbach aktiv werden. Weitere Einzelheiten wurden aus ermittlungstechnischen Gründen nicht genannt.

Unsere Zeitung hatte vorher schon berichtet, dass der junge, mit mehreren Preisen ausgezeichnete Cellist Raduloff zu einer Probe für ein Konzert mit den Philharmonikern für Marbach sein Stradivari-Cello mitbringt, das ihm die Stiftung Fine Young Players (FYP) zur Verfügung gestellt hat. Die Versicherung hat auch Prämien in fünfstelliger Höhe bereitgestellt für Hinweise, die zum Aufspüren des Cellos führen.

Wie schon berichtet, gab es bei dem Überfall zwei Schwerverletzte und einen Leichtverletzten, darunter der Leiter des Orchesters, Sebastian Kohlhammer, ein Schüler des FSG und der Cellist Raduloff. Noch am selben Abend wurde das Dezernat Raub des Polizeipräsidiums Ludwigsburg unter Leitung der Kriminalhauptkommissarin Marion Elfrich eingeschaltet. Soweit unsere Redaktionen in Erfahrung bringen konnten, gibt es eine Sonderkommission, die im Polizeirevier Marbach unter Leitung der Staatsanwaltschaft Heilbronn angesiedelt ist.

»Phil, ich nehme diese Seiten der Zeitung mit. Da steht ein bisschen mehr drin als gewollt, aber es wird die Täter und die Hintermänner zwingen, die Zurückhaltung aufzugeben. Ich glaube, heute ist ein wichtiger Tag. Ich muss jetzt gehen, der Herr Polizeipräsident wartet nicht gern auf eine kleine Hauptkommissarin.«

»Hab einen schönen Tag, meine Sensationsfrau. Ich vermisse dich jetzt schon. Aber zur Abendbesprechung sehen wir uns. Ich muss mich jetzt Oboe, Einkauf und Haushalt widmen.«

Im Präsidium tritt nach der allgemeinen Frühbesprechung mit allen Inspektionen zum Wochenanfang die Sonderermittlungsgruppe Cello zusammen, und Marion als Leiterin Raub berichtet, was gestern Abend bei der Videokonferenz mit dem Staatsanwalt beschlossen wurde, und zu welchen Überlegung die nochmalige nähere Absuche des Umfeldes geführt hatte, wo das Raubauto angezündet wurde. Als unauffällige Sonntagabendspaziergänger (sie verzichtet dabei, zu erklären, wie der Erste Hauptkommissar das bezeichnet und aus welchen Überlegungen heraus er sie und Phil dazu benannt hatte) sei das Gelände dahinter begangen worden, und man habe beobachtet, wie das Auto des schon im Fokus der Ermittler stehenden Mitglieds der Gruppe 672, des Halbrussen Checkow, aus Richtung des Murrer Wäldchen heruntergekommen sei und sie deshalb diese Gegend näher inspiziert haben, bis sie in einem gut gesicherten Gartengeländen einen Wohnwagen mit vermutlich zwei Personen fanden. Nach Überlegungen, das sei möglicherweise das Versteck, in dem das Cello von zwei Profis bewacht wird, bis man es gefahrlos weitertransportieren könne, habe man mit dem Revierleiter Marbach einen sofortigen Zugriff erwogen und dann aber wieder verworfen und sich um eine intensivierte Überwachung gekümmert. Dazu sei am Auto des Checkow, das stillschweigende Einverständnis des Staatsanwaltes nach seinen Äußerung in der Videokonferenz annehmend, eine GPS-Überwachungsanlage angebracht worden, und der Revierleiter habe sich um Posten an den möglichen Ausfallwegen aus dem Gelände bemüht.

Der Staatsanwalt kommentierte kurz und bündig: »Gut entschieden, mit meiner vollen Rückendeckung« (mit dem unausgesprochenen Hintergedanken: »Gut auch, mir meine Sonntagsruhe zu lassen«).

Und Fritz ergänzt: »Ich habe die Überlegungen und Aktivitäten auch an Wiesbaden weitergegeben. Von dort wird im Lauf des Vormittags eine Abordnung eintreffen. Es war dem Revier möglich, die Abfahrtswege die ganze Nacht zu überwachen. Es hat sich dabei nichts ergeben. Das Auto dieses Checkows wurde in der Nacht auch nicht bewegt, aber auf seinem Handy haben sich vor Kurzem viele Aktivitäten eingestellt, sowohl in Sprachform wie auch als SMS. Die Begutachtung der Gespräche und Texte erfolgt gerade. Es spricht viel dafür, dass es besser war, nicht ins Blinde zu schießen mit einem sofortigen Zugriff, sondern intensiver zu beobachten, was passiert. Man hat mir aus Wiesbaden signalisiert, dass man von dort aus mehr an übergeordneten Zusammenhängen interessiert sei. Ich schlage vor, in Marbach die Kommandozentrale mit dem Team des BKA einzurichten und von dort aus mit aller Technik das Weitere zu beobachten.«

Der Polizeipräsident ergänzt: »Alle diese Entscheidungen sind auch meiner Meinung nach richtig und sind die logische Konsequenz des gestern Besprochenen. Abhören und Beobachten war ja schon durch den Staatsanwalt angeordnet. Aber Frage an den Staatsanwalt: Kann man uns einen Strick draus drehen, weil keine richterliche Anordnung vorlag?«

Der Staatsanwalt: »Ich decke das rechtlich ab. Es war Gefahr im Verzug, und die Überlegung hinsichtlich einer überregionalen organisierten Kriminalität wird uns das BKA oder die Bundesstaatsanwaltschaft bescheinigen. Ich habe sonst nichts weiter beizutragen. Am Abend sollten wir uns wieder zusammensetzen, und die Zentrale in Marbach zu positionieren ist auch okay. Was meinen Sie, Herr Präsident?«

»Ich finde auch, wir sind da mitten im Geschehen. Geht es räumlich und apparativ bei Ihnen, Herr Batholom?«

»Apparativ hat uns noch gestern am späten Abend der Kriminaldauerdienst aufgerüstet, und einen Raum hätten wir auch. Wir sagen immer gerne angesichts der Architektur unseres Baus: Hier kann's rund gehn, solange wir uns nicht nur im Kreis drehn.«

Der Präsident: »Dann macht mal voran in Marbach und schaut, dass ihr nicht immer da ankommt, wo ihr schon mal wart. Wenn ihr was braucht, Marion wird es euch aus dem Fundus des Präsidiums besorgen. Und das BKA wird sich vielleicht auch nicht lumpen lassen. Bis heut Abend, wie immer siebzehn Uhr in Marbach«

Bevor sie auseinandergehen, beauftragt Marion noch ihre Innendienstleiterin Vera, im Katasteramt herauszufinden, wem das Grundstück am Murrer Wald gehört, und gegebenenfalls auch der dort stehende Wohnwagen. Dann besprechen sich Fritz und Marion noch kurz wegen kurzfristiger organisatorischer Dinge. Es soll ja eine Einsatzzentrale in Marbach eingerichtet werden, zusammen mit den Beamten des BKA. Sie teilen sich die Vorarbeiten auf: Marion die personelle Besetzung und Fritz die Bereitstellung von Räumen und sonstiger Infrastruktur, von der ja einiges schon gestern Abend installiert war. Den Rest wollen sie dann vor Ort abklären. Sie vereinbaren, sich um zehn Uhr dreißig zu treffen, um noch den Rest zu klären. Für elf Uhr waren die Bundesbeamten angekündigt, und die gesamte geplante Mannschaft soll ab zwölf Uhr dreißig präsent sein. Marion entschied sich, die Sonderkommission dezernatseitens nicht zu sehr aufzublähen und nur Wil und noch ihre Innendienstleiterin Vera mitzunehmen, die dann entscheiden konnte, wer aus Ludwigsburg bestimmte Aufgaben übernehmen sollte. Der Revierleiter Marbach wälzt auf der Fahrt ähnliche Überlegungen und entscheidet sich für Peter und Paul: Die sollen im Rückhalt auf ein weiteres Streifenteam zurückgreifen können, das in Bereitschaft gehalten wird. Dann fällt ihm ein: Peter hat gestern Überstundenabbau beantragt, und Paul sollte Dienst im Wachposten übernehmen. Ich muss Peter sofort anrufen, wenn ich im Revier bin, dass er ab siebzehn Uhr bereitsteht, nimmt er sich vor.

Marion informiert ihre Crew über die Pläne und teilt entsprechend ein in, so wie sie es nennt, eine »Akutgruppe« und eine »Rückhaltgruppe«, die sprungbereit bleibt, während sie laufende ältere Fälle abarbeitet.« Phil soll dabei sein, überlegt sie; ich rufe ihn nachher gleich an, er wird ja zu Hause sein und Oboe üben.

Fritz macht es, in Marbach angekommen, in gleicher Weise mit seinem Beamtenkader. Ein Extratelefonat ist erforderlich mit Peter, weil der frei hat. Der erzählt ihm am Telefon, er habe sich für dreizehn Uhr mit einem der Musiker verabredet, der bis zwölf Uhr dreißig Probe habe. »Aber am späten Nachmittag stehe ich zur Verfügung.«

Phil beschäftigt sich zuerst mit seinem Haushalt, dann mit den Etüden, die Jana ihm aufgegeben hat, und zum Ende seines Übungsvormittags nimmt er sich die Noten des Cellokonzerts von d'Albert vor.

Da ärgert er sich gewaltig: Die erste Oboe darf in den mittleren und oberen Tonlagen schön jubilieren, und die zweite Oboe und ich sollen in den tiefen Stimmlagen herumgrubeln, und das im allerfeinsten Piano am Anfang des ersten Satzes und möglichst noch mit viel Ton – ist ja gar nicht möglich, wer soll das denn können?, fragt er sich, und bereut fast, dass er sich auf dieses Abenteuer eingelassen hat.

Ein Anruf erlöst ihn schließlich von diesen Gedanken. Er nimmt den Hörer ab. »Wer will was wissen von Phillipp Mälzer?«

Die Stimme aus dem Hörer: »Ich, du Schnecke! Guckst du immer noch so überlegend, so nach dem Motto ›Soll ich raus oder soll ich nicht raus?‹«

Er ruft in den Hörer hinein: »Sensationsfrau!«, dann eher *con sordino:* »Ich hab erst aufgeräumt, jetzt erlöst du mich davon, auf der Oboe etwas spielen zu wollen, was selbst für Profis schwierig ist. Aber bei dir?«

»Die Besprechungen sind rum, ich habe mit meinem Team das Weitere geplant und bin ab halb elf Uhr in Marbach. Es wird eine Einsatzzentrale eingerichtet zusammen mit den BKA-Leuten. Ich habe dich dazu eingeplant. Du solltest ab dreizehn Uhr dabei sein. Ab zwölf Uhr dreißig gibt es eine kleine Mittagspause. Treffen wir uns im MARKT 13, oder hast du einen anderen Vorschlag?«

»Ich liebe es, von dir eingeplant zu werden. Vorher muss ich aber noch einkaufen gehen. Der Kühlschrank ist jetzt doch leer. Aber halb ein Uhr ist gut. Kennst du den Herzensgruß? Ausgestreckte Zeige- und Mittelfinger werden aufs Herz gelegt und bewegen sich dann in die Richtung dessen, der begrüßt wird. Das mache ich gerade in deine Richtung.«

»Tschüss, du Spinner.«

»Solche Liebeserklärungen wurden mir noch nie gemacht. Wir prüfen weiter. Dann bis nachher. Adieule.«

»Ich prüfe auch, *ciao.*«

Also reinigt Phil die Oboe, nimmt seinen Einkaufsrucksack und den Einkaufszettel und marschiert los mit der Überlegung, was er alles braucht, wenn er wieder für Marion kochen kann. Liebe geht halt doch auch durch den Magen. Wieder zu Hause erreicht ihn ein Anruf.

»Wer will was von Phil Mälzer wissen?«

»Dr. Bechheim, Musikinstrumente Freiberg hier. Herr Mälzer, haben Sie was mit dem Celloraub zu tun?«

»Nein, natürlich nicht! Ich spiele als Laien-Oboist in dem Orchester, wo der Raub stattgefunden hat. Ein Cello wollte ich nie stehlen. Ich bin Kontaktperson des Orchesters zur Kriminalkommission.«

»Ja, dann bin ich richtig. Antoine Mueller aus Stuttgart hat bei uns Instrumentenbauern und Händlern herumgefragt, ob ein Cello angeboten wurde und dann noch nachgehakt mit der Zusatzfrage, ob einer einen Kasten kauft und nicht richtig erklären kann, warum. Ob er auch ein Cello hat oder für was für ein Cello er den Kasten braucht. Die Frage kam mir wieder in den Sinn, als ich jetzt in der Zeitung gelesen habe, dass es diesen Celloraub in Marbach gegeben hat. Es fiel mir wieder ein, dass vor acht oder zehn Tagen ein junger Kerl nach einem Cellokasten gefragt hat und anscheinend keine Ahnung von Celli hatte. Es kam mir komisch vor, dass einer einen Kasten kauft und anscheinend keine Ahnung hat. Er hat dann das genommen, was ich im Vorrat habe, ohne große Diskussion oder Nachfrage.«

»Ich glaube, Ihr Anruf ist wichtig für die Ermittler. Können Sie denn nähere Angaben zu dem Käufer und den Umständen machen? Die Kriminalpolizei wird Sie sicher noch extra befragen dazu.«

»Leider nein. Ich kann den Käufer leider nicht beschreiben, habe ihn mir nicht besonders gemerkt. Er war jedenfalls ziemlich jung, so Anfang zwanzig vielleicht. Er hat anstandslos den relativ hohen Preis bar bezahlt. Ich musste zurück in die Werkstatt, wo ziemlich viel Arbeit auf mich wartete. Wissen Sie, ich bin in der Gegend nicht unbekannt und habe viele Aufträge. Aber an das satte Röhren eines G-moll-Akkords mit Es-Diskant kann ich mich erinnern, als der wegfuhr. Ich habe durch das Schaufenster auch gesehen, dass er mit einem ziemlich – entschuldigen Sie den Ausdruck – aufgemotztem – Auto wegfuhr.«

»Danke, Herr Dr. Bechheim. Ich bin kein Kriminalbeamter, sondern wie gesagt eine Kontaktperson zur Sonderkommission. Ich glaube schon, dass diese Informationen von Bedeutung sind. Sie werden sicher Ihre Angaben noch offiziell zu Protokoll geben müssen. Das Kriminaldezernat meldet sich dazu bei Ihnen. Haben Sie noch einen schönen Tag. Adieule.«

Peter stöbert den ganzen Vormittag in seinem Fachzeitschriftenarchiv. Ursprünglich angelegt von seinem Vater, umfasst es fünfzig Jahrgänge von vier Zeitschriften zum Automobilbau und zu Oldtimern und nimmt einen ganzen ehemaligen Stall im Gehöft ein. Er sucht nach Details über sein Goggomobil und zu der Technik eines 2CV der frühen Jahrgänge. Punkt dreizehn Uhr hört er das Schnattern der 2CV-Ente auf dem Hof. Thomas Imma braucht gar nicht zu hupen, und schon ist Peter draußen. Nach kurzem »Ich bin dann mal weg« zu seiner Frau fahren sie Richtung Rielingshausen, und Peter genießt das schaukelnde Fahrgefühl, die weichen Hängemattensitze, das Rattern des Motors und vor allem, dass ihnen viele Passanten mehr als einen flüchtigen Blick zuwerfen. Kurz vor dem Hochsilo der LABAG biegen sie rechts ab und halten seitlich vom Werkstatttor von O&S-Zweirad u. KFZ. Thomas bleibt erstmal vor dem Buick stehen, von dem Peter schon erzählt hat, dann gehen sie die Außentreppe hinauf und treten ein in das Büro.

Der junge Angestellte hinter dem Tresen begrüßt die beiden und ruft gleich nach hinten: »Herr Stigeler, d'r Peter isch do mit dem vom 2CV, den Sie im Kalender ei'trage hend.«

Derweil schaut Thomas Imma die signierten Wandbilder mit Geländemotorrädern an, und einige Pokale, die Trial- und Enduro-Fahrer des Motorsportclubs schon gewonnen haben. Stigeler begrüßt die beiden, und sie gehen hinaus, den 2CV zu inspizieren. Nach einem Rundgang um das Auto und Blick darunter lässt Stigeler den Motor an, der nach dem siebten asthmatischen Huster mit quietschenden Obertönen zweimal blubbert und dann läuft wie eine Nähmaschine.

Er fragt nach den Problemen und bekommt zur Antwort: »Er fährt ja schon, aber er zieht nicht richtig an, und über siebzig schaffe ich nur bergab. Ich bin eigentlich ein Verkehrshindernis, aber bin immer dahin gekommen, wo ich hinwollte. Sprit brauche ich nicht viel, aber Öl.«

Sie machen eine Probefahrt Richtung Rielingshausen, an der Brezelfabrik Huober vorbei hinunter an die Murr, über die Schweißbrücke und nach einer Runde im Kreisverkehr hinter der Brücke wieder hinauf.

In der Werkstatt angekommen, äußert sich Stiegeler: »Normalerweise repariere ich keine Autos mehr, die kurz vor dem Totalversagen stehen, aber bei dem wäre es eine Sünde oder juristisch für den Polizisten Peter ausgedrückt: ein Unterlassungsdelikt. Den kriegen wir wieder hin! Mit Preisnachlass, wenn wir darüber eine Zeitungsreportage machen dürfen. Dann haben wir beide was davon. Aber wir brauchen sicher mehr als eine Woche dafür.«

Es wird ein Termin vereinbart, und Thomas setzt auf

der Heimfahrt Peter am Hof in der Wildermuthstraße ab, wo ihn seine Frau mit dem Mittagessen erwartet.

Der Versicherungsdetektiv frühstückt umfang- und inhaltsreich wie schon die Tage zuvor, liest dann die Marbacher Zeitung und entdeckt auch die Notiz, dass das BKA im Fall des Duport-Celloraubes eingeschaltet wird. Es überkommt ihn so eine Ahnung, dass diese Mitteilung Aktivitäten bei den Räubern auslösen wird. Und trotzdem, so regt sich in seinem Hinterkopf der Gedanke, sollte ich nicht verwerfen, die kleine Cellistin könnte doch was mit dem Raub zu tun haben und das Geturtel mit dem Solisten ist Tarnung oder Schauspielerei. Ich suche mal im Internet und vielleicht mit Wils Hilfe später in der Datenbank der Polizei nach dunklen Stellen. Also holt er seinen Laptop und studiert die Homepage ›Paula Berlin‹, die Homepages der Musikhochschule ›hmdk-stuttgart‹ und ›studis-online‹ und lässt noch Google suchen. Dann versucht er es noch bei Facebook. Nach zwei Stunden bricht er ab, weil es ihm keine Anhaltspunkte für Motiv oder Möglichkeit für einen Raub des Cellos gibt, auch fehlen ihm Hinweise zu irgendwelchen Verbindungen zu kriminellen Kreisen. Schließlich waren ja doch Profis am Werk. Die Idee, das Haus der Berlins im Kirchenweinberg nochmal zu observieren, verwirft er schließlich auch und ruft bei der Versicherung an, um die genaue Höhe der Belohnungen weitergeben zu können. Man hat auf zwanzigtausend Euro erhöht, woraus er schließt, dass auch seine Prämie angehoben wird. Er freut sich und denkt: Jetzt müssen wir das Kind aber auch aus der Versenkung heben, und beschließt, vor der Besprechung noch einen Spaziergang zum Schiller-

National-Museum zu machen und den Blick von dort oben zu genießen, auch wenn der hohe Schlot des Kraftwerks ihn schon ein wenig stört. Was ihm dabei entgeht: Wieder verstaut Paula Berlin einen Cellokasten in ihrem kleinen Auto mit viel Geschick. Es ist ein anderer als sonst.

Wil hatte am Sonntagabend noch organisiert, dass die Abhöraktion des Checkow-Handys und dessen Ortsbewegungen digital gespeichert und nach Stichworten durchsucht werden können. Diejenigen des Innendienstes, die analog die ganze Nacht ihr Ohr dran hatten, haben ihm berichtet, es sei eigentlich sehr ruhig gewesen, vor Mitternacht zwei Anrufe und gegen Morgen zwei SMS-Nachrichten, die sie nicht verstanden hätten. Das sei aber insgesamt nichts Auffälliges gewesen, das bei ihnen Alarm ausgelöst habe. Jetzt setzt er sich hin und lässt seine Suchmaschine mit verschiedenen Stichworten laufen. Er findet einen Anruf in einer Fremdsprache, vermutlich Russisch, kurz vor acht Uhr, der sich nicht zurückverfolgen lässt. Checkow antwortet auf diese Nummer eine halbe Stunde später, nachdem er zwei weitere Telefonate geführt hat, an zwei Handys mit ebenfalls Prepaidnummern, so dass der Halter nicht ermittelt werden kann.

Um neun Uhr fünfzehn erhält er eine SMS mit dem Text: »Eule fliegt nachts. Nimmt Küken und Kumpels mit. GPS-Koordinaten folgen.«

Also alarmiert er seine Chefin: »Auf dem Handy des Oleg Checkow ist viel Aktivität entstanden. Ich kann das nicht richtig deuten, aber ich glaube schon, dass die vermutlichen Täter und die Hintermänner aufgescheucht sind und aktiv werden.«

Marion: »Genau wie erwartet. Wahrscheinlich hat der Zeitungsartikel sie verunsichert, und sie müssen aus der Deckung heraus. Wir schalten die Abhörlinie nach Marbach durch und bleiben von zwei Seiten aus dran.«

»Chefin, ich nehme alles auf dem Rechner hier auf und kann jederzeit von auswärts drauf zugreifen. Ich glaube, wichtiger ist jetzt, die Bewegungen des Autos zu beobachten, falls der sein Handy ausschaltet, dass es nicht mehr zu orten ist. Aber Anrufe auf ein ausgeschaltetes Handy kann ich registrieren. Übrigens, die Anrufstrecke bei Gesprächen und SMS kann zurückverfolgt werden, auch wenn der Anrufer selbst nicht ermittelt werden kann. Die Anrufe kamen aus Osteuropa und die SMS in deutscher Sprache aus dem Raum südliches Ostwestfalen. Ein Anruf kam aus dem Festnetz, Vorwahl 05251, also Paderborn.«

»Das wird das BKA sehr interessieren. Notiere das bitte genau für nachher. Ich fahre jetzt voraus nach Marbach, du kommst mit Vera dann nach. Und ich bitte Fritz, Streifen gut versteckt um das Gelände mit dem Wohnwagen herum zu positionieren, damit wir mitbekommen, wenn sich dort was tut.«

Um zehn Uhr dreißig haben sich im Revier Marbach Marion Elfrich, Friedrich Batholom, Paul Ehrlich sowie der diensthabende Polizeiobermeister und der diensttuende Hausmeister getroffen, um die Räumlichkeiten und die Geräteinfrastruktur für die Sonderkommission zu organisieren. Ein Lagerraum am Ende des oberen Ganges, in dem bislang einige Geräte für den Betriebssport aufbewahrt wurden, war freigemacht worden. Er ist deshalb günstig, weil er mit einer Durchgangstür zum Medienraum mit schnellem Internetanschluss und einigen Rechnern der neuesten Generation verbunden ist. Sie gehen jetzt alles nochmal durch und proben die Verbindungen und das Zusammenspiel zwischen den Akteuren, bevor die Abordnung des BKA kommt. Für elf Uhr war sie angesagt worden.

In der Wartezeit berichtet Marion von Wils Anruf: »Anscheinend tut sich was. Jedenfalls sind im Handy von diesem Checkow mehrere Anrufe und schriftliche Nachrichten eingegangen, ein Anruf anscheinend aus Paderborn. Bei den anderen waren die Nummern nicht identifizierbar, aber sie kamen offenbar aus dem osteuropäischen Raum.« Da meldet sich ihr Handy. Auf dem Display erscheint ›Phil‹ und sie sagt zu ihren Gesprächpartnern: »Phil ruft an. Ich geh ran, er hat bestimmt eine Nachricht.« Fritz lächelnd: »Oder Schnsucht«, worauf er einen elektrisierend scharfen Blick erntet, während sie den Anruf annimmt.

»Phil, der Fritz macht freche Einwürfe, wenn ich sage, der Anruf kommt von dir.«

»Glaube ich gern, nimm es leicht, oder sollen wir jetzt ein Flirtgespräch anfangen? Nein, ich habe gerade eine Nachricht bekommen, die vielleicht ein Puzzleteil sein kann.«

Marion zu Fritz: »Ein Puzzleteil in unserem Fall«, und ins Handy: »Schieß los!«

Also erklärt Phil, dass sich ein Instrumentenhändler und Geigenbauer aus Freiberg gemeldet hat als Reaktion auf die Umfrage des Geigenbauers Antoine Mueller. Es sei ja nicht nur gefragt worden, ob ein Cello angeboten wird, sondern auch nach Kauf von Cellokästen von Personen, die sich inplausibel verhalten würden. Da sei ihm ein solches Ereignis vor zwei Wochen eingefallen. An die Person kann er sich nicht genau erinnern, Anfang zwanzig, männlich, aber an den Sound des Autos, und als er aus dem Schaufenster das Auto hat wegfahren sehen, sei das schon ein auffällig aufgemotztes Fahrzeug gewesen. Vielleicht Checkow.«

Darauf Fritz: »Das könnte wirklich ein passendes Puzzleteil gewesen sein. Wir schicken später mal jemanden hin, der die Aussage aufnimmt. Paul, merk dir das mal!«

Es klopft an der Türe und ein Beamter kommt herein. »Die angekündigten Herren aus dem Bundeskriminalamt sind da. Wo soll ich sie hinbringen?«

»Danke. In den Besprechungsraum, wir gehen jetzt auch dorthin.« Zwei Minuten später bringt der Beamte vier Herren in Zivil dorthin.

Fritz begrüßt die Herren und stellt sich vor: »Erster Hauptkommissar Friedrich Batholom, man nennt mich hier immer nur Fritz, ich bin der Hausherr hier und leite heute in Vertretung des Staatsanwalts in Heilbronn und des Präsidenten des Polizeipräsidiums Ludwigsburg-Böblingen – sie werden erst heute Abend dazukommen – die Ermittlungsgruppe. Mit Ihnen zusammen werden wir zur Sonderkommisssion. Man hat Marbach als Quartier der SoKo ausgewählt, weil es der Tatort ist und die lokale Nähe vorteilhaft erschien.«

Von den vier angekommenen Beamten aus Wiesbaden ergreift ein bärtiger Herr mittleren Alters und mit Bassstimme das Wort: »Ich bin Kriminalrat Vladimir Perschow, man nennt mich meist nur Vladi. Ich bin russischer Abstammung, aber in Dresden geboren. Mein Vater war

Leutnant der russischen Armee, meine Mutter echte Sächsin. Nach Glasnost und Perestroika wurde mein Vater nach Russland zurückbeordert, meine Mutter folgte ihm aber nicht nach und blieb mir mir in Dresden. Ich erzähle das, weil das im Zusammenhang damit steht, warum man mich zur Leitung dieser Abordnung bestellt hat: Weil ich a) perfekt und praktisch akzentfrei russsisch spreche – Säx'sch kon ich zwor aach, wenn's soi mus awwer schwäbisch nä, und b) derzeit mein Ressort auf der Spur weißrussischer Autoschieber und russischer Kunsthändler ist, die offenbar kooperieren. Meine Chefs haben aus dem eingegangenen Dossier des Staatsanwaltes viele Verbindungen zu meinen Ermittlungen gesehen. Dann stelle ich jetzt meine Teams vor: Ich nenne sie mal Wagen 1 und 2. Wagen 1: mit mir Kriminaloberkommissar Manfred Krass – er heißt nur so, er ist es aber nicht, und wir nennen ihn nur Manni. Wagen 2: Kriminalhauptkommissar Müller-Forst – er spielt Fußball, aber Tore wie Gerd Müller schießt er nicht – und Kriminaloberkommissar Michael ›Michi‹ Junginger – er ist Schwabe und freut sich darauf, hier wieder seine Heimatsprache zu hören. Übrigens interessant euer Revier als Rundbau.«

Fritz bedankt sich für die Vorstellung und die Unterstützung. Seine Lieblingserklärung zum Revier kann er sich aber nicht verkneifen: »Ja, der Bau hat schon vorgesehen, dass es hier rundgehen kann. Aber im Kreis drehen wir uns trotzdem nicht.« Und dann stellt er seinerseits die Anwesenden der Ermittlergruppe vor und ergänzt am Ende: »Später kommen noch dazu der Assistent der Leiterin Raubdezernat Wilfried Müller – also noch ein Müller, der auch keine Tore schießt – und aus unserem Streifendienst der Oldtimerspezialist Peter Marquardt. Und dann gibt es noch etwas absolut Ungewöhnliches: Wir haben in die Ermittlungen zwei Zivilisten eingebunden, den Versicherungsdetektiv Bablonski und den Kontaktmann zu den Musikern, den Hobby-Oboenspieler und Professor im Ruhestand Phillipp Mälzer. Aber gehen wir erst einmal die Infrastruktur durch, die wir vorbereitet haben, und dann die bisherige Erkenntnislage nach der Mittagspause. Für zwölf Uhr dreißig haben wir einen Imbiss hier in der Nähe vorgesehen. Wenn sich bis dahin an der Überwachung nichts getan hat. Gegen vierzehn Uhr sind wir wieder hier und resümieren und planen weiter.«

Paula Berlin ist nach Bietigheim gefahren und erreicht die Moltkestraße wie abgesprochen um elf Uhr dreißig. Sie bugsiert ihren bunten Cellokoffer aus dem kleinen Auto, geht zur Tür und klingelt. Nema war schon in Warteposition, weswegen die Türe ganz schnell aufging und er sie gleich umarmte.

Da sieht er den bunten Cellokoffer und fragt erstaunt: »Paula, neuer Kasten? Hast du auch ein neues Cello? Das Duport?«

»Aber nein, einen neuen Kasten zum Geburtstag. Durfte ich mir selbst aussuchen, war schwierig, was zu bekommen, was zu mir passt.«

»Geburtstag, der wievielte, warum sagst du nichts? Ich hätte dir gerne was ganz Tolles geschenkt.«

»Ist doch nicht wichtig.«

»Für mich schon! Der Frau, an die ich dauernd denken muss, werde ich doch eine Freude machen dürfen! Dein alter Kasten war doch noch gut? Hast du ihn verkauft, im Internet angeboten?«

»Nein. Bei einer Internetannonce hast du doch dauernd Stress mit Anrufen und Mails. Und meine Nummer und Adresse brauchen nicht so viele Leute zu wissen. Ich habe ihn dann doch der Musikschule gespendet. Frau Reinkow hatte nachgefragt. Sie will Unterricht für Asylanten geben, und da war Bedarf.«

»Das hast du gut gemacht. Dafür liebe ich dich jetzt noch mehr, was ja eigentlich gar nicht gesteigert werden kann. Jetzt komm rein. Bis zum Essen haben wir noch viel Zeit, und ich habe eine Überraschung, was wir mal probieren können und vielleicht richtig einstudieren, wenn es dir gefällt: Beethovens Duett mit zwei obligaten Augengläsern, eingerichtet für zwei Celli.«

»Uii, aber erst kriege ich einen Kuss, nein zwei, nein drei.« Nema schließt die Tür und nimmt sie in den Arm.

Sie wissen nicht, wie lange Kuss und Umarmung gedauert hat, als die Stimme von Frau Raduloff erklingt: »Na, jetzt ist aber genug. Wollt ihr den Rest des Tages so dastehen?«

Paula windet sich aus Nemas Armen und dreht sich zu seiner Mutter um. »Ach, guten Tag, Frau Raduloff. Natürlich nicht, aber er hat mich gerade in eine andere Welt gezaubert.«

»Das ist doch schön. Jetzt fangt aber mal mit der Musik an. In einer Stunde gibt es Balkanspezialitäten.«

Phil hat sein Vormittagspensum erledigt, wird allmählich hungrig und macht sich auf den Weg zum Markt 13, um Marion zu treffen. Er tritt ein und staunt nicht schlecht über eine große Tafel, an der fast die gesamte Sonderermittlergruppe sitzt, mit vier weiteren Herren, von denen er annimmt, das seien die Männer aus dem BKA.

Er winkt in die Runde und ruft: »Hallo an alle«, und getraut sich, Marion ein schüchternes Küsschen auf die Lippen zu geben, wobei er hört, wie Fritz zu den vier Herren gewandt sagt: »Das ist also unser Professor Phil. Den haben wir mal gebraucht für eine getarnte Observation als Liebespärchen zusammen mit der Frau Kriminalhauptkommissarin (Marion wird tatsächlich wieder rot, kann aber keinen bösen Blick absenden, weil aus dem Küsschen ein Kuss geworden ist.) Das ist eine besondere Geschichte, erzählen wir später mal. Rutscht zusammen, dass Phil neben Marion sitzen kann. Jetzt fehlt eigentlich noch der Assistent der KHK und IT-Spezialist, Wil Müller. Der macht gerade Stallwache in Ludwigsburg. Der Streifenpolizist und zeitweilig zum Kriminaler ernannte Peter Marquardt kommt um siebzehn Uhr dazu, wenn seine Oldtimermission mit einem der Musiker erledigt ist. Ist auch eine Geschichte, die wir später mal erzählen. Jetzt aber bestellt mal alle, damit wir vorankommen!«

Als durch das Zusammenrücken ein Platz neben Marion frei geworden ist, holt Phil einen Stuhl und setzt sich mit der Frage: »Hast du das mit dem Cellokoffer weitergegeben? Die musikalische Beschreibung des Autos hat mir gefallen. Sie passt aber genau zum Auto von diesem Checkow.«

»Ja, ist angekommen.« Und dann ganz leise ins Ohr: »Musstest du mich wirklich so offen küssen?«

Phil flüstert zurück: »War mir so, ging nicht anders, die ahnen doch schon lange, dass wir uns nähergekommen sind.«

Marion ganz leise: »Sscht jetzt, essen und mit den BKAlern ins Gespräch kommen zum Kennenlernen.«

Der Service geht zügig. Sie hatten sich ja angekündigt, und der Inhaber kennt fast alle in der Runde und ihre besonderen Wünsche und war deshalb gut vorbereitet.

Als sie gehen, wünscht er viel Erfolg. »Ganz Marbach und die halbe Welt hoffen, dass alles gut ausgeht.«

Im Revier angekommen, finden sie Wil vor dem Rechner sitzend vor. Er hat Vera Altmann mitgebracht und während des Wartens auf die Gruppe noch ein anderes Programm installiert, das Handyaktivitäten und GPS nach Mustern untersucht und analysiert. Fritz macht die beiden mit den Beamten des BKA bekannt und bittet Marion, kurz den aktuellen Stand der Ermittlungen darzustellen. Als sie anfangen will, trifft auch noch der Versicherungsdetektiv ein. Also gibt es noch eine Vorstellungsrunde.

Bevor Marion mit ihrem Bericht anfangen kann, meldet sich der Leiter der BKA-Abordnung, Kriminalrat Perschow, zu Wort: »Eine SOKO in dieser Zusammensetzung mit zwei Nichtpolizisten habe ich noch nie erlebt. Und dass man bei aller Anstrengung noch so locker und nett miteinander umgeht auch nicht. Ihr habt doch das Wochenende fast durchgearbeitet und habt immer noch eine entspannten Ton drauf. Ja, nun zum Lagebericht: Frau Elfrich, wir haben das Exposée gelesen und auf der Fahrt auch nochmal durchdiskutiert. Wir folgen ihren Überlegungen, dass nach der Auslegung vorliegender Fakten das Cello noch in der Nähe ist. Und wir stimmen überein mit der sehr wahrscheinlichen Spur nach Moskau. Deshalb bin ich ja auch ausgewählt worden, hierher zu kommen, um überregional koordinieren zu können. Meine Abteilung hat einen Autoschieberring im Visier. Wir stehen kurz vor der Aufklärung. In Zusammenarbeit mit dem Ressort

Kunstdiebstahl sind auch Parallelitäten aufgetaucht, wie Sie es auch vermuten. Also können Sie sich auf die letzten Entwicklungen beschränken, die Ihr Exposée noch nicht enthält.«

Marion beginnt mit ihrer Zusammenfassung: »Also. Ich habe ja klargelegt, dass die Befragungen im Umfeld des Orchesters ins Leere gelaufen sind. Auch Überlegungen in Richtung Beschaffungskriminalität sind nach und nach in den Hintergrund getreten, weil das Cello nicht im Internet oder bei Instrumentenhändlern zum Kauf angeboten wurde. Auch bei der Versicherung hat es kein Angebot zum Rückkauf gegeben. Viele Details haben auf die Verbindung von Ortskenntnis und professionellen Hintergrund schließen lassen. Kollegen aus dem Diebstahl sahen keine ihnen bekannten Muster oder Verbindungen. Deshalb wurde nach wie vor die lokale Szenerie bekannter Kleinkrimineller und bekannter auffällig gewordener Personen überwacht. Vor allem wurde eine bestimmte Gruppe, die in letzter Zeit einigen Ärger bereitet hat, genauer observiert. Es ist keine echt kriminelle Organisation, es ist eher eine Bande mit Imponiergehabe. In diesem Kreis fiel den Beamten einer auf, weil er plötzlich Geld und ein auffälliges Auto hatte, ein Halbrusse namens Checkow, der auch in Ludwigsburg in Kreisen von Russen verkehrte, die mehrfach mit kriminellen Aktivitäten in Verbindung gebracht wurden, in einem Café nahe des Bahnhofs. Kommissar Zufall hat uns noch weitere Hinweise in die Hände gespielt, die unsere Ermittler als Querverbindungen zu laufenden Überlegungen eingeordnet haben: Aus den Kreisen von Geigenbauern gab es Hinweise auf einen lebhaften Handel mit alten Instrumenten in Russland.

Von russischen Cellisten wurde sogar präzisiert, dass es in Moskau jemanden gibt, der genau an diesem Cello interessiert sei. Und dann haben uns unsere Oldtimerfans ebenfalls von florierendem ähnlichen Markt in Russland berichtet. In ihren Quellen wurde sogar genannt, dass mit scheinbar legalen Autotransporten nicht nur Oldtimerteile nach Osten verschoben werden, sondern auch Kunstgegenstände. Das war der Stand, als Fritz – Sorry, Erster Hauptkommissar Batholom, wir haben bei der Gründung der Ermittlergruppe beschlossen, uns zu Duzen und auch Spitznamen zu verwenden –, also als der Revierleiter angeregt hat, nochmal genauer das Umfeld der letzten Spur des Raubes zu inspizieren, nämlich die Umgebung, wo das abgefackelte Raubfahrzeug gefunden wurde. Er hat den Vorschlag gemacht, das nicht mit großem Tamtam zu machen, weil das eine Warnung an die Täter hätte sein können, sondern eher vorsichtig. So haben Phil, also der Professor Mälzer, und ich – als unauffällige Abendspaziergänger getarnt – eine vielleicht entscheidende Entdeckung gemacht: Wir haben unweit der letzten Spur des Raubes, wo das ausgebrannte Fluchtfahrzeug gestanden hatte, das Auto dieses Checkows gesehen und das vermutliche Versteck der Täter entdeckt, wo sie wahrscheinlich das Cello bewachen, bis es zum Abtransport gebracht werden kann. Fritz und ich haben vom Weinberg aus telefonisch beraten, ob ein sofortiger Zugriff Sinn macht. Es gab genügend Gründe, im unübersichtlichen Gelände und ohne richtige Vorbereitung, das nicht zu tun. Wir haben uns für intensive Observation entschieden. Das Revier Marbach hat die Ausfahrten aus dem Gebiet um das Versteck überwacht, und das Dezernat Raub in Ludwigsburg hat die Wanzen zur GPS-Überwachung des Autos von Checkow zur Verfügung gestellt, die noch am Abend an dem Fahrzeug angebracht wurden. Und wir haben die vom Staatsanwalt schon beim Richter beantragte Handyüberwachung intensiviert. Über die Bewegungen von Handy und Auto dieses Checkows und über Sprach- und Schriftnachrichten wird gleich Wil – also mein Assistent Wilfried Müller – was sagen. Und von Phil habe ich vorhin erfahren, dass sich ein Instrumentenhändler und Geigenbauer aus der Nähe gemeldet hat, dem ein Kauf eines Cellokastens merkwürdig vorkam. Und der hat mit seinem musikalischen Gehör vermutlich das Auto von Checkow identifiziert. Jetzt soll Wil berichten, was sich heute Morgen abgespielt hat. Ein Artikel in der Zeitung, der vom Einschalten des BKA berichtet hat – wir haben das so lanciert –, hat offenbar die Täter aufgeschreckt. Also Wil, was haben deine Computer aus den aufgezeichneten Megabits herausgelesen?«

Wil geht zu einem Monitor, lädt eine Tabelle hoch und erläutert: »Ich habe hier aufgelistet, was wahrscheinlich von Bedeutung sein kann. Zuerst die Gespräche. Kurz vor Mitternacht zwei Gespräche und ein SMS-Wechsel mit Frauen, harmlos. Das Handy und das Auto wurden in der Nacht nicht bewegt. Kurz vor acht ein Anruf aus Osteuropa, Nummer nicht registriert, weil Prepaid. Checkow geht nicht dran, ruft aber kurz danach zurück. Ich und auch keiner vom Innendienst konnten das verstehen, weil er in einer Fremdsprache spricht, vielleicht Russisch.«

Der Kriminalrat Perschow schaltet sich ein: »Wenn es Russisch ist übersetze ich nachher, machen Sie aber erstmal weiter.«

»Dann kam eine SMS-Korrespondenz mit einem Handy, das in Ostwestfalen eingeloggt war, wieder Prepaid, mit kurzen Texten: – ›Melde dich, ob du bereit bist‹ – Kurze Antwort – ›Okay, ich mach mich auf die Socken‹ – ›Es kommen jetzt noch Anrufe, dann Handy aus, wenn eine SMS eingegangen ist.‹ Danach war erstmal Funkstille, aber das Auto hat sich bewegt, zuerst zum König-Wilhelmsplatz, dann zum Kaufland oder Bahnhof, dann zu einer Tankstelle, also wahrscheinlich Besorgungen. Jetzt steht es seit geraumer Zeit wieder vor dem Haus im Eichgraben, wo er wohnt. Um neun Uhr fünfzehn ging eine SMS ein mit dem Text ›Die Eule fliegt nachts. Nimmt Küken und Kumpels mit. GPS-Koordinaten folgen‹. Dann kommt noch ein Anruf über das Festnetz mit der Vorwahl 05251. Wir konnten die zuordnen zu einem Gebrauchtwagenhändler in Paderborn. Da geht es sinngemäß um die Frage, ob er alles verstanden hat, er antwortet mit: ›Ja, aber ich brauche genauere Ansagen.‹ Darauf die Antwort: ›Die Kumpels wissen Bescheid. Und wenn alles geklappt hat, kannst du das Auto behalten, Papiere kriegst du bei der Übergabe. Jetzt mach das Handy aus.‹

Der Kriminalrat aus Wiesbaden schaltet sich ein: »05251 ist Paderborn. Interessant. Dort ist gerade mein Stellvertreter. Da tut sich nämlich was in Sachen Autoschieber. Da stehen ein paar Schrottautos zum Abtransport durch einen Polen. Die bereiten wahrscheinlich heute einen Autotransport vor. Mir scheint, wir sind auf der richtigen Spur. Und vielen Dank dafür, dass ihr gestern Abend keinen Zugriff versucht habt. Das hätte unsere Ermittlungen gestört. Aber toll, wie ihr schnell und unkompliziert Abhör- und Überwachungsaktionen eingeleitet habt. Jetzt können wir hoffentlich mit dieser Aktion zusammen mehr über die Zusammenhänge herausbekommen. Wenn sich was bewegt, sind wir dabei, egal wohin, durch alle Bundesländer. Die Frau KHK Marion und ihren Assistenten nehmen wir mit, im eigenem Wagen, aber unter unserer Regie, weil sie ja in anderen Bundesländern nicht agieren dürfen. Ach, und noch was anderes: Ihr duzt euch alle. Wir machen da mit. Ich bin Vladi und, er zeigt auf die jeweilige Personen, das sind Manni (sein Assistent KOK Krass), einfach Müller (KHK Müller-Forst) und Michi (KOK Junginger). Okay? Aber wo ist das Auto jetzt?«

Wil schaut auf einen anderen Monitor und sagt: »Steht immer noch auf dem Parkplatz vor seiner Wohnung.«

»Observiert das sicherheitshalber. Nicht, dass der Sender entdeckt worden ist und jetzt in einem Mülleimer liegt.«

Marion: »Das ist richtig«, und an Fritz gerichtet: »Kann Paul das organisieren, aber nicht mit Streifenwagen, sondern Auto und Beobachter zivil.«

Fritz nickt und schickt Paul los.

Bablonski wirft ein: »So ganz will ich immer noch nicht ausschließen, dass jemand aus dem Kreis der Musiker Kontakt zu den Hintermännern hat und Geldbeschaffung das Motiv ist. Ich habe da schon noch jemanden im Visier, will aber niemanden unberechtigt verdächtigen, bevor ich Genaueres in Erfahrung gebracht habe.«

Der Polizeirat Vladi: »Sie halten uns aber auf dem Laufenden? Und unternehmen nichts, das die Ermittlungen stört, zum Beispiel die Hintermänner warnt oder das Täterwissen verrät?!«

»Selbstverständlich. Das war von vornherein so vereinbart.«

Phil ahnt, dass er Paula meint, und äußert sich nochmal in derselben Weise wie früher, er halte es für unmöglich, jemand aus der Orchester sei ein Verräter oder eine Verräterin, und schon gar nicht Paula.

Aber Vladi erwidert: »Ganz ausschließen kann man das wirklich nicht. Um nichts zu verpassen, kann mein Wagen 2 das Haus der Person observieren.«

Müller und Michi bekommen eine Beschreibung von Paula und ihrem Kleinwagen sowie die Adresse der Berlins im Kirchenweinberg, und es wird vereinbart, dass sie dort bleiben sollen, auch über die Zeit der Siebzehn-Uhr-Besprechung hinaus, während alle ansonsten im Revier zusammenbleiben.

Vladi erkundigt sich, um was für ein Auto es sich handelt, das dieser Checkow fährt, das so auffällig sei, dass Musiker es am Ton erkennen und das er behalten darf, wenn alles vorbei sei, es offenbar vorerst nur zur Verfügung für die Aktion bekommen hatte. »Habt ihr denn überhaupt eine Halteranfrage gestellt?«

Marion schluckt und gesteht, sie seien davon ausgegangen, dass es Checkow gehört, zumal es ja eine LB-Nummer hat. Und sie schildert es dann als weiße Sportlimousine mit blauen Rallyestreifen und vielen Chromteilen. Der Autospezialist Peter habe erklärt, es handle sich um einen tiefergelegten und mit Breitreifen versehenen BMW 3er Gran Tourismo 3,0 Liter mit 460 PS und röhrender Auspuffanlage von Abarth. Vladi findet es seltsam, dass man einen Kurier oder Helfershelfer mit einem so auffälligen Auto ausstattet und nicht mit einer schnellen, aber unscheinbaren Limousine.

Paul bemerkt dazu: »Eben gerade deshalb, weil man

glauben machen will, dass einer mit so einem Auto nicht in Frage kommt.«

Nur zum Vorfahren beim Raub habe man einen unauffälligen Alltagskombi geklaut. Und das haben bestimmt Profis gemacht, der Checkow kann das sicher nicht, aber vielleicht war er ein Tippgeber.«

Marion ergeift noch einmal das Wort: »Ein Detail fehlt uns noch. Vera hat den Vormittag damit verbracht, herauszufinden, wem das gestern in Verdacht geratene Grundstück am Murrer Wäldchen gehört beziehungsweise wer es nutzt und was es mit dem Wohnwagen auf sich hat – von dem wir leider keine Fahrzeugnummer wissen. Vera, was konntest du in Erfahrung bringen?«

»Ja, wir Innendienstler waren auch tätig. Nach der Lagebeschreibung, die wir uns nochmal von Phil genau haben geben lassen, haben wir vom Katasteramt erfahren, dass ein Murrer Ehepaar Eigner ist. Es handelt sich um unbescholtene ältere Menschen. Wir haben sie zu dem »Stückle« befragt und erfahren, dass es verpachtet ist an ein Ehepaar namens Checkow in Marbach. Die haben wir noch nicht erreicht, und zum Wohnwagen kann ich momentan noch gar nichts sagen. Wir sind noch dran.«

Fritz und Marion wie aus einem Mund: »Die Eltern von unserem Checkow!«

Marion zu Vera: Ruf gleich nochmal an, ob man inzwischen die Checkows erreicht hat und ob sie was wissen über einen Wohnwagen dort.«

Von den Beobachtungsposten rund um das Murrer Wäldchen wurde in regelmäßigen Zeitabständen von überall

»Stille« gemeldet. Da sich anscheinend nichts tut, bittet Vladi darum, doch den telefonischen Rückruf Checkows in fremder Sprache vorzuspielen.

Schon nach zwei Worten sagt er: »Ja, die reden russisch miteinander, aber in einem Dialekt, den ich eher in Weißrussland ansiedeln würde.« Und als das Gespräch zu Ende ist, sagt er: »Sinngemäß ging es darum, dass jemand in einer Pressenachricht vom Einschalten des BKA in die Ermittlungen gelesen hat. Er, Checkow, solle alles vorbereiten und sich in Position begeben. Checkow sagt, er mache gleich die Besorgungen und warte auf weitere Nachrichten. Also hat dieser Anruf seine Aktivitäten in Gang gebracht. Jetzt muss man wirklich auf den aufpassen. Die Verdachtslinie vom Herrn der Versicherung … (der nennt schnell seinen Namen), also von Herrn Bablonski, nicht zu verwechseln mit Batholom, stellen wir in die zweite Reihe, ohne sie ganz zu vernachlässigen.«

Vom GPS-Monitor heißt es plötzlich: »Das Auto bewegt sich, verlässt den Eichgraben und biegt rechts ab.«

Vladi fragt: »Wo kommt man da hin, wenn er nicht nach Marbach will?«

Paul sofort: »Oh, in Richtung Murr, Bottwartal oder auch Autobahn. Verfolgen?«

»Nein. Beobachten. Solange der Sender funktioniert, kann er nicht entwischen. Aber versteckt mal in Schlüsselstellen Streifenwagen und überlegt, ob man auf die Schnelle die Autobahnauffahrten blockieren könnte.«

Fritz reagiert schnell. »Paul, ruf den Posten Steinheim an: Alle verfügbaren Streifen zur Autobahnauffahrt, einer aus Marbach zum Abzweig Benningen, und einer bleibt an der zur Öhler-Kreuzung in Bereitschaft. Alle nach Ankunft am Zielort verstecken und Blaulicht aus. Das wird knapp, wenn der an allen Ampeln Grün hat.«

Auf dem Monitor sehen sie jedoch, dass das Objekt an allen Ampeln lange Wartezeiten hat, und die Streifen kommen vor ihm an die angegebenen Zielorte. Das Objekt auf dem Bildschirm fährt aber nicht Richtung Autobahn oder Benningen, sondern biegt vor der Murrbrücke rechts ab Richtung Häldenmühle beziehungsweise Kläranlage. Es hat also offenbar nicht Autobahn, Murr oder Benningen zum Ziel.

Phil sagt: »Er fährt zu dem versteckten Wohnwagen, zu den Kumpels, wie es vorhin im Telefon oder im SMS-Verkehr geheißen hat.«

Und tatsächlich fährt er an der Kläranlage vorbei und hinter der Kläranlage, bevor die Murr die Landstraße Richtung Bottwartal unterquert, über die Kehre zurück.

Der dort schon seit der Nacht versteckte Posten meldet: »Ist bei uns durch.«

Man sieht auf dem Monitor die nachfolgende Route links-links und dann mehrere Kurven.

Phil: »Er ist den Berg hinauf Richtung Murrer Wäldchen.« Und als dann der blinkende Punkt auf dem Bildschirm stehen bleibt: »Er ist da, im Versteck. Sicher versorgt er jetzt die Kumpels mit Proviant, und sie warten auf ein ›GO‹.«

Kurz vor siebzehn Uhr entschuldigt sich Fritz für einige Zeit, um die Schichtübergabebesprechung des Reviers zu leiten.

Phil sagt zu Marion: »Lass uns kurz frische Luft schnappen, bis der Staatsanwalt und der Präsident da sind.«

Im Hof fragt er: »Marion, trügt mich mein Gefühl, oder ist es nicht so, dass die heute das Cello wegbringen Richtung Paderborn, und dort wird es umgeladen auf einen Autotransporter Richtung Osten? Der Gebrauchtwagenhändler in Paderborn schickt legal alte Autos mit guten Papieren über Polen nach Weißrussland, wie man das so immer wieder hört. Und in den Schrottkisten verstecken sie das illegale Schmuggelgut?«

Marion: »Phil, wenn das so käme, stelle ich dich im Kriminaldienst ein. Das ist nicht von ungefähr.«

»Kann ich dem bangenden Nema Hoffnung machen, ohne sonst nichts Genaues zu sagen? Andeuten, dass wir nahe dran sind, vielleicht schon heute Nacht etwas geschehen könnte?«

Marion zögernd: »Das kann unsere bisherige Arbeit zunichtemachen, wenn die Täter was ahnen und umdisponieren. Bist du sicher, dass von dort nichts durchsickert?«

»Sicher wie das Amen in der Kirche. Und dann soll auch noch unser Dirigent für die morgige Probe das Prädikat ›besonders wichtig‹ herausgeben. Wir könnten den Mitgliedern des Orchesters auch Hoffnung machen!«

»Phil, bitte nichts Unüberlegtes!«

»Nein, das ist gut überlegt. Ich halte mich daran, keine Interna weiterzugeben.«

Also ruft er Sebastian an und danach Nema.

Im Telefonat mit Sebastian bleibt er verdeckt mit der Bemerkung: »Warum wichtig, erkläre ich dann morgen«, im Anruf bei Nema deutet er eher an, dass die Fahndung in eine entscheidende Phase vielleicht noch in der Nacht eintreten könnte: »Unter dem Siegel der dringenden Verschwiegenheit.«

Nema und Paula sind das Duett von Beethoven durchgegangen, Takt für Takt, und haben dann versucht, ein Zieltempo zu finden.

Nicht leicht, fand Paula, und Nema wandte ein: »Aber wenn wir die Aussage und den Beethoven-Humor, den es ja gibt, der aber selten herausgeboten wird, wenn wir den finden, dann hätten wir ein schönes Stück, findest du nicht?«

Paula: »Ja schon, aber das macht Arbeit.«

Nema: »Du darfst das nicht als Arbeit nehmen, sondern als einen Glücksfall der Musik.«

Paula: »Jetzt verstehe ich, was dich so auszeichnet gegenüber uns einfachen Musikern.«

Nema: »Du bist keine einfache Musikerin, lass uns mehr zusammen musizieren.«

Aus dem Untergeschoss ertönt der Ruf: »Essen fertig. Mama sorgt sich, auch Musiker brauchen leibliche Genüsse.«

Nema nimmt Paula an der Hand und führt sie die steile Treppe des kleinen Häuschens hinunter. Auch Nemas Vater ist inzwischen da. Sein Arbeitsplatz ist nicht weit entfernt, und er genießt es, in der Mittagspause zu Hause essen zu können. Er hat sich als Immigrant an vieles gewöhnt, nur nicht an das Kantinenessen.

Als die beiden die Treppe herunterkommen, sieht er erst, dass auch Paula da war und kommentiert: »Deshalb die neue Cellomusik in unserem Hause. Du bist Paula, soviel ich bisher gehört habe, und ihr habt euch in Marbach kennengelernt, als es diesen Überfall gegeben hat. Nicht wahr?«

»Ja, ich bin Paula Berlin. Nema und ich, wir hatten denselben Lehrer an der Musikhochschule, und wir wollen zusammen ein bisschen musizieren, bis der Schock mit dem Überfall verdaut ist.«

»Eine Katastrophe für Nema! Willkommen in meinem Hause. Ich glaube, er braucht jetzt Moral; geben Sie ihm das.«

»Mehr als gerne. Es ist einfach toll, mit ihm Musik zu machen.«

»Dann helfen Sie ihm aus der Situation. Bei uns waren schon Nachforschungen, verdächtig, wer nicht deutsch.«

»Nein, die Kripo muss rundum nachforschen. Das geht nicht gegen Sie. Auch ich habe schon bemerkt, dass ich von einem merkwürdigen Subjekt beobachtet wurde, das hat nichts zu bedeuten.«

»Na dann Guten Appetit.« Er spricht ein Tischgebet.

Nach dem Essen und einem Kaffee nehmen Nema und Paula wieder ihre Celli in die Hand, und Nema macht ein betrübtes Gesicht dabei, als er sagt: »Wie ich doch das Duport vermisse. Ich hab bestimmt kein schlechtes Instrument, aber mit dem alten Cello kannst du feine Töne noch besser modulieren, auch *piano* geht mit gehaltvollem Klang. Das kann ich mit meinem eigenen Instrument nicht so diffizil.«

Paula bestätigt: »Das habe ich bei unserer ersten Probe schon bemerkt. Als du anfingst, war ich hin und weg, nicht nur wegen dir«, worauf sie einen liebevollen Blick aus dunklen Augen erntet. Sie beschließen, anzuspielen, woran jeder von beiden jeweils arbeitet. Und sie fragen sich oft gegenseitig, ob man bestimmte Stellen so oder so besser spielen soll, ob kleine Zäsuren besser wären als Hinüberspielen, kleine Akzente da und da setzen oder stärker oder gar nicht abphrasieren, lange Phrasen nehmen oder klein-teilig. Sie stellen dabei fest, dass sie musikalisch eng verbunden sind. Aus ihren intensiven musikalischen Tiefen reißt sie der helle Akkord von Nemas Handy heraus.

Phil ist dran und erzählt ihm, dass er aus ermittlungs-technischen Gründen von der laufenden Fahndungsarbeit nicht viel erzählen darf. »Aber man ist ziemlich nah dran und es gibt einen Hoffnungsschimmer, dass vielleicht schon heute Nacht was geschieht. Aber bitte nichts davon weitersagen. Die Kriminaler befürchten sonst, dass die Täter gewarnt werden könnten und der Plan der Ermittler sonst ins Leere läuft!«

Nema: »Phil, danke für die Nachricht, vielen vielen Dank. Ich war wirklich niedergeschlagen. Paula ist bei mir und lenkt mich ein bisschen ab. Darf ich es wenigstens ihr sagen? Sonst platze ich.« Und zu Paula gewandt: »Phil er-zählt von den Ermittlungen.«

Paula fährt hoch: »Haben sie es?«

Nema: »Nein, aber sie scheinen nah dran.«

Phil am anderen Ende der Leitung: »Ich habe mitgehört. Richte ihr einen Gruß aus und sag, es ereignet sich viel-leicht was in der Nacht. Aber für sie gilt das gleiche Still-schweigen wie für dich. Klar?«

»Klar und okay.«

»Dann Adieule.«

»Ciao.« Und er schaut Paula flehend an. »Es ist aufre-gend, ich halte diese Spannung kaum aus. Kannst du die Nacht bei mir bleiben?«

Paula, gerade noch gespannt wie die A-Saite, spürt plötzlich Wärme durch ihren Körper rieseln und denkt nicht lange nach. »Natürlich, ich muss nur meinen Eltern

Bescheid geben. Haben deine Eltern nichts gegen einen Übernachtungsgast?«

Nema: »Ruf an, und ich geh runter zur Mama.« Die Mutter reagiert auf seine diesbezügliche Frage überhaupt nicht überrascht.

»Natürlich nicht. Wir können schön zusammen zu Abend essen und plaudern und sie näher kennen lernen. So eine nette junge Frau, auch Musikerin, ein bisschen flippig, passt aber gut zu dir.«

»Mama!«

»Ich weiß schon, ich bin deine Mutter, dein Papa hätte sicher auch nichts dagegen.«

»Mama, nein, du denkst schon wieder an was anderes. Ich bin so aufgeregt wegen des Überfalls, und ich kann jetzt nicht alleine sein die Nacht.«

»Ich weiß, da sind Eltern nicht mehr gefragt zum Ins-Bett-Schlüpfen.«

»Mama! Du hast vielleicht Ideen.«

»Ja, habe ich, und jetzt geh und sag Bescheid. Wenn dein Vater kommt, gibt es Obst und Balkan-Teller, vielleicht spendiert er etwas aus seinem Weinkeller. Er war erst letzte Woche in der Besigheimer Felsenkellerei.«

Nema geht wieder hoch ins Obergeschoss zu Paula: »Geht klar, bei dir auch?«

Sie bejaht, und sie packen die Celli ein, setzen sich nebeneinander, lehnen aneinander und fühlen die Nähe zueinander als sehr entspannend und wohlig in einer Situation, die keiner Worte bedarf.

Im Revier Marbach ist Peter dazugestoßen, nachdem seine Mission 2CV abgeschlossen war. Er hat aufmerksam zugehört, wie sich bis zum Eintreffen des Staatsanwalts aus Heilbronn und des Präsidenten aus Ludwigsburg der BKA-Rat Vladi Perschow zusammen mit seinem Assistenten Manni Krass beraten hat und was sich aus verschiedenen Telefonaten mit Wiesbaden und Paderborn ergeben hat: Sie wissen jetzt, dass ein polnischer Transporter in Paderborn Schrottautos abholen wird und dazu bei den schon unter Observation stehenden polnischen Spediteuren offenbar Vorbereitungen getroffen werden. Vladis Stellvertreter, der in Paderborn bei dem Gebrauchtwagenhändler lauerte, hat zu verstehen gegeben, man habe irgendwie herausgehört, es solle heute noch ein Rendezvous stattfinden, um eine Zuladung und zwei Kumpels aufzunehmen, und der Händler solle das organisieren.

Vladi bedankt sich bei seinem Vize für diese wichtige Information und schließt den Anruf ab mit: »Bitte Telefon und Handy mithören, Schriftverkehr eingeschlossen. Die Zuladung könnte das Cello sein, das die in Marbach suchen und von dem sie ahnen, wo es sein könnte. Sie verzichten unseretwegen auf die große Show. Es geht hier nicht nur um Autoschieber und Schmuggel, es ist auch ein Cello mit Millionenwert im Spiel, und wenn wir das vergeigen oder vercellopatzen, haben wir die ganze Welt auf dem Hals.«

Danach beugen sie sich zu dritt, Vladi, Manni und Peter, über Karten und Google Maps und überlegen, welche Wege dieser Checkow zu einem Rendezvous nahe Paderborn nehmen würde, wenn das Cello die Zuladung wäre und er dies und die Kumpels dort hinbringen sollte.

Sie sahen mindestens drei Varianten: Über Würzburg–Kassel, über Frankfurt–Dortmund oder über Frankfurt–

Hersfeld–Kassel. Nach einigem Hin und Her kamen sie zu der Überlegung, dass man dem Checkow raten würde, den Raum Frankfurt zu meiden und auch nicht durch den Odenwald zu fahren und bei Hanau auf die Autobahn, sondern Würzburg–Kassel zu wählen. Also ruft Vladi nochmal in Wiesbaden an, sie sollen bei den Autobahn-polizeistationen entlang der A81, A3 und A7 in Bayern Bereitschaft einfordern, dann entlang der A7 und A44 in Hessen und für das letzte Stück der A44 und A33 in Nordrhein-Westfalen.

»Und die Bundesstaatsanwaltschaft informieren, damit wir Rückendeckung für eventuelle Eingriffe in den Bundesländern haben, durch die wir voraussichtlich fahren.« Aus Wiesbaden die Antwort: »Und das nach Feierabend! Aber wenn alternative Strecken genommen werden?«

Valdi: »Wir hängen ja über GPS hinten dran. Kann auch die A6–A5 vorgewarnt werden?«

Antwort aus Wiesbaden: »BKA kann alles, vor allem zaubern, auch in drei Bundesländern ›Bitte, bitte‹ sagen geht noch, aber glaubt ihr, das klappt wirklich?«

Vladi: »Verstehe schon, aber eine Mail an sieben oder eine mehr oder weniger Verteileradressen mit Rückmeldungsvermerk zu schicken geht doch immer, auch nach Feierabend. Meldet uns, wenn erledigt. Roger.«

»So, alte Freunde, auch Roger.«

Vladi war ob dieser Korrespondenz etwas misslaunig, als Staatsanwalt und Polizeipräsident Ludwigsburg eintreffen. Aber als er in das Gesicht des gemütlich wirkenden Mannes mittleren Alters schaut, der sich vorstellt mit: »Ich bin der zuständige Staatsanwalt aus Heilbronn. Ich bin derjenige, welcher schuld daran ist, dass Sie hierherkommen mussten. Trotzdem begrüße ich Sie herzlich im Ländle. Wir müssen also jetzt zusammen einen Fall und den Hintergrund aufklären. Ich bin überzeugt: Zusammen schaffen wir das. Schwaben können nämlich vieles, nur nicht Schriftdeutsch. Also gehen wir es an, stringent, aber nicht stressig. Hektik liegt mir nicht, aber mir scheint hier pressiert es.« Er war wieder beruhigt, dass um ihn herum nicht nur Hektik verbreitet wird, sondern einfach zusammen eine Aufgabe erledigt wird.

Und der Präsident stellte sich vor mit: »Ich bin der Leiter des Präsidiums Ludwigsburg-Böblingen. Nominell bin ich der für die Kriminalabteilung Raub Zuständige, und eigentlich habe ich der KHK Elfrich das Wesentliche deligiert, drücke mich aber nicht vor der Verantwortung, die ich mit dem Leiter des Polizeireviers Marbach teile. Auch von mir ein ›Willkommen im Lande der Reben und Dichter‹. Marbach haben wir als Standort der SoKo Cello gewählt, weil es der Ort des Verbrechens ist und mit den Beamten der ersten Stunde wichtige Einschätzungen zu den Zusammenhängen am ehesten in die Ermittlung einfließen konnten.«

Vladi stellt sich nun zum wiederholten Mal in einer abgekürzten Version vor: »Mein Name ist Perschow. Ich bin im BKA verantwortlich für den Bereich Osteuropa. Mein Assistent KOK Krass ist hier (er zeigt auf ihn), mein sogenannter Wagen 2 mit KHK Müller-Forst und KOK Junginger ist bei einer Observation unterwegs. Also, wir sind gut in die momentanen Erkenntnisse eingewiesen. Und wir teilen die Annahmen der Ermittlergruppe – übrigens ein Novum in der Kriminalgeschichte, was die Zusammensetzung betrifft (er schaut dabei Bablonski und Phil an) –, dass sich das Cello, bewacht von zweien oder dreien der Täter, noch in der Nähe in einem Versteck befindet. Nach Einschätzung meiner Behörde wurde hier gute Arbeit geleistet, und die Verknüpfung mit Fahndungsaktionen des BKA wird Ihnen hier hilfreich sein, weil es auch gleichzeitig um die Aufklärung von Verschiebungen von Autos und Kunstgegenständen nach Osteuropa geht.«

Marion fasst für Staatsanwalt und Präsident kurz zusammen, was mit dem BKA bisher besprochen worden war, und dass man sozusagen in Alarmbereitschaft stehe, wenn sich das beim Wohnwagenversteck stehende Auto Checkows bewegt. Vera habe übrigens herausgefunden, dass das Gelände von einem unbescholtenen älteren Murrer Ehepaar verpachtet sei an das Marbacher Ehepaar Checkow, bei diesem seltenen Namen sicher die Eltern des unter Verdacht stehenden Oleg Checkow. Und sie habe gehört und gesehen, dass zwischen Wiesbaden und Vladi und seinem Assistenten ein telefonischer Austausch stattgefunden hat. »Von den dabei eingeholten Informationen wird sicher unsere Strategie abhängen. Deshalb bitte ich dich, Vladi, uns auf den neuesten Kenntnisstand zu bringen.«

»Ja, es gab Rücksprachen und Informationsaustausch nicht nur mit meinem Innendienst und mit der oberen Etage in Wiesbaden, sondern auch mit meinem Stellvertreter, der in Paderborn den Gebrauchtwagenhändler observiert, den man auch hier beim Abhören der Telefonate registriert hat. Es deutet vieles darauf hin, dass ein Altautotransport nach Osten ansteht, den Polen vornehmen. Und dabei ist von einem Rendezvous die Rede, um eine »Zuladung« und zwei Kumpels mitzunehmen. Ich rechne nicht mit

Protest, dass wir nicht hier in Marbach zugreifen, sondern bei diesem sogenannten Rendezvous im Rahmen unserer Aufklärung von Kunst- und Antiquitätenschmuggel nach Russland mit Hilfe der Transportwege des Altautohandels mit Weißrussland. Wir haben vorbereitet, dass entlang der von uns vermuteten Strecke über Würzburg, Kassel, Paderborn, also A81, A3, A7, A44 und A33 Amtshilfe geleistet werden kann. Wenn der Ort der Übergabe, das Rendezvous, genauer lokalisiert werden kann, denke ich, sollte dort der Zugriff erfolgen mit Unterstützung der dortigen Polizei und eines SEK der Bundespolizei. Das ist jetzt ein logistisches Problem. Darüber müssen wir jetzt reden.«

Der Präsident meldet sich zu Wort: »Entschuldigen Sie, Herr Polizeirat des BKA, wenn ich das so auf den Punkt bringe: Wir müssen hier einen Raub aufklären und das geraubte Cello sicherstellen. Nach Lage der Dinge sind wir nah dran, die Täter zu fassen und das Cello aus dem vermutlichen Versteck zu holen. Jetzt sollen wir die losfahren lassen und durch die halbe Republik verfolgen mit dem Risiko, sie dabei zu verlieren? Das Risiko möchte ich eigentlich nicht eingehen. Sie können doch in Paderborn meinetwegen den Gebrauchtwagenhändler der Polen fassen und ausquetschen. Wenn wir hier mit einem SEK gut vorbereitet zugreifen, auch trotz des unübersichtlichen Geländes mit minimalem Risiko unter Hubschrauberkontrolle, dann haben wir einen gut angefangenen Job – dank Marion und der Ermittlergruppe – zu Ende gebracht mit viel weniger Aufwand und Kosten, als wenn man Autobahnpolizeiposten wer weiß wo alarmiert und ein SEK auf Reisen schickt dreihundert oder vierhundert Kilometer hinter einem Auto, von dem wir gar nicht so sicher wissen, ob da unser Zielobjekt und unsere Zielpersonen auch wirklich drin sind.«

Der Staatsanwalt schaltet sich ein: »Herr Präsident. Sie haben recht mit Ihren Überlegungen. Aber zu einem relativ frühen Zeitpunkt hatte ich das Gefühl, dass wir uns bei dieser Tat in keinem lokalen oder regionalen Täterkreis befinden. Vielmehr schien mir klar, dass hier professionelle Organisationen am Werk sind, wo wir alleine auf verlorenem Fuße stehen. Deshalb habe ich schon früh nach BKA oder sogar Interpol gerufen und auch den Kontakt nach Wiesbaden hergestellt. Ich finde dieses Vorgehen nach wie vor richtig. Wir verpflichten das BKA, dass sie alles für die Rettung des Cellos tun, weil wir ihnen jetzt das Beobachten des Vorgehens in einem ihrer Fälle ermöglichen. Damit unsere Zielstellungen immer gewahrt bleiben, nämlich das Fassen der Täter und das Sicherstellen des geraubten Gegenstandes, wird Frau KHK Elfrich immer an der Seite des BKA agieren und unsere Zuständigkeit und unsere Interessen wahren. Das habe ich Frau Marion zugesichert und mit dem BKA so ausgehandelt. Können Sie damit leben (er neigt den Kopf Richtung des Präsidenten), und sind die Interessen des BKA (er führt die Hand in Richtung des Kriminalrates) mit unseren vereinbar?«

Von beiden Seiten kommt ein zögerliches Nicken.

Marion wirft ein: »Wir haben uns nach dem Spaziergang mit Phil (sie macht mit einer Geste die Anführungszeichen und zeigt dann auf ihn) in telefonischem Kontakt mit dem Revierleiter aus gutem Grund gegen einen zu frühen Zugriff und für intensives Beobachten und Sammeln von Indizien durch Abhören und Bewegungsbeobachtung entschieden. Dabei sind wichtige Indizien gesammelt worden, die später justiziabel wirksam sein werden. Und die Chance, den BKA-Ermittlern – ich nenne sie mal abgesandte Mittäter – zuführen zu können, ist sicher auch für die Prozessvorbereitung des Staatsanwaltes nicht unwichtig. Ich bin – fällt mir nicht leicht, Herr Präsident – klar auf der Seite des Staatsanwaltes und des BKA, sicher auch nicht aus Abenteuerlust.«

Fritz schmunzelt, und Wil blickt erleichtert auf, schaut sie mit einem Ausdruck von Stolz an. Phil war in sich gekauert und richtet sich allmählich wieder auf, bis er Blickkontakt sucht, den Marion mit fragender Miene erwidert, die sich aufhellt, als Phil leicht mit dem Kopf nickt.

Der Präsident: »Ich gebe mein Einverständnis, wenn ihr mir jetzt ein klares Szenario entwerft!«

Es sind sich alle einig, dass man stetig in der Nähe des Wagens von Checkow bleiben muss, diskutiert aber, wie man sicherstellen kann, rechtzeitig da zu sein, wenn die erwartete Route sich ändert oder der GPS-Sender ausfällt oder entdeckt wird. Eine Hubschrauberbeobachtung wird einhellig als zu auffällig angesehen und ausgeschlossen, weil dann durch unüberlegte unsinnige Reaktionen der Verfolgten unkalkulierbare Situationen entstehen könnten. Schließlich kommt man zu der Strategie, einen variablen Konvoi zu bilden mit vier Fahrzeugen, den beiden BKA-Wagen, Marion und Wil in ihrem Dienstwagen und noch Peter und Paul dazuzunehmen in einem Zivilfahrzeug aus dem Bestand des Dezernats.

Peter: »Aber ausreichend motorisiert, bedenkt, der aufgemotzte BMW hat 460 PS!«

Der Präsident spontan: »Natürlich keine Streifenwagen Jahrgang 1952.« – Allgemeines Grinsen der Eingeweihten und Marion flüstert Vladi zu, dass Peter Oldtimer-Liebhaber ist und den Streifenwagen seines Großvaters noch privat ab und zu fährt. – »Unser Fuhrpark ist für solche Einsätze gerüstet. Ich rufe an, dass man ihn bereitstellt. Wenn ich nachher zurückfahre, nehme ich dich mit, und du kannst das Auto in Empfang nehmen.«

Der Plan des variablen Konvois sieht so aus: Ein Auto fährt weit vor dem GPS-Signal, ein zweites relativ knapp davor; in regelmäßigen Abständen schert der erste Wagen an einem Parkplatz aus und reiht sich ganz hinten wieder ein; zwei Wagen folgen dem GPS-Signal in kleineren Abständen; einer davon fährt nach vorn, wenn der erste ausgeschert ist. Die Wagen sind in ständigem Kontakt untereinander, und Vladi ist in ständigem Kontakt mit Wiesbaden. Die Marbacher halten Kontakt zu Marion. Zur weiteren Strategie beschließen sie: Eine Einheit SEK-Bundespolizei wird in den Raum Paderborn verlegt und bleibt dort einsatzbereit, und Wiesbaden bleibt in engem Kontakt mit dem Präsidium Ostwestfalen, das sich auf die Teilhabe an einem Zugriff vorbereiten soll, man brauche diese wegen der Ortskenntnisse.

An diesem Stand der Diskussion kommt ein Anruf auf das Handy des Bundeskriminalrats Vladi. Nach Blick auf das Display sagt er: »Wiesbaden hat anscheinend Neuigkeiten für uns«, und eröffnet das Gespräch mit dem Anrufer: »Neue Nachrichten?«

Der Anrufer: »Ja, dringend. Macht euch bereit. Herr Perschow, Sie erinnern sich, dass der Gebrauchtwagenhändler in Paderborn das Zusammentreffen des polnischen Transporters mit dem Zubringer, also die Aufnahme der Zuladung und der zwei Passagiere, organisieren soll.

Das hat er inzwischen erledigt mit mehreren Telefonaten, die wir mithören konnten. Der polnische Transporter wird gegen Mitternacht auf seinem Gelände an der Detmolder Straße in Paderborn, gegenüber des Traktoren-Museums, vier abgeschriebene Schrottautos mit sauberen Papieren aufladen. Weil der Ort für ein Treffen aber zu einsichtig sei an der Kreuzung, die auch nachts viel befahren sei, wolle er lieber das Treffen mit der Fracht und den Leuten aus Marbach mehr an die Peripherie verlegen, nämlich auf das Gelände des TÜV an der Marienloher Straße. Dorthin soll nach dem Aufladen der Autos der Transport fahren, hinterer Parkplatz der KfZ-Meldestelle, genau beschrieben auf einem Kartenausschnitt aus Google Maps im Anhang.«

Vladi: »Hoppla, jetzt geht's ruckzuck. Das heißt auch, dass wir in Paderborn an zwei Stellen parat sein müssen, beim Autohändler und beim TÜV beziehungsweise bei der KfZ-Zulassungsstelle. Wir planen das hier durch und melden uns wieder.«

Sie überlegen zusammen, welche Bedeutung der Gebrauchtwagenhändler für sie hat, und kommen zu dem Schluss, er sei für sie hier eigentlich eher Zeuge als Täter. Man müsse ihn festnehmen wegen eventueller Verschleierungsgefahr und müsse eher in der Nähe von Checkow bleiben. Also solle der Stellvertreter mit Paderborner Unterstützung das Aufladen beobachten, dokumentieren und mit der vorläufigen Festnahme warten, bis der Laster weg sei. Und die große Prozession bleibt dicht beim Cello, Checkow und Kumpels und warten, bis das Cello übergeben und verstaut ist, damit dem kein Schaden geschieht, und dann wird der Zugriff eingeleitet. Mit Paderborner Unterstützung müsse aber das SEK vor Checkow und dem

Polenlaster vor Ort und in Deckung sein. Das müsse unterwegs aber abgestimmt sein für den Fall, dass Checkow auf die Tube drückt, sehr frühzeitig am vereinbarten Ort ist und wartet. Genauso der Polenlaster. Deshalb war die Frage wichtig: Wie lange braucht das SEK nach Paderborn und wie lange braucht man von Marbach aus?

Phil erzählt: »Ich bin einige Zeit zwischen Marbach und Paderborn gependelt, kann das deshalb gut einschätzen. Die vorgeschlagene Route ist zwar nicht die kürzeste, aber die schnellste. Mit dem 3er-BMW in der aufgetunten Fassung Checkows ist es leicht unter vier Stunden möglich, wenn alles frei ist und er sich nicht an die vielen Geschwindigkeitsbegrenzungen dieser Strecke hält. Normalerweise muss man viereinhalb Stunden ansetzen. Man kann also schon abschätzen, wie zu planen ist, wenn er losfährt. Und die Posten in der Detmolder Straße sehen auch, wenn der Laster schon sehr früh da ist. Entsprechend kann das SEK direkt in das Gelände beim TÜV hinein und sich dort verschanzen, oder es sucht sich Verschanzung drumherum, zum Beispiel am Eingang zu den Benteler-Werken oder direkt gegenüber im relativ offenen Gelände.«

Vladi ruft also noch wie abgesprochen wieder in Wiesbaden an und bittet zu organisieren: Unterstützung des Paderborner Reviers bei der vorläufigen Festnahme des Gebrauchtwagenhändlers durch unseren Beamten dort, Unterstützung beim Zugriff anlässlich der Übergabe des Cellos und Verhaftung aller daran Beteiligten mit Sicherstellung des Cellos und der Fahrzeuge.

Wahrscheinlich wird das Präsidium Bielefeld zuständig sein oder die Kreispolizeibehörde Gütersloh. Die Wiesbadener sollen klären, wann eine MEK dort sein kann angesichts der nicht genau terminierbaren Zeit, und er schlägt die beiden zeitabhängigen Varianten vor, wo sich die Einsatzkräfte in den Hinterhalt legen sollen.

Die Diensthabenden in Wiesbaden antworten darauf: »Die Kollegen in Paderborn und Ostwestfalen werden nicht besonders erfreut sein, so kurzfristig einen Einsatz für das BKA zu planen. Von uns aus ist die Anfahrtzeit eines mobilen Einsatzkommandos zu lang, deshalb werden wir verhandeln, dass das nächstgelegene Kommando in Ostwestfalen eingesetzt wird.«

Vladi gibt den Hinweis: »Einsatzleitung bei mir, sorgt für Funkverbindung mit mir, schon während wir noch unterwegs sind. Ich werde den Konvoi bereits ab Kassel oder so verlassen und vorausfahren, wenn dieser Checkow nicht zu schnell ist.«

»Geht alles klar, Chef, kriegen wir hin.«

Marion bedankt sich schon mal beim Team des BKA und merkt an, den Wagen 2 könne man ja jetzt aus dem Kirchenweinberg zurückbeordern und einweisen.

»Und wir haben hier noch Dinge in die Wege zu leiten, die anstehen wenn Checkow und wir weg sind: Wir müssen das Gelände und den Wohnwagen zur Spurensicherung der Kriminaltechnik zugänglich machen und gleichzeitig verhindern, dass bis dahin Spuren vernichtet werden. Das haben die Kumpels oder wer auch immer ja nach der Tat schon gründlich gemacht.«

Fritz: »Versiegeln? Bewachen? Und, Herr Staatsanwalt, Für morgen einen Durchsuchungsbeschluss? Um die Kriminaltechnik kannst du dich kümmern, Vera.«

Fritz, der Staatsanwalt und Vera sichern dies zu.

»Dann sollten wir noch was für unsere körperliche Verfassung tun. Wir könnten Pizza bestellen oder was vom Türken in der Stadtmauerpassage. Und vielleicht was für unterwegs. Letzte Details können wir beim Essen besprechen.«

»Ja gut«, sagt Vladi, »und der Hinweis auf KTU war wichtig. Ich rufe nochmal Wiesbaden deswegen an. Die können schon viel vor Ort machen. Oder sie delegieren das auch an die Paderborner oder Ostwestfalen oder an das sonstwo zuständige Präsidium.«

Fritz will noch geklärt haben, wer die Stallwache und Koordination von Marbach aus übernimmt, wenn der Konvoi unterwegs ist, und schaut dabei Staatsanwalt, Präsident und Vera an. Die Antwort kommt fast unisono von Staatsanwalt und Präsident: »Der Hausherr und für das Raubdezernat Vera als erfahrene Innendienstkoordinatorin.«

Phil meldet sich dazu: »Wenn ich darf, möchte ich gerne dabeibleiben, vielleicht kann ich mich irgendwie nützlich machen?«

Daraufhin verabschieden sich Präsident und Staatsanwalt jeweils mit der Bitte, auf dem Laufenden gehalten zu werden.

Die für ihre Einsätze Eingeplanten, auch die Innendienstler mit Abhörkopfhörern und Überwachungsmonitoren, benachrichtigen ihre Familien, und Phil erklärt Marion: »Wenn du unterwegs bist, will ich wenigstens auf dem Laufenden sein, dass dir nichts geschieht!«

Sie lächelt ihn an, hat die Scheu vor dem Outen abgelegt und sagt zur Erheiterung der Anwesenden: »Phil, mein Liebling, du bist doch nicht mein Papa, der auf mich aufpassen muss. Ich bin schließlich kein Teenie mehr, auch kein Twentie, sondern erwachsen und schon ein paar Jahre im Beruf. Aber lieb, dass du dich um mich sorgst. Komm, die hier wissen doch schon alle, dass du dich in mich verknallt hast und ich mich in dich, gib mir einen Kuss vor allen Leuten, wenn du dich traust!«

Jetzt wird zur Abwechslung mal Phil rot und gibt ihr den ersehnten Kuss so herzhaft, dass die anderen applaudieren und Vladi kommentiert: »Ich wusste es von vornherein: Diese SK ist eine besondere, und wo Liebe im Spiel ist, kann nichts schiefgehen. Da spricht meine russische Seele in mir!«

Paul schaltet sich ein: »Ich bin zwar nicht die Mutter der Kompanie, aber Verpflegung war angesagt«, und er zaubert Bestelllisten für die nahegelegenen Pizza- und Dönerlieferanten aus der Uniformtasche hervor, mit der Bemerkung: »Ich weiß doch, wie der Laden am Laufen gehalten wird. Gebt es herum, kreuzt an und ich ruf an und hole ab.«

17. Kapitel

Die Jagd geht los

Während in den Kopfhörern und auf den Monitoren Stille herrscht, wird bei Pizza, Döner und Beilagen über weitere Details des bevorstehenden Einsatzes beraten. Inzwischen ist es dunkel geworden. Die Essenspause hat ein wenig Ablenkung gebracht, und man konnte regenerieren. Allmählich steigt aber wieder die Konzentration, und alle bleiben trotzdem völlig entspannt, trotz der Erwartung, dass sich in Paderborn, im Murrer Wäldchen oder in der Zentrale in Wiesbaden was tut. Phil nennt diese Situation eine relaxte Erwartungsaktivität.

Vladis Kommentar dazu: »Ich verlege meinen Laden nach Marbach, wo man Brisantes wie ein Alltagsgeschäft abwickelt und trotzdem intensiv bearbeitet.«

Phil kommentiert: »Das hat seinen Grund: Hier im Schillermuseum und im Literaturarchiv sind die Gedanken von Denkern aus mehr als zweihundert Jahren gelagert. Manchmal kommen die wieder heraus, die Gedanken aus den Archiven, wenn man sie braucht, und man kann über vieles Menschliches nachblättern.«

Vladi: »Philosophisch habe ich noch nie einen Fall gelöst. Aber Denken schadet nie, und ihr schafft hier eine Atmosphäre, die zu Überlegungen anregt, auch wenn Querverbindungen eher wie Querdenken zuerst mal unterdrückt werden und sich dann doch als positive Ansätze herausstellen: Ein Geigenbauer wird gefragt, und dem fällt was zu Russland ein, ein Musiker und ein Streifenpolizist gehen zu einer Oldtimermesse und erfahren was zu

Transporten von Altautoteilen nach Russland, wo auch mal ein Kunstgegenstand dabei sein kann, eine Kriminalkommissarin geht in ein Konzert von russischen Cellisten, die von einem russischen Cello-Liebhaber erzählen, und dann kommt ein Staatsanwalt auf die Idee, beim BKA läuft vielleicht eine Parallelermittlung. Und das BKA schickt einen Beamten russischer Abstammung. Das ist fast übernatürlich.«

Bablonski, der Versicherungsdetektiv, der sich zuletzt aus der Planung und Diskussion herausgehalten hatte und den man seit seiner letzten Einwendung nahezu vergessen hatte, wird bei dieser letzten Unterhaltung wieder registriert ob seiner Anmerkung: »Außerdem ist hier alles Denkmal, sogar das ehemalige Revier in der Niklastor Straße und der Streifenwagen des Großvater von Polizeihauptmeister Marquardt. Hier leben die alten Geister drin und verraten Geheimnisse. Bis hierher war das wirklich eine geradlinige Ermittlung dank verworrener Seitenpfade oder geisterhafter Eingebungen. Nein, natürlich nicht, das war Polizeiarbeit, in der Querverbindungen aufmerksam zusammengeführt wurden. So die Beobachtung des Außenstehenden.«

Fritz bedankt sich bei den beiden ob des Lobes: »Ich bin sehr froh, dass wir die scheinbaren Nebenbeobachtungen in ein Gesamtbild bringen konnten. Und dann danke ich auch Ihnen, Herr Bablonski, dass sie dort gesichert haben, wo wir im Begriff waren, Verdachtsmomente aus den Augen zu verlieren, und natürlich wären wir jetzt ohne das BKA aufgeschmissen. Ein wenig Bauchweh habe ich schon, aber ich vertraue auf Vladi und seinen Apparat, dass wir keine Pleite erleben und wir nicht schandvoll in die Musikgeschichte eingehen, nicht wahr, Phil?«

Phil: »Wenn wir das Cello zurückholen, gehen wir auch in die Musikgeschichte ein, und wir werden unser geplantes Konzert umso schöner spielen. Wenn ich morgen einen Deckel drauf machen kann, werden wir es nochmal in Bietigheim am Tag danach spielen.«

Just in diesem Moment kommt ein Ruf aus dem PC-Raum von dem Beamten, der den Monitor beobachtet, der das GPS-Signal von Checkows Auto aufzeigt: »Es bewegt sich. Sie fahren los.«

Fritz ruft: »Fürs Protokoll: neunzehn Uhr fünfundzwanzig! Aufsitzen, los geht's. Erster Streckenabschnitt bis Weinsberger Kreuz, Peter und Paul vorn, dann die beiden vom BKA, dann Marion und Wil, Marion soll fahren, damit Wil computern kann. Ab Weinsberger Kreuz überholt erst Wil, dann BKA 1 und dann weiter wie gehabt. Peter hat die schnellste Kiste, kann deshalb gut vor und zurück, aber bitte Checkow nicht zu oft überholen, sonst wird er aufmerksam oder zu einem Rennen herausgefordert. Das können wir nicht brauchen! *Good luck*, wie man heute so sagt!«

Marion und Vladi: »Danke für die Ratschläge, wir wissen Bescheid und bleiben in Kontakt.«

Der Konvoi geht also auf die Strecke,und im Revier bleiben als Stallwache Fritz und Vera, jeweils unterstützt von Beamten an den Monitoren, und als Beobachter Bablonski und Phil, die beide wahrscheinlich die Nervösesten im Zentrum sind.

Am Weinsberger Kreuz bleibt Checkow auf der A81 Richtung Würzburg, und er fährt auch nicht zu schnell.

Marion verständigt Fritz darüber und meldet, es sei wie vorgesehen bisher. »Wir bleiben auf Abstand, und hinter dem Tunnel, wenn die Geschwindigkeitsbegrenzungen aufgelöst sind, schicken wir Peter nach vorn bis zum letzten Parkplatz vor der Auffahrt auf die A3. Wenn wir wissen, welche Richtung Checkow nimmt, also ob er Richtung Würzburg oder Richtung Hanau und von dort Richtung Fulda will, soll BKA-Wagen 2 nach vorn. Dann sehen wir weiter.«

Vladi meldet sich »Habe mitgehört, okay so.«

Checkow fährt kontrolliert relativ gleichmäßig um die hundertachtzig Kilometer pro Stunde, und es ist mäßig Verkehr, vor allem kaum Lastwagenverkehr. Bereits nach fünfundvierzig Minuten nähern sie sich dem Dreieck Würzburg West und am Rastplatz Spitalwald fährt Peter raus und wartet, bis der Konvoi durch ist, um sich hinten anzuschließen. Checkow nimmt die Spur Richtung Nürnberg und geht am Dreieck Biebelried auf die A7, wie man angenommen hat. BKA-Wagen 2 übernimmt jetzt die Spitze.

Michi Junginger auf dem Beifahrersitz bittet Müller(-Forst), langsam zu überholen, damit er den Wageninnenraum vielleicht inspizieren kann. Danach beschleunigt Müller wieder, um Abstand zu gewinnen. Michi gibt durch: »Ich konnte beim Überholen einen Blick in die Karre werfen. Ein Jüngerer fährt, das wird Checkow sein, und bei ihm sitzen zwei Männer mittleren Alters mit schwarzen Kapuzenpullis. Einen Cellokasten habe ich im Innenraum nicht gesehen, der wird im Kofferraum sein. Ist vielleicht wichtig zu wissen beim Zugriff.«

Vladi antwortet: »Da hast du recht. Ich gebe das durch. Und sage auch gleich, dass wir deutlich vor Mitternacht da sein werden, mindestens eine halbe Stunde früher, wenn es nicht irgendwo staut. Sie sollen also das MEK schon um dreiundzwanzig Uhr verstecken.«

Bis Dreieck Werneck, wo die A70/71 abzweigt, ist der Verkehr dichter, danach ist die A7 nicht mehr voll, wenn auch viele LKW den Fluss etwas bremsen. Checkow gibt in der Rhön wieder richtig Gas, und der Konvoi hat Mühe zu folgen.

Vladi gibt seinem Wagen an der Spitze vorn durch: »Passt auf, der ist sehr schnell unterwegs, ihr müsst ziemlich auf die Tube drücken.«

Antwort: »Okay, Chef. Michi beobachtet mal den rückwärtigen Verkehr.«

Tatsächlich sieht Michi, wie ein ziemlich schnelles Auto mit einer ganzen Lampengalerie langsam näher kommt, das auch in der Dunkelheit im Licht von überholten Fahrzeugen als das Auto von Checkow identifiziert werden kann, und fragt seinen Fahrer:»Haben wir noch Geschwindigkeitsreserven?«

Michi bejaht mit der Einschränkung, viel sei es aber nicht. Dann wird das Auto hinten langsamer, als ein Parkplatzschild auftaucht. »Achtung hinten, die gehen auf den Rastplatz. Wir steuern den nächsten an und lassen euch dann durch.«

»Okay, ist das hinter Fulda der Rastplatz Rauschenberg, so wie ich auf meiner Karte vermuten möchte?«

»Ja, richtig. Marion und Peter sollen da auch rausgehen und weit abseits warten, bis Checkow und Kumpels weiterfahren, und dann folgen. Manni und ich fahren jetzt direkt durch bis Paderborn, und dort steuern wir den Gebrauchtwagenhändler an, will versuchen, mich mit meinem Vize dort zu treffen, und komme von dort zur KfZ-Zulassungsstelle. Marion übernimmt das Kommando über den Konvoi, und wenn ich nicht auftauche auch über den Zugriff. Sie soll auch entscheiden, ob beide hinter Checkow bleiben oder Peter wieder die Spitze nimmt. Alles klar so?«

Marion: »Gut so, die Route ist ja jetzt ziemlich klar. Und wir bleiben vorläufig mit beiden Autos hinter dem GPS-Signal. Es gibt ja immer noch verschiedene Bundes-Straßenrouten nach Paderborn, und wir brauchen nicht unbedingt vor denen vor Ort sein, um den Zugriff einzuleiten. Aber wir halten das MEK auf dem Laufenden, wo wir sind, beziehungsweise der Checkow vor uns. Die können dann schon abschätzen, wann das Rendezvous stattfindet, ist ja schließlich ihr Revier.«

Am Rastplatz Rauschenberg hält das Checkow-Auto nicht lange. Als Checkow und die ›Kumpels‹ wieder einsteigen, nutzen auch die Polizisten die Gelegenheit, auszutreten.

Als sie weiterfahren, ruft Wil in den Funk: »Michi und Müller, wir fahren jetzt los. Wo seid ihr? Wir kündigen uns an, wenn wir uns dort nähern, dass ihr euch wieder einreihen könnt.«

Die Antwort kommt prompt: »Nächster Parkplatz, Rotkopf.«

»Okay, wir melden uns, wenn wir das Schild sehen, und werden langsamer. An der Ausfahrt aus dem Parkplatz schalten wir kurz die Warnblinker an, damit ihr uns gleich erkennt. Wir machen dann gleich mal Dampf, um dem Checkow wieder nahe an die Fersen zu rücken. Vor ihn braucht jetzt niemand mehr zu kommen. Marion sagt, dahinterbleiben jetzt, falls er doch eine Bundesstraße als Abkürzung nimmt.«

Die Fahrt wird wieder schneller, und sie müssen sich auf dem sehr kurvigen Auf und Ab der Autobahn hinter dem Kirchheimer Dreieck konzentrieren, damit sie nicht zu weit zurückfallen. Marion ist jetzt richtig froh, dass sie an den regelmäßigen Fahrtrainingsangeboten teilgenommen hat, obwohl sie der Meinung war, beim Dezernat Raub würde es wohl keinen Verfolgungsfahrten geben.

Sie hat kurzfristig sogar richtigen Spaß daran, diesen Teil der A7 auch mal richtig schnell zu fahren, und bittet Wil: »Ruf doch mal die Zentrale in Marbach und sag denen, wie es läuft. Da sitzen welche und zittern.«

»Ja natürlich, ich weiß, der Phil.«

»Der auch, aber Fritz und Vera und all die anderen, die sich das Wochenende um die Ohren geschlagen haben, und jetzt auch noch die Nacht.«

Also ruft Wil durch und lässt vernehmen, dass bisher planmäßig alles geklappt hat und dass sie schnell vorankommen und sicher vor Mitternacht in Paderborn sein werden, auch dass das Organisieren mit örtlichen Polizeieinheiten und dem MEK ohne Komplikationen gelungen ist.«

Fritz antwortet: »Danke, dass ihr euch meldet. Ihr wisst schon, dass ich mir Sorgen mache, und auch der Präsident in Ludwigsburg, weil wir die mit größter Wahrscheinlichkeit Hauptverdächtigen samt Raubgegenstand durch die halbe Republik fahren lassen. Wenn es schiefgeht, kriegen wir von unserem Minister und auch der Ministerin für Wissenschaft und Kunst mächtig was auf die Ohren, wenn es gut geht, wird der Kretschmann sich auf die Schulter klopfen, wie gut er doch das Bundeskriminalamt unterstützt hat. Und wir hatten Stress und Überstunden, die nie abgebaut werden. Naja, es gibt hier noch andere, die aus anderen Gründen zittern. Gell, Phil? Aber wir glauben an euch – macht's gut.«

Sie nähern sich dem Kasseler Südkreuz. Checkow fährt wie erwartet auf die A44 Richtung Dortmund, und er geht auf die Bremse. Offenbar kennt er die Geschwindigkeits-kontrollen vor und auf dem Fulda-Viadukt. Für den ganzen Konvoi ein Moment des Durchatmens.

Wil ruft Vladi: »Wir sind jetzt in Kassel. Sag der Truppe, sie sollen sich bereitmachen.«

Antwort: »Wir sind kurz vor Paderborn. Ich sage dem Vize Bescheid, dass er die Aktion Detmolder Straße und den Zugriff beim Rendezvous mit MEK und Paderborner Revier nochmal checkt und vorbereitet. Und mit den Angaben der jetzigen Standorte kriegen die jetzt eine Vorstellung über die Zeit, wann das Rendezvous stattfinden kann, und der Zugriff. Jetzt hängt viel davon ab, wann der Transporter kommt.«

Der Stellverteter schildert nochmal, wo er sich mit den Streifen der Paderborner Polizei befindet: »Das ist die Kreuzung Detmolder Straße/Augustdorfer Straße. Wir sind auf der Kreuzung schräg gegenüber auf dem Parkplatz des Traktoren-Museums. Folgt nicht dem Navi. Das schickt euch durch die Stadt. Und da kann man sich leicht verirren, ist uns so jedenfalls gegangen auf dem Innenstadtring. Nicht Ausfahrt Zentrum, sondern eine weiter, die heißt Paderborn-Elsen, auf die B1. Wahrscheinlich seht ihr dann das Schild ›Fußballstadion‹! Aber am Verteiler zum Stadion nicht runter, sondern eine Abfahrt weiter dem Schild TÜV folgen. Da soll nachher das Rendezvous stattfinden. Hinter dem ›TÜV‹ fahrt ihr rechts und folgt dieser Straße an der Feurwache vorbei. Nächste große Kreuzung ist Detmolder Straße, dort drüber links ist der Parkplatz des Traktoren-Museums und gleichzeitig einer großen Spedition. Der gehört nämlich das Museum.«

Müller meint: »Machen wir, wenn wir es verpassen, sagt das Navi ›umkehren‹.«

Sie folgen den Anweisungen und bei ›TÜV/KfZ-Zulassungsstelle‹ halten sie kurz an, inspizieren das Gelände und finden das wirklich gut geeignet für solch geheime-Übergabeprozeduren oder polizeiliche Zugriffe, wenn nicht … Ja, wenn nicht an der Einfahrt eine Schranke und die nachts zu wäre!

Vladi nimmt sofort das Funkmikrofon in die Hand, macht alle Kanäle auf und ruft hinein: »Vor der Einfahrt zu TÜV und Parkplatz ist eine Schranke, und die ist nachts geschlossen. Das wusste der Gebrauchtwagenhändler anscheinend nicht.«

Zunächst herrscht Ratlosigkeit, und es wird diskutiert, wie man den Plan ändern kann, doch Zugriff an einer auch nachts sehr belebten Kreuzung? Oder auf offener Straße vor dem TÜV? Fritz, der in Marbach den gesamten Funkverkehr mitverfolgt hat, meint lakonisch »Ihr beziehungsweise die vom MEK habt doch Werkzeug, schraubt das Ding doch einfach weg oder nehmt eine Flex, eine, die bei uns in Steinheim bei der Firma FLEX hergestellt ist. Deshalb heißen die Dinger ja auch Flex.«

Vladi: »Hallo, Marbach, noch wach? Marion, einverstanden? Schadensregelung ist morgen Sache der Staatsanwälte, davon sind ja inzwischen genügend involviert vom Bund und zwei aus Bundesländern. Mit meinem vom

Bund kann ich gut und auch eurer aus Marbach ist schwer in Ordnung.«

Marion: »Der ist pragmatisch, wenn Not am Mann ist. Macht das so. Wir sind dem Checkow jetzt eng auf den Fersen, aber sehen kann er uns nicht. Die A44 hat mehr Verkehr als gedacht. Wir passieren gerade Warburg. Weit kann es nicht mehr sein. Es ist noch vor dreiundzwanzig Uhr, also werden Checkow und wir zeitlich weit vor dem Polen-LKW da sein, beeilt euch mit der Demontage der Schranke, aber so, dass es niemand merkt. Ist das dort bewohnt oder ist da Publikumsverkehr?«

Von den Streifen der Paderborner Polizei erfahren sie, dass die Schranke von den umliegenden Häusern nicht einsehbar ist, man könne das schon so heimlich machen, dass es niemandem auffällt. Und sie schicken einen Werkzeugwagen des MEK hin.

Vladi fragt nach, wie lange man braucht von Warburg bis zum TÜV, also ob es reicht, die Schranke zu demontieren und das MEK zu verstecken.

Der Einsatzleiter des Paderborner Reviers versichert: »Wir sind mit dem Werkzeug in fünf Minuten dort, den Schrankenholm rausnehmen dauert drei oder vier Minute, weil man da nur sechs oder acht Schrauben rausdrehen muss. Flexen ist zu laut. Und von Warburg bis hier braucht man auf jeden Fall länger. Aber meldet euch, wenn ihr am Autobahnkreuz Wünnenberg-Haaren seid. In der Zeit, die man von dort aus braucht, können wir gegebenenfalls noch umdisponieren, wenn uns der Teufel einen Streich spielt.«

Marion hakt nach: »Wenn wir dort sind, müssen wir wissen, ob der Fahrzeugtransporter schon drin ist, dass wir nicht mit dem in Konflikt geraten. Sagt uns bitte Bescheid.«

Vladi meldet sich: »Fragt nach, wenn ihr die Autobahn verlasst, wir lotsen euch dann entweder zu einem Versteck, oder ihr fahrt direkt rein und gebt drinnen ein Sondersignal als Startzeichen für den Zugriff.«

Marion gibt zu bedenken: »Die Personen dürfen keine Zeit haben, das Cello aus dem Kofferraum herauszuholen, wo es vermutlich nach den Beobachtungen beim Überholen liegt.«

Antwort Vladi: »Dann müsst ihr aber nah dran fahren und schon im Sekundentakt hinter dem Checkow reinfahren, das heißt, ab Autobahnabfahrt Elsen auf Sicht, aber mit Sicherheitsabstand. Ich bin ja zu dieser Zeit noch bei der Festnahme des Autohändlers und lasse dann den Vize die Durchsuchung der Räume und Sicherung von Beweismaterial. Ich komme also nach euch und fahre dann direkt rein.«

»Okay, so kann es gehen. Aber noch ein Hinweis: Ich gehe davon aus, dass ›die Kumpels‹, die ja wohl abgestellt waren, das Cello zu bewachen, dass die bewaffnet sind. Mach noch drauf aufmerksam«

»Eigentlich für ein MEK ein überflüssiger Hinweis, ich sage es aber trotzdem nochmal.«

Marion: »Halt, noch nichts festmachen! Das gerade besprochene Szenario setzt voraus, dass der Autotransporter drin steht. Was, wenn der zu früh kommt und die Schranke noch nicht offen ist oder wenn er nach Checkow kommt? Wir müssen das wissen!«

»Marion, deine Sorgen sind berechtigt, aber wir bleiben in stetigem Funkkontakt und sind flexibel genug, situativ zu handeln.«

»Ich wollte es ja nur angesprochen haben. Wil gibt durch, wenn wir die besprochenen Stationen Autobahnkreuz und Abfahrt erreicht haben. Ich konzentriere mich jetzt wieder aufs Fahren, wir sind ein bisschen weit zurückgefallen. Gott sei Dank rast der Checkow nicht, weil er merkt, er ist vor der Zeit da.«

Kurz nach dreiundzwanzig Uhr gibt Wil durch: »Wir sind gleich am Kreuz Haaren. Wie steht es mit der Schranke? Der Checkow will da in Kürze einchecken!«

Von Vladi kommt die Antwort: »Die Schrauber sind noch dabei, aber fast fertig sein. Dann rückt auch gleich das MEK ein, und dann kann der Kerl mit Kumpels und Cello einchecken. Das MEK muss auf jeden Fall vor Checkow im Gelände versteckt sein. Und sie verhalten sich still, lassen ihn mit dem auffälligen weißen BMW in Ruhe, bis der Autotransporter rein ist und steht. Wir warten immer noch auf den. Drüben ist aber gerade Licht angegangen, und das Tor wird aufgemacht. Ich deute das als Signal auf bevorstehende Ankunft.«

Marion bittet Wil, nachzufragen, wo Sie unterschlüpfen können, bis der Transporter an der Zulassungsstelle ist.

Daraufhin meldet sich ein Polizeimeister Hornberger: »Ich bin ein Paderborner Polizist. Unser Streifenwagen steht in einer Parallelstraße auf Abruf. Wenn sie auf der Marienloher-Straße sind, achten Sie nach einigen hundert Metern rechts auf eine Syrisch-orthodoxe Kirche. Wir stehen hinter der Kirche. Ich komme jetzt nach vorn hinter die Hecke. Halten Sie dort unmittelbar hinter der Kreuzung vor der Kirche. Ich komme dann aus meinem Versteck und weise Sie in einen Hinterhalt ein, den ich jetzt schnell noch suche.«

»Gut, vielen Dank. Das Auto, das wir verfolgen, ist ein weißer 3erBMW mit viel Zierrat und Chromlampen und blauen Rallyestreifen. Dass der Sie nicht sieht!«

Antwort: »Falls er mich doch sehen sollte, und auch für Sie: Ich bin nicht in Uniform, nur mein Partner, so hat sich unser Chef das für alle an diesem Einsatz beteiligten Streifen ausgedacht.«

»Gut gemacht! Bis gleich, Herr Hornberger.«

Wil will aber noch wissen: »Ich bin ein bisschen Fußballfan. Sind Sie verwandt mit dem Vizepräsidenten des SC?«

Antwort prompt: »Leider nein, ist nur Zufall. Aber dass ihr da unten so was wisst, erstaunt schon!«

»Na klar haben wir Infos über den SC Paderborn gesammelt. Schließlich wäre es doch fast zu einem Relegationsspiel mit unserem VfB gekommen. Der hat dann aber gegen Union Berlin verloren.«

Es ist kurz vor halb zwölf Uhr (oder schwäbisch auch kurz vor halb nach elf, also kurz vor dreiundzwanzig Uhr dreißig). Der Polizist Hornberger hat Marions Auto hinter eine Hecke gelotst. In der Detmolder Straße kommt zeitgleich der polnische Autotransporter an und fährt zielstrebig und ohne zu zögern durch das offene Tor auf den Ausstellungsplatz mit den zum Kauf angebotenen Gebrauchtwagen und dann hinter das Gebäude.

Manni Krass sagt zu Vladi: »Aha, die Schrottautos stehen hinter dem Haus, damit keine potentiellen Interessenten abgeschreckt werden, dass hier nur Schrottkarren verkauft werden.«

Vladi: »War auch mal so. Aber jetzt gibt es die Händlergarantiepflicht. Aber jetzt pass auf und frag bei den anderen hinten auf dem Parkplatz nach, ob sie bereit sind. Sag, der Vize soll die Festnahme des Händlers und die Beschlagnahme von Beweismaterial vornehmen, sobald der Laster raus ist und hinter der nächsten Ecke verschwunden ist. Wir fahren gleich hinter dem Laster zum Rendezvous-Platz, dass uns dort nichts schiefgeht. Marion wird sich ja in erster Linie um das Cello kümmern. Das ist ja auch schließlich ihr Fall, und die Auto- und Kunstschieberei unserer.«

Das Aufladen und die Übergabe der Papiere dauert eine halbe Stunde, dann fährt der LKW Richtung TÜV. Während der Ladezeit ist das Checkow-Auto angekommen und nach kurzem Zögern links abgebogen.

Wil gibt durch: »Checkow ist eingetroffen und nach hinten hinter das Gebäude gefahren.«

Er erhält die Auskunft von Vladi: »Der polnische Transport wird gerade beladen. Wir fahren ihm gleich in einigem Abstand hinterher.«

Wil informiert die Streifen hinter der Syrisch-orthodoxen Kirche, dass sie gleich mitkommen sollen, sobald der Laster in Kürze da ist und sie ihm folgen, wenn er hinter der Schranke um die Ecke ist. Und er sagt ihnen, es komme noch ein Wagen des BKA hinter dem Laster hinterher: »Nicht, dass ihr den angreift!«

18. Kapitel

Zugriff

Genau acht Minuten nachdem der Laster in der Detmolder Straße losgefahren ist, biegt er am TÜV ein und fährt hinter das Gebäude des Straßenverkehrsamtes, wo Marion und Wil auch den Checkow haben hinfahren sehen. Sie gibt an die Paderborner Streifen das Kommando »LOS!«, lässt den Motor an und überquert die Straße. Zuerst ohne Licht. An der Rechtsbiegung zum Parkplatz der KfZ-Zulassungsstelle schaltet sie Licht, Blaulicht und Sondersignal ein, erkennt den weißen 3er BMW hinter dem Autotransporter, den sie rasant umkurvt, fährt direkt auf ihn zu und bremst erst so spät ab, dass sie die Fahrertür blockiert. Die Streifen hintendran fahren in scharfem Tempo drumherum und blockieren Beifahrer- und Rücksitztüren.

Wil und die Beifahrer der begleitenden Wagen der Paderborner Polizei springen mit gezückten Waffen heraus, und während gleichzeitig die MEK-Beamte ebenfalls mit gezückten Waffen den Autotransporter umstellen, fährt Marion zwei Meter zurück, springt heraus, zückt die Waffe, geht auf die Fahrertür zu, richtet die Waffe auf den Fahrer und herrscht ihn kurz und scharf an: »RAUS! Die Waffe ist entsichert. Die anderen bleiben sitzen! Kofferraum auf!«

Zwei MEK-Beamte stellen sich griffbereit neben Checkow und begleiten ihn zum Heck des Autos, wo er den Kofferraum öffnet.

Marion sieht den Cellokoffer, blickt elektrisierend und schnell zu den MEK-Beamten und bellt kurz und knapp den Befehl: »FESTHALTEN!«

Als die Beamten des MEK Checkow und die beiden Insassen des BMW in der Gewalt haben, ergreift sie den Cellokoffer, holt ihn vorsichtig heraus und nimmt ihn mit einem Seufzer in die Arme: »Phil, wir haben es geschafft!« Sie geht zum Kofferraum ihres Dienstautos, öffnet ihn und legt den Cellokoffer vorsichtig hinein. Dann öffnet sie das Celloetui, um zu sehen, dass auch ein Cello darin ist. Sie erkennt den Kratzer, den Napoleon mit seinen Sporen gemacht hat und sagt erleichtert vor sich hin: »Es ist das Duport«, schließt den Koffer wieder und sichert den Cellokasten mit mehreren Decken.

Vladi war hinterhergekommen und, während Marion und die Streifen der Paderborner sich um das Checkow-Auto kümmerten, hat er mit den Beamten des MEK den Autotransporter umstellt. Fahrer und Beifahrer sind widerstandslos ausgestiegen und konnten problemlos festgenommen werden.

Er ruft zu Marion hinüber: »Einsatz beendet, Spurensicherung wird hier jetzt aktiv, und wir fahren mit den Festgenommenen in den Posten Schloss Neuhaus. Dort haben uns die Kollegen des Reviers Paderborn zwei Räume zur Verfügung gestellt für die ersten Vernehmungen.«

Die Festgenommenen aus dem LKW und dem BMW werden in Streifenwagen der Paderborner Polizei verladen, die den anderen vorausfahren zum nahegelegenen Posten Schloss Neuhaus. Dort ist inzwischen auch der Diensthabende der zuständigen Staatsanwaltschaft Bielefeld eingetroffen. Die Beamten der Wache haben ihren Vernehmungsraum und ein Nebenzimmer vorbereitet und mit ostwestfälischer Gastfreundlichkeit Kaffee, Wasser und Kekse bereitgestellt. Bei Kaffee und Keksen klingt allmählich die Anspannung ab. An der anderen Ecke an der Detmolder Straße von Paderborn, wird derweil unter Leitung des Vize von Vladi der Gebrauchtwagenhändler vorläufig festgenommen und in den Geschäftsräumen werden Unterlagen in Kisten gepackt, um sie in Paderborn und in Wiesbaden sichten zu können. In der Marienloher Straße, auf dem Parkplatz der KfZ-Zulassungsstelle, sichern die Kriminaltechniker Spuren.

Ein Kriminaltechniker von dort ist hinterhergefahren zur Wache Schloss Neuhaus und bittet Marion: »Sie haben schnell das Cello an sich genommen. Wir brauchen das nochmal kurz, um es auf Spuren, Fingerabdruck- und eventuell DNA-haltiges Material zu untersuchen.«

Marion geht mit ihm zum Auto und händigt es ihm aus mit der Bemerkung: »Das muss aber heute noch mit nach Marbach!«

»Sie kriegen das auch sofort wieder zurück, allerdings brauche ich zum Abgleich auch noch Ihre Fingerabdrücke, Sie haben es ja ohne Handschuhe angefasst.«

Marion ist leicht verdattert ob ihres Übereifers und entschuldigt sich dafür. Sie kommt zurück und stellt sich mit Wil leicht abseits.

Da sagt Wil zu ihr: »Marion, ich wusste gar nicht, dass du so hart vorgehen kannst: Mit gezückter Waffe ›RAUS!‹ und ›FESTHALTEN!‹. Hab dich noch nie so erlebt. Muss ich das deinem Phil erzählen?«

Sie: »Quatsch nicht! Musste sein, war in seinem Interesse und für ihn, sonst bin ich ja nicht so. Kennst mich ja schon seit mehr als zwei Jahren und weißt wohl, dass ich nicht brutal und scharf bin. Glaubst du, ich merke nicht, wie du mich manchmal anschaust? Entschuldigung, dass ich das jetzt und hier so kläre. Ich merke, du magst mich. Umgekehrt ist es genauso, ich mag dich auch, aber richtig geschnackelt hat es erst bei Phil. Verstehe das und akzeptiere das auch. Wir bleiben trotzdem verbunden ohne Ressentiments, oder?«

Antwort: »Komisch, an diesem Ort und zu dieser Gelegenheit das zu klären. Ich habe die Entwicklung der Beziehung zu Phil schon beobachtet. Ich weiß aber auch, dass wir gut zusammen arbeiten können. Es ist alles klar, mach dir keinen Kopf!«

Der Staatsanwalt unterbricht die einsetzende Gemütlichkeit: »Bitte kurz um Ruhe. Für unsere Gäste aus dem Süden oder besser aus dem Schwäbischen: Ich bin von der Staatsanwaltschaft Bielefeld, die hierfür verantwortlich zeichnet. Ich begrüße hier in Schloss Neuhaus die Einsatzmann- und -frauschaft, und ich gratuliere zum gelungenen und erfolgreichen länder- und zuständigkeitsübergreifenden Einsatz. Wie ich von allen Seiten höre, war es nicht einfach, die zeitliche Abstimmung so zu gestalten, dass für die Festgenommenen der Zugriff so überraschend kam, dass keine Chance für sie bestand, zu reagieren oder die Waffen zu zücken, die man bei ihnen gefunden hat. Ich erkläre jetzt den von mir geplanten Ablauf und die Zuständigkeiten: Morgen wird in der Absprache mit meinem Kollegen der Staatsanwaltschaft in Heilbronn und der Bundesstaatsanwaltschaft in Wiesbaden Detaillierteres festgelegt. Wir haben ja ein drei- oder gar vierschichtiges Geschehen. Zum Ersten haben wir den Raub eines Cellos in Marbach. Der bleibt juristisch bei der Staatsanwaltschaft Heilbronn und ermittlungstechnisch beim Polizeipräsidium Böblingen-Ludwigsburg. Bei der Tat war eine Person aus Marbach beteiligt, mit noch zwei bislang unbekannten Tätern, die nach dem jetzigen Stand einer osteuropäischen Organisation angehören, und damit fallen sie in den Bereich BKA. Den Marbacher nehmt ihr wieder mit, die beiden anderen bleiben vorerst hier in Haft, bis der Haftrichter voraussichtlich die Überführung nach Wiesbaden anordnet. Die Transportorganisation des Diebesgutes fällt ebenfalls in den Bereich des BKA und deckt sich mit den dort laufenden Ermittlung zu Autoschieberorganisationen. Mit den Festgenommenen aus dem Autotransporter wird genauso verfahren wie mit den Mittätern am Raub. Und dann ist noch die Rolle des Gebrauchtwarenhändlers in Paderborn zu klären. Der bleibt hier in Haft, und die Ermittlungen dazu bleiben bei mir beziehungsweise beim hiesigen Polizeipräsidium. Die Kriminaltechnik teilen sich, wie schon begonnen, Paderborn und Wiesbaden. Man hat hier Vernehmungsräume vorbereitet. Es sollen erstmal die Personalien festgehalten und die Aussagen zum Aktuellen und zum Umfeld zum späteren Protokollieren auf Tonträger aufgenommen werden. Wenn die Gäste keine Aufnahmegeräte dabei haben, können sie von den Paderborner Kollegen welche gestellt bekommen und einen Stick mitnehmen. Dann wäre aus meiner Sicht der Einsatz heute beendet, und unseren Gästen wünsche ich weiterhin viel Erfolg bei der justiziablen Aufarbeitung. Sie werden ja direkt im Anschluss zurückfahren, also auch gute Heimfahrt.«

Vladi bedankt sich beim Staatsanwalt: »Herr Staatsanwalt, Sie haben das Weitere genau auf den Punkt gebracht. Und danke für die Mithilfe und Organisation vor Ort mit dem Revier Paderborn. Diese Unterstützung war vorbildlich. Ich habe keine Einwände, das fürs Erste jetzt so zu machen.«

Der Staatsanwalt bringt zum Ausdruck, dass er im Moment nichts weiteres beizutragen habe, und verabschiedet sich nach Bielefeld.

Für die Ermittler setzt jetzt die Routine der ersten Vernehmungen und Aufzeichnungen ein, die nach einer Stunde abgeschlossen sind. Die Täter gehen in ihre Zellen, und die Ermittler treffen sich nochmal zu einer Runde Kaffee und Kekse im Aufenthaltsraum des Reviers.

Marion stellt fest: »Wir haben unsere Leute zuhause total vergessen. Ich glaube nicht, dass sie viel mitbekommen haben, wir haben ja keine direkte Verbindung gehalten. Ich gehe mal raus und telefoniere. Hier drin ist es zu laut.«

Wil: »Na klar, dann kannst du noch ein bisschen säuseln (worauf er sofort einen elektrisierenden Blick aus den blauen Augen erntet), aber grüße alle.«

Marion wählt die Nummer von Fritz, der sich nach Blick aufs Display schon nach dem zweiten Ton meldet: »Marion, wir haben nicht alles mitbekommen, es war kurz mal hektisch und dann ziemlich ruhig.«

»Ja, die zeitliche Abstimmung hat Spannung gebracht, aber der Ort des Zugriffs war ideal, abgeschirmt und ohne Fluchkorridore. Und die Unterstützung durch die Paderborner Kollegen war super. Wir haben alle Täter festgenommen und das Cello in Sicherheit gebracht. Kein Schuss, alles im Griff. Die Kriminaltechnik arbeitet noch, wir haben in einer Wache eines Vorortes Räume bekommen und die ersten Vernehmungen durchgeführt. Jetzt gibt es noch Kaffee, Kekse, Kommunikation und Vorbereitung zur Abfahrt. Wir bringen Cello und Checkow zur Wache Marbach und werden dann ins Bett fallen.«

»Ich liebe dich für deine gute Nachricht, du musst noch ein Nervenbündel neben mir beruhigen. Ich gebe mal weiter.«

Während er das Telefon an Phil weitergibt, ruft er in die Runde der noch Wartenden: »Einsatz erledigt, alles gut, Cello kommt, und Checkow.« Beifall setzt ein.

Phil am Handy: »Hörst du das Klatschen? Gratulation an alle. Ich bin überhaupt kein Nervenbündel, ich hab an euch geglaubt und euch vertraut. Es war halt wirklich große Anspannung in mir, wie bei allen hier auch. Kommt gut zurück. Ihr müsst ja todmüde sein.«

»Ja, schon, aber es kreist immer noch Adrenalin im Körper. Phil, kann ich zu dir kommen, wenn wir zurück sind. Ich kann jetzt nicht alleine sein.«

»Warum fragst du, natürlich kommst du. Fahrt vorsichtig. Mich hält sicher die Vorfreude wach, dich bald fest an mich drücken zu dürfen.«

»Ich denke, es wird sechs Uhr werden. Leg dich ein bisschen hin. Und gib mir nochmal Fritz. Ciao!«

Phil übergibt an Fritz, und Marion kündigt sich auch bei ihm für ca. sechs Uhr an mit dem Hinweis, sie sollen nicht alle auf das Eintreffen warten, es reiche aus, dass die Wachen informiert sind, ein Subjekt und ein Objekt in Gewahrsam zu nehmen. Und sie einigen sich auf ein Informationstreffen um vierzehn Uhr, er könne dazu eventuell auch den Polizeipräsidenten und den Staatsanwalt einladen.

Sie geht dann zurück in den Aufenthaltsraum der Wache, wo man sich schon zum Aufbruch vorbereitet.

Da kommt Peter auf sie zu. »Muss ich unbedingt jetzt gleich mitfahren? Kann ich nicht später nachkommen? Ich habe von dem Traktoren-Museum gehört, was für ein Reichtum an alten Treckern und sonstigen Landmaschinen dort steht. Die haben alle Modelle von Lanz Bulldog, haben mir die Paderborner Kollegen erzählt, auch einen aufgeschnittenen Motor des legendären Einzylinders, den man mit Lötlampe vorglühen musste. Bitte erwirke mir Urlaub bei meinem Chef und eine spätere Rückgabe des Fahrzeugs aus dem Präsidium!«

Marion schluckt erstmal, überlegt und sagt dann: »Wir können umplanen. Paul steigt mit Checkow bei mir und Wil ein, und du kommst morgen Abend nach, okay?«

»Super, danke. Ich leg mich jetzt in einer Zelle hier aufs Ohr. Kommt gut an und tschüss.«

Marion sammelt Wil und Paul ein, erklärt die Umplanung und lässt sich Checkow aus seiner Zelle bringen. Zusammen verabschieden sie sich von den Paderbornern und besonders herzlich von Vladi und seiner Mannschaft. Vladi ist ein wenig gerührt und kündigt an, dass er sie sowieso über das Ergebnis seiner Ermittlungen informieren muss, wie auch umgekehrt, und sie sich um Laufe der Aufarbeitung ja schon bald wieder sehen werden.

19. Kapitel

Heimfahrt

Vor der Wache lässt sich Marion noch von der Kriminaltechnik den Cellokoffer samt Instrument geben und verstaut ihn wieder, mit Decken geschützt, im Kofferraum. Sie bittet Wil zu fahren, er habe ja jetzt nichts mehr mit Computer oder Tablet zu arbeiten. Sie setzt sich auf den Beifahrersitz, und Paul sichert hinten Checkow. Wil beschließt, die Bundesstraße zu nehmen über Marburg–Gießen, die sei sicher leerer als die Autobahn und zudem abwechslungsreicher.

Marion setzt nach: »Dann kannst du noch ab Gießen auf der A45 bleiben Richtung Hanau, und dann Aschaffenburg und durch den Odenwald. Und Richtung Osterburgen auf die 81.«

»Gute Idee. Landstraße hält auch besser wach, und ab Heilbronn kommen wir in den Frühverkehr, der hält auch wach.«

Peter hat das Einsteigen mitverfolgt und winkt ihnen nach. Wil fährt auf den äußeren Ring, dabei kommen sich am Gebrauchtwagenhandel und Traktoren-Museum vorbei, und Wil merkt an: »Hier sind also die Altautos aufgeladen worden, und dort drüben geht morgen früh Peter hin, um alte Traktoren anzuschauen. Ob da wohl auch welche nach Russland verschoben werden? Vielleicht fährt dann der Putin damit auf seiner Datsche rum?«

Marion nur: »Na, aber!«

An der Universität geht es schließlich links ab Richtung Lichtenau. Als sie auf der leeren B68 sind, dreht Marion sich zu Checkow um, der hinter Wil sitzt, und spricht ihn an: »Wir sind jetzt über vier Stunden unterwegs. In der Zeit können wir uns ein wenig unterhalten. Wir wissen schon ziemlich viel von Ihnen aus Ihrer Akte im Fall Körperverletzung von Polizeibeamten in der Wildermuth-Straße in Marbach. Das vergessen wir jetzt gleich wieder. Ich möchte gerne erstmal Sie als Mensch kennen lernen und danach verstehen, wie Sie in diesen Fall einer wohl international agierenden Bande hineingeraten sind. Da spielt vielleicht auch Ihre eigene Geschichte ein Rolle, und das Umfeld, in dem Sie sich zuletzt bewegt haben. Nicht wahr?«

Sie merkt, dass Checkow offensichtlich ziemlich zerknirscht ist und spürt sein Unbehagen. »Keine Angst, das ist jetzt kein heimtückisches Verhör, sondern einfach eine Unterhaltung. Sie sind ja Deutscher. Soviel ich weiß, ist Ihre Mutter Wolgadeutsche. Stalin hat ja die ganzen Siedlungen dieser deutschen Auswanderer von der Wolga nach Sibirien deportiert. Ihre Eltern und Verwandte haben Ihnen sicher davon erzählt.«

Checkow taucht allmählich aus seinem in-sich-versunkenen Rückzug auf: »Nein. Meine Mutter hat nicht gerne darüber gesprochen und auch nicht viel von dieser Zeit und von meinem Vater erzählt.«

»Ihre Mutter hat einen Sibirer geheiratet. Nach der deutschen Einigung und der Aufspaltung der Sowjet-Union konnten die Russland-Deutschen ja umsiedeln. Sehr viele haben das genutzt, auch Ihre Mutter. Und ihr Mann konnte mitkommen. Sie sind dann hier auf die Welt gekommen. Nach einigen Jahren ist aber ihr Vater wieder zurück nach Russland. Sie haben von ihm noch komplett gut Russisch gelernt, sprechen also perfekt zwei Sprachen, da sie ja hier in Kindergarten und Schule gegangen sind. Erzählen Sie uns von Ihrer Kindheit.«

Sie erfahren dann von Checkow, dass er sehr an seinem Vater gehangen hat, da der immer zu Hause war und die Mutter gearbeitet und die Familie unterhalten hat. Die anderen Kinder hätten sehr wohl bemerkt, dass sein Vater nicht deutsch spricht und nicht arbeitet und haben ihn das spüren lassen. »Vor allem die türkischen Kinder haben sich mehr als Deutsche gefühlt und immer ›Russki‹ zu mir gesagt. Mein Vater hat dann immer gesagt: ›Lass dir das nicht gefallen, hau drauf.‹ Das hab ich auch dann öfter mal getan, als ich in die Schule gekommen bin.« Der Vater habe sich nicht wohl gefühlt, sei zwar ein guter Handwerker gewesen, aber habe wegen der Sprachprobleme nie eine Daueranstellung bekommen und immer mehr getrunken. »Dann wollte er wieder nach Russland zurück, und es ist zur Scheidung gekommen.«

Marion will wissen, wie es mit der Schule war, er habe ja den Sprung auf das Gymnasium geschafft, aber dann die Schule ohne Abschluss verlassen.

»Ja, ich bin immer gut durchgekommen, musste nie viel lernen, um ein ordentliches Zeugnis zu bekommen. Aber irgendwie bin ich nie mit den Mitschülern und der Schule klargekommen. Ich hatte auch nie Geld oder konnte mir Sachen kaufen wie die anderen. Ich war dann einfach frustriert. Dann bin ich auch ein paarmal mit anderen aneinandergeraten und habe auch mal draufgehauen, wie mein Vater es so zu mir gesagt hatte. Da hatte ich dann auch bei den Lehrern einen schlechten Stand. Als die Schulpflicht vorbei war, habe ich mich einfach abgemeldet und bin so herumgehangen, meistens abends am Bahnhof. Da hat man andere getroffen, denen es ähnlich ging. Einige haben da mächtig auf den Putz gehauen, was sie für Kerle sind, wie stark und vor nichts Angst. Die haben sich ›die Streetfighter‹ genannt mit dem Erkennungszeichen 672, was ja die letzten Ziffern der Postleitzahl von Marbach sind. Mit denen bin ich rumgezogen. Ab und zu gab es einen Gelegenheitsjob, und wenn ich Geld hatte, bin ich oder sind wir auch nach Ludwigsburg oder Stuttgart gefahren und haben da Remmidemmi gemacht. Meine Mutter wollte, dass ich doch eine Lehre mache, handwerkliches Verständnis hätte ich vom Vater geerbt und in der Schule sei ich auch gut gewesen. Weil ich mich immer für Autos interessiert habe, hat sie mir eine Stelle in einem Autohaus besorgt und mir den Führerschein bezahlt. Mit der Lehre ist das dann wieder so gegangen wie in der Schule, is nix für mich, hab ich gedacht. Nur bei den Streetfightern hab ich mich wohl gefühlt, da galt ich was. Dann haben wir den Scheiß in der Wildermuthstraße gemacht. Jetzt bin ich vorbestraft und habe Knasterfahrung. Eigentlich tut mir meine Mutter leid.«

Marion wollte wissen, ob sich außer ihr sonst niemand um ihn gekümmert hat oder ob er irgendwo Rat gesucht hat bei Berufsberatung oder sozialen Einrichtungen.

»Nee«, sagt er, »Hilfe wollte ich nicht. Auch nicht von dem neuen Partner meiner Mutter, der eigentlich ganz cool ist und mit dem es uns besser ging, seitdem er bei uns eingezogen war. Nein, stark wollte ich sein und Anerkennung finden. Deshalb hab ich mich ja auch so bei den Streefightern mit allerhand Zeugs, Misstaten oder, wie ihr sagen würdet, Vergehen so hervorgetan. Das weiß ich jetzt.«

Wil schaltet sich ein: »Aber nach Absitzen der Jugendstrafen waren Sie ja bei den 672ern kaum noch zu sehen. Man hat die ja immer beobachtet, und wir nach dem Celloraub besonders. Sie schienen doch auf einem guten Weg. Wie sind Sie den jetzt in diese Sache hineingekommen?«

»Ja«, sagt er, »eigentlich eine komische Sache. Sie würden da nie drauf kommen. Aber ich erzähle das jetzt. Mir ist auch richtig danach zumute, das loszuwerden. Also, immer wenn ich mal wieder ein bisschen Geld im Beutel hatte, bin ich in Ludwigsburg rumgezogen, meist alleine, mal da rein und mal da rein. Und in einem Café nahe am Bahnhof bin ich mal drin gewesen, weil die Bahn gerade weg war und ich eine Stunde Wartezeit rumbringen musste. Da sind Typen an der Theke gesessen, die sich in Russisch unterhalten haben. Das war die Sprache meines Vaters! Ich habe sie nie ganz vergessen, manchmal habe ich sogar russisch geträumt. Als ich eine Weile zugehört hatte, war ich in dieser Sprache wieder voll drin und habe mich in das Gespräch eingemischt. ›Hey, seid ihr Russen oder was?‹, hab ich gesagt und sie: ›Bist du auch Russe oder was?‹ Das hat mit gefallen, mit denen zu reden, ohne groß zu fragen, was die eigentlich machen. Mich haben sie aber gefragt, und ich habe gesagt: ›Was grad so kommt, Automechatronik hab ich hingeschmissen, im Moment nix.‹ Ich bin dann immer wieder hingegangen, weil das mit denen eine irgendwie andere Atmosphäre war als mit den Streetfightern, sie strahlten mehr so Stärke oder Macht aus. Außerdem hat mir das Thekenmädchen gefallen, ich glaube eine Studentin, die abends jobbt. Mit der konnte man auch gut reden. Es war bald so was wie eine kumpelhafte Freundschaft entstanden, auch ein Vertrauensverhältnis untereinander mit dem Gefühl, wir können uns was sagen als Russen untereinander, was andere nichts angeht, und die Deutschen schon gar nicht. Könnt ihr das verstehen?«

Paul meinte dazu: »Sowas wie bei uns in der Kneipe eine Stammtischbrüderschaft?«

Checkow: »Ich kenne sowas nicht aus eigener Anschauung, habe davon gehört und glaube, das trifft zu. Jedenfalls vor einiger Zeit sagten sie zu mir, wie meist auf Russisch, damit die anderen nicht so alles verstehen: ›Komm mal mit raus, wir wollen dich was fragen, was andere nichts angeht.‹ Draußen haben Sie dann gesagt: ›Wir haben einen Auftrag, dabei brauchen wir jemanden, der sich in Marbach auskennt. Da könntest du was dabei verdienen, ohne viel in Erscheinung zu treten. Wir brauchen einen Fahrer, der sich auskennt und ein Versteck weiß, wo man für ein paar Tage untertauchen kann, bis sich die Bullen beruhigt haben.‹ Tschuldigung für den Ausdruck Bullen, ich glaube den verdient ihr nicht, ihr wart bisher immer fair zu mir, auch wenn das mit der entsicherten Pistole und dem harschen Anschreien schon heftig war.«

Marion unterbricht: »Ich wurde schon von meinem Assistenten und Freund Wil darauf hingewiesen, dass das ziemlich heftig war. Natürlich standen wir unter Spannung und mussten annehmen, dass die Mitfahrer im Auto bewaffnet sind. Und für ihre und meine Sicherheit war das schnelle Wegkommen lebensnotwendig, bevor dort Waffen gezückt werden.«

»Ach so! Mir ging jedenfalls der A… auf Grundeis, also war ich so überrumpelt, dass ich einfach alles gemacht habe, was ich tun sollte. Es ist ja dann auch nicht geschossen worden.«

Marion: »War auch richtig so. Aber wie war das jetzt mit dem Auftrag, und wer waren die Bekanntschaften aus diesem Café genau?«

Checkow fährt fort: »Die haben oft von ihren Bossen in Minsk gesprochen, die ihnen Aufträge erteilen, die sie dann erledigen. Manches Mal kommt Ware aus Weißrussland, die sie weiterleiten müssen, manchmal schicken sie was weg. Ich hab gedacht, das sind Händler oder sowas. Richtig interessiert hat mich das nie. Jedenfalls haben sie vor ein paar Wochen gesagt, ihre Bosse haben den Auftrag eines Russen aus Moskau übernommen. Der hätte herausbekommen, dass zu einem ganz bestimmten Zeitpunkt in Marbach was wäre, das er haben müsse. Und sie, die Bosse, sollen über ihre Verbindungen das organisieren. Die Bosse würden gut bezahlen oder mir etwas besorgen. Wenn ich mitmache, könnte ich mir was wünschen. Da habe ich gesagt, eine richtig geile Karre wäre toll, und sie sagten, ›die brauchen wir sowieso, die besorgt uns ein Geschäftsmann, und vielleicht kannst du sie dann behalten, wenn alles gut geht‹. Ja, so hat das Ganze angefangen. Und ich habe tatsächlich bei einem Gebrauchthändler in Paderborn mir ein Auto aussuchen können, mit der Auflage, ›es müssen vier Leute reingehen und ein etwas größerer Gegenstand‹. Da habe ich in seinem Internetkatalog den 3erBMW gesehen. Der kostet normal auch als Gebrauchter über dreißig Mille. Ob ich den haben könnte? Natürlich, haben sie gesagt, der passt genau, schnell ist er, Platz hat er und ist so auffällig, dass man ihn für unverdächtig einschätzt. Wir brauchen von dir alles, was für eine Zulassung nötig ist. Das ist mir komisch vorgekommen, aber eine Woche bevor es los ging, stand das Auto, auf mich zugelassenen, vor meiner

Tür. Dann musste ich noch ein Auto ausspähen, am besten einen unauffälligen Kombi, mit dem man ›das Ding abholen kann‹ und das man dann verschwinden lässt.«

Marion fragt nach: »Das war doch alles merkwürdig und roch verdächtig danach, dass das nicht sauber ist, was da geplant war?«

»Schon, aber die waren so bestimmt und sicher in ihrer Sache und die Chance, an ein solches Auto zu kommen, war zu groß, um noch aus dieser Nummer auszusteigen.«

Wil war gleichmäßig und zügig durch die einsame nordhessische Landschaft gefahren, und sie waren hinabgetaucht über schnelle Kurven in das Lahntal, wo in langgezogenen Kurven neben der Lahn das Gespräch vorübergehend verstummte. Erst hinter Gießen, als es auf die A45 ging, kam des Gespräch wieder in Gang auf einer einsamen Fahrt über eine fast leere Autobahn. Sogar der zunehmende Mond ließ sich blicken, zauberte silbernes Licht auf die Landschaft und schaffte so eine Stimmung in das Auto, die das unlängst Geschehene weniger dramatisch, aber doch klarer erscheinen ließ.

Marion wendet sich wieder nach hinten zu Checkow mit Fragen zu den ihr noch unklaren Abläufen nach dem Abfackeln des Raubautos und dem Versteck im Wohnwagen. »Herr Checkow, waren die, die den Überfall begangen haben, ihre russischen Freunde aus dem Café in Ludwigsburg, und wie war das mit dem Kombi und dem Wohnwagenversteck? Wir wissen, dass Sie mehrfach in ein Gartengrundstück am Rande des Murrer Wäldchens gefahren sind, und dass dort unseren Vermutungen nach das Cello versteckt und bewacht wurde von zwei Personen, die wir immer als Kumpels bezeichnet haben. Liegen wir mit den Vermutungen richtig, und wie kam das denn zustande?«

»Ja«, erwidert Checkow, »das habe ich nicht verstanden, ich habe halt gemacht, was die wollten. Sie sagten, es kämen noch zwei Russen dazu, die das Raubauto aufbrechen. Mit dem würde man DAS DING dann aus dem Musikraum des Friedrich-Schiller-Gymnasium holen. Ich solle sie fahren. Und ich sollte ein etwas abgelegenes Versteck ausfindig machen, wo die zwei ein paar Tage wohnen können, bevor man das Ding wegbringt. Auch da sollte ich sie fahren, eben mit meinem neuen Auto. Da fiel mir ein, dass meine Mutter und ihr neuer Partner ja zusammen dieses Gartengrundstück gepachtet haben. Das habe ich vorgeschlagen. Sie haben eine Weile überlegt und dann gefragt, ob man da einen Wohnwagen hinstellen kann, das wäre ideal. Meine Mutter hatte nichts dagegen, sie dachte, ich wolle da mit Freunden Ferien daheim machen. Die Café-Freunde haben dann einen Wohnwagen besorgt. Sie kamen damit am Montag mit den zwei anderen Russen zusammen an, und wir haben ihn auf dem Stückle aufgestellt. Sie haben mit einem Jeep lang hin und her rangiert, bis sie sagten: ›So, jetzt sieht man den von keiner Seite.‹ (Marion verkniff sich die Bemerkung, sie und Phil hätten ihn doch entdeckt). Wir haben uns dann einen gemütlichen Abend dort gemacht. Dabei wurde genau besprochen, wie das gehen soll. Ich habe ihnen gesagt, wo das Auto steht, das man für den Überfall braucht, und sie kamen damit zum vereinbarten Treffen am Bahnhof. Sie sind hinter mir hergefahren in den Weinberg hinter dem Krankenhaus. Weiter hinten an einer Weinberghütte habe ich mein Auto abgestellt, und wir sind mit dem Kombi zum Wohnwagen gefahren. Dort haben wir gewartet, bis es dunkel wurde und ich sie auf den Schulhof vor dem Musiksaal des FSG fahren musste und dann fix und schnell in den Weinberg zu meinem Auto.«

Paul dreht sich an dieser Stelle zu Checkow um, mit der Bemerkung: »Das war fast wie eine Beichte. Ist Ihnen denn jetzt ein bisschen leichter?«

Checkow äußert sich: »Ja, ehrlich, das war alles so unwirklich, und ich habe immer nur die Hälfte von dem verstanden, worum es wirklich ging.« Und Paul sieht Tränen in seine Augen.

Marion schaltet sich ein: »Wir erklären Ihnen das später. Momentan dürfen wir noch nichts von dem preisgeben, was wir wissen. Aber das war für die gesamte Aufklärung wichtig. Es gibt nämlich einen übergeordneten Fall, den das Bundeskriminalamt bearbeitet. Und da wird man Sie als Zeugen brauchen. Und für Sie wird es sicher Straferleichterung geben, wenn Sie später bei der offiziellen Vernehmung auch so offen aussagen, wie sie uns gerade erzählt haben, wie sie da hineingeraten sind. Wir haben Sie schon ziemlich früh mit dem Raub in Verbindung gebracht und ahnten, dass Sie nicht der Haupttäter sind.«

Es tritt eine ganze Weile Stille ein. Sie haben bei Aschaffenburg die Autobahn verlassen und sind mitten im Odenwald. Wil muss sich jetzt auf das Navi konzentrieren, und Marion verfolgt auch mit, wie die Route weiter verläuft. Aber Mondhelle und nur sehr gelegentlich entgegenkommende Auto erlauben ein zügiges Vorankommen. Hinter Amorbach bleiben sie noch auf der Bundesstraße, aber nahe Walldürn wechseln sie auf kleine Landstraßen Richtung Osterburgen. Wil meint dazu, es sei eine schöne Landpartie, aber leider kein Sonntagsausflug.

Und Checkow seufzt leicht und sagt: »Ich habe noch eine Sorge. Ich habe doch zwei Jungs angefahren. Ist denen viel passiert? Das ist mir immer wieder durch den Kopf gegangen.«

Marion tröstet: »Das war natürlich Fahrerflucht, das geht aber in der Beihilfe zum Raubdelikt fast unter. Die beiden Schüler hatten Glück im Unglück. Dem einen sind Sie über den Fuß gefahren und er musste ins Krankenhaus, sein Bruch war nicht kompliziert, und er konnte nach zwei Tagen nach Hause. Der andere ist beim Sprung auf die Seite gegen einen Papierkorb geknallt und hatte nur Prellungen. Sie haben jetzt noch die Chance, sich zu entschuldigen. Sie bekommen einen Pflichtverteidiger. Dem sagen Sie das, und er leitet das in die Wege.«

Es ist kurz nach fünf Uhr, als sie bei Osterburgen auf die A81 kommen. Dort ist schon reger Verkehr, und die Gespräche stocken, wie auch der Verkehr vor dem Weinsberger Kreuz. Von da aus wird der Verkehr immer dichter, und vor der Abfahrt Mundelsheim wird es zähflüssig und dann Stop and Go, aber kein Stillstand.

An der Ampel bei der Abfahrt Pleidelsheim ruft Marion das Revier Marbach an und kündigt sich an: »Wir sind in zehn Minuten da. Bereitet dem Festgenommenen ein Bett vor und schließt das Cello ein. Wir begleiten Checkow nur bis zur Tür und fahren gleich weiter, jeder Richtung Bett.«

Und zu Wil: »Du fährst mich zu Phil und bringst Paul heim. Ihr habt leider nicht ganz frei, aber außer der vereinbarten Besprechung um vierzehn Uhr keine weiteren Aufgaben. Ich gehe davon aus, dass uns der Präsident dann aber für den Mittwoch frei gibt. Wir haben ja immerhin auch am Wochende durchgearbeitet und heute die Nacht noch drangegeben. Behalte den Dienstwagen bis vierzehn Uhr. Und dann ruft sie Phil an: »In einer Viertelstunde bin ich da. Bis gleich.«

Also liefern sie den inzwischen fast eingeschlafenen Checkow ab, dann steigt im Kirchenweinberg Marion aus, und auf dem Weg Richtung Neckarweihingen steigt auch Paul schlaftrunken vor seinem Haus aus.

Marion klingelt. Phil öffnet die Tür, und ein Duft von Kaffee und Toastbrot strömt ihr entgegen. Phil ist angezogen, und sie fallen sich in die Arme »Phil, hast du gar nicht geschlafen?«

»Doch, auf der Couch ein bisschen hingedämmert, richtig schlafen konne ich nicht. Und hast du unterwegs im Auto geschlafen?«

»Nein, aber ich ich habe den Checkow zum Reden gebracht. Das war sehr aufschlussreich, aber jetzt ist Dienstende, auch wenn du vor Neugier platzt. Du hast Kaffee und Toast vorbereitet. Ich deute das als Liebeserklärung, aber endlich erst den lange ersehnten Kuss bitte.«

Dass langes Sehnen auch zu langen Küssen führt, bewahrheitete sich an diesem Morgen im Kirchenweinberg im Marbach. Und nach Toast mit Schinken und Kaffee mit Sahne stellt Phil den Wecker auf zwölf Uhr, und dann fallen beide total erschöpft ins Bett und schlafen eng umschlungen sofort ein.

Als der Wecker klingelt, stehen sie noch nicht gleich auf. Gestern Abend hatte die Müdigkeit über die Sehnsucht gesiegt, und bevor der Alltag rufen würde, mussten sie noch eine Weile eng beisammen sein. Phils meist gut gefüllter Kühlschrank, Kaffee und wieder Toast bilden dann die Grundlage für das Bewältigen der bevorstehenden

Aufgaben. Bevor sie aus dem Haus gehen, ruft Phil noch in Bietigheim beim Kulturamt an. Es war noch zu klären, ob die Wiederholung des Konzertes, wenn es überhaupt zustande käme, im Kronensaal möglich sei, und wenn ja, dann sollten noch organisatorische Abstimmungen getroffen werden. Der Leiter war mit einem Treffen am späten Nachmittag einverstanden.

20. Kapitel

Der Fall
wird aufgearbeitet

Um vierzehn Uhr trifft sich die Ermittlergruppe im Revier Marbach, um dem Staatsanwalt und dem Polizeipräsidenten von den Ereignissen zu berichten. Den Versicherungsdetektiv Bablonski hatten sie morgens gleich informiert, und als Wil und später Marion mit Phil zusammen eintreffen, spendet Bablonski jedesmal Beifall, der Polizeiobermeister Paul Ehrlich bekommt von ihm zwei kräftige Schläge auf die Schulter.

Als sie anfangen wollen, vermisst der Leiter des Reviers Marbach seinen Polizeihauptmeister Peter Marquardt. »Es ist doch nicht was passiert, von dem ich noch nichts weiß?«

Marion erklärt ihm, mit einem Blick und leichtem Kopfschütteln zu Wil und Paul: »Der hat in Paderborn übernachtet, und er sollte sich genügend ausruhen, bevor er das Auto des Präsidiums zurückbringt. Vielleicht kommt er vorher noch hierher.«

Der Polizeipräsident sagt: »Bevor ihr anfangt mit dem Bericht, soll uns erst noch Frau Oberkommissarin Altmann auf den Stand bringen über das, was sie heute Morgen erreicht hat. Das bringt vielleicht noch mehr Licht in die ganzen dunklen Ereignisse der letzten Woche.«

Vera fängt also an: »Es ging ja darum, Gelände und Wohnwagen nahe dem Murrer Wäldchen zu sichern, bevor die Täter die Chance hätten, Spuren zu verwischen. Über Nacht haben zwei Beamte das Gelände bewacht.

Es hat sich aber nichts dort getan. Wir haben schnell und problemlos gleich in der Frühe den Durchsuchungsbeschluss bekommen und sind damit zu Frau Checkow. Sie ist dann mitgefahren, immer wieder murmelnd: ›Was hat der Oleg denn jetzt wieder angestellt? Er hat ja gefragt, ob er das darf, und wir, mein Lebenspartner und ich, haben uns dabei überhaupt nichts Böses gedacht.‹ Am Wohnwagen haben wir ein Schild eines Wohnwagenvermieters gesehen. Der hat uns telefonisch die Auskunft gegeben, dass zwei Männer mit deutschen Ausweisen, dem Namen und dem Akzent nach vielleicht slawischer Herkunft, den Camper für zwei Wochen gemietet und am vergangenen Montag mit einem Jeep abgeholt haben. Die Leute von der KTU haben ihn aufgebrochen und jede Menge Fingerabdrücke und Material für genetische Untersuchungen gewonnen. Besonders aufgeräumt oder gereinigt war der Wagen noch nicht. Das hatten die wohl für heute vorgesehen. Deshalb hat uns das Revier Marbach zugesagt, das Gelände zu überwachen, um zuzugreifen, wenn die Männer zurückkommen, um den Wagen zu reinigen und abzuholen.«

Marion schaltet sich gleich ein: »Gut so. Dann hat uns ›der Oleg‹ ja keine Märchen erzählt, es klang ja auch alles sehr ehrlich. Aber dazu später noch. Zwei ›Bewohner‹ des Wohnwagens sitzen in Paderborn in Haft, Checkow ist der Dritte. Und zwei weitere? Vielleicht erwischen wir noch mehr Mittäter aus dem Dunstkreis der Auto- und Kunstschieber, hinter denen das BKA, vulgo Vladi her ist. Soll ich gleich übernehmen?«

Fritz bittet sie darum: »Bitte fasse die Ereignisse zusammen. Ich habe ja eine Großteil am Funk mitverfolgt und heute Morgen den Polizeipräsidenten und den Staatsanwalt vorab informiert.«

Marion schildert also in wenigen Worten den Ablauf, wie die zeitliche Koordination funktioniert hat, und die Abstimmung, an zwei verschiedenen Orten aktiv zu sein, beim Gebrauchtwagenhändler nach dem Aufladen der Autos und nachher beim Rendezvous des Autotransportes mit Checkow und Kumpels, um das Cello zu übergeben. Der Ort des Rendezvous sei ideal gewesen, hinter den Gebäuden des TÜV und der KfZ-Zulassungsstelle versteckt, mit nur einer Zufahrt, aber drumherum Gebüsch und Nebengebäude, um das MEK im Hinterhalt zu verstecken. Expressis verbis lobt sie die Zusammenarbeit mit dem ostwestfälischen Stützpunkt und dem Paderborner Revier.

»Sie haben uns vorher eingewiesen, aktiv eingegriffen, und dann in der nahe gelegenen Wache Räume und Gerätschaft für die ersten Einvernahmen zur Verfügung gestellt und uns sogar mit Kaffee und Keksen versorgt. Die Protokolle haben wir alle digital mitgebracht. Vielleicht können das Präsidium und das Marbacher Revier das bei Gelegenheit würdigen.«

Einwurf von Paul: »Wenn es doch mal zu einem Relegationsspiel VfB gegen SCP kommt, laden wir die ein und fahren selbst nach Paderborn.«

Marion fährt fort: »Auf der Rückfahrt haben wir uns mit Oleg Checkow ausführlich unterhalten. Er hat sowas wie eine Beichte abgeliefert. Er scheint mir ein gutgläubiger, etwas fehlgeleiteter Junge zu sein, mit einem etwas übersteigertem Geltungsbedürfnis. Was er uns erzählt hat, scheint sich mit den Annahmen des BKA zu decken. Es gibt in Ludwigsburg ein Café, in dem er Russen oder

Weißrussen kennengelernt hat, die für – wie es dort genannt wird – ›Bosse‹ in Kiew arbeiten. Und die sind von einem Unbekannten aus Russland beauftragt worden, das Cello in die Hand zu bekommen. Kiew sollte der Umschlagpunkt nach Moskau sein, Transporteure bis Kiew sind offenbar polnische Gebrauchtwagenhändler mit legalen Papieren. Aber die Fahrzeuge, die sie transportieren, sind offenbar die Verstecke für die Kunstgegenstände, Antiquitäten und Ersatzteile von Oldtimern. Checkow hat das so nicht gecheckt, aber er erzählt es so, dass man in der Gesamtschau schon ein Bild bekommt von der übergeordneten Organisation, die das Cello dem Liebhaber in Moskau zuführen sollte. Checkow hat das mit dem Wohnwagen, dem Diebstahl des Kombi und den Vorbereitungen auf den Raub so geschildert, wie wir es vermutet haben. Und er hat sich sogar nach den Jungs erkundigt, die er angefahren hat bei der Flucht nach dem Raub.«

Der Staatsanwalt ergreift das Wort: »Danke, Frau Elfrich. Jetzt müssen Indizien aus der Kriminaltechnik und die Aussagen so zusammengefügt werden, dass es für uns eine klare Anklageschrift gibt und dem BKA dienlich ist. Machen Sie die Erzählung von Checkow also in einem offiziellen Verhör protokollrelevant und justiziabel. In den Akten sollte nichts auftauchen von den Gesprächen während der Fahrt. Das könnte als Einflussnahme ausgelegt werden, weniger für uns, weil er sich selbst belastet, aber eher für das BKA, weil die Verteidiger der Mafiosi – das sind sie ja wohl – dann sofort Zeugenbeeinflussung geltend machen. Und der Checkow sollte nicht den Anschein eines Verräters haben. Um ihn zu schützen, muss das nach Bestätigung der Indizien aussehen. Aber eine vorläufige

Kurzfassung der ersten Angaben vor der Vernehmung des Mittäters Checkow direkt nach der Festnahme gebt schon mal weiter nach Wiesbaden. Geht das noch heute, Frau Elfrich?«

Marion bejaht. »Wil, wir teilen uns das so auf: Du schreibst das Protokoll Verfolgung und Festnahmen und ich das Protokoll der vorläufigen Vernehmungen.« Wil nickt. »Und morgen früh schicken wir das per E-Mail dem Staatsanwalt, und er kann das nach Wiesbaden weiterleiten. Und ich rufe den Polizeirat Vladi Perschow sowieso nachher an und sage ihm, dass das, was ich ihm dabei erzähle, schon an seine Staatsanwaltschaft unterwegs ist. Geht das so in Ordnung, Herr Präsident und Herr Staatsanwalt?«

Beide nicken, und der Staatsanwalt resümiert: »Für mich ist unser Fall zu Ende: Die Täter des Überfalls beziehungsweise Raubes sind gefasst, einer ist hier bei uns in Haft, zwei sind in Paderborn in Haft, deren Verwicklung in die Auto- und Kunstschieberei ist Sache der Bundesstaatsanwaltschaft, die Rolle des Gebrauchtwagenhändlers ist Sache der Staatsanwaltschaft Bielefeld. Jetzt habt ihr nur noch die letzten Routinevernehmungen zu erledigen, und dann kann ich die Anklageschrift schon ganz in Kürze beim Gericht einreichen.«

Dann werden Ausdruck und Stimme feierlich: »Also, zum Abschluss: Ich danke euch allen für die gute Arbeit. Das unkomplizierte Miteinander hat mir gut gefallen, und die so total ungewöhnliche zusammengesetzte Ermittlergruppe, die ja vorübergehend eine bundesweite SoKo war, kann aufgelöst werden«, dem Versicherungsdetektiven zugedreht: »Sie, Herr Ba... wie war nochmal der Name?«

Der Angesprochene hilft: »Bablonski.« – »Ja, sage ich doch, Herr Bablonski, Sie können mit Erfolgsmeldung wieder nach Köln fahren. Und Sie«, er dreht sich zu Phil um, »können dem Künstler und den Musikern eine gute Nachricht überbringen. Und Sie«, er schaut zum Polizeipräsidenten hin, »können für eine gute Presse sorgen, die das Polizeipräsidium allemal verdient hat. Betonen Sie dabei die Rolle von Frau Elfrich. Also auf Wiedersehen, vielleicht komme ich mal undienstlich nach Marbach, um mit euch den edlen Tell Lemberger im Barrique-Fass gezogen zu probieren.«

Und er geht reihum, um sich zu verabschieden. Als er weg ist, zieht der Polizeipräsident kurz und bündig nach:

»Es ist alles gesagt, nur noch nicht von mir: Die Arbeit der Ermittlergruppe geht nun in Büroroutine über. Wenn uns wirklich der Staatsanwalt zu einer Weinprobe einlädt: Meine Wertschätzung eurer Arbeit ist mir auch mindestens eine Runde wert. Dem Gastgeber des Reviers noch ein Wort: Lasst es hier weiter rundgehen. Ich komme immer wieder gern in euer Revier.«

Als die beiden »Oberen« gerade weg sind, kommt Peter an. Fritz empfängt ihn mit den Worten: »Mann, Peter, alles genehmigt, aber gerade hast du was verpasst. Lobhudelei hoch drei von Staatsanwalt und Präsident. Aber ich muss schon auch sagen: Das war ein ungewöhnlicher Fall mit einer sehr komplexen Auflösung. Marbach ist jetzt nicht nur mit dem Literaturarchiv international bekannt, sondern auch musikalisch mit einer neuen Geschichte zum Stradivari-Cello. Na ja, das war jetzt zu viel den Mund vollgenommen. Aber wir können bis auf die letzten Routinearbeiten den Fall für uns abschließen. Es bleibt uns

Zuträgerarbeit für das BKA und vor allem noch für das Raubdezernat. Wir bleiben miteinander noch eine Weile verbunden.«

Und Phil ergänzt: »Es war so spannend, zu sehen, wie sich anscheinend völlig unabhängige Dinge zusammenfügen können, wenn Interaktion und Kommunikation stattfinden. Das ist wie in der Musik. Einzelstimmen geben nur dann eine Symphonie, wenn sie harmonisieren und koordinieren.«

Dazu Wil: »Philosophie und Kriminalistik war ja schon mal Thema in diesem Fall, ich glaube Vladi hat sich dazu geäußert. Aber jetzt hat sich das aufgelöst, und wir gehen zum Alltag über. Peter, das Auto ist nicht ruiniert, hoffe ich? Ich kann das nach Ludwigsburg bringen, Marion hat ja ihren Dienstwagen, Phil geht sowieso zu Fuß, und Marion und ich haben noch Arbeit für den Staatsanwalt zu erledigen.«

Phil unterbricht: »Okay, dass du das Präsidiumsauto wegbringst. Aber ich habe noch etwas total vergessen: Das Cello liegt hier irgendwo im Revier eingeschlossen. Und ich habe für heute Abend die Musiker zusammentrommeln lassen, und vor allem, unserem leidgeplagten Stipendiaten, dem das Cello zur Verfügung gestellt worden war, habe ich noch keine Nachricht hinterlassen. Das muss ich nachholen, und wir könnten ihm noch das Cello nach Bietigheim rüberbringen. Ich habe dort auch noch was anderes zu erledigen. Marion? Können wir das Cello nach Bietigheim bringen, und du setzt mich dort noch im Kulturamt ab?«

»Ja gut, wir bringen dem Nema das Cello schnell hin, aber ich muss dann gleich weiter. Es soll dich dort jemand zum Kulturamt bringen. Also, Fritz, bitte händige uns das

Cello aus. Und Wil, wir sehen uns gleich im Dezernat. Wird heute schon wieder ein langer Tag. Aber morgen lassen wir es ruhiger angehen. Gell, Vera, du natürlich auch. Und Fritz gibt sicher Peter und Paul auch frei. Also dann.«

Fritz lässt einen Beamten das Cello holen und begleitet Vera, Marion, Wil und Phil nach draußen, nachdem sie Peter und Paul abgeklatscht haben.

21. Kapitel

Abgebrochene Probe

Auf dem Weg nach Bietigheim ruft Phil Sebastian an, um zu fragen: »Hallo Sebastian! Wie ist das heute Abend mit Proben, werden wir einigermaßen vollständig sein? Lohnt es sich, dass Nema kommt? Ich bin grad auf dem Weg zu ihm.«

»Hallo Phil, vollständig sind wir doch nie. Aber mit Nema zusammen macht es mehr Spaß. Er kann ja auch mal ins Orchester rutschen, nicht nur Solo spielen. Ich such was Schönes raus, wenn wir keine Lust auf d'Albert haben.«

Phil: »Dann bis später. Gruß und Adieule.« Dann sagt er zu Marion: »Ich klingle, und du stellst dich mit dem Cello auf die Seite, dass er dich nicht gleich sieht. Oder nein. Wenn wir direkt vor dem Häuschen einen Parkplatz haben, bleib du beim Auto am offenen Kofferraum stehen, ich schick ihn hin, er solle dir schnell mal helfen. Dann kannst du ihm das Cello überreichen.«

Sie finden tatsächlich direkt vor dem Haus einen Platz. Er hört durch ein offenes Fenster oben zwei Cellli spielen. Aha, Paula ist auch da. Als es klingelt, hören die Celli auf. Die Mutter öffnet.

»Grüß Gott, Frau Raduloff. Kann Nema vielleicht schnell runterkommen und helfen, was aus dem Auto zu heben?«

Und sie ruft laut nach oben: »Nema, einer der Musiker aus Marbach ist da, ich glaube Phillipp heißt er. Komm mal schnell runter, du musst was helfen aus dem Auto rauszuheben.«

266

Er kommt, Paula hinterher, und Phil begrüßt die beiden. »Hallo, wir sind wieder da. Ihr müsst schnell mal zum Auto dort und der Frau Kommissarin helfen.

Beide wie aus einem Mund: »Doch nicht etwa ...?«

»Na los, sie muss gleich wieder weg.«

Beide laufen hin. Marion holt den Cellokoffer und übergibt ihn mit Strahlen der blauen Augen und den Worten: »Ja, es ist's!«

Und er nimmt es, umarmt es, bestaunt es, hält es weg von sich, zieht es wieder an sich, umarmt es nochmal, gibt es Paula mit einem kurzen »Halt mal«, umarmt dann Marion und gibt ihr rechts und links einen schmatzenden Kuss, sodass Marion tatsächlich wieder mal rot wird und dann sagt: »Wir haben es geschafft, alle zusammen.« Es dauert wieder kurz, bis sie sich gefasst hat.

»Ich muss gleich weg, es gibt noch Arbeit. Phil bleibt noch kurz und muss dann noch zum Kulturamt. Ciao.«

Frau Raduloff hat das Ganze von der Tür aus mitverfolgt. Sie hat Tränen in den Augen und seufzt. »Manchmal wird manches doch wieder gut. Danke, Phillipp und Frau Kommissarin. Ihr beide habt doch den meisten Anteil daran, dass das Cello wieder da ist. Kommt rein, wir feiern das jetzt mit einem Kaffee und heute Abend mit mehr.«

Phil sagt: »Ich kann nur kurz bleiben. Muss noch aufs Kulturamt, um klarzumachen, dass wird das Konzert in Bietigheim wiederholen. Aber ich erzähle euch kurz, wie ich das von Marbach aus mitverfolgen konnte.«

Sie gehen in die Küche, und bis der Kaffee fertig ist, hat er zusammengefasst, wie man die Täter verfolgt hat bis nach Paderborn und dass man bei der Übergabe an einen Altautotransport zugegriffen hat. Und er fragt Nema, ob es durchgekommen ist, dass man sich treffen will zu einer Sonderprobe, die eigentlich nur wegen der Rückkehr des Cellos einberufen wurde.«

Paula bestätigt und war der Meinung, ohne Solist, sie würde auf jeden Fall kommen. Phil sagt dazu: »Nein, ihr kommt zusammen, das ist die erste Überraschung, und beim Start in das Cellokonzert sollen die Orchestermitglieder selbst feststellen, dass er das Duport spielt. Das soll die zweite Überraschung sein. Seid ihr einverstanden?«

Sie nicken.

»Und jetzt müsste mich jemand schnell in die Innenstadt bringen, bevor das Kulturamt zu ist.«

Darauf Frau Raduloff: »Nema, nimm Papas Auto und fahr schnell. Und heute Abend nehmt ihr das auch. In Paulas Autole passt ihr doch zu zweit mit zwei Celli nicht hinein.

Phil: »Das ist wunderbar, vielen Dank.«

Paula kommt mit, und sie setzen Phil an der Metter im japanischen Garten ab, von wo aus er es nicht weit zum Schloss mit Musikschule und Kulturamt hat.

Der Leiter des Kulturamtes Kai-Stephan Bernau hat Phil schon erwartet. »Grüß Gott, Herr Mälzer. So wie ich es nach Ihrem Anruf erahne, haben Sie gute Nachrichten.«

»Ja, die gibt es. Das Cello ist zurück, und die Räuber sind heute Nacht gefasst worden. Die Polizei wird sicher in Kürze genauere Angaben veröffentlichen. Und konnten Sie erreichen, dass der junge Bietigheimer Künstler das berühmte Cello in seiner Heimatstadt präsentieren darf?«

Herr Bernau: »Zusammen mit Frau Dr. Moor von der Musikschule konnten wir die Stadt überzeugen, dass das

Kronenzentrum zur Verfügung steht. Wir haben es auch wie vorgeschlagen am Tag nach dem Konzert in Marbach freigehalten. Und da es sich nicht um ein Orchester handelt, das einen verwaltungstechnischen Apparat hinter sich hat und Sie auch kein Profi-Manager sind, war die Stadt einverstanden, als Veranstalter einzutreten und vom Kartenverkauf bis zum Raummanagement die gesamte Organisation zu übernehmen. Das betrifft natürlich mich. Eigentlich habe ich nicht mehr viel freie Kapazitäten, aber mit meinen Mitarbeiterinnen schaffen wir das.«

»Herr Bernau, ich weiß das zu schätzen. Ich habe das schon in Marbach mitverfolgt, was alles daran hängt, vom Plakat bis zur Abrechnung am Ende.«

»Da sprechen Sie noch etwas an: Wir erwarten, dass die Einnahmen aus dem Kartenverkauf unsere Kosten soweit übersteigen, dass wir dem Solisten und dem Dirigenten ein angemessenes Honorar bezahlen und den Rest der Orchesterkasse zur Verfügung stellen. Wie Sie das finanztechnisch lösen, ist Ihr Problem. Sie sind ja kein Verein. Vielleicht gründen Sie doch eine Orchester-GmbH oder sowas Ähnliches, denn im Prinzip sind Sie ja steuerpflichtig.«

»Wir besprechen das und bedanken uns. Vielleicht planen Sie uns schon für das nächste Jahr ein. Ich kläre das mit dem Herrn Wallinger, dass wir der Kammer-Symphonie keine Konkurrenz machen, sondern seine Konzertreihen ergänzen wollen. Und jetzt bringe ich den Musikerinnen und Musikern gleich zwei gute Nachrichten. Adieule, Herr Bernau. Wir bleiben in Kontakt.«

Phil hat es nun eilig. Über Handy sucht er eine schnelle Bahnverbindung nach Marbach, und er sieht, wenn er sich beeilt, erreicht er noch in Ellental eine Regionalbahn nach Ludwigsburg und hat dort keinen langen Aufenthalt, bis ihn die S4 nach Marbach bringt.

Er kommt so zu Hause an, dass er noch eine Kleinigkeit essen kann und zwei Tassen seines Spezialtees »SchwarzerKaMinz« trinken kann (das ist Schwarztee zum Anregen plus Kamille für den Magen plus Pfefferminz für den Geschmack). Dann spielt er sich auf der Oboe noch ein und macht sich auf den Weg zur Probe.

Die ersten Musiker stellen schon die Tische auf die Seite und rücken die Stühle zurecht für die Orchesteraufstellung, die bei Sebastian anders als üblich ist, nämlich zweite Geige gegenüber erster Geige, Mittelstimmen in die Mitte, Bässe und Fagott links hinter erster Geige, hohes Blech links, tiefes Blech rechts, Holzbläser mittig. Als alle ihre Einspieltöne gestrichen und geblasen haben und an ihren Plätzen sitzen, kommen Nema und Paula noch dazu.

Nema sagt zu allen: »Hallo, Phil hat gemeint, ich soll doch heute mitkommen und mitspielen. Vielleicht den zweiten Satz. Ich spiel mich oben in einem Klassenzimmer ein, und ihr könnt derweil eigene Dinge proben. Ist das gut so?«

Sebastian meint dazu: »Mit dir zu spielen macht noch mehr Spaß als sowieso. Geh mal hoch. Für das Orchester habe ich eine ganz andere Überraschung noch: Ich habe in meinem Fundus gekramt, ob ich noch was anderes als Einleitungsstück finde. Na ja, wenn man in mehreren Orchestern gespielt hat, konnte man schon den einen oder anderen Notensatz abstauben, alles schon mehr oder weniger mit Anmerkungen, Fingersätzen und Strichen. Da müssen dann die Stimmführer drübergehen. Aber wir spielen mal an: Sabrina, meine liebe Notenwartin, verteile mal: Hector Berlioz – »Fausts Verdammnis«. Nachher beraten wir, ob das für das Marbacher Publikum was ist, sie in das Konzert reinzuholen. Wer kennt das oder hat es schon mal gespielt?«

Er erntet Gemurmel sowie zustimmende und fragwürdige Kommentare, während Sabrina mit dem schon vorsortierten Stapel die Instrumentengruppen abwandert. Sebastian macht einige Erklärungen und bläst auf der Posaune vor, in welchem Tempo er sich das zunächst vorstellt: »Später deutlich schneller, aber erstmal zum Notenlesen.« Dann wird gestimmt, und sie spielen das relativ kurze Stück einmal durch.

Abschlusskommentar des Dirigenten: »War schon richtige Musik.«

Und sie bearbeiten einige Schlüsselstellen, bis Nema zurückkommt, das Cello zum Treppabtransport wieder im Kasten. Die ersten Geigen rücken zurück, und man stellt ihm auf den Solistenplatz Stuhl und Notenpult hin, bis er sein Instrument ausgepackt hat. Am ersten Cellopult ist Paula ganz zapplig, und in der Mitte bei den Holzbläsern sitzt ein total gespannter Phil. Nema setzt sich. Bittet um ein a und stimmt sein Instrument. Einige der Musikerinnen und Musiker horchen auf und konzentriert hin, sind verwirrt und unsicher über das, was sie gehört haben. Als Nema mit seinem Solo einsetzt, hört Sebastian plötzlich auf zu dirigieren, die am nächsten Sitzenden am ersten und zweiten Pult der ersten Geige hatten schon aufgehört zu spielen, und Sebastian reißt die Arme hoch und ruft »Das ist doch nicht etwa das Duport, jedenfalls hast du eine anderes Instrument in der Hand als dein unlängst benutztes Ersatzcello?«

Nema steht auf und verkündet »Phil und die Frau Kommissarin haben es heute Nachmittag vorbeigebracht, und wir wollten euch überraschen. Phil, der Halunke, wusste gestern Nachmittag schon, was gestern Nacht geschehen würde, und hat deshalb euch alle zusammengerufen. Ihr glaubt nicht, wie glücklich ich bin.«

Und es folgt ein Klatschen, Klopfen von Bögen an den Pulten, und die Blechbläser können sich nicht zurückhalten und lassen schrille Fanfaren erklingen. Als Beifall und Lärm abebben, drehen sich alle in Richtung Phil um und schauen ihn fragend an.

Er merkt, dass man vom ihm jetzt Erklärendes erwartet, und sagt: »Natürlich wusste ich Bescheid, was ablaufen wird. Man ahnte schon länger, wo das Cello sein könnte, jedenfalls gab es Hinweise. Gestern Nachmittag kam dann Bewegung in das Geschehen, und in der Nacht hat man Cello und Täter geschnappt, und das BKA hat dazu noch weitere Erkenntnisse zu den Hintergründen gewonnen. Ich durfte natürlich zu niemandem was sagen, um den Polizeieinsatz nicht zu gefährden, aber Sebastian konnte was ahnen, weil ich wollte, dass er euch zusammenruft, um gute oder vielleicht auch schlechte Nachrichten zu hören. Und Nema und Paula wurden unter dem Siegel der Verschwiegenheit eingeweiht. Ich hatte Gelegenheit, im Revier über Funk mitzuhören, was sich dort Großes am Rande des Teutoburger Waldes wieder mal abspielt nach dem Ereignis mit dem Cherusker im Jahr neun nach Christi und im Jahr 800 oder so mit Papst Leo und Karl dem Großen. Ich darf auch darüber noch nichts sagen, damit kein Einfluss auf die Ermittlungen durch Hintergrundwissen passiert. Wenn alles rum ist, erzähle ich mal mehr.«

Da ergreift Angelika das Wort: »Sebastian, ich plädiere dafür, dass damit die außerordentliche Probe beendet und in eine ordentliche Feier umgewandelt wird.«

Phil lässt den immer noch verdutzten Sebastian nicht zu Wort kommen. »Ich renne schnell mal rüber, ob in der FC-Klause das größere Nebenzimmer frei ist und er uns dort noch bedient. Packt ein, ich bin gleich wieder da. Jana, bitte versorge meine Oboe, ich bin in 199 Sekunden wieder da.« Er kommt nach fünf Minuten etwas atemlos zurück »Der Wirt erwartet uns, große Küche hat er aber nicht.«

Kommentar aus dem Bereich Blechbläser (Vorurteile haben manchmal Gründe): »Flüssige Nahrung rutscht sowieso besser!«

Sie sitzen also beisammen und feiern die Rückkehr des Cellos.

Nema und Paula verabschieden sich als erste, mit der allgemein akzeptierten Erklärung: »Wir wussten, dass da was geschieht, und konnten nicht schlafen.«

Danach wird die Diskussion eröffnet, was denn nun wirklich vorbereitet wird für das Konzert, das ja doch in Frage gestellt war, wenn nicht das Duport-Cello der Aufhänger für ein gesteigertes Interesse der Marbacher Zuhörerschaft sein würde. Der Berlioz sei gut, finden die meisten, und er macht Laune zum Spielen für uns und zum Zuhören für diejenigen, die ins Konzert kommen und noch den Kopf voll haben mit Alltagsproblemen

»Der bläst vielleicht alle Probleme aus dem Kopf.«

Aber nach der Pause, was sollte da kommen, Haydn und

Mozart eher nicht, auch nicht Schönberg, aber doch was Provokatives mit großem musikalischen Hintergrund.

Sebastian: »Wir spielen mal was an, was eigentlich jeder schon mal gespielt haben müsste und was ich und Elvira im Laufe unseres Lebens in den Archiven unserer Orchester an Noten gefunden und hoffentlich nicht ganz umsonst in den Möbelwagen gepackt haben. Mir fällt da ein, Bruckners ZWEITE SYMPHONIE haben wir ein paarmal aufgelegt, und die lief eigentlich ganz gut. Die meisten nicken. Es kommen zwar Kommentare wie: »Es gibt heikle Stellen für alle Instrumentengruppen«, »Aber alle können sich präsentieren«, »Muss eigentlich mit vier oder fünf Proben machbar sein, aber ziemlich lang.«

Richtige Ablehnungen kommen aber nicht, sodass Sebastian sagt: »Nächste Woche bringe ich die Noten mit, oder noch besser, die Stimmführer holen sie bei mir ab und gehen sie durch. Ihr nehmt sie dann mit, und in zwei Wochen machen wir uns da dran. Nächste Woche dann Berlioz und das Cellokonzert ohne Solist.«

Phil hebt die Hand. »Ich hab noch was, beinahe hätte ich es vergessen. Ich war doch noch im Kulturamt Bietigheim. Ein zweites Konzert dort ist in trockenen Tüchern. Und die übernehmen die gesamte Organisation und schütten Geld aus, wenn es Überschuss aus dem Kartenverkauf gibt.«

Noch einmal Beifall. Dann löst sich die Versammlung auf, und in gehobener Stimmung machen sich alle auf den Heimweg.

Zuhause ruft Phil noch Marion an. Die große Überraschung sei gelungen. Als Nema das Duport angespielt habe, seien die meisten sofort hellhörig geworden und sie seien prompt zum Feiern in die Kneipe gezogen. »Und bei dir? Hast du noch lange zu tun gehabt?«

»Ja es ging, jetzt bin ich todmüde und falle gleich ins Bett.«

»Dann schicke ich dir noch einen Luftkuss. Und Gut's Nächtle.«

22. Kapitel

Noch ein kriminalistisches Problem

Marion kommt gut ausgeruht ins Büro und findet Wil schon vor, wie immer mit nachdenklichem Blick vor seinem Bildschirm sitzend. »Guten Morgen, Wil. Auch gut geschlafen und schon wieder ein Problem?«

Wil: »Ja, setz dich erstmal, dann erklär ich es dir. Ich habe hier den Bericht der KTU online zur Spurensicherung im Wohnwagen. Papier kommt später noch zusammen mit den Sachen, die noch ausstehen. Klar, DNA liegt noch nicht vor, aber Fingerabdrücke, und zwar nicht von drei, sondern von fünf Personen! Klar, es muss noch ein Abgleich stattfinden mit denen von den drei gestern Festgenommenen. Aber von den anderen zwei sind auch keine Abdrücke hinterlegt. Du weißt, was das bedeutet: Wir suchen noch zwei andere Mittäter. Und das sind die zwei, die den Wohnwagen hergebracht haben und jetzt wieder abholen und zum Händler bringen sollen. Und wenn wir den Händler wie geplant informieren, er soll den Wagen selber abholen, riechen die Lunte und sind weg.«

Marion überlegt kurz und sagt dazu: »Wir können nicht tagelang observieren, wann die nun endlich kommen oder vielleicht gar nicht kommen, weil sie Lunte gerochen haben. Und vielleicht sind das wichtige Mitglieder der Auto- und Kunstschieberei, und Vladi braucht die. Und rein in das Gelände kommen sie nur mit Hilfe von Checkow oder seiner Mutter. Wil, hast du die gleiche Idee wie ich?«

Wil: »Klar, der Checkow muss das einfädeln!«

Marion denkt kurz nach und entwickelt dann ein mögliches Szenario: »Jawoll! Mamis Oleg muss auf die Seite der Guten wechseln und sich verabreden mit denen, die das WoMo abholen sollen. Er muss also für ein paar Stunden raus aus der Zelle. Und damit er a) nicht abhaut und b) ihm nichts passiert, braucht er Geleit. Aus ist es mit der Freizeit von Peter und Paul. Ich rufe gleich mal den Staatsanwalt an.«

Der Staatsanwalt ist zunächst gar nicht begeistert von der Idee und sagt: »Wartet mal ab, bis ich mit Wiesbaden gesprochen habe. Ihr könnt ja derweil mit der offiziellen Befragung und Einvernahme anfangen und seine Aussagen zum offiziellen Protokoll nehmen. Dabei könnt ihr ihm auch den Vorschlag machen mit dem Falle-Stellen – müsst ihr ihm etwas anders erklären, ich würde das jedenfalls im Plädoyer als erheblich strafmildernd einbringen. Ich wisst noch, was ich gestern zum Protokoll gesagt habe? Und dann muss er in Untersuchungshaft nach Stammheim. Das ist gerade in Arbeit. Die melden sich, dann könnt ihr sagen, wann er abgeholt werden soll.«

Marion erwidert: »Dann fahren wir jetzt nach Marbach. Rufen Sie mich, wenn eine Entscheidung fällt, bitte auf Mobilfunk an.« Das Telefon war auf Lautsprecher gestellt, so dass Wil mithören konnte.

Sein Kommentar lapidar dazu: »Ab nach Kassel, ich meine natürlich Marbach, durch die hohle Gasse. Ich fürchte, es gibt wieder einen heftigen Arbeitstag. So wie ich den Laden hier kenne: Wir fahren getrennt mit zwei Autos!«

Marion erwidert dazu, seinem Stil angepasst: »Mein lieber Wil, im wilden Westen würdest du jetzt erschossen, weil du zu viel weißt!« Und sie machen sich auf dem Weg.

In Marbach angekommen besprechen sie mit Fritz die offizielle Einvernahme, dann die Überführung Checkows nach Stammheim und die neue ›Sachlage Wohnmobil‹, und wenn das Einverständnis vorläge, brauche man Aufsicht und Schutz für den Checkow, am besten Peter und Paul in Zivil.

Fritz: »Ich lasse Checkow schon mal holen, und ihr fangt an mit der Vernehmung. Ich rede in der Zwischenzeit mit Peter und Paul. Ausgeruht werden sie ja wohl schon sein, und Sonderurlaub kriegen sie später auf jeden Fall so, wie sie es sich aussuchen.«

Während des Verhörs – sie sagen ihm vorher, er solle nicht erwähnen, dass er früher schon mal dies und das gesagt habe, sondern frei heraus sprechen, und er solle sich nicht irritieren lassen von Zwischenfragen – kommt der Rückruf des Staatsanwaltes. Er habe sich mit dem Kollegen in Wiesbaden kurzgeschlossen. Der sei der Meinung, das sei wichtig. Also gebe er sein Einverständnis. Den Rückhalt des Haftrichters hole er nach: »Der ist solche Sachen von mir gewöhnt, wir kennen uns schon lange genug.«

Am Ende der Vernehmung wird Checkow mit dem Vorhaben konfrontiert, dass er das Abholen des Wohnwagens organisieren soll. Er überlegt, fragt nach, ob für ihn was rausspringt, und er habe ja kein Auto und kein Telefon. Wil erklärt ihm, sein Handy sei bei der Auswertung und das Auto bei der Kriminaltechnik. Im Übrigen würde er natürlich das Auto nicht bekommen können, das sei ja Lohn für eine Straftat. Aber er bekommt ein Handy gestellt und wird von zwei Polizisten in Zivil begleitet. Und der Staatsanwalt würde für ihn Strafminderung erreichen. Also telefoniert er (mit einem Diensthandy der Polizei!) mit seinen Freunden aus dem Café in Ludwigsburg und vereinbart ein Treffen um vierzehn Uhr am Garten. Er bekommt eingebläut, denen zu sagen, alles habe gut geklappt, nur das Auto stünde jetzt in der Werkstatt wegen einer Fehlermeldung auf dem Display. Und sie müssten den Camper nicht zum Verleih bringen, sondern sie sollen ihn an der Kläranlage abstellen, wo er sich mit dem Verleiher verabredet habe. Fritz bestätigt, dass Peter und Paul bereitstehen täten (so schwäbisch häbe das der Peter gesagt) und er noch zwei Streifen zur Festnahme hinter der Einfahrt zur Kläranlage positionieren lässt, die die Festnahme beim Abkuppeln des Wohnwagens vornehmen.

Marion schlägt vor, dass bis vierzehn Uhr noch Zeit zum Mittagessen sei. »Wil, gehst du mit? Ich frage mal Phil, wo wir in der Nähe was ganz Normales essen können.« Wil: »Ich habe auch schon Hunger, aber nichts Exotisches für mich.« Phil schlägt vor ins I-DIPFELE in der Marktstraße zu gehen, gleich beim Torturm.

Sie treffen dort nach zwanzig Minuten zusammen. Die Marktbeschicker räumen schon ihre Stände ab oder bieten Restbestände wohlfeil an. Sie bekommen einen Tisch ganz hinten in dem schmalen Gastraum mit der Atmosphäre, die an die Zeit von Schillers Mutter erinnert, deren Familie hier einst Gastwirte waren. Wil liest dies auf der Tafel, die außen angebracht ist, und äußert spontan: »Unser Versicherungsdetektiv würde jetzt kommentieren: ›Natürlich wie alles in Marbach ein Denkmal‹.«

Nach dem Essen verabreden Phil und Marion sich zum Einkaufen. Marion: »Ich habe rein gar nichts mehr im Haus. Die letzten Tage waren wie ein Ausnahmezustand.

Hilfst du mir? Dann kochen und essen wir heute Abend zusammen!«

Antwort Phil: »Nichts lieber als das.«

Kommentar Wil: »Ich komme mir schon vor wie in einer Familie.«

Marion: »Du wirst auch nicht erschossen, weil du zu viel weißt. Phil, ich erkläre dir das später. Also bis nachher, wir müssen noch eine Festnahme vornehmen. Erkläre ich dir auch später.«

Sie trennen sich. Phil muss dringend üben und einiges Organisatorische für das Orchester erledigen, und Wil und Marion gehen zurück zum Revier, um sich mit Peter und Paul zu treffen, mit denen sie noch den Einsatz im Detail besprechen.

Peter und Paul holen Checkow aus seiner Zelle und fahren mit ihm zunächst zu seiner Wohnung im Eichgraben, um den Schlüssel für das Gartentor zu holen, und dann zum ›Stückle‹ am Rande des Murrer Waldes. Auf der Fahrt schärfen Sie ihm ein, wie er auf unbequeme Fragen antworten soll. Angekommen stellen sie das Auto um die Ecke ab, Checkow öffnet das Gartentor, und sie warten auf dem Weg vor dem Tor. Es dauert nicht lange, dann kommt ein Jeep heraufgefahren. Die beiden ›Freunde‹ aus dem Café steigen aus und beäugen kritisch Peter und Paul.

Checkow erklärt ihnen: »Das sind zwei Freunde meiner Mutter, die haben mich hergebracht und bringen mich auch wieder heim. Meine Karre spinnt, ist bei der Reparatur. Habe sie wohl auf der Heimfahrt in der Nacht überdreht. Aber alles ist gut.«

Die beiden rangieren den Wohnwagen zunächst von Hand mit Hilfe von Peter und Paul so, dass er auf die

Kupplung des Jeeps gesetzt werden kann. Checkow sagt ihnen, die sollen vorausfahren bis gegenüber der Einfahrt zur Kläranlage, von wo ihn der Verleih abholt. Einer der beiden ›Freunde‹ wendet ein: »Eigentlich sollten wir uns doch drum kümmern und ihn abfackeln wie den Kombi, warum jetzt so?«

Checkow war jetzt verdattert, Paul springt aber gedankenschnell ein: »Als er gefragt hat, ob wir ihn fahren können und den Camper zur Kläranlage bringen, hat er uns gesagt, so hätte man ihm das in der Nacht in Paderborn aufgetragen. Das sei unauffälliger und ihr bräuchtet auch nicht mehr bei dem Verleiher auftreten. Das sei so sicherer.«

Der andere Freund: »Na ja, wenn die das sagen. Also los, fahren wir. Ihr könnt hinterher. Wir wissen schon, welche Stelle gemeint ist.«

Der Jeep muss um die ersten Kurven sehr vorsichtig fahren, es ist eng und holprig. So können Peter und Paul gut aufschließen und dicht dran bleiben.

Sie geben über Funk an die beiden Streifen durch, die unten warten: »Wir sind in drei Minuten da«, und zu Checkow: »Junge, hast du gut gemacht. Fast hätten die was gemerkt. Aber die schnallen das wahrscheinlich nicht, dass sie reingelegt worden sind. Der Staatsanwalt dreht das so, dass alles seiner genialen Ermittlung und dem Zufall zu verdanken sei. Dann bist du aus der Sache raus. Und unten bleibst du im Auto. Wir müssen dich leider mit Handschellen am Auto festmachen.«

Die Festnahme »wegen des Verdachts auf Mittäterschaft an einem Raubüberfall« der beiden ›Freunde‹ läuft ab wie am Schnürchen. Sie werden aufs Revier gebracht, wo die

Personalien aufgenommen werden und eine erste Vernehmung durch Marion und Wil erfolgt. Für Checkow ist der haftrichterliche Bescheid eingetroffen, und die Überstellung nach Stammheim erfolgt bereits am Nachmittag. Marion informiert noch den Staatsanwalt und dann Vladi.

Der Staatsanwalt bedankt sich mit dem Nachtrag: »Das war ein Beitrag, der uns beim Erfassen des Umfangs der Organisation weiterhilft. Ich werde die Verlegung der beiden nach hierher beantragen. Ein erstes Vernehmungsprotokoll reicht uns. Ihr braucht euch dann um nichts mehr zu kümmern. Grüß mir Marbach und deine Mannschaft.«

Marion beschließt damit den Arbeitstag mit Dank an Fritz, Peter und Paul, schickt Wil nach Hause und macht sich mit Phil auf zum Einkaufen, wofür sie keinen weiten Weg haben. Ein Lebensmittelgeschäft ist direkt gegenüber. In der Marktstraße finden sie Fleisch, Wurst, Brot und im MARKT 13 noch Spezialitäten. Phil schleppt ziemlich schwer, aber glücklich, und sie beschließen, den Abend in Ludwigsburg in ihrer Wohnung zu zelebrieren. Und es wird ein schöner Abend, kulinarisch und auch sonst.

23. Kapitel

Marion und Phil

Am nächsten Morgen hat es Marion nicht eilig. Sie ruft Wil an, dass sie erst zu Mittag kommt, und erklärt Phil, dass sie ihre Gruppe gut beschäftigt weiß und sie sich von Wil gut vertreten fühlt bei der anstehenden Routinearbeit, nämlich dem endgültigen Abfassen der Berichte nach Sichtung der Protokolle. Und dank Wil geht das datenverarbeitungstechnisch perfekt mit Spracherkennung und Einlesungstechnik von handschriftlichen Dokumenten.

»Also lass uns nochmal hinlegen und kuscheln, dann frühstücken wir zwei für drei – oh hoppla, so war das jetzt nicht gemeint –, halt ausgiebig wie in den letzten hektischen Tagen nicht mehr. Und dann machen wir einen Stadtbummel. Hast du was dagegen?«

Phil schaut in ihre blauen, jetzt nicht elektrisierend, sondern schmeichelnd schauenden Augen mit dem Kommentar: »Wer könnte da nein sagen?«, und er hebt sie hoch und trägt sie ins Bett.

Nach dem Frühstück gehen sie Hand in Hand aus dem Haus. Marion grüßt einige Nachbarn fröhlich, die etwas erstaunt das ungleiche Paar dahinziehen sehen.

Marion flüstert ihm ins Ohr: »Kaufst du mir was Schönes?«

Phil: »Vielleicht, wenn du brav und anständig bleibst«, worauf er einen Ellenbogen-Check kassiert, den er kommentiert mit: »Das war ein Foul. Zwei Punkte Abzug können nur durch einen liebevollen Kuss kompensiert werden.« Er bekommt den Kuss und denkt dabei heimlich:

Phil, du bist jenseits von gut und böse und benimmst dich wie ein Teenager. Und er sagt: »Der Weg zur Innenstadt geht doch am Präsidium vorbei. So wie wir uns hier benehmen, können wir uns da nicht sehen lassen.«

»Oh, Phil, du merkst aber auch nicht alles. Man redet schon über uns, nicht nur der Fuchs Fritz hat das bemerkt, wie du an seinen treffenden Kommentaren hören konntest. Mir macht das nichts aus, ich stehe zu dir.«

»Ich doch auch zu dir. Hätte ich sonst den öffentlichen Kuss so ausgiebig genossen? Aber lass uns lieber hinunter gehen Richtung Schloss.«

Also gehen sie nicht Richtung Forum, sondern die Jägerhofallee hinunter am Klinikum vorbei zum hinteren Eingang des Blühenden Barocks. Sie können durch den Eingang durch, denn jetzt im Nachsommer ist die Zeit vorüber, in der es Eintritt kostet. Man kommt dort vorbei an einigen historischen Gebäuden, die unter anderem mit der unrühmlichen Geschichte des Jud Süß in Verbindung stehen. Die Geschichtsträchtigkeit ihres bisherigen Bummels wird ihnen plötzlich bewusst und lenkt ihre verliebten Gedanken in eine nachdenkliche Richtung. Sie sehen im vorderen südlichen Teil des Parks vor dem Schloss noch reichliche Rosenblüte, wählen aber den Weg Richtung Schlossinnenhof, in den fast zwei Fußballfelder hineinpassen würden. Sie genießen zunächst die Weite des Hofes, der umgeben ist von der barocken Symmetrie der Gebäude, die auf den Ballustraden reichlich geschmückt sind mit Figuren der griechischen Mythologie oder allegorischer Erfindungen der Barockzeit. Sie sind durch Geschichte gewandert, beginnend vorbei an Kasernen des achtzehnten und neunzehnten Jahrhunderts, vorbei an Gemächern eines Kaufmanns, der den Herzögen die Finanzen gesichert hat und dann als Jud Süß denunziert wurde, und sie treten nun ein in den Zeitraum der Gründung der Stadt Ludwigsburg. Beide empfinden gleichzeitig dasselbe: Hier ist Geschichte, und wir sind Gegenwart. Die Geschichte baut nicht immer auf Lobenswertem auf, sie hinterlässt aber auch Spuren, die ästhetisch sind und trotzdem nachdenklich machen. Das Hochgefühl, welches das weite, aber doch begrenzte und damit Sicherheit vermittelnde Ambiente dieses Bauwerks bewirkt, lässt die beiden in der Mitte, nahe des Brunnens, Einhalt gebieten.

Phil fasst Marions Hand, die er den ganzen Weg bis hier nicht losgelassen hat, noch fester: »Marion, bitte halte mich fest. Ich kann das nicht richtig verstehen, was gerade mit mir geschieht und was in den letzten Tagen mit uns geschehen ist. Ich genieße gerade die Schönheit dieser Umgebung und noch mehr deine Nähe, die Nähe einer so schönen Frau, die mich ziert und die ich eigentlich gar nicht verdient habe. Aber Geschichte fordert Echtzeit zum Denken heraus. Ich bin verliebt in dich bis unter die Haarspitzen, und jetzt frage ich mich plötzlich, ob das wirklich gut ist, wenn wir uns mit einem Altersunterschied von vierzig Jahren so zusammentun. Du hast so einen schönen Versprecher vor dem Frühstück mit einem ›Hoppla‹ zurechtgerückt. Aber für dich wäre doch ein Vater für deine Kinder angebracht, der sie auch bis zum Studium oder Berufseintritt begleiten kann. Wäre es nicht besser, wir schalten um von *emotio auf ratio?*«

Marion schaut Phil lange und intensiv an, bis sie etwas sagen kann. »Phil, ich habe schon gemerkt, dass du nachdenklich wirst, als wir uns dem Schloss genähert haben und vor allem, als wir in den Innenhof gekommen sind. Ich bin doch auch total verliebt. Ich habe mich schon gefragt, ob ich einen Opakomplex habe. Entschuldige, ich finde dich überhaupt nicht opahaft, aber ich weiß um dein Alter. Und es passt zu dir und spricht auch für dich, dass du reflektierst. Aber Liebe ist ein Ereignis, das nichts mit Vernunft zu tun hat. Lass mich bei dir sein, so lange es geht, und denk nicht an die blöden vierzig Jahre. Wir sind nicht das einzige Paar mit diesem Altersunterschied.«

Sie legt ihre Arme um seinen Hals und zieht seinen Kopf zu sich herunter, bis ihre Köpfe Stirn an Stirn liegen. »Genießen wir die Zeit, so lange wie es geht, und wenn sich Zeiten und Umstände ändern, schalten wir wieder den Verstand ein, aber nicht jetzt. Komm, weiter bummeln«, und sie zieht ihn Richtung Ausgang auf der Stadtseite des Schlosses.

Sie überqueren die B27 und stellen fest: Selbst vormittags hätte man angesichts des Verkehrs ohne Ampel kaum eine Chance, über die sechsspurige Stadtautobahn zu kommen. Sie gehen hinauf zum Marstallzentrum und sind froh, dass man dort kaum noch was vom Verkehr hört. Sie bummeln durch die Einkaufspassagen, schauen das eine oder andere Schaufenster an, ohne Kauflust zu verspüren, und verlassen das Kaufhaus auf der anderen Seite wieder, streben dem Marktplatz zu und genießen auch dort die Weite des Barockplatzes. Phil erzählt, wie zu seiner Schulzeit der Platz ausgesehen hat: voll mit Autos, keine Straßengastronomie, schmucklose Fassaden. An der Stadtkirche mit den zwei charakteristischen barocken Türmen biegen sie rechts ab, weil Phil noch durch die Seestraße gehen will, seine Lieblingsstraße in Ludwigsburg. Mit Blick auf das Bekleidungshaus OBERPAUR sagt Phil: »Schau, dort im OBERPAUR war zu meiner Schulzeit im Obergeschoss eine Art Cafeteria, wo es günstig ein Tagesgericht gab. Wenn wir nachmittags Unterricht hatten, sind wir Fahrschüler, also nicht Autofahrschüler, sondern von auswärts kommende Gymnasiasten, dorthin manchmal zum Mittagessen gegangen. Ja, hier hat sich in den fünfzig Jahren, die ich weg war, viel geändert.«

Marion dazu: »Jetzt fängst du schon wieder an, alter Mann zu spielen, hör doch auf damit!«, und schmiegt sich an ihn, indem sie ihn mit dem Arm umfasst. »Jetzt mach nicht den Brummbär, sondern sei mein Knuddelbär.«

Auf dem weiteren Weg, als sie die Wilhelmsstraße überquert haben, kommen sie an einem Lederwarengeschäft vorbei, wo vor dem Schaufenster an mehreren Ständern Taschen, Beutel und Rucksäcke hängen.

Er hält an. »Hast du einen kleinen Stadtrucksack, sowas ist praktisch, habe ich auch!«

Sie verneint.

»Dann schenk ich dir einen, wir suchen zusammen einen aus.«

Sie finden schnell einen schicken Rucksackbeutel mit aufgesetzten Taschen und Schnallen.

Im Weitergehen hält Marion an, umgreift ihn, drückt ihn an sich, sagt: »Lieben Dank, hast mir doch was gekauft, ich war ja auch brav«, und drückt ihm einen kräftigen Kuss auf die Lippen.

Da ertönt von oben eine Stimme: »Hallo Phil! Aber! Also! Ihr beiden!« Sie schauen hinauf und entdecken Angela, die sich aus einem Fenster hinausgebeugt hat. »Hallo, Angela, beobachtest du uns schon lange?«

»Nein«, klingt es von oben. »Ich habe auf meinen Mann Manfred gewartet. Der ist gerade rein von einer Frühprobe zurück zum Mittagessen. Also, du und die schöne Kommissarin! Soso!«

»Ja, ja. Wir haben eine aufregende Woche hinter uns, hast du ja gestern Abend erfahren«, erklärt Phil und fährt Marion zugewandt fort: »Das ist Angela Grieshaber, unsere Konzertmeisterin«, und wieder nach oben gerichtet: »Ich habe den Manfred gar nicht gesehen, war zu beschäftigt.«

Angela: »Den Eindruck hatte ich auch. Jetzt ist er in die Wohnung gekommen, also tschüss.«

Marion: »War eine nette Überraschung, wünsche guten Appetit!« Und zu Phil: »Jetzt ist der Vormittag rum, ich muss mich jetzt mal im Dezernat blicken lassen.«

Sie gehen weiter bis zum Goethe-Gymnasium, halten an, und Marion muss jetzt links abbiegen Richtung Polizeipräsidium und Phil rechts ab Richtung Bahnhof. Sie verabreden sich noch für den Abend in Marbach bei Phil und trennen sich nach einem schnellen Abschiedskuss. Da fällt Phil noch was ein, und er ruft ihr schnell noch hinterher: »Ach, wie ist das mit der Pressemitteilung. Ich will der Marbacher Zeitung ein paar Zeilen schicken. Versorgst du den Polizeisprecher mit Informationen?« Sie dreht sich um und ruft: »Ja, mach ich sowieso.«

Zuhause schreibt Phil unverzüglich, damit es noch zur Redaktionsbesprechung reicht, eine »Information zur Aufklärung des Celloraubes und Ankündigung des Konzertes« und schickt das Traktat per E-Mail an die Lokalredaktion Marbacher Zeitung und die Bietigheimer Zeitung. Die Zeit reicht noch, um sich auf der Oboe einzublasen und einige Passagen aus den Cellokonzert zu üben. Als er sich noch eine Etüde vornimmt, klingelt schon Marion. Und sie machen sich einen schönen Abend mit Essen, Erzählen und manchmal auch nichts anderes, als sich nur gegenseitig anzuschauen.

24. Kapitel

Die Marbacher Zeitung berichtet

Phil wacht morgens wieder als erster auf und holt sofort, noch im Schlafanzug, die Zeitung und blättert schnell durch. Im Teil »Stuttgart und Umgebung« findet er einen kleinen Absatz mit der Überschrift »In Marbach geraubtes Duport-Cello ist zurück«. Er blättert ohne weiterzulesen zum Regionalteil »Marbach und Bottwartal«. Dort ist größer aufgemacht der Leitartikel mit der Überschrift »Geraubtes Cello zurück. Konzert gerettet.« Er bringt die Zeitung gleich ins Schlafzimmer.

Marion hat sich aufgerichtet, blinzelt verschlafen und fragt: »Wo warst du denn? Bist einfach weg, ohne mich zu wecken.« Phil gibt ihr den Guten-Morgen-Kuss, dann: »Die Zeitung holen! Kannst gleich lesen. Ich dusche schnell und mache dann Frühstück, während du duschst.«

Heute gibt es kein großes Frühstück. Marion will pünktlich ins Dezernat, und Phil will früh schon einige organisatorische Telefonate erledigen und dann üben. Erst am späten Vormittag kommt er zum Lesen:

Im Teil »Stuttgart und die Region«: IN MARBACH GERAUBTES DUPORT-CELLO IST ZURÜCK (REDAKTION)

In Marbach war letzte Woche am Ende einer Orchesterprobe das berühmte Stradivari-Cello in einem spektakulären Überfall geraubt worden, das für den damals

gefeierten französischen Virtuosen Duport gebaut wurde
(wir berichteten darüber). Vom Sprecher des Polizeiprä-
sidiums Ludwigsburg erfahren wir nun: Der Fall ist auf-
geklärt, und die Räuber sind verhaftet. Zusammen mit
dem schon früh einbezogenen BKA war eine Sonder-
kommission im Polizeirevier Marbach eingerichtet wor-
den. Für die Aufklärung des eigentlichen Tathergangs
war das Dezernat Raub in Ludwigsburg zuständig, un-
ter Leitung von Frau Kriminalhauptkommissarin Ma-
rion Elfrich. Sie wurde unterstützt vom Leiter des Re-
viers Marbach, Erster Polizeihauptkommissar Friedrich
Batholom, und einigen seiner Beamten. Offenbar hat
ein unbekannter russischer Cello- und Napoleonliebha-
ber ausgekundschaftet, wann und wo sich das Cello be-
findet und dann eine weißrussische Organisation beauf-
tragt, es zu »beschaffen«. Polnische Autoschieber sollten
den Transport übernehmen. Man hat schon früh geahnt,
wo das Cello nach dem Raub versteckt war, und hat
es bis zur Übergabe an die Transporteure verfolgt und
dann zugegriffen. Damit konnte das BKA gleichzeitig
wertvolle Erkenntnisse über einen Auto-, Kunst- und
Antiquitäten-Schieberring gewinnen. Nähere Details
wollen die beteiligten Staatsanwaltschaften bis zur Fer-
tigstellung der Anklageschriften nicht zur Veröffentli-
chung preisgeben.

Im Teil »Marbach und Bottwartal«: GERAUBTES CELLO
ZURÜCK. KONZERT GERETTET (VON ARNOLD BRÜCKER)

Die Marbacher Zeitung hat schon mehrfach berichtet,
dass sich Berufsmusiker im Ruhestand und aus umlie-

genden Orchestern sowie in den umliegenden Musikschulen tätige Musiklehrer zu einem Liebhaberorchester zusammengefunden haben. Mit dem preisgekrönten jungen Cellisten Nema Raduloff aus Bietigheim haben sie sich für ein Konzert in Marbach vorbereitet. Das Besondere dabei ist, dass eine Stiftung das Duport-Cello von Stradivari diesem jungen Künstler zur Verfügung gestellt hat, und so also in Marbach eines der berühmtesten Celli zu hören sein sollte. Der russische Cellist Rostropovich hat es zuletzt gespielt. Als unsere Zeitung erfahren hat, dass am letzten Dienstag der Künstler mit seinem Cello zu einer Probe hier sein wird, haben wir das im Vorfeld mitgeteilt. Am Ende dieser Probe wurde dann bei einem brutalen Überfall mit Verletzten das Cello geraubt. Wie unsere Redaktion erfahren hat, wollten die Musikerinnen und Musiker nach diesem Erlebnis das Konzert abblasen.

Nach einer Nachrichtensperre aus ermittlungstechnischen Gründen teilt uns jetzt die Presseabteilung des Polizeipräsidiums Ludwigsburg mit, dass eine Sonderermittlungsgruppe mit dem Raubdezernat des Präsidiums Ludwigsburg, geleitet von der Kriminalhauptkommissarin Marion Elfrich, zusammen mit dem Polizeirevier Marbach unter der Leitung des Ersten Polizeihauptkommissar Friedrich Batholom und der Staatsanwaltschaft schon früh das Bundeskriminalamt eingeschaltet hat. Aus gut informierter Quelle können wir mitteilen, dass die so entstandene Sonderkommission (SoKo) sich im Polizeirevier Marbach eingerichtet hatte. Es hat sich offenbar nach umfangreichen Ermittlungen und Befragungen in ganz unterschiedlicher Richtung herausgestellt, dass ein unbekannter russischer Cello- und Napoleonliebhaber ausgekundschaftet hat, wann und wo sich das Cello befindet, und dann eine weißrussische Organisation beauftragt, es zu »beschaffen«. Polnische Autoschieber sollten den Transport übernehmen. Wegen früher Hinweise auf internationale Zusammenhänge war auch das BKA eingeschaltet worden. Der Staatsanwalt hat einen frühen Verdacht der Ermittlergruppe Marbach/Ludwigsburg dem BKA Wiesbaden mitgeteilt. In Zusammenarbeit mit Beamten aus Wiesbaden ist es in der Nacht von Montag auf Dienstag gelungen, die Räuber samt Cello zu verfolgen. Sie hatten sich in der Nähe von Marbach versteckt gehalten. Bei der Übergabe an das Transportkommando wurden die Räuber und das Cello dingfest gemacht. Gleichzeitig konnte das BKA dabei wertvolle Erkenntnisse über einen Auto-, Kunst- und Antiquitäten-Schieberring gewinnen. Nähere Details wollen die beteiligten Staatsanwaltschaften (für hier zuständig Heilbronn, außerdem die Bundesstaatsanwaltschaft in Wiesbaden und die Staatsanwaltschaft Bielefeld) bis zur Fertigstellung der Anklageschriften nicht zur Veröffentlichung preisgeben.

Aus direktem Kontakt unserer Zeitung zum Orchester haben wir erfahren, dass schon am Dienstag das Instrument von KHK Elfrich dem Solisten übergeben wurde und unverzüglich die Musikerinnen und Musiker informiert wurden. Das noch nicht bis ins Detail geplante Konzert wird also doch stattfinden. Am 1. Samstag im November wird Nema Raduloff auf einem der berühmtesten Instrumente das wenig gespielte romantische und spannende Cello-Konzert vom d'Albert in der Stadthalle in Marbach spielen. Zum weiteren Programm werden wir berichten. Das Konzert wird am Sonntag danach als Ma-

tinee wiederholt im Kronensaal in Bietigheim. Die Vor-
bereitungen der Musikerinnen und Musiker laufen wie
geplant. Unsere Zeitung wird weiter darüber berichten.

25. Kapitel

Paula und Nema

Nach der Probe am Dienstag, bei der man die Musikerinnen und Musiker mit der Rückkehr des Duport-Cellos überrascht hatte und die deswegen mit einer Feierrunde endete, musste Nema Paula nach Bietigheim mitnehmen, denn ihr Auto stand noch dort. Sie waren ja zusammen mit dem Auto von Nemas Vater gekommen.

Unterwegs sagt Nema: »Komm noch mit rein und lass uns zuhause auch noch ein bisschen mit meinen Eltern feiern. Mein Vater kennt dich noch nicht so richtig, er war ja tagsüber immer weg und ist abends dann früh ins Bett gegangen, oder wir haben uns selbst immer gleich zurückgezogen.«

»Okay, ich möchte mich auch mal mit deinem Vater unterhalten. Du als mein Lieblingsmann hast ja schließlich seine Gene, und er hat dich auch mit erzogen zu dem, der du heute bist: ein sympathisches Musikgenie mit liebenswertem Charakter.«

Wenn es nicht dunkel gewesen wäre, hätte man gesehen, wie Nema rot wurde mit einem verlegenen Gesichtsausdruck, den man bei einem jungen gestandenen Mann gar nicht vermutet hätte. Und er sagt nach einer Pause:

»Lieblingsmann? Du Schmeichelkatze, soll ich das als Liebeserklärung verstehen? Das ist ein komischer Ort und eine seltsame Zeit für sowas!«

Sie antwortet: »Ich muss es doch endlich sagen, was wir eigentlich beide wissen, seit wir zusammengekommen sind und auch so eng zusammen waren in der vertrackt aufregenden Nacht und danach.«

Und Nema fährt auf die Seite, hält an, dreht sich ihr zu, nimmt sie in den Arm mit den Worten: »Jetzt kommt meine Liebeserklärung!« Und er küsst sie lange und innig, bis sie mahnt: »Aber das Weitere jetzt nicht im Auto, fahr weiter!«

Als sie vor dem Häuschen vorfahren und aussteigen, öffnet sich schon die Türe, und Vater Raduloff kommt heraus und ihnen entgegen.

»Wir haben euch schon erwartet und das Auto vorfahren hören. Nema, deine Mutter hat mit erzählt, dass ihr bei der Probe eine Überraschung geplant habt. Müsst ihr uns gleich erzählen. Und hoffentlich bleiben Sie, Frau Berlin, noch da? Ich nenne Sie jetzt einfach auch Paula und sage Du zu Ihnen.Bleibst du da, Paula?«

Sie hat ihn bislang irgendwie nie so richtig registriert, ein großer kräftiger, immer noch sehniger dunkler Typ, und findet diese offene direkte Art sofort sympathisch.

»Ja gerne, Nema hat während der Fahrt schon mit mir darüber gesprochen. Und ich habe ihm sofort gesagt, dass ich Sie auch gerne kennenlernen will, den Vater meines Traummannes.«

Sie treten ein, und als Nemas Vater hinter ihnen die Türe schließt, kann er sich die Bemerkung nicht verkneifen: »Oho, Traummann. Ich habe schon bemerkt, dass ihr euch gut versteht und vor allem wunderschön zusammen spielt.«

Sie gehen ins Wohnzimmer und werden dort von Frau Raduloff begrüßt, die zuerst ihren Sohn und dann auch Paula herzlich umarmt und dann sagt: »Du musst wissen, in unserer Heimat hätten wir das auch gemacht, wenn der Sohn eine Frau mitbringt und die Eltern ahnen, dass sie sich mögen. Nema, du brauchst nichts zu sagen, ich bin deine Mutter, und Paula, du brauchst auch nichts zu sagen, ich bin eine Frau, die auch mal jung war, und ich habe dich beobachtet und dabei Zeichen gefunden, die ich bei mir als junger Frau auch gespürt habe. Wir mögen Württemberger Weine inzwischen auch so wie in unseren jungen Jahren die serbisschen und kroatischen Weine. Und Paula, du bleibst über Nacht wieder hier, fährst nicht mehr Auto.«

Während sie sich in der Sitzecke niederlassen und die Mutter Gläser, Wein und Knabberle holt, ist Paula so überwältigt von der Offenheit und Freundlichkeit dieser Menschen, dass sie ihre anfängliche Scheu ablegt und gesteht: »Sie haben aber sehr gut beobachtet. Wir haben uns gerade auf der Fahrt unsere Liebe erklärt. Ich war vom ersten Anblick von Nema gefangen genommen und habe ihm vorhin gesagt, den Vater dieses Mannes möchte ich gerne kennenlernen, der ihm diese Gene eines Musikgenies und die Erziehung zu einem liebenswerten Verhalten mitgegeben hat, auch die Fähigkeit zur Empathie, die ich in seiner Musik besonders spüre, wenn wir zusammen spielen.«

Darauf der Vater: »Lass uns erst anstoßen darauf, dass mit dem Cello alles gut gegangen ist und ihr euch dabei gefunden habt.« Und als das Gläserklirren verhaucht war und jeder sich einen Schluck auf der Zunge hat vergehen lassen, fährt der Vater fort: »Euer gegenseitiges Verständnis beim Musizieren habe ich intuitiv erfasst, als ihr zusammen gespielt habt. Irgendwie versteh ich Musik, aber Musiker waren wir beide nicht, seine Mutter und ich, haben dazu auch keine familiären Traditionen. Aber weißt du, wir stammen aus dem Balkan, da ist überall Musik, in der Landschaft und in den Menschen, und ich habe gelesen, dass sich auch

Verhalten vererbt, nicht nur Gene. Vielleicht muss ich dir unsere Geschichte doch erzählen. Ich stamme aus einer Roma-Sippe, die aber schon über mehrere Generationen in Serbien sesshaft geworden ist. Und im ehemaligen Jugoslawien unter Tito hat sich sowie alles vermischt. Südländer sind weltoffen, und jungen Männern und Frauen ist es oft nicht so wichtig, wer woher kommt und an was er glaubt. Da zählt nur die Liebe. So habe ich eine kroatische Frau gefunden, von der ich nicht lassen konnte (die Eheleute schauen sich wie frisch Verliebte an), auch nicht als dieser Krieg wieder getrennt hat, was mal gut zusammen war. Deshalb sind wir weggegangen, haben alles hinter uns gelassen und konnten hier arbeiten und leben, wo die Menschen zuerst so zurückhaltend sind und dann auf freundliches Verhalten auch herzlich reagieren können. Ich habe immer viel gelesen, wollte mal Psychologie studieren, aber hier hat man Handwerker gebraucht, und da war ich nicht schlecht drin. Weißt du, als die Lehrer gesagt haben, Nema soll aufs Gymnasium gehen, haben wir uns gefreut und ein bisschen mehr gearbeitet. Und als er Cello spielen wollte, haben wir gesagt, das machen wir mit ein paar Überstunden, es war ja in Deutschland Hochkonjunktur. Dann gab es aufmerksame Lehrer an der Musikschule und an der Hochschule, Stipendien und Preise. Und stolze Eltern. Aber eigentlich hat er das alles doch selbst gemacht mit dem Willen, den wir auch hatten als Flüchtlinge oder Gastarbeiter. Wir haben uns dann immer gesagt: ›Der Kopf ist schwer, aber er muss oben bleiben‹, und: ›Stehenbleiben ist nicht gut, wenn es vorwärts gehen soll.‹ Vielleicht hat er das alles gespürt, ohne dass wir darüber gesprochen haben.«

Paula hat derweil immer nur Nema angeschaut und sagt

dann: »Man merkt ihm irgendwie an, dass er liebe Eltern hat. Er ist so ausgeglichen und bleibt immer freundlich. Da muss ich erzählen, wie ich ziemlich durcheinander war, als ich ihn bei der Kennenlernprobe zum ersten Mal gesehen habe und dauernd falsch gespielt habe. Er hat das gemerkt, mir sofort einige freundliche Worte gegönnt und mich aufgemuntert, als ich schon auf Vorwürfe wartete.«

Mama Raduloff schaltet sich ein: »Aber jetzt erzählt, wie die Überraschung mit dem Cello in der Probe gelungen ist.«

Paula: »Ach, ich war so aufgeregt. Nema, erzähl lieber du!« Also schildert er die Situation:

»Ich war auch aufgeregt. Während das Orchester zuerst allein geprobt hat, bis ich mich eingespielt hatte, war ich schon nicht ganz bei der Sache. Dann habe ich das Cello nachgestimmt und gemerkt, dass einige schon aufhorchen. Und als ich eingesetzt habe, haben die vorderen Pulte der Geigen schon nach zwei Takten aufgehört zu spielen, und noch zwei Takte weiter hat der Sebastian die Hände hochgerissen und ausgerufen: ›Das ist doch nicht?‹ Und ich habe laut geantwortet: ›Ja, es ist!‹, und ich habe erzählt, dass der Phil die Überraschung eingefädelt hat. Außer Paula und mir wusste niemand, dass sich in der Nacht was tat. Vielleicht hat Sebastian was geahnt, denn Phil wollte unbedingt diese Probe haben. Ja und damit war die Probe zu Ende, und wir haben Wiederhören mit dem Cello gefeiert.«

Sie sitzen noch eine Weile zusammen, bis Paula sagt: »Es ist so gemütlich bei euch. Aber es ist schon fast Mitternacht und ich muss morgen früh zur Probe nach Heilbronn und vorher noch nach Hause, mich umziehen.«

Mutter Raduloff merkt an: »Wir sind fast gleich groß oder besser klein, und ich würde dir gerne was von mir geben, aber einen so ausgefallenen Chic, wie du ihn trägst, den kann ich dir nicht bieten, aber Nachtwäsche bekommst du von mir. Soll ich dir auch ein eigenes Bett richten?«

Nema und Paula schauen sich verlegen an, bis der Vater einspringt mit einem kurzen »Aber Frau! Doch nicht!«.

Am nächsten Morgen gibt es ein kleines, weil alle schnell weg müssen, aber trotzdem gemütliches Frühstück. Dann trennen sich die Wege.

Beim Verabschieden sagt Paula noch: »Ich rede mit meinen Eltern über eine Einladung. Ich habe schon so ausgiebig eureGastfreundschaft genießen dürfen, und meine Eltern wundern sich schon, wo ich die ganze Zeit abbleibe.« Paula darf die Zusicherung mitnehmen, dass sie eine Einladung gerne annehmen, wegen der Berufstätigkeit aber nur am Wochenende.

Sie ergänzt: »Das ist bei meinen Eltern nicht anders.«

Und sie bekommt noch den Auftrag mit, die Eltern einer so reizenden Tochter zu grüßen. Nema begleitet sie zum Auto, damit der Abschiedskuss nicht unter den Augen seiner Eltern stattfinden muss.

Zuhause wird Paula mit Umarmungen und der Bemerkung empfangen: »Jetzt sehen wir dich ja tatsächlich mal wieder. Erzähle uns, was die letzten drei Tage alles los war. Ein bisschen sorgen wir uns immer noch um unsere Tochter, auch wenn sie erwachsen ist.«

Und Paula erwidert: »Mir liegt so viel auf der Zunge, was ich alles loswerden will, aber ich muss zur Probe und mich noch umziehen. Wenn ich zurück bin, erzähle ich alles, aber jetzt erst nur Grüße von lieben Menschen, die ich kennengelernt habe. Heute Abend dann mehr. Tschüss.«

Paulas Probe mit dem Heilbronner Kammerorchester ist um fünfzehn Uhr zu Ende.

Sie ruft Nema an: »Hallo, mein Traum, mein Traummann. Wie hast du den Tag verbracht? Du hast doch hoffentlich an mich gedacht?«

»Aber klar hab ich das. Aber ich hatte viel zu üben, habe in meinen Notenstapeln was rausgesucht, was ich als zweite Zugabe spielen könnte. Die erste ist doch klar, wir spielen das Beethoven-Duett zusammen, oder nicht?«

»Willst du das wirklich? Natürlich gerne, wir haben ja Zeit, das zu perfektionieren, und den Leuten wird das gefallen, wenn wir den Humor in diesem Stück rüberbringen können. Und was hast du für dich ausgedacht?«

»Ich habe mal zum Vorspielen lange an Paganini-Cappricien gearbeitet und heute durchgeschaut. Soll ja nicht zu lang sein. Das fünfte ist sauschwer, aber macht Laune, wenn es läuft.«

»Nema, das ist brutal. Brotbeck hat mir das mal aufgelegt und wieder weggenommen. Überleg dir das!«

»Ja, ich hab nur probiert. Aber kommst du vorbei, ich hab Sehnsucht!«

»Nema, du musst lernen, mal einen Tag ohne mich auszuhalten. Ich muss meinen Eltern das Herz ausschütten, die wollen endlich wissen, wo und warum ich denn so lange abgeblieben bin.«

»Dann mach das und grüße sie. Ich will die auch mal kennenlernen, haben wir ja schon so gut wie verabredet.

Vor allem deine Mutter muss ja eine schöne Frau sein, wenn sie so eine tolle Tochter hat.«

»Nema, na na, verguck dich nicht in meine Mutter, ich pass auf dich auf. Also ich ruf heute Abend nochmal an. Bis dann und tschüss jetzt.«

»Mach's gut und pass auf, jetzt kommt ein Kuss ins Ohr,« und er küsst in den Hörer und legt auf.

Beim Abendessen fängt Paula schon an, ihr Herz auszuschütten, das überläuft von Erlebtem und Empfindungen, erzählt von der Anspannung beim Mitverfolgen, wie nach dem Cello gefahndet wird und die Täter verfolgt werden, als nur sie als Einzige erfahren haben, dass in der Nacht auf Dienstag etwas Bedeutendes geschieht, und sie Nema mit dieser Ungewissheit des Wartens nicht alleine lassen wollte, von der Erleichterung, als die Kommissarin zusammen mit Phil das Cello zurückbrachte, und wie sie die Musikerinnen und Musiker, die im Ungewissen geblieben waren, überraschen konnten und dann mit Nemas Eltern zusammen die letzten Anspannungen ablegen konnten und überhaupt, der Nema, und …

»Ich habe mich total verliebt. Könnt ihr das denn verstehen?«

Inzwischen war der Tisch abgeräumt und eine Flasche Wein aufgemacht, zur Feier des Tages eine Trollinger Steillage. Die Eltern trauen sich nicht, den Redefluss zu unterbrechen und Paula bemerkt, wie sich die Gesichter der Eltern entspannen und sie sich unwillkürlich an den Händen fassen. Schließlich kommt Paula noch darauf, in welch angenehmer Atmosphäre Nemas Vater so offen aus seinem Leben und von seiner Abstammung erzählte.

»Mama und Papa, ihr müsst Nema und seine Eltern unbedingt kennenlernen. War ich zu voreilig, als ich davon gesprochen habe, sie mal einzuladen?«

Vater Berlin drückt die Hand seiner Frau noch fester, als er sie sowieso schon gehalten hatte, schaut sie an und sagt: »Ich glaube, du bist auch einverstanden?«

Sie nickt und schaut Paula liebevoll an. »Du bist zwar schon erwachsen, aber ich sage jetzt trotzdem Kind zu dir. Kind, ich glaube, du bist gerade aufgeregt glücklich. Ja. So verliebt zu sein, wie du mir vorkommst, ist wirklich aufregend. Wir haben von Nema schon ein bisschen was gehört und möchten ihn natürlich kennenlernen. Und die Eltern deines geliebten Genies erst recht. Macht ihr beide was aus an einem Wochenende, an dem ihr beide keine Verpflichtungen mit Proben oder Konzerten habt.«

Paula ist nun wirklich wieder das Kind, das sich bei seinen Eltern mit Küsschen bedankt und dann dazu sagt: »Das muss ich ihm sofort sagen, und dann gehe ich auch gleich ins Bett. Gut's Nächtle.«

Bei dem Telefonat vereinbaren sie einen täglichen Anruf morgens vor dem Frühstück, um den Tag zu planen, und eigentlich hätten sie viel zusammen zu üben und Wichtiges zu besprechen und überhaupt …

Die vorgesehene Einladung der Raduloffs nach Marbach findet tatsächlich schon am darauffolgenden Sonntag zu Kaffee und Kuchen statt. Paula hatte vorgeschlagen, dass sie zusammen den Eltern ein kleines Konzert geben wollten, also hatte Nema sein Cello eingeladen, das Duport natürlich, und sie waren pünktlich im Kirchenweinberg eingetroffen. Paula konnte es nicht erwarten, also steht sie

hüpfend vor Erwartung vor dem Haus, schaut den Nach-
barkindern zu, die einen Basketballständer auf des Straße
aufgestellt haben und Zielwürfe üben. Sie winkt das an-
kommende Auto auf den Platz vor ihrer Garage und bittet die Raduloffs herein, während sie nach drinnen ruft:
»Mama, Papa, sie sind da!«

Frau Berlin ist beim Anblick des jungen Cellisten faszi-
niert: Der hat eine ganz ähnliche Frisur wie Paula, denkt sie
und während sie den Vater ansieht: Auch ein athletischer
Typ wie sein Vater mit dunklem Teint und fast schwarzen
Augen mit einer zierlichen Frau wie unsere Paula und ich,
welch ein Zusammentreffen.

Man tauscht die üblichen Höflichkeitsfloskeln aus, und
sie stellen sich und ihre Geschichten in Auszügen vor, bis
nach der zweiten Tasse Kaffee Paula initiativ wird. »Jetzt
schaut mal raus über Marbach und genießt den Spätsom-
mer, Nema und ich geben euch gleich ein kleines Konzert,
wir spielen uns mal warm.« Sie nimmt ihn an der Hand, er
greift sich das Cello, und sie steigen hinauf in ihr Zimmer
mit dem Kommentar: »Schau über die Poster aus meiner
Teenager-Traumzeit weg, von denen ich mich immer noch
nicht trennen kann. Bleibe cool und erstmal Cellist.«

Unterdessen stehen die Elternpaare auf dem Balkon mit
Blick auf die Altstadt. Mutter Berlin, ganz Lehrerin, er-
zählt aus der Geschichte von Marbach und den hier gebo-
renen Berühmtheiten Friedrich Schiller, Tobias Mayer und
Ottilie Wildermuth. Vater Berlin, ganz Ingenieur, erzählt
von seiner Arbeit im möglichen Einsatz von Keramik im
Motorenbau, und beide stellen fest: Sie finden in diesen
Bereichen vorgebildete Gesprächspartner.

Eine halbe Stunde später: Paula und Nema kommen

vom Obergeschoss des Reihenhauses herunter und unterbrechen die Gespräche zwischen Müttern und Vätern.

»Wir haben schon mal einige Stücke zusammen gespielt und wollen euch damit überraschen. Zuerst ein ganz kurzes Duett von Haydn, dann was von Beethoven, das Nema vielleicht als Zugabe im Konzert mit mir zusammen spielen möchte, und vielleicht trägt er noch ein paar spektakuläre Takte aus einem Paganini-Capriccio vor, das er eventuell als zweite Zugabe spielen will.«

Beim kurzen Haydn-Duett bringen sie seine humorvollen Überraschungen so rüber, dass sie sogar kurze Lacher auslösen, das nur wenigen bekannte Beethoven-Duett kommt gut an, auch das finden die Eltern mal spannend, mal lustig, mal ärgerlich und meinen, das käme sicher als Zugabe gut an. Und dann Paganini, der löst einfach Bewunderung aus, auch wenn Nema zwei Strauchler hat. Nemas Vater gibt zu, dass er seinen Sohn zwar schon in Konzerten und bei Vorspielen an der Musikhochschule gehört und bewundert hat, aber in einem so engen Rahmen noch nie erlebt hat. Die Mütter sind einfach vor Bewunderung hingerissen, und Frau Berlin findet, dass Nema die Auszeichnungen und die Leihgabe des Duport-Cello völlig zurecht bekommen habe.

Dann lädt sie Frau und Herrn Raduloff ein, noch zum Abendessen zu bleiben, und schlägt vor, sie sollten doch Du zueinander sagen: »Ich heiße Cordula und mein Mann Moritz. Übrigens bewundere ich schon die ganze Zeit euer einwandfreies Deutsch, und wie ihr euch so gut in Deutschland zurechtgefunden habt.«

Frau Raduloff ergreift das Wort: »Ich heiße Rajza und mein Mann Abraham. Deshalb hat Nema den zweiten Vornamen Abraham. Und auf dem Balkan ist Deutsch weit verbreitet. Sie wissen schon, die habsburgische Geschichte, man findet überall noch ihre Spuren, auch nach den zwei Weltkriegen und den noch schlimmeren letzten inneren Wirren. Viele unserer Eltern haben von ihren Eltern davon erzählt bekommen, und vieles wurde in unserem Geschichtsunterricht anders gelehrt, als wir es vom Erzählen gehört haben. Und wir beide, mein Mann Abraham im Serbischen und ich im Kroatischen, konnten auf dem Gymnasium Deutsch als Zusatzfach wählen.«

Moritz Berlin fragt nach: »Warum haben Sie denn nach dem Schulabschluss nicht studiert?« Abraham Raduloff erklärt ihm: »Wir haben das auch angefangen, Rajza mit Pädagogik, Schwerpunkt Familie und Erziehung, und ich mit Psychologie. An der Uni haben wir uns kennengelernt und geheiratet. Und dann ist Jugoslawien zerfallen, und der Krieg hat alle Pläne zunichte gemacht. Wir hatten die Wahl, uns zu trennen oder zu fliehen. Und die Geschichte und die Verbindungen zu Gastarbeitern in Deutschland hat uns euer Land als Fluchtziel wählen lassen. Die Schwaben waren uns gegenüber zuerst sehr zurückhaltend. Aber wir haben nicht gestohlen, sondern Arbeit gesucht und wollten uns was aufbauen. Bei dem, was man uns als Arbeit angeboten hat, sind wir dann geblieben, und dann waren wir sozusagen akzeptiert und mittendrin bei den Schwaben. Als wir einen Hausstand hatten, haben wir uns einen Sohn gewünscht, und Gott hat ihn uns geschenkt. Ich habe gedacht, vielleicht wird er mal Psychologe, was ich nicht werden konnte. Jetzt ist er Musiker, aber ich finde, in der Musik steckt viel Seelenleben, und ich glaube, er setzt das auch um.«

Paula ergänzt dies: »Ja, Nema kann wirklich Gefühle musikalisch sehr sensibel umsetzen, vor allem wenn er Beethoven spielt. So zartfühlend liebevoll und dann wieder heftig attackierend wie er habe ich noch nie jemanden Beethoven auf dem Cello spielen hören.«

Die Unterhaltung geht noch weiter, auch in der Richtung, warum Paula nicht Ingenieurin geworden ist, aber in der Musik ingenieurwissenschaftliche Prinzipien von Statik und Dynamik sieht und feststehende Prinzipien in Improvisation umsetzen kann, ohne Bezug zum Grundgerüst zu verlieren.

An diesem Punkt angelangt wendet Paula ein: »Jetzt wird es sehr abgehoben. Musik kann auch einfach nur schön sein, mal schön aufregend, mal schön beruhigend. Es ist schon spät«, und an ihre Eltern gewandt fragt sie: »Darf Nema heute nicht mal bei mir übernachten?«

Moritz Berlin: »Aber Paula!«, Cordula Berlin: »Mein Kind, dein Vater meint das nicht so. Moritz, wir haben damals nicht so gefragt! Nema ist uns immer willkommen, und natürlich seine Eltern auch. Du Alter aus den Siebziger Jahren hast wohl ein bisschen was vergessen?«

Die Raduloffs verabschieden sich und versichern, dass sie gerne in Kontakt bleiben möchten.

Und in die nachfolgende Zeit sei hier schon hineingeschaut:.Paula und Nema finden Tag für Tag Gründe, warum sie sich treffen und sehen müssen. Mal müssen sie etwas zusammen einstudieren, mal gibt es eine Frage zu der Interpretation auf einer neu erschienen CD, mal will man etwas einkaufen und braucht dazu die Meinung des anderen, mal war es einfach ›Kann ich dich heute noch einmal sehen, bevor ich ins Bett gehe?‹. Und die Treffen finden mal in Marbach und mal in Bietigheim statt, sodass Nema von den Berlins schon fast wie ein eigener Sohn betrachtet wird, und Paula von den Raduloffs als schon zum Haushalt gehörig vereinnahmt wird. Und Cello gespielt wird immer.

Paula hat Nema mal zu einer Probe mitgenommen, wo er mitgespielt hat und auch eine solistische Einlage gegeben hat.Mit der Folge, dass man angeboten hat, ihn im Spielplan für das nächste Jahr als Solisten zu engagieren. Und er hat zugesagt, nicht nur Paula zuliebe, und die Orchestermitglieder haben schon um Kartenreservierung für das Konzert in Marbach gebeten.

26. Kapitel

Kriminalistische Routine und Orchesterproben

Für den Tag nach dem gemeinsamen Stadtbummel durch Ludwigsburg hat Marion Phil gebeten, nochmal ins Präsidium zu kommen. Die Ermittlungsakten müssen geschlossen werden und baldmöglichst zur Staatsanwaltschaft nach Heilbronn. Also fährt Phil nach einem kleinen Mittagessen nach Ludwigsburg und genießt in der Bahn den Ausblick auf die schon herbstlich gefärbte Landschaft. Die Weinernte ist abgeschlossen und die Steilhänge gegenüber von Benningen sind rotgelb eingefärbt, die Felder braun und auf manchen sieht man schon wieder einen leicht grünlichen Schimmer, wo Winterweizen eingesät worden war. Der alte Baumbestand im Favoritepark hat noch gedämpfte Grüntöne zwischen denen es rötlich-gelblich-bräunlich changiert, darüber ein azurblauer Himmel mit weißen Schaumwolken, die Sonne scheint schon nicht mehr grellgelb, sondern fast ins orange tendierend. Phil fühlt sich wie in einer Symphonie von Berlioz und denkt dabei an Marion. In Ludwigsburg angekommen geht die Mylius Straße hinunter. Vor der Eisdiele, die der Grund für seinen kleinen Umweg ist, sitzen noch Eisliebhaber vor diversen Bechern mit Kugeln und Früchten wie die Farbenpracht der Natur, die er eben bewundert hat. Er begnügt sich heute mit zwei Kugeln mit einfachen Farben; schokoladig und vanillig. Dann biegt er rechts ab und geht über die Bärenwiese, wo die Astern und die letzten Herbstblumen Farbtupfer in den wiesenumgebenden Rabatten zwischen den Reihen von Alleenbäumen markieren. Und die Aussicht, gleich Marions blondem Wuschelkopf und blauen Augen gegenüber zu stehen, versetzt ihn noch mehr in Hochstimmung. Dabei geht ihm durch den Kopf, wie dazu noch rote Wangen gut passen würden, also was sage ich zu ihr, dass sie wieder mal rot wird? Oder vor allen aus dem Dezernat einen richtigen Schmatzkuss geben?

Aber das verwirft er wieder im Selbstgespräch »Überlegen darf man ja, aber man muss nicht alles tun nur weil man es vielleicht könnte.«

Als er ins Dezernat kommt, sieht er im großen Raum alle an ihren Schreibtischen sitzend vor Papierstapeln oder auf Bildschirme stierend und es ist wie totenstill.

Deshalb ruft er in den Raum hinein – man kennt sich ja schon ausreichend, so dass er sich das erlaubt – »Hallo beisammen! An diesem schönen Tag so tristes Klima hier drinnen. Was ist los, ich kenne das immer als höchst betriebsam hier!«

Und es schallt von den Schreibtischen zurück »Ach, der Phil. Marion komm, Phil will dich sehen.«

In den hinteren beiden Zimmern stehen die Türen offen und Marion und Wil kommen raus. Marion ruft in den Raum: »Ja, den hab ich einbestellt, weil er an den abschließenden Protokollen seinen Part am der Aufklärung beitragen muss. Der Staatsanwalt braucht das. Was glaubt ihr denn?«

Wil und Vera wie aus einem Mund: »Weil ihr euch schon lange nicht mehr gesehen habt!«

Und prompt passiert ohne sein Zutun das, was Phil sich

ausgemalt hat: Blaue Augen blitzen unter blonden Locken über roten Wangen, und er denkt für sich: Was für ein Kitsch in meinem Kopf, aber vielleicht doch mal ein Gedicht dazu im Kapitel ›Marion‹?

Marion sieht ihm an, dass seine Gedanken auf Abwegen sind und ruft: »Komm jetzt, Phil, wir haben zu arbeiten. Und, Wil, du kommst mit, wir brauchen dich mit deinen Dateien zum Abschlussprotokoll dabei.« Wil holt sein Tablet, das ihn mit allen Dateien auf dem Server verbindet, und sie setzen sich rechts und links neben Marion an ihren Schreibtisch, der rechts und links von Monitor und Tastatur mit Akten- und Papierstapeln voll ist.

Marion bittet Wil, die Dateien aufzurufen, in denen Phil bei den Ermittlungen vorkommt, damit sie zusammen nochmal durchschauen können, um gegebenenfalls auch Ergänzungen einzusetzen oder Fehler ausmerzen zu können. Insbesondere gehen sie die Hinweise der Geigenbauer durch, die wichtige Verdachtsmomente geschaffen oder bestätigt haben: Der Geigenbauer Antoine Mueller aus Stuttgart mit dem Hinweis auf steigendes Interesse in Russland an Kunst und alten Instrumenten sowie Dr. Bechheim aus Freiberg, bei dem ein Cellokoffer von jemandem gekauft wurde, der offenbar nicht viel Ahnung von Cellos und Zubehör hatte und auch nicht den Eindruck eines Musikliebhabers machte, dessen Auto ihm aber am Klang und Aufmachung so in Erinnerung geblieben war, dass man es als das des Oleg Checkow identifizieren konnte. Sie gehen in Gedanken nochmal den Sonntagabendspaziergang zum Vergleich mit dem, was bisher aktenmäßig festgehalten war. Dann ordnen sie die Vermutungen oder Ahnungen des Rastrelli-Cello-Quartetts als weiteren Hinweis ein, auf der richtigen Spur zu sein. Nach zwei Stunden wird Wil beauftragt, die Akten bis hierher abzuschließen, und Phil muss noch die Protokolle der Musikerbefragung durchgehen.

Draußen werden vom Team die Ergebnisse der Kriminaltechnik und die Daten der Telefon- und Handyabhörung sortiert und zusammengefasst. Und zum Feierabend holt Marion nochmal die Frau- und Mannschaft zusammen, um die Abschlussarbeiten für den nächsten Tag zu verteilen. Sie selbst will mit Wil zusammen die Verfolgung und den Zugriff aktenmäßig bis Freitag aufarbeiten: »Wenn nicht ein neuer größerer Fall dazwischen kommt.«

Damit beschließt sie den Arbeitstag, verabschiedet das Team in den Feierabend und als sie alleine sind zu Phil gewendet: »Ist es für dich okay, wenn ich meinen Kopf für den Abschluss dieses Falles freihalte, und wir uns erst am Wochenende wieder sehen?«

Phil: »Ich verstehe das gut. Organisiert und durchgeführt habe ich immer gerne, aber die Abschlussberichte haben mir mehr Kopfzerbrechen bereitet als alles andere. Wir telefonieren morgens und dann machen wir am Wochenende einen Ausflug zusammen, du musst ja auch mal ein dienstfreies Wochende haben.«

Marion: »Ja, den Anspruch darauf habe ich schon, aber wer weiß schon ob nicht doch was passiert, was der Bereitschaftsdienst nicht alleine erledigen kann.«

Phil: »Da habe ich es doch gut, als Pensionär selbstbestimmend zu leben, aber irgendwas zu organisieren gibt es doch immer.« Und sie gehen Hand in Hand aus dem Präsidium.

Der Wochenendausflug wird ein geschichtlich-kultureller nach Kloster Lorch, Wanderung über die Kaiserberge und Übernachtung in Kirchheim. Dringend notwendige Ablenkung nach zwei Wochen Celloraub Aufklärung. Weitere Ausflüge folgen wo auch nicht nur verliebte Euphorie ausgelebt wird … machen Wochenenausflüge und sind so unzertrennlich, dass ihnen darüber Zweifel aufkommen ob sie sichvor lauter blinder Verliebtheit nicht doch in eine Sackgasse begeben?

27. Kapitel

Orchesterproben

Am Montag, nach dem so dringend erwarteten Morgentelefonat mit Marion, hatte Phil eine Besprechung mit Sebastian vereinbart, um die Konzertvorbereitungen zu planen. Sebastian wollte auch die Stimmführer dabei haben, wenigstens zwei aus den Bereichen Streichinstrumente und je einen aus Holz- und Blechblasinstrumente, und er bat ihn, auch schon mögliche Probentermine auszukundschaften. Also musste Phil seinen ›Lieblingsjob‹ seiner beruflichen Laufbahn ausführen: Termine planen, Pläne ändern, Telefonate ohne Ende führen, »Warum denn dann diesen und nicht jenen Tag«, zwei Stunden vor, eine zurück, frag doch mal ob »DIE DA« nicht den Raum mal frei geben und nicht »DER DA und DIE DA«

Spätabends hatte die Übereinstimmung ein Optimum erreicht, ein Maximum ist bekanntlich bei solchen Dingen ja illusorisch. Er gab das Ergebnis an Sebastian durch, und der befand, dass man auch noch das Programm diskutieren müsse. Also ging die Telefonrunde weiter und Phil erreichte, dass an diesem Dienstag diesmal keine Probe stattfand, sondern das Treffen der Stimmführungen und Instrumentengruppenleitungen.

(Phil entschuldigte sich für diese seltsamen Bezeichnungen und Benennungen für die Menschen, mit denen man zusammen Musik macht, das sei halt wegen ›political correctness‹ und ›gender neutral‹, sogar in Kreisen wo man sich gegenseitig schätzt und achtet. »Diese Spitze sei erlaubt!«).

Also trifft man sich im Musiksaal des FSG und beschließt gleich, sich lieber ins Nebenzimmer der FC-Klause zu verziehen, da sei eine produktivere Atmosphäre und bei Bier oder Wein habe man immer die besseren Ideen als in einem Schulzimmer.

Der erste Besprechungspunkt betrifft das Konzertprogramm. Die früher einmal andiskutierte Bruckner-Symphonie zu streichen ist schneller Konsens. Sie ist zu lang und die Besetzung nicht in Kürze zusammenzustellen.

Es fallen aber auch einige Randbemerkungen wie »Können wir nicht doch mal dazu Notenmaterial besorgen und uns damit beschäftigen?«

»Eigentlich eine große Nummer und schon reizvoll«

»Denkt dran, wo wir sind. Wir wollen ja erst ein einschlägiges Konzertpublikum aquirieren, das es für Brucker-Symphonien hier wahrscheinlich noch nicht gibt ...«

Man einigt sich schließlich, neben der sowieso schon feststehenden Konzert-Ouvertüre ›Der römische Karneval‹ von Hector Berlioz und nach dem Cellokonzert auf Wunsch des Solisten ›Cello-Zugabe Überraschung‹ ins Programm aufzunehmen, ohne das im Programm genauer zu benennen (Phil weiß schon, was Nema und Paula vorbereiten, verrät es aber nicht) und dann abzuwarten, ob und was der Solist als eigene Zugabe anbietet, und nach der Pause Dvorcak 1. Symphonie Op 3, c-moll. Wegen des Textes für das Programm und einer Einführung in das Konzert soll Phil die Flötistin Annegret Moor ansprechen, die das auch in Bietigheim macht. Als Ergebnis seines Telefontages hat Phil aufgelistet, an welchen Tagen die Besetzung nahezu vollständig wäre. In den verbleibenden sechs

Wochen bis zum Konzerttermin gibt es insgesamt sieben Möglichkeiten. Daraus wird ein Plan für vier Gesamtproben plus zwei Registerproben. Für die Hauptprobe legen sie den Donnerstag vor dem Konzertwochenende fest. Für Pauken und Perkussion, die man vor allem für die Berlioz-Ouvertüre braucht, sorgt die Hornistin Karla Reichmann des Staatsorchesters, Aufbau werden Sebastian und Phil mit den Hausmeistern regeln, die Vorgespräche mit den Ämtern in Marbach und Bietigheim wieder Phil, worauf von Angela die Anmerkung kommt: »Wenn ihm die schöne Kommissarin Zeit dazu lässt.« Da wird sofort nachgefragt, was sie damit meint, und Angela erzählt, was sie in der See Straße in Ludwigsburg beobachtet hat, als sie Ausschau nach ihrem Mann gehalten hat.

Phil wird ein wenig verlegen und fragt dann: »Die Story ist bei euch noch nicht rum? Bei der Polizei ist das schon lange durch, dass die Kommissarin Elfrich und ich ein Paar sind.«

Sebastians Kommentar dazu: »Gratuliere Phil, die gefällt mir auch«, mit Nachklapp von Angela: »Gut, dass Elvira nicht da ist, sonst würdest du jetzt eine Woche nichts zu essen kriegen.«

Sebastian: »Aber darauf trinken wir noch eine Runde! Die Streicher können sich ja Mineralwasser bestellen. Angela für die Streicher, Karla für die Bläser und ich werden in Kürze einen detaillierten Probenplan ausarbeiten, wann wir was proben, wann Instrumentengruppen für sich Detailarbeit als Registerproben machen und wann Tutti mit Solist. Dann gehen wir mit einer last-glass-Runde auf mich zum inoffiziellen Teil über.«

Auf die Probe in der nachfolgenden Woche hat sich Sebastian sehr akribisch vorbereitet. Er verzichtet auf Spiel auf Strecke oder längere Passagen, sondern erklärt seine Vorstellung von den musikalischen Hauptthemen und Übergängen in allen Werken und greift in allen Instrumentengruppen die für sie jeweils besonders heiklen Stellen heraus.

»Ich weiß, dass das öde ist, was wir heute machen, nur Bruchstücke ohne Zusammenhang, immer Stopp, wenn die schöneren und leichter zu spielenden Stellen kommen. Ich will damit vorarbeiten für die Registerproben.« Er erläutert dann die weitere Probenfolge: Zuerst für Ouvertüre und Solostück und dann für die Symphonie Register- und Tuttiproben an einem Abend. So bleiben vier Tuttiproben, zwei für Berlioz und d'Albert – eine davon mit Solist – und zwei für Dvorcak-Symphonie.

»Ich weiß, ihr seid mit euren Orchestern in der Saisonvorbereitung oder sonst im vollen Job, aber wir sind doch ganz gut vorbereitet, vielleicht mit Dvorcak noch nicht ganz so wie mit den anderen Stücken. Auf ganz großes Tempo verzichten wir und die Rhythmusspiele beim Dvorcak kennt ihr auch. Also los geht's!«

Phil hat nun nicht nur mächtig viel zu üben, sondern muss auch die Aufstellung des Orchesters in den beiden Konzertsälen mit den Ämtern und den Hausmeistern besprechen. Er erzählt Marion auch, was man im Orchester zu seinem Zeitaufwand für seine Aufgaben gesagt hat: »Falls seine schöne Kommissarin ihm die Zeit lässt«, und er erntet Gelächter und einen Kuss mit der Bemerkung: »Er muss sich halt in der für mich verbleibenden Zeit etwas mehr anstrengen.«

In beiden Sälen ist die Bühne relativ klein und akustisch ungünstig. In der Stadthalle Marbach folgt man der Aufstellung wie bei Sinfonia Marbach, an der Seitenwand und die Bestuhlung im Halbkreis zur Seitenwand gerichtet. Das ist bekannt und für die Organisierenden kein Problem. Im Kronensaal Bietigheim bespricht sich Phil zunächst mit dem Kulturamtsleiter Kai-Stephan Bernau bezüglich der Idee, ›Saal verkehrt‹ zu machen, also die Bestuhlung umzudrehen und das Orchester auf dem hinteren ansteigenden Teil des Saales zu positionieren. Bernau lässt prüfen, ob das mit Verkabelung und Beleuchtung geht. Mit Sebastian zusammen machen sie eine Ortstermin, als Bernau signalisiert: »Die Techniker haben mir gesagt, das sei eine Herausforderung, aber machbar.«

Bei dieser Gelegenheit wird auch die eine Sonderprobe vor Ort vereinbart, so dass noch Änderungen vorgenommen werden können, nämlich am Donnerstag abends. Als Sebastian das verkündet, Donnerstag abends Sonderprobe Aufstellung Bietigheim (kurz, wenn Besetzung unvollständig egal), Freitag abends Hauptprobe Stadthalle Marbach, Samstag abends Konzert Marbach, Sonntag Matinee Bietigheim, gibt es ein allgemeines Stöhnen.

Da sei man vom gemeinsamen Spielen aus Spaß an der Freude in einen Zweitjob hineingeraten und das auch noch unbezahlt, worauf Phil tröstet: »Die Veranstalter, die Kulturämter der Städte, schütten Überschuss aus, wenn die ihnen Kosten durch Kartenverkauf abgedeckt werden. Bei ausverkauften Häusern wird das auch bei dem Kartenpreis von nur zwanzig Euro der Fall sein. Mit Frau Sauer in Marbach haben wir das so kalkuliert, mit Herrn Bernau in Bietigheim nur grob geschätzt, dass auch für das Orchester ein Trinkgeld rauskommt und die Auslagen für Noten kommen auch wieder rein und natürlich die Gage für den Solisten. Beim Dirigenten müssen wir noch verhandeln, falls er eine Zugabe Posaune spielt.« Diese Anmerkung wird sofort aufgegriffen: »Sebastian, such was raus, Ausschnitt aus einem Posaunenkonzert! Üben müssen wir sowieso schon Tag und Nacht, dann machen wir das auch noch.«

Als alle Stücke die Register- und Tuttiproben durchlaufen haben und die Probe mit Nema anstand, fragte Phil beim Journalisten Arnold Brücker an, ob er dazu eine kleine Reportage für die Zeitung machen wolle. Er kam zu dieser Probe und sagte, nachdem er die ganze Probe zugehört hatte und sich am Ende mit Sebastian und Nema noch länger unterhalten hatte, er würde das bei mehreren Zeitungen einreichen. Zwei Tage später steht in der Marbacher Zeitung:

PHILHARMONIKER FÜR MARBACH
IM VOLLEN PROBENBETRIEB (VON ARNOLD BRÜCKER)

Die Vorbereitungen auf die Konzerte in Marbach und Bietigheim Ende Oktober mit dem mehrfachen Preisträger Nema Abraham Raduloff auf dem Berühmten Stardivari-Cello »Duport« sind weit vorangeschritten. Wir haben schon über den Raub dieses Cellos nach einer Probe in Marbach berichtet und über die Aufklärung und Sicherung des Instruments durch eine Sonderkommission, die im Polizeirevier Marbach eingerichtet war. Die Marbacher Zeitung hatte Gelegenheit, die Musikerin-

nen und Musiker unter ihrem Dirigenten, dem vor einigen Jahren Marbacher Bürger gewordenen Sebastian Kohlhammer (auch darüber haben wir schon berichtet), bei einer Probe zu besuchen. Sebastian Kohlhammer hat erläutert, was in den Konzerten zu hören sein wird, und was in Einzelproben der Instrumentengruppen (Registerproben) und zusammen (»tutti«) in Schwerpunktproben erarbeitet wurde (Kohlhammer: »man kann das schon vergleichen mit dem Training von Hochleistungssportlern wie Turner oder Turniertänzer vergleichen«):

Den Auftakt wird die Konzertouvertüre »Der römische Karneval« des französischen Komponisten Hector Berlioz (1803 – 1869) machen. »Die französischen Komponisten dieser Zeit haben einen eigenen Stil entwickelt, der sich von der Wiener Klassik und deren Übergang in die Romantik deutlich abhob«, so Kohlhammer. Der Berichterstatter hat in dieser Probe die Tonmalerei und Programmatik dieser Musik erspüren können, von Liebesmelodien bis Festtrubel. Danach wird der erste Höhepunkt folgen: Das selten gespielte Cello-Konzert C-Dur des Komponisten Eugene d'Albert (1864 – 1932), opus 20. Dieser Komponist ist ein erster echter ›Europäer‹: Geboren in Schottland mit französisch- englischer Abstammung, der später schweizerischer Staatsbürger wurde und lange in Riga lebte. In dieser rein romantisch geprägten Musik ist das Cello Teil eines Diskurses zwischen Solo und Orchester und zwischen Ruhe und Erregung: »Mal führt das Orchester und das Cello umspielt die Leitmotive, mal umgekehrt!« erläutert der Cellist Raduloff, »Ich kann auf den Saiten liebliche und energische Tonfolgen um die abwechselnd führenden Orchestergruppen herum laufen lassen, mal darf ich Klang, mal Wut und mal Emotion aus meinem wunderbaren alten Instrument herauslassen.« Vor der Pause wird es noch eine »Cello-Überraschung« geben. Nach einer Pause von fünfzehn bis zwanzig Minuten wird es Dvorcak geben (1841 – 1904), slawisch-geprägte Klassik: Symphonie Nr. 1, c-moll, op 3. »Ein von Melodien- und Rhythmus-Wechseln bestimmtes Werk, das aber noch den alten Vorgaben der Klassik folgt, für uns Musiker bringt das viel Spielfreude«, so der Dirigent. Als Kontrast zu Dvorcak gibt es danach noch eine »Posaunen-Überraschung.« Wie zu der Cello-Überraschung wollten Dirigent und Cellist auch dazu nichts verraten.

Der Berichterstatter ist gerne bis zum Ende der sehr langen Probe geblieben und hat mitverfolgt, wie an Präzision, Klang und musikalischen Feinheiten gefeilt wird, bis der besondere Charakter jeder einzelnen Phrase aller Stücke erkennbar wird, auch für den weniger geübten Konzertbesucher. Die Professionalität der hier mehr oder weniger zufällig zusammengekommenen Musikerinnen und Musiker und ihres Dirigenten lässt ein großes Musikereignis in Marbach erwarten. Der Kartenvorverkauf beginnt am Montag nächster Woche über Reservix und an den bekannten Stellen Euli in Rielingshausen und Uhren-Fischer in Marbach beziehungsweise über die Stadtverwaltung in Bietigheim.

In der letzten Woche vor den Konzerten beginnt die Probe im Musiksaal des Friedrich-Schiller-Gymnasiums mit Stolpern. Zuerst müssen alle auf dem Schulhof warten bis die lange schon überzogene Elternversammlung sich aufgelöst hat und der Raum durchlüftet ist. Als man endlich mit Verspätung die Orchesterbestuhlung aufgestellt hat und sich zum Stimmen bereitmacht, kommen bei Sebastian drei Anrufe hintereinander, von Anita West – Stimmführerin Bratsche –, von Max Blasing – zweite Posaune – und von Peer Lindemann – Klarinette, alle mit dem selben Inhalt: Vollsperrung der B10 und Stau auf den Umleitungen, Navis melden Fahrzeit mindestens fünfundvierzig Minuten verlängert.

Sebastians Kommentar dazu, als er das den Musikerinnen und Musikern vermeldet: »Das wirkt sich ja kaum noch auf den Zeitplan aus, wir haben ja schon fast eine halbe Stunde gewartet bis wir hereinkonnten«, und als er seinen Blick über das Orchester schweifen lässt, stellt er fest, am ersten Pult Bratsche fehlt nicht nur Anita, sondern auch ihre Pultnachbarin Franziska, und auf die Frage, ob jemand weiß, was mit ihr ist, erntet er nur Kopfschütteln. Abermals brummt sein leise gestelltes Handy.

Es meldet sich Anita: »Du Sebastian, ihr müsst ohne erstes Pult Bratsche anfangen. Franziska hat sich gerade bei mir gemeldet, weil sie deine Nummer nicht hat. Sie sitzt im Taxi und fährt dem Bus hinterher, in dem noch ihre Bratsche drin ist. Aus einem Grund, den ich nicht richtig verstanden habe, hat sie beim Aussteigen die Bratsche vergessen und der Busfahrer hat so schnell die Türe geschlossen und beim Losfahren hat er nicht auf ihr Rufen und Winken reagiert. Der Taxifahrer versucht den Bus zu überholen um ihn dann an der nächsten Station zu blockieren. Wenn sie die Bratsche hat, bringt das Taxi sie dann weiter.«

Seine Antwort darauf: »Fällt auch nicht mehr ins Gewicht, wir haben sowieso noch nicht angefangen. Wichtig ist nur, dass sie die Bratsche wieder bekommt« und teilt auch diese Hiobsbotschaft mit.

»Aber jetzt stimmen wir doch mal und ich überlege, womit wir mit der reduzierten Belegschaft anfangen. Und dann gehen wir mit den Metronomzahlen um zehn hoch. So holen wir die Zeit wieder ein.«

KEK dazu: »Du hast schon bessere Scherze gemacht!« und Angela steht auf: »Jawohl, wir fangen an, Oboe bitte ein a !«

Als sie mit der Ouvertüre durch sind, sind auch die drei da, die im Stau standen und schließlich dann auch Franziska mit geretteter Bratsche. Und es kommt doch noch zu einer geordneten Probe mit dem richtigen Tempo. In der Pause wollen alle natürlich wissen, wie das mit Bratsche-im-Bus-liegen-lassen denn zustande kam.

Sie erzählt: »In der Sitzreihe hinter mir ist zwischen zwei jungen Kerlen und einer Frau ein Streit ausgebrochen. Als die angefangen haben aufeinander einzuschlagen, wollte ich nur weg und bin zur Tür vorgelaufen und war froh als meine Haltestelle zum Umsteigen in die S-Bahn da war. Ich dachte nur nichts wie raus hier, bevor ich was abkriege und hab in dem Moment nicht daran gedacht dass auf dem Sitz neben meinem noch die Bratsche liegt. Das ist mir erst eingefallen, als der Bus wieder angefahren ist.«

Auch die Vor-Ort-Aufstellungsprobe am Donnerstag im Kronensaal Bietigheim wird keine geordnete Probe. Obwohl Sebastian und Phil eine halbe Stunde vorher mit den Hausmeistern deren falsch verstandene Vorarbeit korrigiert haben, passt es mit dem Platz immer noch nicht, die Scheinwerfer treffen die Notenpulte nicht, das Zusatzpodest für den Cellisten fehlt und die Stufen lassen keine richtige Kreisanordnung zu. Sie spielen an, Sebastian klopft ab, lässt umrücken, sie spielen neu an, die Bässe beschweren sich über zu wenig Platz, nach weiterem Anspielen beschweren sich die zu Beginn des Cellokonzertes so wichtigen Holzbläser, sie hören vom Cello so gut wie nichts, Nema bestätigt, dass er von denen auch nichts hört und Sebastian mockiert sich, dass die bisher so gute Balance zwischen Solo und Orchester hier überhaupt nicht mehr stimmt. Angela führt dies darauf zurück, dass die Besetzung zu lückenhaft sei wegen des neu ins Programm genommenen Zusatztermins. Nach mehrfachem Beraten muss das ganze Orchester eine Stufe nach oben, dicht an die Wand und näher zusammen rücken. Mitten im Chaos kommt ein Aufschrei und es folgt ein heftiger Plumps. Sabrina ist an einer Stufe mit einem Fuß abgerutscht, im Straucheln hält sie instinktiv die Geige nach oben und stürzt dabei seitlich auf die obere Stufe. Die Schrecksekunde ist beim Cello-Arzt Martino am kürzesten.

Er legt das Cello weg, läuft hin und sagt: »Nicht aufstehen, wo tut es weh?«

Sabrina, leicht stöhnend, hält immer noch die Geige hoch: »Der ist nichts passiert, legt sie mal weg.« Sie wird aufgesetzt und erklärt: »Ich bin da abgerutscht und dabei umgetreten, mein Knöchel hat sich total verdreht und tut höllisch weh.«

Martino untersucht den Knöchel, ruft einen der Hausmeister »Hol mir den Erste-Hilfe-Kasten, da ist bestimmt was zum Kühlen, und Pflaster und elastische Binde drin«, und zu den Umstehenden: »Helft mir, Sabrina mal auf die Seite zu bringen und dort auf eine Stufe zu setzen.«

Derweil er das Sprunggelenk kühlt und mit einem Stütz- und Kompressionsverband versorgt, räumen die Anderen die Aufstellung um.

Sabrina bleibt an der Seite sitzen mit hochgelagertem Bein und dem aufmunternden Martino, der erklärt: »Gebrochen ist fast sicher nichts, einen Bänderriss kann ich nicht sicher ausschließen. Du sollst sicherheitshalber nicht auftreten und Chris soll dich morgen früh gleich zu mir ins Krankenhaus bringen. Wir machen Röntgen und Ultraschall, dann sehen wir weiter. Ich glaube aber an Glück im Unglück.« Sabrina hat wahrscheinlich nur mit halbem Ohr zugehört und sagt: »Eva soll meine Geige einpacken.«

Nach dem Umräumen wird es akustisch und in der Balance besser, aber jetzt stimmt die Beleuchtung nicht mehr. Man verzichtet nach den Verschiebespielereien und dem unglücklichen Unfall auf ein komplettes Durchspielen der Stücke und nimmt sich stattdessen exemplarische Stellen vor, bei denen das Eingewöhnen an den Raum, das Hören und die Balance zwischen den Stimmen wichtig sind. Beim Zusammenpacken entschuldigt sich Phil, dass er die Vorarbeit mit den Hausmeistern unterschätzt und nicht völlig praktisch, sondern nur exemplarisch und theoretisch gemacht hat. Sebastian bezeichnet die abgelaufene Aktion als das ›Bietigheimer Experiment‹ und unterstreicht, wie wichtig das jetzt war. KEK baut gleich vor für die Hauptprobe morgen in der Stadthalle, dort sei das alles was man heute gemacht habe von der Sinfonia schon dutzende Male durchexerziert worden und die Hausmeister in Marbach kennen alles schon. Und man wünscht Sabrina gute Besserung. Martino fährt ihr Auto bis vor den Eingang, wo sie, von kräftigen Bläsern gestützt, humpelnd hingebracht wird und er bringt sie mit ihrem Auto nach Hause, hilft ihr noch hinein und erklärt ihrem Mann, was passiert ist, und dass er sie morgen früh gleich zu ihm ins Krankenhaus bringen soll. Dann steigt er bei Jana ein, die hinterhergefahren war und ihn wie üblich auf der Fahrt nach Backnang in Kirchberg bis vor sein Haus bringt.

Am nächsten Morgen wird in der Marbacher Zeitung noch einmal das Konzert angekündigt mit Vorstellung des Programms und dem Hinweis, dass der Vorverkauf sehr gut angelaufen ist, an der Abendkasse nur noch Restkarten zur Verfügung stehen, das Konzert als Matinee am Sonntag in Bietigheim nochmal zu hören ist.

Das lässt Phil bei seiner Frühstückslektüre hochfahren. »Dann müssen wir die Zahl der Zuschauerplätze erhöhen« und er ruft sofort im Kulturamt an: »Frau Sauer, Konzert fast ausverkauft, die Abendkasse wird ja gestürmt. Wie können wir die Zahl der Plätze erhöhen? Im Forum Ludwigsburg und in der Liederhalle werden dann noch im Rang ganz hinten Reserveplätze freigegeben. Kriegen wir die Empore geöffnet und noch im Parkett eine Stuhlreihe mehr rein?«

Frau Sauer beruhigt: »Keine Panik, Herr Mälzer. Unser Sicherheitskonzept begrenzt zwar die Plätze und sieht auch nicht vor, dass die Empore geöffnet wird. Aber durch eure Aufstellung wird die höchstzulässige Besucherzahl nicht ganz erreicht. Ich rede mit Feuerwehr und Sicherheitsdezernat über eine hier mögliche Änderung der Fluchtwege.«

Phil: »Sie sind ein Schatz und ich glaube, Sie kriegen das hin«

»Ich versuche es. Ist ja auch ein bisschen mein Kind!«

Am Nachmittag meldet sie sich: »Die Sicherheitsleute sind einverstanden, wenn wir oben noch Personal positionieren und an den Notausgängen weitere Kräfte einsetzen, die im Gefahrenfall die Räumung regeln. Die kriege ich zusammen. Ach und übrigens: Heute Abend bringe ich die Programme zur Hauptprobe, sind heute aus der Druckerei gekommen. Danke, dass Sie die Verbindung zur Druckerei für Plakate und Programme durch den Fagottisten der Sinfonia Marbach hergestellt haben. Sind richtig gut geworden. Ich habe auch gelesen, was Frau Dr. Moor zu den Komponisten und den Stücken geschrieben hat. Das macht neugierig!«

Gegen Mittag ruft Sabrina bei Sebastian an und hört seinen üblichen Begrüßungsspruch »Sie haben die Nummer von Kohlhammer gewählt. Was wollen Sie uns sagen?«

Sie antwortet: »Hallo Sebastian, hier Sabrina. Ich war bei Martino im Krankenhaus. Es ist nichts gebrochen, sicher eine heftige Bänderdehnung, aber kein Hinweis auf Riss.«

Sebastian: »Und wie geht es dir jetzt?« Sabrina: »Naja, das ist über Nacht trotz Verband und kühlen und hochlegen ziemlich dick geworden und hat sehr weh getan. Richtig geschlafen habe ich nicht. Aber er hat mir was zum Abschwellen und gegen Schmerzen verschrieben, sowas aus Ananas und noch was anderes, jetzt sind die Schmerzen fast weg. Und dann habe ich eine Orthese, also sowas wie ein halboffener Stützschuh, und eine Gehstütze. Damit kann ich rumlaufen. Gut, dass ich heute keinen Unterricht habe. Und ich kann zur Hauptprobe kommen. Ich rufe gleich Angela an, dass sie mich abholt und wieder heimbringt.«

Sebastian: »Das war jetzt ein doch noch guter Abschluss einer nicht besonders guten Nachricht. Gute Besserung, bis heute Abend dann.«

Die Stadthalle Marbach liegt schon im Dunkeln, als die Musikerinnen und Musiker eintreffen, beobachtet von einigen Neugierigen die vor der Gaststätte Turnerheim stehen und von dort aus beobachten, wer in den Bühneneingang geht. Heute wird Nema von seinem Vater hergebracht, zusammen mit Paula, die gestern in Bietigheim geblieben war und den Tag bei Familie Raduloff verbracht hat. Als der hochgewachsene schlank-asthenische dunkle Typ mit Cello und die zierliche Blonde mit rot gefärbten Strähnen mit Cello die Treppe zum Hintereingang der Stadthalle hinaufsteigen, geht ein Raunen durch die Wartenden. Die Bühne wird benutzt, um die Instrumente auszuladen, im Untergeschoss ist ein Raum zum Einspielen und im oberen Stock des Bühnenrückbereichs ein Garderobenraum zum Einspielen für den Solisten. Unten im Saal prüfen Sebastian und Phil die Aufstellung für das Orchester und die Einstellung der Scheinwerfer. Zusammen mit dem Hausmeister wird noch einiges umgestellt und zurechtgerückt, vor allem sorgt Phil für ein zweites Podest, das nachher von hinten hervorgeholt und neben das Solistenpodest plaziert werden soll.

Nach dem Stimmen der Instrumente kündigt Sebastian an, wie die Probe ablaufen soll: Durchgang der Stücke in der Reihenfolge wie im Programm vorgesehen mit kleinen Nacharbeitungen. »Also kriegen wir heute auch die Cello-Überraschung zu hören.«

Bei der Ouvertüre lässt Sebastian das Orchester zeit-

weilig alleine spielen und geht durch den Saal zum Überprüfen der Akustik, winkt dann ab und lässt die Pulte
näher zusammenrücken, vor allem holt er die Bässe näher
hinter die erste Violine und die Posaunen sind ihm zu weit
weg und zu dominant. Danach ist er zufrieden und nach
dem Cellokonzert kommt die Aufklärung, was die Cello-
Überraschung ist: Nema und Paula setzen sich übergroße
kreisrunde Nickelbrillen auf. Nema kündigt an: Beethoven, Duett für Bratschen mit zwei obligaten Augengläsern, arrangiert für zwei Celli. Gelächter gleich nach der
Ankündigung und zwischendurch, und Applaus am Ende.
Alle sind der Meinung, das sei wirklich eine Überraschung
und ein Kontrast zum hochromantischen Cellokonzert.
Sebastian gesteht, auch er habe nicht gewusst, was sich hinter dieser Überraschung verbirgt. Nema sagt, es kann noch
eine Zugabe folgen, wenn das Publikum das fordert. Er
deutet nur zwei Passagen an. Sofort aus dem Cellobereich
der Ausruf »Uiih, Paganini-Capriccio! Wahnsinn!«

An der Dvorcak-Symphonie wird noch einiges verbes-
sert und die launige Posaunen-Überraschung »Leitung
und Solo Sebastian Kohlhammer« bildet den Abschluss
der Hauptprobe, von der sie heute doch alle zufrieden nach
Hause gehen.

28. Kapitel

Die Konzerte

Weitere Vorarbeiten, außer Musik:

Phil hat sich von KEK und vom Bietigheimer Kulturamtsleiter Bernau eine Liste von Personen geben lassen, denen er Ehrenkarten zuschicken muss. Mit Blick auf die Vorverkaufsergebnisse fügt er an: Die Kartennachfrage ist sehr groß. Bitte informieren Sie uns unter der Adresse des Absenders, wenn Sie an der Teilnahme verhindert sind, damit wir den Platz an der Abendkasse noch zur Verfügung haben. Wegen weiterer Ehreneinladungen lässt er sich aus den Protokollen zum Überfall die Adressen der beiden verletzten Schüler geben, und spricht mit denen eine Überraschung für die Konzertpause ab, die für alle geheim bleiben soll, bis auf einige Musiker, die er dazu braucht.

Und dann geht er auf Marion zu mit der Frage, ob man nicht den reuigen und ziemlich zerknirschten Checkow auch einladen soll.

Sie befindet dazu: »Phil, ich weiß jetzt noch besser, warum ich dich liebe. Du bist sehr sensibel und verstehst die Menschen. Ich habe den Oleg und seine Mama kennengelernt. Natürlich sollen die dazu kommen. Das ist gelebte Re-Integration eines aus der Bahn geratenen jungen Menschen. Ich rede mit Staatsanwalt und Haftrichter über Ausgang aus der Untersuchungshaft für dieses Ereignis. Fritz findet bestimmt einen Beamten, der ihn begleiten kann«.

Phil dazu: »Sicher wird es das, denn die ganze Ermittlergruppe sitzt auf Ehrenplätzen und zwischen den ›Bullen‹ kann man ihn und seine Mutter sicher platzieren. Ach so, du weißt ja auch noch gar nicht, dass du einen Ehrenplatz bekommst? Warst ja schon lange nicht mehr in einem Cellokonzert.«

»Aber also, an mich denkst du zuletzt. Soll ich jetzt beleidigt sein?«

Phil: »Aber also nein, ich denke dauernd an dich, deshalb weiß ich manchmal nicht, was ich dir schon gesagt habe und was ich dir noch sagen wollte«.

Wegen Übergabe von Blumen und Geschenken bespricht er mit Frau Sauer und Herrn Bernau, dass Sie ganz am Ende als Veranstalter das für den Solisten tun, und die Bürgermeister oder andere »Obere« aus der Stadthierarchie (falls der Bietigheimer in Sachen Leichtathletikpräsident nicht verhindert sei) für den Dirigenten. Darüber hinaus gäbe es noch Ideen, die er selbst arrangieren wolle.

Als er bei der Hauptprobe erfährt, dass das Platzkontingent auf 550 erhöht worden sei, aber im Vorverkauf schon fünfhundert Karten herausgegeben wurden, holt er den Hallenwart und seinen Azubi, den er übrigens vom Sportverein kennt, wo der als Bufdi ein Jahr tätig war, zu sich, und fragt sie: »Solche Spezialisten wie euch treffe ich selten, die mir mal was zur Übertragungstechnik in solchen Sälen sagen können. Ich habe das schon erlebt, dass bei überfüllten Veranstaltungen, das kam an der Uni bei manchen Vorlesungen schon vor, Ton- und Bildübertragungen in den Vorraum und nach draußen eingerichtet wurden. Wie funktioniert das denn und was braucht man alles dazu?« Sie erklären ihm das ausführlich und es entsteht eine Technikdebatte, ob das denn hier mit ihrer Ausrüstung auch geht. Als sie ihm erklären: »Wir sind doch nicht von gestern. Wir haben das beantragt und bekommen. Einmal habe wir das ausprobiert, aber niemanden hat das interessiert.«

Da ruft er Frau Sauer her und sagt: »Stellen Sie sich vor, die könnten das Konzert ins Foyer oder ganz nach draußen übertragen. Was kriegen die, wenn sie das morgen auf die Beine stellen?«

Frau Sauer sofort: »Jungs, macht das mal. Wenn es klappt ,sag ich dem Bürgermeister, dass ihr bei der Jahresprämienvergabe dafür bedacht werdet!«

Und als die beiden weg sind: »Herr Mälzer, das war Diplomatie der Herausforderung von Eitelkeit für etwas, was die Angesprochenen normalerweise nicht tun würden oder ablehnen mit ›das geht nicht!‹«, und Phil dazu lakonisch: »Erfahrung im Umgang mit Univerwaltung«.

Noch etwas anderes hatten der Hallenwart und seine Mitarbeiter zu arrangieren: Zum Umziehen und lagern der Instrumente nicht die Bühne zu benutzen, sondern einen Raum in der Halbetage unten und Garderoberäume oben. Auf der Bühne muss Platz für noch nicht näher genannte Geräte freibleiben zwischen am Rande positionierten Tischen. Und am Ende der Anspielprobe wurde Sebastian aufgeklärt, dass es nach der Zugabe, vor der Pause, eine Blumenzeremonie gibt und er dann eine Ansage machen solle, wozu auf dem Dirigentenpult ein Mikrofon liegen würde, das er erst anfassen solle, wenn er die Zugabe Posaunen-Überraschung ankündigt.

Vor dem Konzert bauen Schüler der Arbeitsgemeinschaft Event-Physik des FSG auf der Bühne diverse Geräte auf, und Phil holt den Tuba-Bläser, einen Posaunisten, einen Trompeter und den Perkusionisten her, damit die

Schüler ihnen erklären können, sie würden gebraucht für ein extraordinäres Pausenkonzert mit Alltagsgegenständen, alles improvisiert.

Bei der Anspielprobe wird die Bild- und Tonübertragung demonstriert. Und sie wird beim Konzert erstmals eingesetzt, weil an der Abendkasse schon nach kurzer Zeit das Schild ›ausverkauft‹ aufgehängt werden muss, und es wird wiederholt durchgegeben, dass alle, die keine Karte mehr bekommen haben, für einen symbolischen Preis von zwei Euro das Konzert von der Schillerhöhe aus mitverfolgen können. Und wenn man der Presse glauben darf, waren das über einhundert Menschen.

Wegen des Ansturms auf die Abendkasse und der Klärung der Platzzuweisungen für drinnen und Übertragung nach draußen, verzögert sich der Beginn um fast zehn Minuten bis die Musikerinnen und Musiker, von anhaltendem Beifall begleitet, durch den Bühnenvorhang und die Treppe hinabschreitend ihre Plätze einnehmen, Sabrina humpelnd mit Unterarmgehstock und gestützt von Männern mit glänzend polierten Blechblasinstrumenten und begleitet von ihrer Pultnachbarin Eva mit zwei Geigen. Nach dem Stimmen der Instrumente wird auch Sebastian, er hat sich sogar in seinen Frack geworfen, mit Beifall begrüßt. Nach der Berlioz-Ouvertüre gibt es einige Bravo-Rufe, aber nur kurzen Applaus, der nochmal aufbraust als Nema hereinkommt, gemischt mit murmelnden Kommentaren vieler Zuhörer. Nach den letzten Tönen des Cellokonzerts zunächst atemanhaltendes Schweigen, dann tönender Applaus und Pfiffe und Bravo-Rufe. Im Verlauf der vielen Verneigungen von Nema, wird das zweite Podest hereingebracht, auf das ein Stuhl gestellt wird, und Nema hebt die Hand, Paula stellt sich neben ihn, sie setzen die übergroßen kreisrunden Nickelbrillen auf, und Nema ruft ins Publikum: »Die angekündigte Cello-Überraschung ist das Beethoven-Duett für zwei Bratschen mit obligaten Augengläsern, arrangiert hier für zwei Celli. Es spielt mit mir meine Freundin aus Marbach, Paula Berlin, die ich bei den Proben zu diesem Konzert kennengelernt habe.« Auch dieses Duett wird wie vorher das Konzert mit Trampeln, Pfiffen und stehendem Applaus aufgenommen.

Während sich die beiden zum wiederholten Male umarmen und verbeugen, kommen eine zierlich blonde Frau und ein großer dunkler schlacksiger Mann mit Blumen herein: Paulas Mutter, sie wird auch von vielen der Zuhörer erkannt, gratuliert Nema zum Erfolg und Nemas Vater gratuliert Paula, während Nema auf ihn zeigt und sagt: »Mein Vater«. Weil der Beifall kein Ende nimmt, setzt sich Nema wieder, nimmt das Cello spielbereit und als es ruhig wird, kündigt er an: »Meine Zugabe: Paganini, Capriccio Nr. 5.« Hinterher wieder stehender Applaus, trampeln und von den erstaunlich vielen jungen Zuhörerinnen und Zuhörern gellende Pfiffe.

Während des nicht enden wollenden Beifalls war Phil aufgestanden, hatte sich ein Mikrofon geholt und neben das Orchester gestellt. Jetzt hebt er die Hand und sagt mit lauter Stimme, ankämpfend gegen anhaltendes Klatschen und die Stimmen des Publikums: »Meine Damen und Herren, die nächste Überraschung ist ein Pausenfüller.« Er ruft zur Bühne hinauf: »Vorhang auf«, und während der Vorhang sich öffnet und den Blick freigibt auf ein Sammelsurium von Abwasserrohren verschiedener Längen, arrangiert wie Orgelpfeifen, Wasserschläuche, Gläserbatterien, Gießkannen, Wassereimer, großen Wassertonnen und über Kisten gespannten Saiten, erläutert er: »Alles was ist, ist Physik, auch die Musik.

Die Schüler der Event-AG des Friedrich-Schillergymnasiums werden das jetzt physikalisch erklären und demonstrieren. Und mit Unterstützung einiger unserer Bläser werden sie versuchen mit den Instrumenten, die da oben stehen, ein Spaßkonzert zu improvisieren.«

Und die Jungs zeigen mit Hilfe der Utensilien auf der Bühne, wie hohe und tiefe Töne entstehen, was Klänge sind und wie man sie mit Zupfen, Klopfen und Streichen erzeugen kann. Sie spielen eine Tonleiter und Dreiklänge durch anstreichen der Ränder unterschiedlich voll gefüllter Weingläser, und spielen mit Hilfe eines Blasebalges auf der Orgel aus Abwasserrohren und lassen die Musiker in Gießkannen und Schläuche blasen, zuerst alles solo, dann immer mehr zusammen, bis in den Profimusikern das Jazzgefühl geweckt ist und eine recht schräge Musik durch den Saal hallt. Auch das wird mit Begeisterung aufgenommen.

Nach der Pause begrüßt Sebastian zunächst die Ehrengäste und die Mitglieder der Ermittlergruppe der Polizei, die den Raub aufgeklärt und das Cello zurückgebracht hat, der Polizeipräsident habe sich allerdings entschuldigt, aber besonders zu nennen sei der Leiter des Reviers Marbach, Erster HK Friedrich Batholom und die Leiterin des Dezernates Raub in Ludwigsburg, Frau KHK Marion Elfrich.

»Steht bitte mal auf und zeigt euch« und er dreht sich zum Orchester um. »Du auch, Phil Mälzer.« Dann erklingt ein Reigen slawischer und internationaler Melodien und Rhythmen in der ersten Symphonie von Dvorcak. Auch das löst begeisterten Applaus aus. Und dann kommt Sebastian, sich wiederholt verneigend, nicht mit Taktstock in der Hand aus der Ecke, sondern mit Posaune, und kündigt die letzte Überraschung der Zugabe an: »Letzter Satz des Posaunenkonzertes D-Dur von Haydn.« Es ist nicht gezählt worden, wie oft Sebastian sich verneigen musste, und wie oft er das Orchester insgesamt, und wie häufig die einzelnen Instrumentengruppen hat aufstehen lassen, es waren viele Male! Dazwischen wird noch Nema hergeholt und die Kulturamtsleiterin Sauer und der Bürgermeister Trost kommen zum Gratulieren; sie überreicht Blumen, er eine Marbach-Münze und erläutert zu dieser Münze, dass sie jetzt erst geprägt wurde und ein gültiges Geld ist, obwohl Marbach schon seit dem frühen Mittelalter das Münzprägungsrecht hat.

Am Ende mischen sich die Musikerinnen und Musiker, mit ihren Instrumenten in der Hand oder auf dem Rücken, im Foyer unter das Publikum, um Rede und Antwort zu stehen und natürlich auch Lob einzusammeln. Alle Zuhörer bringen zum Ausdruck, dass das für sie ein ganz besonderer Abend war, ein Musikgenuss mit Überraschung in der Pause. Musik ist Physik sei von den Schülern toll gemacht und Jazz mit Gießkanne und Gartenschlauch und Orgel aus Abflussrohren eine echte Premiere. Ein Konzert dieser Art sei auch ein Novum und es sei von höchstem Niveau gewesen. Der Solist gibt Autogramme, Paula weicht ihm nicht von der Seite. Auch die Polizisten werden vielfach angesprochen.

In ihrer Mitte, etwas abgeschirmt von der Öffentlichkeit, stehen Frau Checkow und ihr Partner mit Oleg, der Tränen in den Augen hat, und von Marion, bei Phil eingehakt, getröstet wird.

Phil fährt ihr durch die blonden Wuschelhaare, schaut tief in ihre blauen Augen und sagt: »Ohne dich hätte es diesen Erfolg nicht gegeben.«

Und sie antwortet »Ohne dich auch nicht. Haben Celli uns zusammengeführt? Darüber müssen wir morgen nach dem nächsten Konzert nochmal sprechen. Jetzt müssen wir erstmal eine Runde schlafen, um neun Uhr geht ja schon wieder die Anspielprobe in Bietigheim los.« Als die letzten Zuhörer dem Ausgang zustreben, brechen auch sie auf: Marion eingehakt bei Phil, Paula und Nema Hand in Hand und Cello an Cello, gehen sie in die Nacht hinaus.

Nachlese

Ein halbes Jahr später

Marion und Phil sind nach wie vor ein Paar mit zwei Wohnungen, sie telefonieren noch immer fast täglich miteinander und sie finden das ständige Überlegen ›bei dir oder bei mir?‹ schon noch durchaus anregend für ihre Beziehung. Genau wie das Bedenken, vor dem abendlichen Gang in die partnerliche Wohnung, ob dort noch genügend Wäsche da ist und ob vom Lieblingsduschgel noch Nachschub gekauft werden muss. Auch die gemeinsamen Konzertbesuche und gelegentliche Wochenendtrips sind nicht eingeschlafen. Im Hinterkopf schwelt jedoch bei beiden, bei Phil mehr als bei Marion, der Gedanke, dass der Altersunterschied für die gemeinsame Zukunftsperspektive bedacht werden muss. Sie erinnern sich gut an ihre Gespräche im Schlosshof und beim Weiterbummeln durch Ludwigsburg, am Tag nach der Aufklärung des Celloraubes, über das Rationale ihrer Beziehung, und sie erleben umso intensiver das Emotionale. Sie unterscheiden sich nicht von anderen Liebespaaren, wenn sie sich fragen, warum sie sich überhaupt lieben. Marion erklärt ihm dann, dass sie besonders seine Art mag, wie er sie liebevoll anschauen kann oder sie in kritischen Situationen sein Nachdenken an Naserümpfen und Stirnrunzel erkennt, überhaupt dass er so offen und mitfühlend ist bei all seiner eher rationellen Grundhaltung, und dass sie sehr oft dasselbe denken und empfinden. Und Phil kann nicht genug zum Ausdruck bringen, dass ihm von Anfang an aufgefallen ist, dass die zierliche Person mit dem feingezeichneten Gesicht so viel Energie ausstrahlt, so lebhaft und immer aufnahmebereit mit allen Sinnen an der Welt teilhat und mit feinen Antennen einem gegenübertritt. Man fühle sich von ihr ernstgenommen. »Du prüfst die Welt rational und emotional und da sind wir, so glaube ich, sehr ähnlich. Nur kannst du in bestimmten emotionalen Situationen etwas ganz Besonderes: Aus deinen blauen Augen elektrische Blitze versenden.« Und sie stellen immer wieder fest, dass die erotische Spannung keineswegs nachlässt, sondern eher nach solchen Gespräche zunimmt. Nachdenklich bleiben sie, aber trotzdem verliebt.

Bei Paula und Nema haben sich neben den musikalischen Gemeinsamkeiten, und vielem gemeinsamen Üben, noch weitere innere Anziehungskräfte entwickelt, so dass sie sich gar nicht mehr trennen konnten und sogar die Eltern gedrängelt haben, sie sollten doch zusammenziehen. Sie haben in Benningen in Bahnhofsnähe eine Wohnung gefunden bei einem Musikliebhaber, der aber beruflich viel unterwegs war, so dass sie unbeschwert üben konnten.
Der Konzertmeister und der Dirigent des Kammerorchesters Heilbronn haben nach ihrem Besuch des Konzertes in Bietigheim Nema angesprochen wegen eines gemeinsamen Auftrittes, und der Manager war sehr rasch aktiv geworden: Sie bekommen einen Abend im Forum bei den Schlossfestspielen Ludwigsburg. Und die Heilbronner haben sich neben dem Cellokonzert von Schumann auch noch das Duett mit zwei obligatorischen Augengläsern gewünscht. Hand in Hand betreten sie zu diesem Auftritt die Bühne und bevor sie beginnen, wendet sich Nema an das Publikum: »Sehr geehrte liebe Konzertgäste, es gibt

keine Änderung des Programmes, nur die Namen der Akteure dieses Stückes dürfen Sie ändern: Es spielen Paula und Nema Raduloff-Berlin. Wir haben vorige Woche in der Schlosskapelle hier in Ludwigsburg geheiratet. Und Ehrengäste dieses Konzertes sind unsere Trauzeugen und Retter meines Cellos: Frau Kriminalhauptkommissarin Marion Elfrich und der Musikliebhaber Phil Mälzer.«

Und zu dieser Hochzeit gibt es noch etwas nachzutragen: Nema hatte die Mitglieder der Sonderermittlergruppe eingeladen, und die hatten bestimmte Vorstellungen entwickelt, was sich wie abspielen sollte: Natürlich Bläserauftritt nach der standesamtlichen Trauung vor dem Rathaus in Marbach, die ›Philharmoniker-Brass Marbach‹, Autokorso (angemeldet und genehmigt, gut, dass man bei der Polizei ist) zum Schloss nach Ludwigsburg, angeführt vom VW-Käfer-Streifenwagen 1952 (sondergenehmigt mit Blaulicht und Originalmartinshorn von 1952) mit den Streifenpolizisten Peter Maquardt und Paul Ehrlich und dem Revierleiter Fritz Batholom, dahinter das Brautpaar im 2CV (der wieder schnurrend glatte neunzig Kilometer pro Stunde läuft und fast kein Öl braucht) des Fagottisten Thomas Imma, dahinter die Brauteltern im Buick der Werkstatt O&S, danach Peters Goggomobil mit Marion und gesteuert von Phil, weil der in seiner Jugend – natürlich heimlich – sowas schon mal gefahren war und sich damit auskannte, dahinter die Isetta mit den Kriminalkommissaren Wil Müller und Vera Altmann und in weiterer Folge die übrigen Gäste und hinten in der Kolonne die Fahrzeuge der Brass, die schon mächtig fetzig zu den Fenstern hinausbliesen, zum Abschluss – Sondergenehmigung! – mit Blaulicht der Streifenwagen mit den Polizisten, die mit am Tatort waren. Bei der Hochzeitszeremonie natürlich ein kleines Streichensemble und nachher im Schlosshof wieder Brass, dass die Scheiben klirrten.

Schade, dass Arnold Brücker nicht da war. Der hätte bestimmt einen netten Bericht geschrieben.

Inhalt

Besuchen Sie uns im Internet:
www.deutscher-lyrik-verlag.de
www.karin-fischer-verlag.de

*Bibliografische Information
der Deutschen Nationalbibliothek*

Die Deutsche Nationalbibliothek verzeichnet
diese Publikation in der Deutschen Nationalbibliografie;
detaillierte bibliografische Daten sind im Internet über
http://dnb.d-nb.de abrufbar.

ISBN 978-3-8422-4759-8

Gesamtgestaltung: yen-ka
unter Verwendung eines Marbach-Fotos
von © clu (Stock-Fotografie-ID: 1309310658)

Hergestellt in Deutschland